Der Himmel
Fiel Niemals Herunter

Utpal

Ukiyoto Publishing

All global publishing rights are held by

Ukiyoto Publishing

Published in 2023

Content Copyright © Utpal

ISBN 9789360169060

*All rights reserved.
No part of this publication may be reproduced, transmitted, or stored in a retrieval system, in any form by any means, electronic, mechanical, photocopying, recording or otherwise, without the prior permission of the publisher.*

The moral rights of the author have been asserted.

This is a work of fiction. Names, characters, businesses, places, events, locales, and incidents are either the products of the author's imagination or used in a fictitious manner. Any resemblance to actual persons, living or dead, or actual events is purely coincidental.

This book is sold subject to the condition that it shall not by way of trade or otherwise, be lent, resold, hired out or otherwise circulated, without the publisher's prior consent, in any form of binding or cover other than that in which it is published.

www.ukiyoto.com

*Gewidmet Sri Ajoy Sen (Benuda), der mir alles über
Kunst und Literatur beigebracht hat.*

*Ich bin auch all denen dankbar verpflichtet, die mich durch
ihre Entmutigungen immer ermutigt und mich entschlossen
gemacht haben.*

Utpal

Mein Vater starb, bevor er einen normalen Atemzug ausstoßen konnte, kurz nachdem er eine übliche eheliche Paarung abgeschlossen hatte. Als ich ein Kind war, erzählten mir einige bunte Schmetterlinge, die in tanzenden Trillern schwebten und sich im Wind ausbalancierten, dass einige Tiere, die auf ihren Hinterbeinen standen und gingen und ihre Vorderbeine als Hände benutzten, meinen Vater zu Tode geprügelt haben. Als unschuldiges Schakalkind hatte ich damals keine Ahnung, welche Tiere das sein könnten. Aber als ich älter wurde, erfuhr ich, dass diese zweibeinigen Wesen große Improvisatoren und Beherrscher ihrer bissigen Weisheit als Waffe waren, um andere Beweger auf der Erde und Dinge der Natur zu dominieren, und indem sie ihnen ihre freien Länder raubten, lebten und bewegten sie sich, oder trieben sie sogar von ihren natürlichen Lebensräumen weg. Sie könnten sogar zu jeder extremen Maßnahme greifen, um andere Naturbeweger zu zerschlagen, um ihre Gier zu befreien.

Meine Mutter warnte mich in vielen Zusammenhängen besonders vor den gierigen zweibeinigen Bewegern, die keine Sättigung in ihren Herzen hatten und immer unter dem Gewicht ihrer endlosen Lust und unbesiegbaren Machtliebe beugten. Mama warnte mich unzählige Male davor, mich von diesen unberechenbaren Tieren fernzuhalten und während des Sonnenlichts nicht aus unserem Dickicht-Haus zu kommen. Sie beriet mich sogar über den Wechsel von Dickichten zwischen beträchtlichen Perioden, was ich nicht verstand, also beschwerte ich mich: "Warum sollte ich nicht draußen spielen während des Tages?" Mama antwortete ernsthaft: "Schakale machen das nicht, besonders nicht diejenigen, die in Dickichten am Rande einer Stadt leben."

In diesen primitiven Kindheitstagen war das Wort "Paarung" oder "verpaaren" für mich absolut fremd. Die Bedeutung oder Schwere des Wortes war für mich überhaupt nicht fassbar. Bei einem nahen und liebevollen Moment mit meiner Mutter fragte ich: "Was bedeutet das Wort 'Verpaarung'?" Meine Mutter wurde einfach rot und um mich abzulenken sagte sie: "Bedeutungen bestimmter Dinge tragen in bestimmten Altersgruppen dazu bei, dass sie eine schräge Bedeutung haben. In diesem Alter von dir wird es für dich nicht fassbar sein. Wenn du alt genug bist, wirst du es verstehen und nicht mehr fragen."

Meine Mutter sagte einmal, dass als die Senioren mit ihrem Schakal-Volk hierher zogen, aufgrund von fruchtbarer Unannehmlichkeit und duckender Furcht vor Usurpation und Tilgung ihres Territoriums durch starke und mächtige Eindringlinge, dieser Ort mit großen und mittelgroßen aufrechten Bäumen besetzt war, die mit kürzeren Bäumen dazwischen unterlegt waren; riesige Unterbüsche, Sträucher, Kletterpflanzen und Trailer, die den Boden bedeckten, boten reichlich Verstecke zum Leben und Entspannen. Der Ort war gesegnet mit Sonne und Schatten, Früchten und Vegetation, Sicherheit und Ruhe. Die ängstliche und aufgeregte Schakal-Horde bekam hier eine neue Lebensgrundlage. Ihre verlassene Leichtigkeit, ihr Komfort, ihr Lächeln, ihre Glückseligkeit, ihre Frieden und ihr Lockerlassen wurden alle zurückgegeben. Sie waren wirklich die lebenden Wesen ihrer eigenen Art. Sie waren ihre eigenen Herren, nicht jemand anderes oder andere. So groß war das Land, dass ihre Augen niemals ein Ende oder eine Grenze sahen, außer dem blauen Himmel und der dünnen Horizontlinie.

Meine Mutter hatte die Angewohnheit, oft vom Himmel zu sprechen, besonders vom Nachthimmel. Mir war aufgefallen, dass ihre Augen immer feucht und glänzend wurden, wenn sie das Firmament über unserem Ort beschrieb oder davon erzählte. Es war nicht schwer zu verstehen, dass sie wirklich besessen vom Himmel war.

Sie sagte leidenschaftlich: "Es war immer der Himmel, Himmel und Himmel überall. Wenn du deinen Kopf oder deine Augen hochgehoben hast, konntest du den Himmel nie übersehen. Es war tagsüber hell und weiß und erstaunlich glänzend. Wenn die Sonne nicht so hart war, würde er golden oder orange oder anders blau werden. Der Nachthimmel war exquisit hypnotisch. Die dicke Schicht aus dunkler Emulsion, die sich ins Unendliche ausbreitete, würde dich überwältigen und ohnmächtig machen, während die milchigen Sterne, die überall glänzten, deine Sinne sicherlich beeindrucken würden."

Als posthumes Kind kann ich mir kein genaues Bild von meinem Vater machen. Ich kann sogar keine genaue Vorstellung von meinem Vater in meiner unklaren Fantasie personifizieren. Als ich aufwuchs und meine Sinne die Realitäten dieser kleinen Schakal-Welt einfingen, und als ich mich an das ferne Geflüster der tanzenden Schmetterlinge erinnerte, und als ein Tier die Bedeutung der Paarung für mich klar wurde, wusste ich, dass ich das posthume Produkt seiner letzten Paarung war.

Laut meiner Mutter war mein Vater der tapferste und stärkste der Schakale und der Anführer des Rudels, zu dem meine schöne Mutter gehörte. Er würde mit den starken und größeren Tieren kämpfen, die eine Bedrohung für das Bestehen des Rudels darstellten. Sein Körper würde sich aufblähen, seine krummen Krallen herauskommen, seine Zähne schrecklich zusammenbeißen, sein Schwanz seitlich wedeln und er würde nach vorne springen, um diese bösen Agenten weit weg zu treiben. Solange das nicht erledigt war, würde er nicht ruhen.

Wenn meine Mutter sagte: "Dein Vater war ein großartiger Jagd-Schakal", glänzten ihre Augen vor Stolz. "Er war der beste und genaueste. Er verpasste nie eine Chance, was die anderen im Rudel am häufigsten taten. Er konnte gute Beute aus der Ferne riechen und spüren. Wenn seine Nase hoch und zusammengezogen war und sein Schwanz hoch, wusste ich, dass er sofort vorpreschen und mit einem Vogel oder einem Kaninchen oder Ähnlichem zwischen seinen Kiefern zurückkommen würde und es mir zu Füßen fallen lassen würde. Ich würde die Beute vorsichtig zerreißen und zubereiten, in zwei Hälften teilen und ihm das beste Stück anbieten. Wir würden dann Seite an Seite sitzen und ein schönes Essen genießen."

Mein Vater mochte die Neumondnacht, während meine Mutter die Vollmondnacht bevorzugte. Sie hatten ihre eigenen Logiken; mein Vater war ein Typ für die Fakten, während meine Mutter ein fantasievoller Typ war. Ihre unterschiedlichen Vorlieben verursachten nie Probleme, denn sie wussten, wie man gute Partner ist.

Die Logik meines Vaters war, dass die dunkle Atmosphäre des Neumonds die kleineren Tiere ohne Angst und Hemmungen dazu einladen würde, das Gebiet zu erkunden. Der Mangel an Licht im Neumond würde eine leichte Deckung für die Beute bieten und die Jagd erleichtern. Er war mehr damit beschäftigt, sich um das Rudel und die Familie zu kümmern. Meine Mutter war eher eine langsame Person mit fantasievollen Biegungen und Schwüngen.

Jede Vollmondnacht, nach dem Sonnenuntergang, wenn die schlaffe Dunkelheit von irgendwo am Horizont ausbreitete und eine unüberwindbare Dunkelheitsdecke über alles legte, würden meine Mutter und ich uns aus unserem Gebüsch herauswinden und nebeneinander sitzen, unsere Vorderbeine nach vorne gestreckt und unsere Hinterbeine unter dem flauschigen Körperfell versteckt. Wir hielten unsere Augen fest auf etwas in der Ferne gerichtet und vertieften uns in die Erinnerungen an die schönen Momente, die vor meiner Geburt passiert waren. Es war ein Lieblingsspiel und Zeitvertreib für uns beide.

Ein paar Tage vor seinem Tod bereitete mein Vater eine zweipolige Behausung vor, zwei nebeneinander liegende Gruben, die durch einen Schlitz verbunden waren, der breit genug war, um uns von einer Seite zur anderen zu bewegen. Mein Vater sagte scherzhaft zu meiner Mutter: "Wenn unsere Welpen kommen, werden wir zwei getrennte Gruben brauchen, um mehr Platz für dich und unsere Welpen zu schaffen. Du wirst in einer Grube bleiben, mit den schlanken und schlanken Welpen um dich herum gekuschelt, und ich würde von der anderen Grube aus meinen Kopf durch den Schlitz schieben, um einen Blick auf dich und die Welpen zu erhaschen, die eng aneinander gekuschelt sind." Meine Mutter sagte mit verschwommenen Augen zu mir: "Ein Welpe ist gekommen, aber er hat es nicht erlebt." Als ich das hörte, spürte ich einen bitteren Kloß in meinem Hals und Bauch, konnte aber nicht herausfinden, was es war oder wofür es war. Eines weiß ich jedoch sicher: Es gibt eine traurige Geschichte zwischen uns Dreien.

Aus nächster Nähe konnte ich einen dunklen Schleier sehen, der ihr einsames Gesicht bedeckte, aber nur für wenige Augenblicke, und sofort rutschte der trübe Schleier von ihrem Gesicht und wandte ihre beiden funkelnden Augen mir zu, als sie sagte: "Als die Dämmerung hereinbrach und das ganze Dickicht verdunkelte, richtete dein Vater seinen geschmeidigen Körper auf, streckte zuerst seine Schnauze vor und ging aus seiner Höhle heraus. Er setzte sich auf das Gras und stützte sich mit seinen vorderen beiden Beinen auf den Boden. Er neigte seinen Kopf etwas nach oben und gab einen langen H-o-w-l aus, zuerst langsam und dann allmählich in einem hohen schrillen Ton. Die gesamte Graslandschaft vibrierte mit seinem kraftvollen und selbstbewussten Geheul. Danach würden einer nach dem anderen andere Schakale aus ihren Gruben kommen und sich deinem Vater mit dem gleichen hallenden Heulen anschließen, und die gesamte Atmosphäre der Schakal-Landschaft würde schön, komfortabel und beruhigend werden." Meine Mutter hielt hier an und spitzte die Ohren und die Augenbrauen, als wäre sie in der süßen Vergangenheit präsent. Auch ich konnte die Atmosphäre spüren und fühlte mich stolz, ein Teil der Schakal-Welt zu sein - eine schöne Erfahrung durch den Mund seiner Mutter.

"Es war nicht so dunkel, es war nicht so hell." Meine Mutter sagte und wurde ruhig, während ihre mondartigen Augen für ein paar Sekunden halb bewusst zum Himmel gerichtet waren. Dann senkte sie ihre Augen und schaute zum fernen Horizont, von wo aus dünnen Linien aus Licht und ein Hauch von weicher Brise zu kommen schienen. Dann wandte sie ihre Schnauze mir zu und fuhr fort: "Es war draußen ruhig, aber nicht drinnen. Es war überall ruhig und friedlich, aber nicht ruhig und friedlich in der Schakal-Welt, denn wir mussten uns mit Stille und Schmerz auf eine unsichere Reise zur Suche nach einem neuen Zuhause vorbereiten und das sehr alte und vertraute Zuhause hinter uns lassen." "Eines Nachts schlängelte sich dein Vater aus unserer Höhle und ging ruhig zu einer Palme, gegen die er seinen Körper so oft gerieben hatte. Er stand dort aufrecht und still und schaute nur nach vorne, kein einziges Mal zurück. Einer nach dem anderen kamen alle anderen Schakale unter einer Mischung aus Dringlichkeit und Unwillen heraus, die für vertriebene Wesen sehr natürlich war, die durch die Angst vor einer Reise ins Unbekannte entstanden war. Sie nahmen alle ihre Positionen auf der gekneteten Wiese hinter deinem Vater ein. Nur die Sterne darüber bewegten sich zart und spürten etwas."

"Dein Vater drehte seinen Hals, um zu sehen, ob sich die anderen Schakale angeschlossen hatten, um weiterzugehen, oder vielleicht, um unser Heimatland zum letzten Mal zu sehen. Ich sah, wie er dabei mit den Augenlidern zuckte. Ich versteckte meine feuchten Augen vor den Schakalen um uns herum, damit dein Vater und die anderen Schakale am Anfang nicht geschwächt werden. Auch ich wollte einen letzten Blick auf unsere verlassene Heimat werfen, aber ich tat es nicht, um deines Vaters und der anderen Schakale willen, obwohl mein Herz dabei zerrissen wurde."

"Eine kleine Wolke kam aus dem Nichts geschwommen und hielt einen Moment lang an, um die funkelnden Sterne zu verdunkeln und die Gegend dunkler zu machen. Dein Vater hob die Augenbrauen und beobachtete aus den Augenwinkeln heraus die Ursache des plötzlichen Verdunkelungseffekts. Er gab einen fast unhörbaren Schluckauf von sich und schaukelte seinen Schwanz langsam hin und her, als Zeichen eines Entschlusses."

Zuerst bewegten sich keine der Schakale. Sie blieben stehen. Mein Herz begann hart zu schlagen. Ich hatte Angst, was passieren würde! Dein Vater schaute nicht zurück und war überhaupt nicht aufgewühlt, ob andere ihm folgten oder nicht; er setzte seinen Weg fort. Ich gab einen schrillen Grunzer der Besorgnis von mir. Ich schloss meine Augen in immensem Bedauern und begann zu zittern, als eine leise Stimme in meine Ohren klang - 'Hallo, Lady, gehst du nicht?' Ich öffnete meine Augen und sah, dass alle Mitglieder der Schakal-Truppe begonnen hatten zu gehen und deinem Vater folgten. Ich schloss mich ihnen an. Die sich bewegende Gruppe nahm die Form einer Karawane an und alle marschierten in Pfeilspitzenform, wobei dein Vater an der Spitze des Pfeils stand.

Im Verlauf unserer Expedition passierten wir ein paar wahrscheinliche Orte, die dein Vater und einige andere Senioren untersuchten und verwarfen. Ein oder zwei Heidegebiete kamen ihnen als möglicher Ort in Betracht; sie kuschelten sich zusammen und diskutierten darüber. Einige sagten Ja, andere Nein - sie konnten sich nicht einigen, ob diese Orte geeignet und sicher waren oder nicht. Wir zogen weiter und weiter, während die Sonne größer wurde und ihre Sanftheit allmählich dahinschmolz. Dein Vater warnte: "Jetzt sollten wir uns zurückziehen, oder wir könnten angreifbar sein." Bald erreichten wir eine nicht allzu dichte Heidelandschaft, und jeder von uns versteckte sich nacheinander in verfügbaren Löchern, Büschen oder Dickichten, hinter jeder möglichen Deckung und wartete dort auf den Sonnenuntergang.

Nach dem Sonnenuntergang krochen wir heraus und jagten einige Würmer, Ratten, einige unterirdische Knollen oder Wurzeln - was auch immer wir ohne Wahl und Geschmack bekommen konnten - und füllten unsere Mägen. Nachdem wir gefressen hatten, begannen wir unsere Suche nach einer dauerhaften Unterkunft und setzten sie fort, bis die Sterne trüb wurden. Dein Vater beobachtete den Himmel und die schwindenden Sterne und flüsterte: "Jetzt sollten wir uns in einem temporären Zufluchtsort zurückziehen."

Wir taten dies alle ohne ein Wort oder eine Frage.

Als Unerfahrene blieben wir am zweiten oder dritten Tag unserer Suche länger als wir sollten; inzwischen war die Sonne höher am Himmel und wir waren ziemlich spät dran, uns in eilig gefundenen Unterschlupfen zu verstecken. Einige aufrecht gehende zweibeinige Wesen, die wir später als Menschen erkennen konnten, beobachteten unser

Eintreffen. In unserer vorübergehenden Unterkunft ruhten wir uns aus oder einige von uns waren im Halbschlaf oder andere befanden sich in tiefer Überlegung über die ungünstige Situation, ohne den Verlauf des Ereignisses zu kennen, das von diesen ungehobelten, misstrauischen und boshaften aufrecht gehenden Dingen auf uns zukommen würde.

...Sie kamen nicht allein, sondern in großer Zahl, als die Sonne sich am hellen Himmel stabilisierte und begann, unsere Spuren zu erkunden. Sie begannen damit, niedriges Gebüsch, Unterwuchs, Heidekraut, das zufällig um oder um die Stelzen oder Stämme der Bäume herum wuchs, abzuschneiden oder zu zerreißen und kringelnde Kletterpflanzen zu entfernen, die sich um die unteren Stängel wickelten. Einige begannen damit, die Erde auszugraben und große Gruben auf dem grasbewachsenen Boden auszuheben. Wir blieben zusammengedrängt, blieben bewegungslos-verwirrt in unseren Verstecken. Einige von uns wollten rausgehen und noch einen letzten Lauf nehmen. Wir hielten sie irgendwie zurück, indem wir ihre aufgeblasenen Schwänze oder zitternden Ohren festhielten oder ihre dünnen Beine bissen. Verzweifelt und verängstigt beteten wir und beteten wir.

Nach etwa einer Stunde oder so beruhigte sich das Getöse über uns, die schweren Schläge von Spaten oder Pickeln, das Schneiden oder Schneiden von Büschen und anderem Lärm über uns, und alles dort beruhigte sich. Dennoch blieben wir in derselben

Position, im selben Zustand und in derselben Trance, bis dein Vater durch sein zitterndes Brummen im niedrigen Bereich eine Warnung aussandte und uns bereit hielt, sobald er ein Signal gab, herauszukommen.

Die Hitze drinnen und draußen im Gebüsch, Dickicht oder in den Gruben ließ nach und wurde irgendwann kühl. Das flauschige Fell um uns herum hatte aufgehört zu bewegen. Die Dunkelheit verdrängte allmählich das ins Unterirdische eingedrungene Licht vollständig. Schließlich berührte uns eine kühle Brise, als das Zischen aus dem Mund deines Vaters unsere wartenden Ohren erreichte und uns darauf aufmerksam machte, dass der Moment gekommen war, auszuströmen und wegzulaufen, und das taten wir.

Hier starrte meine Mutter über die Bäume hinaus, die wir in der Nähe unter uns hatten; ihr Blick blieb an der umgebenden Betonmauer der Fabrik hängen, die um unser Schutzloch herum gebaut worden war. Mit unterdrücktem Schmerz schaute sie hoch in das hängende Blätterdach des Himmels. Ihr Blick blieb dort kleben.

Ich drängte meine Mutter, "Und dann?"

Sie schloss zuerst ihre Augen. Sie öffnete sie nicht sofort, vielleicht visualisierte sie noch die nicht ausgelöschten Ereignisse der Vergangenheit.

Ich stupste ihre Seite an, "Und dann?"

Sie brachte sich und ihre Sinne zurück auf den Boden und fuhr fort: "Als wir unter freiem Himmel auf der Wiese standen, sahen wir, dass sich dein Vater bereits dort aufgestellt hatte und mit erhobenem Kopf und zusammengezogener Nase etwas in der Luft schnupperte.

Aus dem Rascheln und Knistern unserer Füße wusste er, dass wir herausgekommen waren, und ohne Zeit zu verlieren, ohne zurückzublicken, ohne zu zögern, mit einem leichten Zucken seines buschigen Schwanzes, hielt er seinen Kopf gerade und begann zu gehen. Wir wussten, dass das das Signal war, uns zu bewegen. Wir folgten still seinen Fußstapfen.

Als unser Atem und unsere Sorge gleichmäßiger wurden, schauten wir uns an - und wir waren schockiert. Wir fanden einige unserer Schakale nicht in der Marschreihe; sie fehlten definitiv. Dann konnte ich mich erinnern, dass wir in unserer Eile einige Blutspuren oder zerknitterte oder aufgespießte Fleischteile oder verstreute Felle oder sogar zerfetzte Schwanzstücke am Boden gesehen hatten, die unseren flüchtenden Augen entgangen waren.

Meine Mutter senkte den Kopf in tiefe Qualen. Sie schloss die Augen, vielleicht um in ihrem traurigen Herzen an die fehlenden Schakale zu denken. In derselben Trance sagte sie langsam: "Sie waren die Schakale, die ihr Leben für die Suche nach unserem neuen Zuhause gegeben haben."

Verzweifelt ließ ich einen tiefen Seufzer aus und bemerkte: "Dann waren wir immer noch obdachlos.

Aber, Mutter, wie lange würden wir in diesem Zustand verharren?"

Mutter antwortete nicht. Ich sah sie an, ihre Augenbrauen waren hochgezogen, ihre Ohren waren aufrecht. Sie machte keinen Ton, hörte aber aufmerksam auf das Klappern von hastigen Schritten.

Ein Blitzstrahl zickzackte über die fast kahlen Heiden, gefolgt von einem schweren Aufprall, der auf unseren dünnen Busch zukam, in dem wir saßen. Meine Mutter begann plötzlich, an meiner Seite zu stoßen. Sie stand auf, machte auch mich aufstehen und drängte mich mit gedrehtem Hals, auf unser Versteck zu rennen. Ohne Zeit zu verlieren, hasteten wir zu unserem geheimen Versteck.

Das dumpfe Geräusch irrte eine Weile hin und her und schlug dabei gegen die Büsche über uns. Obwohl es Nacht war, hielten wir uns für den Rest der Nacht in unserem Loch versteckt und wagten uns nicht herauszugehen, um zu suchen, und verbrachten auch den folgenden Tag so.

Ich hatte furchtbaren Hunger. Mein Magen krampfte sich zusammen und zuckte manchmal. Aber ich ließ meine Mutter nichts davon wissen, denn ich wusste, dass es sie quälen würde, wenn sie immer wieder mein Gesicht beobachten würde. Kein verborgenes Problem würde den Augen einer liebevollen Mutter entgehen. Sie hatte vielleicht meine Gefühle gelesen. Sie ging still in das innere Loch unseres Verstecks und kam mit einem trockenen Fleischstück heraus und ließ es vor mir fallen. Dabei leckte sie mir mit größter

Zärtlichkeit die Ohren. Während ich vertieft war und das Fleischstück ableckte und saugte, sagte meine Mutter: "Von nun an sollten wir etwas Futter für solch bedürftige Zeiten beiseitelegen."

Nach der nahrunglosen Nacht und dem hungrigen Tag fiel am nächsten Abend die Dunkelheit ein, die Grillen zirpten im Gleichklang und der dünne Mondlichtstrahl berührte unsere Augen durch das Gewirr der dichten Unterwüchse. Zuerst steckten wir unsere Schnauze heraus und schauten vorsichtig herum. Dann krochen wir aus unserer versteckten Höhle und saßen unter dem Himmel mit unseren Vorderbeinen ausgebreitet und unser Bauch auf dem grasbewachsenen Boden ruhend.

Mit dem Kreis des Mondes über uns, vielen funkelnden Sternen drum herum, schien der Himmel tief zu hängen, als wollte er unser Sein beurteilen. Betend und hoffend, dass der Himmel sich für uns entscheidet, konnte ich nicht anders, als den Himmel mit der gleichen Abstraktion anzusehen, die meine Mutter hatte.

Das Wichtigste, was wir jetzt in der Hand hatten, war, etwas zu essen zu finden, denn wir waren fast anderthalb Tage ohne Essen und fühlten uns schwach in den Gliedern. Wir taten das, und meine Mutter erinnerte uns erneut daran, dass wir etwas für unvorhergesehene Ereignisse aufbewahren sollten.

Als wir genug hatten, legten wir uns wieder auf das grasige Bett eines Unterholzes. Einige wollige Wolken zogen am leuchtenden Mond vorbei. Eine seltsame

Stille hatte sich um uns herum ausgebreitet. Einige Nachtvögel flogen mit entferntem Gezwitscher irgendwo hin. Meine Mutter, die sich der Ruhe der Umgebung anpasste, sah schweigend zum Himmel auf, dem Himmel, der uns eines Tages retten würde. Die Überzeugung meiner Mutter wurde auch meine Überzeugung. Wir waren nicht in unserem eigentlichen Zuhause, das die Natur uns zugewiesen hatte. Wir waren Tiere einer eingeschränkten Welt, in der wir nichts Eigenes hatten - keine Freiheit, keine Bewegung und nicht einmal Gedanken; nur Angst und nur Angst.

Ich äußerte meine Besorgnis: "Vielleicht finden wir unser eigenes Territorium nicht! Wir würden von einem Ort zum anderen rennen, aber unser eigenes nicht finden."

Mutter nickte: "Ja, das haben wir auch gedacht. Wir liefen und hüpften, rannten und wechselten den Standort, aber konnten keinen Platz zum Bleiben finden."

Ich konnte meine Besorgnis nicht zurückhalten: "Dann würde die Jackal-Gruppe durch das Schicksal zugrunde gehen."

"Nein", erklärte Mutter fest.

"Wir folgten deinem Vater und durchquerten Region um Region und verweilten dort, wo die Sonne schien. Beim Einbruch der Dunkelheit gingen wir wieder auf die Suche nach einem göttlichen Ort für uns. Einige von uns fielen der Verzweiflung zum Opfer und eine seltsame Bestürzung ergriff sie, und eine Frage lugte aus ihren Herzkammern heraus: 'Wie lange noch!'"

Dein Vater verlor niemals die Hoffnung und machte immer weiter, andere zu ermutigen, die Hoffnung nicht aufzugeben. Die Hoffnung war das einzige Heilmittel, das uns vom Abend bis zum Morgen und manchmal auch vom Morgen bis zum Abend bewegte, obwohl es für nachtaktive Jackals wie uns ungewöhnlich war.

Dein Vater arbeitete immer daran, den gleichen Enthusiasmus, den er in sich trug, in andere zu wecken und zu erfüllen, die nach einer langen Reise nach einem Platz für sich selbst müde waren. Dein Vater betonte immer: "Wir werden definitiv einen Ort finden, an dem wir Sicherheit, Schutz, ausreichend Nahrung und Wasser, freie Bewegung, unbesorgte Gedanken, einen guten Schlaf und Ruhe haben werden. Wir werden sicher einen idealen Ort finden, an dem wir ohne Furcht leben können."

Wir schlichen so behutsam durch die Wiesen, Felder, Sümpfe und Büsche, dass keine anderen Wesen eine Ahnung von unseren Bewegungen hatten. Aber das sollte nicht immer so sein.

Einmal, als wir ein einsames Feld durchquerten, dachten wir, es sei verlassen, als wir plötzlich eine Gruppe von Hunden sahen, die in Reihen standen, als ob sie auf uns warteten und uns erwarteten. Ihre Schwänze waren aufgerichtet, die Ohren gespitzt, die Rückenhaare gesträubt, ihre Pfoten zupften manchmal an der Erde; sie warteten wirklich auf unseren Durchgang.

Ohne es zu merken, hielten wir an und schauten uns verdutzt an. Die Hunde knurrten zuerst und stürzten sich dann mit geöffneten Zähnen auf uns. Zunächst waren wir entsetzt und rannten zurück. Unser Zurückweichen war ein Ansporn für die Hunde, und mit doppelter Energie sprangen sie auf uns. Sie bissen einigen Schakalen in den Rücken. Einige der Hunde fingen einigen unserer Jackals mit ihren Zähnen an den Schwänzen. Wir wurden fast zurückgedrängt. Die Hunde sprangen, knurrten und tanzten verrückt um uns herum. Ein Moment kam, als sie uns praktisch einkreisten.

Plötzlich brach dein Vater sein Rennen ab und blieb stehen. Wir hielten mit ihm an. Wir drehten uns alle gleichzeitig um und standen den wahnsinnig gewordenen Hunden gegenüber. Es dämmerte uns, dass Weglaufen uns nicht gut tun würde. Wir sollten uns stellen und widerstehen, weil es eine Frage des Tuns oder Sterbens war.

Wir gingen einige Schritte vor und standen aufrecht Auge in Auge mit ihnen. Sie bellten, wir heulten; sie knirschten mit den Zähnen, wir knirschten ebenfalls; sie hoben ihre Schwänze, wir hoben unsere Schwänze auch - und bevor sie es ahnen konnten, stürzten wir uns auf sie.

Nun kämpften wir direkt gegen sie an, wovor wir uns zuvor nicht getraut hatten. Wir bissen sie, kratzten sie, schmissen sie umher, rissen sie nieder. Plötzlich merkten wir, dass wir doppelt so viele waren wie sie. Das gab unserem Trupp noch mehr Schwung und Nerven. Wir ließen nichts unversucht, um sie zu überwältigen. Schließlich sahen wir, wie die Hunde kleinlaut zurückwichen. Ihre Schwänze hingen schlaff und wurden zwischen ihren Hinterbeinen eingeklemmt, ihre Ohren hingen herunter und ihre Zähne waren nicht mehr zu sehen. Von uns gebissen, zerkratzt und zerrissen - rannten sie zurück und in wenigen Sekunden war das Feld leer. Wir prahlen immer noch und fühlen uns stolz, wenn wir in unseren Gedanken die erschrockenen Hunde davonlaufen sehen.

Wir waren so von unserem beispiellosen Sieg über die Hunde überwältigt, dass wir uns nicht bewusst waren, dass wir trotz des Sieges auch Verluste erlitten hatten.

Der Siegesrausch war so hoch, dass wir nicht einmal daran dachten, uns hinzusetzen und standen keuchend da und starrten auf die sich zurückziehenden Hunde; wir wussten nicht einmal, dass wir nach einem solch heftigen Kampf eine Pause brauchten.

Nicht sehr weit vom Schlachtfeld entfernt gab es einen Sumpf voller Hyazinthen und Wassernüsse. Wir gingen dorthin und tranken Wasser über Kopf und Ohren und setzten uns, um wieder zu Atem zu kommen. Dein Vater stand stoisch an einer Ecke, als ob nichts passiert wäre. Ich sah mehrere rote Streifen und Kratzspuren an seiner Seite. Ich wandte meine Augen ab und war schockiert, auch bei den anderen zu sehen. Einigen der Schakale waren die Schwänze aufgeschlitzt; einer hatte tiefe Bissmarken am ganzen Körper; einer hatte ein geschwollenes Auge; und einige andere hatten ihre Nasen, Schnauzen oder Beine aufgerissen und bluteten. Ich war aufgeregt und beunruhigt und rannte zu deinem Vater. Er war ruhig und ungerührt wie immer und stand im Gespräch mit anderen Senioren. Dann sagte er uns zuversichtlich, dass wir den Ort sofort verlassen sollten; und wir taten dies entsprechend.

Ich konnte meine Zweifel nicht zurückhalten - "Was ist mit unserem Zuhause, Mutter? Werden wir nur von Ort zu Ort fliehen?"

Mutter sagte: "Ja, mein Junge, manchmal schien es uns, als ob wir zu einer Gruppe von Wanderern werden würden und wie die Zigeuner umherziehen würden. Wir wären permanente Wanderer, ohne permanente Heimat."

Es war überall bewölkt. Schwere, dunkle und dichte Wolken hatten sich überall gesammelt und hingen sehr tief. Der Himmel war überhaupt nicht erkennbar. Der Mond blieb hinter dem tiefen Schleier der Wolken verborgen. Wenn der Himmel nicht zu sehen war und der Mond nicht präsent war, geriet meine Mutter in schlechte Stimmung und erzählte keine Geschichte. Ich benutzte das Wort "produzieren" absichtlich, weil ich wusste, dass sie eine fantasievolle nostalgische Mutter war und ihren Erzählungen über unsere Vergangenheit immer gerne eine Note ihrer

Phantasie hinzufügte. Ich mochte diese Eigenschaft an ihr auch.

Mutter hielt unter den klimatischen Schwankungen an und hörte für eine Weile auf, ihre Geschichten zu erzählen. Ich trieb sie auch nicht an. Ich wusste, dass sie sich später automatisch öffnen würde und die Vergangenheit herausbrechen würde, wenn sie von Nostalgie geplagt würde.

Ein oder zwei Tage später saßen wir zusammen direkt vor dem Eingang unseres Wohnlochs, und die bewölkten Bedingungen begannen sich langsam zurückzuziehen und gaben einen seltenen Blick auf den Himmel frei, als wir ein schnelles Rascheln auf den fallenden, toten Blättern hörten und ein hastiger Schatten an uns vorbeizog. Ich stand schnell auf und streckte eines meiner Vorderbeine aus. Meine Mutter zog mich jedoch zurück und ließ mich sitzen, während sie mein Ohr zwischen ihren Kiefern hielt. Ich war von ihrem Verhalten und ihrer unnatürlichen Ruhe eher überrascht. Ein paar Augenblicke später schlängelte sich eine lange und schlanke Schlange in Richtung des raschelnden Schattens vor uns.

Mutter sagte: "Der Schatten, der vorbeischoss, war eine große, runde Ratte, und die Schlange kroch hinterher, um die Ratte zu fangen."

Ich bemerkte überrascht: "Sollten wir nicht die Ratte retten?"

Mutter antwortete selbstgefällig: "Im Moment ist die Ratte, obwohl sie ein lebendiges Wesen ist, Nahrung für die Schlange. Wir werden uns fernhalten und niemals eingreifen. Dein Vater pflegte zu sagen - 'Dies ist die Norm der Natur und des Dschungels.' "

Ihr Ehemann pflegte auch zu sagen, dass man ein Paar beim Geschlechtsverkehr niemals stören sollte. Aber das konnte sie ihrem kleinen Sohn nicht sagen. Ein verlegenes Lächeln breitete sich nur über ihre Lippen aus, als sie in Erinnerungen an das süße Gefühl der Liebe schwelgte, obwohl sie es vermied, das geheime Gefühl dem Baby zu offenbaren.

Die bewölkten Bedingungen klärten sich nicht vollständig auf. Mehr Wolken schwärmten ein und machten den Himmel noch trüber, und es begann zu regnen. Der Regen hatte immer alles für uns erschwert. Wir würden vermeiden, nach draußen zu gehen; die Versorgung mit Nahrung würde hart erkämpft werden. Wir würden den Eingang unserer Höhlen beschatten, aber Wasser und Feuchtigkeit würden trotzdem eindringen.

Der Regen würde irgendwann aufhören, aber die Bedingungen würden weiterhin schwierig bleiben, und wir würden warten, bis sich die Dinge verbessern. Es würden noch ein paar Tage benötigt, damit unser durchnässtes und feuchtes Zuhause wieder trocken wird. Und während dieser Zeit der Aufarbeitung würde es keine Geschichten oder Gedanken an die Vergangenheit geben. Diese Regenzeit verlief wie immer, ohne Unterschied zu anderen.

Nachdem wir uns ein Bild von dem anhaltenden Regen gemacht hatten, sagte meine Mutter: "Obwohl

Regen für das Leben eines Schakals immer viele Schwierigkeiten mit sich bringt, wurde ein Regen an einem Tag zu etwas Besonderem. Ein bestimmter Regen an einem Tag der unruhigen flüchtigen Schakale brachte Hoffnung, ein Zuhause und ultimative Stabilität, die ihrer unsicheren Auswanderung ein Ende setzten."

Nach dem Krieg mit den Hunden rannten wir ängstlich und voller Vorfreude voraus, schnüffelten an der Luft, kratzten an der Erde, schweiften mit unseren Augen umher, leckten Stämme der Bäume und stupsten Büsche mit unseren Schnauzen an. Wir liefen und überquerten Felder, dann Wiesen, dann sumpfige Niederungen. Eines Tages, während wir durch ein weites Feld mit üppiger Vegetation huschten, begann es heftig zu regnen und zwang alles um uns herum verschwommen und neblig zu werden.

Vor uns sahen wir üppige Vegetation mit Büschen, Dickicht und hohem Gras. Wir liefen in diese Region, um uns vor dem strömenden Regen zu retten. Irgendwie fanden wir alle Schutz in dieser dichten Vegetation und warteten, bis der Regen aufhörte.

Der Regen fiel für etwa zwei Stunden in Strömen.

Erstaunlicherweise stellten wir fest, dass wir dort sicher waren und dass die üppige Vegetation uns eine sichere Zuflucht bot und die Tiere hier nicht durch unsere Anwesenheit gestört wurden.

Als der Regen aufhörte, gingen wir wieder hinaus und schlenderten herum, unerschrocken. Aber dein Vater war anders. Er untersuchte die Gegend mit großer Sorgfalt und Bewusstsein. Er sammelte einige ältere Schakale um sich und umrundete das Gebiet mit ihnen mehrere Male. Nach zweieinhalb Stunden rief er uns alle zusammen und empfahl uns, cool unter einem großen struppigen Baum zu sitzen. Das taten wir alle.

Nach einem langen Gespräch mit den Ältesten verkündete er freudig: "Kein weiteres Herumstreifen. Kein unsicherer oder schwankender Geist. Unsere zwanglose und vagabundierende Reise endet hier. Wir werden uns hier niederlassen. Dies ist der geeignete, sichere und angemessene Ort, um unser Zuhause zu finden. Wir werden hier unser Zuhause einrichten."

Wir alle begrüßten die Ankündigung, indem wir unsere Schwänze wedelten, mit unseren Vorderpfoten auf den Boden trommelten, unsere Felle aufplusterten und unsere Kehlkopfmuskeln vibrieren ließen, um einen schrillen und breiten Chor zu singen.

Der Ort bestand aus einem ausgedehnten langen Dschungel, der mit Büschen, Dickichten und erhöhten Pflanzen durchsetzt war, und an dessen einem fernen Ende eine halbe Runde eines sumpfigen Tümpels grenzte. Die Gegend wimmelte von verschiedenen Flora- und Faunarten sowie anderen Biodiversitäten, die wir kannten und nicht kannten.

Ich sprang auf und wollte vor Freude mit meinen Vorderpfoten schlagen, wie es die zweibeinigen aufrechten Dinge in Euphorie tun. Aber ich konnte das nicht tun, weil ich meinen ganzen Körper nicht auf meinen Hinterbeinen balancieren und meine Vorderpfoten gleichzeitig anheben konnte, um dieses zweibeinige Pfotenschlagen zu tun. Ich schrie nur: "Wir haben endlich unser Zuhause gefunden, Mutter. Wir haben unser Zuhause gefunden!"

"Aber mein Sohn", sagte meine Mutter, "Die nächste Aufgabe war die schwierigste - den Ort nach unseren Vorstellungen und Bedürfnissen bewohnbar zu machen - die Aufgabe des Heimwerks oder der Hauswirtschaft."

"Zuallererst müssen wir eine geeignete Zone inmitten eines nicht allzu großen Dschungels wählen, die unsere Sicherheit garantiert - eine Zone, in der wir uns friedlich niederlassen können."

Wir wählten einen kühlen, feuchten, schattigen Ort voller Büsche, Dickichte und einigen großen Bäumen darüber. Mit unseren Krallen, Beinen und Schnauzen begannen wir, die Erde auszugraben und einige Hohlräume zu schnitzen, die sich unter dem Boden verdrehen. Einige kleine Löcher oder Höhlen waren bereits da, wir haben sie ausgehöhlt und unterirdisch erweitert. So wurden unsere Häuser gebaut, in denen wir uns ausruhen, schlafen oder uns mit unseren Partnern streiten konnten. Einige von uns wählten Kessel-artige Vertiefungen mit einer schweren Abdeckung aus Büschen und Pflanzen. Aber ich und dein Vater entschieden uns für eine tiefe Höhle mit maximalem Platz, damit wir frei herumlaufen und genug Platz haben konnten, um das zu einer zweigeteilten Kammer auszubauen, wenn Welpen kommen würden.

In den folgenden Tagen ließen wir uns dort friedlich nieder und begannen uns ohne Hemmungen zu bewegen. Wir lebten einfach in uns selbst. Wir mussten uns keine Sorgen um Nahrung machen. Die Bäume waren voller Früchte, die wir nach Belieben pflücken und essen konnten; wir konnten Wurzeln oder Fettwurzeln sammeln, um unsere Mägen zu füllen; das nahe gelegene Wasserufer war voller Fische, Wasserpflanzen und anderen kleinen Kreaturen, die unsere Nahrung ergänzen würden; andere Miniaturwesen waren als Leckerbissen vorhanden.

Meine Mutter hielt hier inne. Sie sah friedlich aus, ihre Augen leuchteten wie eine Lampe. Ein sanftes Lächeln zog über ihr Gesicht. Ich war sicher, dass sich einige amüsante und lustige Erinnerungen an vergangene Zeiten in ihrem Blick widerspiegelten.

Sie plapperte: "Weißt du? Die Seiten des Tümpels waren mit vielen Löchern unterschiedlicher Größe übersät, die Krabbenlöcher oder -häuser waren. Wir sind sehr auf Krabben fixiert. Wir gingen in die Nähe der Löcher, senkten unsere flauschigen Schwänze als Köder in diese Löcher und warteten. Wenn wir einen Ruck an unseren Schwänzen spürten, als würde eine Krabbe unsere Schwänze mit ihren Zangen packen, dann zogen wir unsere Schwänze mit einer daran haftenden Krabbe heraus. Dann machten wir ein schönes Mahl aus der saftigen Krabbe."

Ich fragte: "Hat es nicht wehgetan, als die Krabben deine Schwänze mit ihren Zangen gebissen haben?"

Mutter sagte: "Nein, wir haben niemals Schmerzen gespürt, aufgrund der dicken Flausche um unsere Schwänze, die verhinderten, dass sie um das Fleisch unserer Schwänze herumgebissen haben." Sie lächelte wieder und sagte: "Wir waren auch auf eine lustige Art innovativ."

"Wie, Mutter?" fragte ich.

Der Ort war voller Jackfruchtbäume. Wenn das Aroma der reifen Jackfrüchte das ganze buschige Gebiet erfüllte, rollte uns der leckere Speichel auf der Zunge. Wir versammelten uns unter den Bäumen, an denen riesige duftende Jackfrüchte hingen. Wir hockten darunter und sahen gierig nach oben. Die Früchte hingen hoch über uns und außerhalb unserer Reichweite.

Ich mischte mich ein: "Dann habt ihr nur sabbern können, während ihr unten saßt."

"Nein, wir haben eine einzigartige Erfindung gemacht."

"Was ist das, Mutter?"

"Eine subtile. Einige von uns saßen auf dem Boden, dann ritten andere auf ihren Rücken und kletterten aufeinander, um eine obeliskartige Struktur zu bilden, bis einer von uns an die Spitze kam und die Früchte erreichte. Der Jackal oben hielt dann eine Frucht und schüttelte oder schlug auf die Frucht, um sie loszumachen und auf den Boden fallen zu lassen. Am Ende saßen wir alle zusammen und machten ein großes Festmahl aus den gefallenen Jackfrüchten."

Ich sagte: "Zwei von uns haben noch nie eine Jackfrucht gepflückt."

"Nein, mein Sohn, es braucht mehrere von uns. Wir sind nicht mehr so."

Zuerst waren die Bewohner des Gebiets misstrauisch und hielten Abstand zu uns. Aber nach einer gewissen Zeit, als sie sicher waren, dass wir ihnen keinen Schaden zufügen würden, wurden wir freundliche Nachbarn. In der Gegend gab es ein besonderes lustiges, aber kluges Tier, das von Ast zu Ast der Bäume sprang, genannt Affe. Sie waren immer auf den Bäumen und hielten als Wachen über das ganze Gebiet Ausschau und alarmierten uns durch ihr unangemessenes, kontinuierliches Geplapper oder Geschrei, wenn etwas ungewöhnlich oder unpassend schien.

Die ersten, die uns Freunde machten, waren die Eichhörnchen. Sie waren wirklich erstaunlich und amüsant mit ihren auf- und abwippenden Schwänzen und zitternden Körpersprachen. Sie kamen zuerst zögerlich und winkten mit ihren Schwänzen und näherten sich uns auf ihren Hinterbeinen stehend, mit den Vorderbeinen gefaltet und hielten ihre kleinen runden Augen fixiert.

Einige Tage später trafen wir auf einen Stachelschwein, das sich mit seinen Stacheln herausfordernd aufbäumte. Wir dachten, die Geste sei ein Angriff auf uns. Es stand still; wir auch. Dann saßen wir als Geste der Freundschaft auf dem Boden, das Stachelschwein tat dasselbe und zog schließlich seine Stacheln zurück, untersuchte uns von oben bis unten und ging langsam an uns vorbei, um im nahegelegenen Busch zu verschwinden. Danach begegneten wir uns mehrmals. Wir hielten an und tauschten milde Blicke aus, als wären wir Freunde, und gingen unseren Weg.

Ein Vogel pfiff hinter uns. Es war ein bunt gemischter Vogel mit einer kleinen Federhaube auf seinem zuckenden Kopf.

Ich fragte meine Mutter flach - "Ich denke, Vögel werden niemals Freunde von Schakalen, da Schakale auf dem Land bewegen und Vögel fliegende Kreaturen sind."

Mutter schüttelte energisch den Kopf. "Nein, nein. Der Fall war nicht so, wie du denkst. Sie sind die besten Dinge, die Gott geschaffen hat und die immer um uns herum schweben, hüpfen und herumtollen. Wir können uns unseren Platz nicht ohne sie vorstellen. Vielleicht waren wir nicht so sehr Freunde, aber wir sind auch nie gegangen. Indem wir ihren Bewegungen folgten, konnten wir immer feststellen, wo die reifen Früchte waren oder wo sich Ratten oder Eidechsen aufhalten könnten."

Mutter stand plötzlich auf und sagte: "Allein Geschichten zu hören, wird deinen hungrigen Magen nicht beruhigen. Lass uns rausgehen und etwas finden, um unseren knurrenden Magen zu beruhigen."

Nachdem wir ein üppiges Mahl zu uns genommen hatten, saßen wir wieder unter einem kräftigen und stämmigen Baum.

Ich war ziemlich ungeduldig, um die erhabenen Episoden unserer vergangenen Strapazen und Taten zu hören. Ich stupste meine Mutter an, um sie dazu zu bringen, von diesen drängenden Geschichten zu schwärmen.

Indem sie ihre Augen schmal machte und durch die Ecke ihrer verengten Augen in die Ferne blickte, begann Mutter: "Dein Vater und ich waren uns bewusst, dass unsere Schakale sich langsam an die Region gewöhnten und begannen, sich selbst als eine der Kreaturen zu fühlen, die sich in und um diesen Landstreifen bewegten. Es wurde wirklich ihr Zuhause, wo sie ihr 'Sich-selbst-Sein' fühlen konnten und ihre eigenen sein konnten. Wir waren glücklich, das zu sehen."

Ich begann, das Zuhause, sein Sein und sein Zuhause-Gefühl zu visualisieren, als Mutter zischte: "Schau dorthin!"

Mit meinen Augen folgte ich ihrem Hinweis. Mutter fuhr fort: "Das ist die halbrunde Pfütze, die eine enorme Menge an dichtem Wasser hält und weit und tief hinunter reicht."

Ich drehte meinen Kopf zur Pfütze. Fische schwimmen dort und springen manchmal auf, ihre weißen Körper glitzern in der Sonne und verschwinden wieder unter Wasser, ihre sich drehenden Schwänze gehen langsam ins Wasser. Es gibt jetzt nicht mehr viele. Aber als wir zum ersten Mal hierher kamen, gab es genug, um unsere Bedürfnisse zu befriedigen. Das Ufer war reich an Wasserkastanien, die wir sammelten und aßen. Aber diese Tage sind schwer zu finden. Man könnte Libellen brummen oder auf den ausgestreckten Köpfen der Wasserplanzen sitzen sehen, ihre Flügel flattern oder gerade ausgerichtet.

Ich sagte: "Libellen fliegen dort immer noch. Aber Mutter, ich habe noch nie eine Wasserkastanie probiert. Wie schmecken sie?"

"Ich werde versuchen, eine zu finden und dir eine probieren zu lassen."

"Aber gab es keine meiner guten Freunde, Mutter?"

"Wen meinst du?"

Ich sagte: "Die geschmückten Schmetterlinge, meine Spielkameraden, die mir kostbare Gesellschaft leisten."

"Ja, ja, natürlich. Sie waren von vielen Farben und Arten. Sie waren sehr angenehm für die Augen, besonders für deinen ernsten Vater. Die flatternden Schmetterlinge brachten immer eine zusätzliche Freude und Schönheit zu den gruppierten Pflanzen, Bäumen und Heiden. Sie sind jetzt wie viele andere des Gebiets weniger geworden."

Als ich Mutter hörte, wurde mir klar, dass unsere Vorfahren-Jackals ihr neues Zuhause auf dem Land gefunden hatten, das von Heiden, Dickichten, Sümpfen, dicken und borstigen Gräsern und sentinelartigen Bäumen betont wurde, frei von Angst und Sorgen.

Mutter hob ihre Augen und signalisierte mir, in den Himmel zu sehen.

Ich wandte meine ungeschulten Augen zum Himmel und wunderte mich: "Was gibt es zu sehen?"

Mutter sagte unbedacht: "Der Himmel wird von Wolken überzogen. Bald werden die dunklen, dichten Wolken den gesamten Himmel beherrschen und das geringste Licht daran hindern, vorbeizuschießen. Dann werden tanzende Lichtstreifen durch die verschmolzenen dunklen Wolken flackern. Die großen Vögel, die hoch mit still-stehenden Flügeln kreisen, werden bald anfangen zu landen und sich hinter den dichten Blättern der großen Bäume zu schützen. Dann wird sich eine weitere Schicht schwerer Wolken ausbreiten und sich an der oberen Schicht festklammern und still hängen bleiben, um einen trüberen Effekt zu erzielen. Der Blitz wird sich meandernd durchsetzen, ein Rumpeln wird vibrieren und der Donner wird ausbrechen."

Es ist eine sehr harte Jahreszeit für diejenigen, die unter freiem Himmel, auf Bäumen, in Löchern, Büschen, Dickichten oder auf den grasbewachsenen Flächen leben, mit Ausnahme der aquatischen Lebewesen.

Der Regen wird gegen die Blätter der Bäume prasseln, die Büsche zerdrücken, die Dickichte zum Zittern und Biegen bringen, die Löcher mit Wasser füllen und die grasbewachsenen Flächen überfluten. Es wird stundenlang weitergehen, manchmal intermittierend oder mit unregelmäßigen Intervallen.

Die Vögel werden still auf den Ästen sitzen bleiben, ihr Flaum und Federkleid bis auf die Knochen durchnässt, reduziert auf bloße Skelette. Insekten und Würmer werden sich nicht zeigen. Schlangen werden nur zu sehen sein, wie sie durch schlammige Flachstellen schlängeln und dabei eine meandernde Linie hinterlassen. Die Pfütze wird anschwellen und das Wasser wird überlaufen. Der Tag der Wasserbewohner wird kommen. Fische werden in den Feldern schwimmen. Die Krabben werden auf den offenen Grasblättern herumkrabbeln. Die kleinen Garnelen werden um Wasserkastanien herum schwimmen oder in die wassergetränkten Stellen strömen.

Essen wird schwer zu finden sein. Wir werden auch nicht weiter wegziehen. Wir werden uns auf das verlassen müssen, was wir in der Nähe unserer Unterschlüpfe finden können.

"Und Schmetterlinge, Mutter?" fragte ich.

Diese Tage waren auch für die Schmetterlinge sehr sehr hart. Wenn sie rauskamen, würden ihre dünnen Flügel nass und schwer werden, und sie würden nicht fliegen können. Man würde sie nicht flattern sehen, sondern eher an Gras oder Schlamm haften finden. Praktisch mochten sie den Regen nie.

Wir hassten auch den Regen. Ich mochte ihn auch nie. Aber ein Vorfall steht noch in meiner Erinnerung, der mich anders denken ließ, und obwohl ich den Regen nicht genoss, konnte ich ihn jetzt auch nicht abwerten.

Ich wurde eifrig und neugierig und stellte die Frage prompt: "Was, was ist das?"

Mutter schaute weiter nach draußen, ihre Augäpfel fixiert, Wimpern flatterten nicht, Schnauze nach vorne gerichtet. Ich war sicher, dass sie das Ereignis abspulte und alles in einer feinen Ordnung zusammenfasste, um es mir zu erzählen.

Ich machte keine Geste, um sie nicht zu stören. Ich wusste, dass sie manchmal Ereignisse von sich aus erzählen würde.

Mamas Mund öffnete sich und zitterte, und die Geschichte zog weiter ---

Es war vielleicht der regnerischste Tag. Das Licht war so knapp, dass es schien, als wäre es Abend am Mittag. Breite und starke Linien von strömendem Regen hatten die Umgebung undeutlich gemacht. Durch diesen Regenschleier konnte kaum ein Objekt gesehen werden. Der Regen, der auf den durchnässten Schlamm fiel, schuf kleine Krater, die dann vom nächsten Tropfen Regen weggeschmolzen wurden. Der Rand der Pfütze dehnte sich sichtbar aus und kroch vorwärts. Nur die Wasservögel hatten sich unter dem prasselnden Regen versammelt, pickten kleine Fische aus dem Wasser, hoben ihre Köpfe und Hälse, schickten die Fische mit ein paar Ruckbewegungen ihrer Köpfe in ihre Kehlen hinunter.

Wir waren ungeduldig und besorgt, wie lange der Regen noch fallen würde und wie lange wir untätig, durchnässt, verklumpt und halb gefüttert sitzen müssten. Wann würden sich die Wolken zerstreuen und der Regen aufhören? Wir wussten es nicht.

Im Gegenteil, der Regen prasselte weiterhin mit einem einzigen Klang auf den wassergesättigten Boden. Eine dicke Dunkelheit hatte sich überall gebildet und unsere Augen wurden verschwommen, da das Wasser ständig über unsere Augenlider tropfte.

In der Dunkelheit weit vor uns gegen den von Regen umhüllten Horizont, hinter den nassen Dickichten, schien eine schattige, verängstigte Gestalt, gefolgt von zwei anderen kleinen Klumpen, auf dem regendurchtränkten Schlamm zu zittern.

Wir fragten uns, was es sein könnte: War es nur ein Schatten oder ein anderes beseeltes Wesen, das sich unwissentlich durch Zufall in unser Territorium eingeschlichen hatte?

Ob es Zufall war oder nicht, schienen die schattigen Dinge sich zu bewegen, obwohl sie immer noch wie Erscheinungen in der Dunkelheit erschienen.

Nach einigen Furlongs blieb es stehen und stand regungslos da, als hätte es unsere Anwesenheit bemerkt. Wir waren verwirrt und starrten es an.

Wiederum bewegten sich die Figuren unsicher hin und her. Als die Figuren größer erschienen, waren wir uns sicher, dass es sich um ein vierbeiniges, pelziges Wesen handelte. Als sie in unsere Sichtweite kamen, waren wir überrascht: Es waren unsere Erzfeinde, die uns einst furchtbar gejagt und gnadenlos gezwungen hatten, in einen scharf abknickenden Bach zu springen, der uns fast gegen versunkene Felsen geschleudert hätte, als wir hilflos auf der Suche nach unserem Zuhause waren.

Als die verschwommenen Figuren unsere Anwesenheit bemerkten, duckten sie sich sofort und begannen, sich zurückzuziehen.

Wir konnten unsere Wut kaum zurückhalten und unsere Wut brach aus. Trotz des widrigen Klimas, des ärgerlichen Schlamms, des Wassers und des Regens kamen wir alle aus unseren Unterschlüpfen und stürmten auf sie zu, um sie mit zusammengebissenen Zähnen, gesträubten Krallen, flauschigen Körpern und wedelnden Schwänzen zu belagern.

Wir heulten, knurrten und schrien vor Wut und umzingelten die Wölfin und ihre zwei Jungen. Jeder von uns wollte sie töten. Sie hatten unserer Gruppe einmal großen Schaden zugefügt, der unheilbar und unvergesslich war.

Einige von uns gingen voran, um sie auseinanderzureißen.

Plötzlich schrie die Wölfin: "Tötet mich und meine Kinder nicht. Wir sind hilflos, hoffnungslos, obdachlos und vertriebene Wesen. Die zweibeinigen aufrechten Teufel haben uns unserer Heimat beraubt und uns hilflos zurückgelassen. Wir sind Fremde von unserer Familie und unserem Wolfstamm. Habt Erbarmen mit uns."

Mama hielt hier inne und starrte vor sich hin. Ich wartete auch. Ich wusste, dass sie irgendwann von selbst sprechen würde. Ihre leeren Augen wurden langsam normal. Sie drehte ihr Gesicht zu mir und begann: "Was mit mir passiert ist oder was mich ergriffen hat, konnte ich nicht wissen. Ich rief heiser 'Stopp, Stopp!' und rannte schnell dazwischen, um zwischen den rachsüchtigen Schakalen und der windenden Wölfin zu stehen."

Die meisten Schakale schrien: "Sie haben uns einmal gezwungen, aus unserem Zuhause zu fliehen und uns in einen Strom getrieben, als wir atemlos nach einem Zuhause rannten. Einige von uns waren versunken und ertrunken oder wurden vom Strom weggespült. Sie hatten kein Erbarmen mit uns, als wir es am meisten brauchten. Wir sollten ihnen nicht vergeben."

Die Mutterwölfin zitterte vor Angst und hatte zwei Kinder unter ihrem Bauch versteckt. Sie war entsetzlich blass geworden und konnte kaum noch richtig stehen.

Ich weiß nicht, woher ich solchen enormen Mut hatte, aber ich ging zu den zitternden Wölfen, berührte sie mit meiner Schnauze als Zeichen der Sicherheit und sagte zu unserer Gruppe: "Was auch immer passiert ist, die Situation hat sich umgekehrt. Sie sind obdachlos, territorienlos, ohne Verwandte, so wie wir es einmal waren. Sie sind total zerrissen und hilflos; sie stehen auf demselben Boden wie wir, als wir vertrieben wurden. Wir sollten jetzt zu ihnen halten."

Mutter sagte: "Auch dein Vater kam vor und stand neben mir und verkündete, dass ich Recht hatte. Wir sollten die Situation erkennen und alles vergessen, um sie zu retten und ihnen Unterschlupf zu geben, zumindest für die armen Kinder. Denke daran, als wir hier obdachlos ankamen, haben uns die Bewohner dieses Gebiets akzeptiert. Also sollten wir sie auch akzeptieren und schützen."

Mutter fügte hinzu: "Obdachlose Kreaturen sind dieselben, egal wer sie auch sein mögen, sie brauchen immer Schutz. Wenn wir das nicht tun, sind wir die Teufel."

Einige der Schakal-Kinder rannten zweifellos zu den Wolf-Kindern und begannen sie abzulecken, zu beschnüffeln und sich an sie zu kuscheln. Und das hatte seine Wirkung: Alle, die erstaunt und berührt waren, konnten sie nicht mehr von sich fernhalten. Alle lächelten und begrüßten die Wölfe. Ich lächelte. Die Mutter-Wolf lächelte, und die beiden verschiedenen Arten von Kindern lächelten noch mehr.

Plötzlich brachen die Wolken oben auf und fielen schwer und lautstark. Alle, einschließlich der Neuankömmlinge, rannten zu den Unterschlüpfen. Ich bewegte mich nicht und stand allein im strömenden Regen, hielt meinen Kopf nach oben zum fallenden Regen mit geschlossenen Augen.

"Und", sagte meine Mutter, "seit diesem Tag begann ich Regen zu lieben, anstatt es zu hassen."

Ich fügte hinzu: "Und seit diesem Tag sind die Wölfe unsere Verwandten."

"Nicht wirklich, aber ja."

"Und sie lebten für immer zusammen."

"Nein, mein Sohn. Einige Tage später konnten sie ihre verlorene Gruppe kontaktieren und nachdem sie sich von uns verabschiedet hatten, gingen sie weg, um sich ihrer eigenen Gruppe anzuschließen."

Die Schmetterlinge schwebten und trieben über den Dickichten und hingen manchmal in der Luft um blühende Blumen herum. Sie steckten ihren Rüssel in die Basis der Blütenblätter, um den Pollen zu erreichen und tranken dann Nektar und schwangen sich davon. Sie wussten, dass ich sie erreichen wollte, daher änderten sie immer spielerisch ihre Fluglinien und versteckten sich manchmal sogar im Dickicht, um mit mir zu spielen. Ich genoss das Spiel sehr. Es war einer meiner Lieblingssportarten, die ich sehr oft spielte.

Nicht, dass ich die Libellen nicht mochte. Manchmal jagte ich auch sie; aber sie waren von ernster und düsterer Natur, nicht sportlich. Außerdem blieben sie gerne in der Mitte der Pfütze, außerhalb meiner Reichweite und meines Kontakts.

Wenn ich mit den Schmetterlingen spielte, behielt Mutter immer ein Auge auf mich, damit ich nicht zu weit von unserem Zuhause abdriftete. Ich spürte ihre Sorge, aber wusste nie warum. Meine Mutter hat mich oft vor aufrechten Wesen gewarnt und mir geraten, Abstand zu halten.

Mutter sagte mit fester Stimme: "Sie sind sehr unberechenbar und heikel. Sie denken immer nur an sich selbst, Profit, Besitz oder Dominanz. Dafür können sie alles tun."

Ich dachte ernsthaft darüber nach, was Mutter sagte. Ich hatte immer gefunden, dass ihre Augen mich schielend verfolgten. Sie strebten immer danach, mich in die Irre zu führen. Wenn ich alleine gelassen wurde, versuchten sie, näher zu mir zu kommen, einmal hatten sie fast meinen Schwanz erwischt. Dieses Verhalten von ihnen war für mich unerklärlich. Jetzt muss ich sagen, dass Mutter recht hatte - ihre Natur ist es, zu tun, was Mutter Natur nie erlaubt.

Eine Frage, wie viele andere, pickte immer in meinem kindlichen Verstand. Die Frage lautete: "Wie viele waren wir, als wir unser erstes Zuhause verlassen haben?" Ich habe meine Mutter nie gefragt. Aber als meine Mutter sagte, dass die zweibeinigen Dinge hier mehrmals in großer Zahl infiltriert sind, konnte ich mir nicht helfen und stellte schließlich in einer dunklen Nacht die Frage: "Wie viele waren wir, als wir zum ersten Mal hierher kamen?"

Mutter antwortete: "Wir können nicht zählen, aber ich wusste, dass wir viele waren. Als wir anfingen, war unsere Zahl riesig, aber als wir hier ankamen und unser Zuhause machten, waren wir viel weniger als die vorherige Zahl." Ich sage noch einmal: "Wir können nicht zählen."

Ich fragte misstrauisch: "Aber wir sind nur du und ich hier?"

Mutter fixierte meine Augen und erinnerte mich kalt: "Deshalb warne ich dich immer, vorsichtig mit den aufrechten zu sein und immer viele Meter von ihnen entfernt zu bleiben."

Es war wie ein Rätsel für mich. Ich verstehe nicht, warum jedes andere Wesen immer nur vor einer Art von Wesen auf der Hut ist und nie Freunde finden oder gleichberechtigt vorankommen kann.

Viele solcher Fragen und Rätsel beschäftigten meinen kindlichen Geist und blieben ungelöst, Antworten waren nirgendwo in Sicht.

Wie beim Spielen mit den Schmetterlingen fragte ich einmal: "Bist du jemals in der Nähe des Himmels geflogen?"

Sie antworteten sofort: "Nein, niemals. Wir können nur niedrig fliegen, nicht so hoch. Vögel fliegen viel höher. Sie können deine Frage beantworten."

Ich sagte mir: "Ja, sie fliegen höher und höher hinauf und wurden dort gesehen. Sie kennen den Himmel sicherlich."

Mein Wunsch war es, den Himmel zu berühren und zu fühlen. Aber als Bodenbewohner ohne solche magischen Flügel kann ich das nicht tun.

Meine Frage kann nur von den Vögeln beantwortet werden. Ich sollte zu ihnen gehen.

Eine Gruppe von Vögeln hüpfte hier und dort auf dem grasbewachsenen Boden und versenkte gelegentlich ihre Schnäbel im nassen Gras oder verschwand manchmal im Dickicht und kam quietschend wieder heraus.

Für einen Moment zögerte ich, da es ihre natürliche Aktivität beeinträchtigen könnte. Aber ich konnte meinem inneren Drang nicht lange widerstehen. Ich muss gestillt werden von dem, was immer in mir aufsteigt und meine Gedanken zerschneiden.

Wie mit vielen Bewohnern des Gebiets freundete ich mich auch mit den Vögeln an, aber sie hielten immer einen gewissen Abstand von mir und verringerten diesen Abstand nie, da ich ein Canide bin.

Es gab viele Vögel verschiedener Farben, Größen und Stimmen, die liefen und kurz flogen. Ich näherte mich ihnen, ohne diese listige Distanz zu überschreiten. Sie sahen mich und hielten an. Ich fügte meinem Gesicht ein Lächeln hinzu, versuchte locker zu sein und fragte: "Freunde, ich habe eine Frage an euch."

Sie zwitscherten alle: "Du kommst immer mit einer Frage zu uns. Du bist ein fragender Schakal."

"Nein, Freunde, ich bin nicht hier, um zu fragen, sondern um zu wissen."

"Was?"

Ich sah sie ernsthaft an. An ihrer Mimik erkannte ich, dass sie nur auf eine weitere seltsame Frage von mir warteten.

Ich sagte leise: "Der Himmel!"

Sie wunderten sich. "Himmel? Seltsam!"

Ich sagte: "Ich möchte nur wissen, habt ihr jemals den Himmel berührt?"

Sie waren total verblüfft und begannen sich gegenseitig zuzwinkern.

Sie scherzten: "Es ist eine unmögliche Frage."

Ich brachte die Logik ein: "Freunde, ihr fliegt, nicht wie wir, die wir an den Boden gebunden sind. Deshalb dachte ich..."

Die Vögel antworteten alle im Chor: "Wir sind kleine Vögel. Wir fliegen, aber nicht so hoch. Du solltest zu den großen Vögeln für die Antwort gehen."

Ich bedankte mich bei ihnen und wartete auf den Moment, in dem ich einen großen Vogel treffen würde. Ich hatte bemerkt, dass ein Vogel mit langen, spitz zulaufenden Flügeln und einer gegabelten Schwanzfeder höher fliegen konnte, nahe am Himmel, mit stabilen und ausgebreiteten Flügeln. Sie könnten meine Frage beantworten.

Ich musste lange warten, weil solche Vögel immer auf hohen Ästen hoher Bäume saßen und selten vorhatten, auf den Boden zu kommen.

Eines Tages sah ich einen solchen Vogel, der ein paar Kreise über unserem Platz zog, auf einem vergleichsweise niedrigen Ast saß. Es war eine Gelegenheit! Ich legte einen mittelgroßen Fisch auf den Boden und versuchte, seine Aufmerksamkeit zu erregen. Er bemerkte sowohl den Fisch als auch meine Körpersprache. Schließlich kam er näher zum Fisch und blieb stehen, um den Fisch und mich abwechselnd zu beobachten.

Ich näherte mich vorsichtig und bat ihn in einer sehr bescheidenen Geste in meiner Sprache, den Fisch zu nehmen. Ich sah, dass er nicht am Fisch interessiert war, sondern eher an meinen unangemessenen oder eher unangebrachten Verhaltensweisen.

Schließlich akzeptierte er mein Fischangebot und drehte seinen Kopf zur Seite, um mich anzusehen.

Jetzt, herausgefordert, gestikulierte ich ihm: "Herr, ich habe eine Frage."

Zuerst konnte er mich nicht verstehen. Schließlich machte ich ihm durch Andeutungen etwas verständlich und er antwortete in einer Geste: "Ja, frag."

Ich saß auf meinem gefalteten Hinterteil und hielt mein Gesicht und meine Augen gerade, indem ich mich in einer respektvollen Entfernung von ihm postierte. Ich flehte: "Herr, Sie sind ein großer Flieger, der höher und höher fliegt und zu einem Punkt wird. Sie kommen nahe an den Himmel, unglaublich! Als Winzling, der auf dem Boden klebt, kann ich nicht fliegen. Ich möchte bescheiden wissen - haben Sie jemals den Himmel berührt oder gerochen?"

Der große Vogel ließ den Fisch aus seinem Schnabel fallen und sagte: "Kann jemand so dreist sein und so hoch fliegen, um den Himmel zu berühren oder zu riechen? Das ist entweder anmaßend oder eher ein wahnsinniger Gedanke. In dieser Hinsicht bin ich auch ein Winzling. Du solltest glücklich sein und dich glücklich schätzen können, dass du die Erde berühren, riechen und fühlen kannst."

Der Vogel verschwendete keine Zeit und flog mit mehreren Kreisen um mich herum höher und höher, bis er zu einem Punkt gegen den unendlichen Himmel wurde.

Also schloss ich daraus und gestand ein, dass meine Mutter mit ihrer Beobachtung recht hatte, dass wir den Himmel nicht erreichen können, niemand kann es. Wir können nur warten und müssen warten. Der Himmel wird von selbst herunterkommen, damit wir uns frei und befreit fühlen können.

Ich schloss meine Augen und konnte deutlich hören, wie meine Mutter flüsterte: "Sei nicht mürrisch. Der

Himmel wird sicherlich eines Tages herunterkommen, um uns aus dem belagerten, verlassenen und verfallenen Ort zu retten, wo Vögel selten sind, Bäume kahl sind, Blumen fahl sind und das Wasser reduziert ist."

Meine Mutter sagte sehr oft, dass das Leben kein leichter Holzklotz sei, den man mit sich herumtragen oder ein dünnes Grashalm, den man leicht auf jede Seite drehen könne. Nichts wird hier so sein, wie du es möchtest oder wie du es dir wünschst. Es ist ein ständiger Versuch und Test, den du die ganze Zeit durchmachen musst. Was die Jahreszeiten betrifft, dachtest du vielleicht, wenn eine zu Ende geht, würde eine tröstliche kommen, aber das wird nicht gleich sein; es wird meist anders sein. Jede Jahreszeit wird unweigerlich andere Unannehmlichkeiten und Leiden hervorbringen. Der Regen mag aufhören; der Sommer mag kommen; die Kälte mag eintreffen - sie müssen es; es wird nicht nur Bequemlichkeiten geben. Sie werden mit ihren eigenen Problemen und Schwierigkeiten kommen; und du wirst das Leben steif empfinden.

Wir als Hunde würden unter der Hitze und Schwüle des Sommers unser Leben kaum ertragen können und uns die meiste Zeit keuchend in den Schatten hängen und die Zunge raushängen lassen, um uns abzukühlen. Unsere Gruben würden so heiß und stickig werden, dass wir uns meistens an der frischen Luft aufhalten müssten, was uns wiederum angreifbar machen würde. Außerdem macht eine scharfe

Sommersonne den Boden heiß, trocken und rissig. Das Wasser der Pfütze würde zur Mitte zurückgehen, das Wasser trüb und unerreichbar machen. Auch das Futter würde knapp und eingetrocknet sein. Alle Bewohner des Ortes würden erschöpft und unruhig sein.

Ich sagte: "Der Winter wird bestimmt besser, Mama."

"Nein, Liebes", antwortete Mama, "der Winter bringt uns auch andere Schwierigkeiten und Leiden und Not."

Mama fügte hinzu: "Es wird draußen und drinnen in unserem Heim klirrend kalt sein."

Wie im Sommer fühlt man sich auch im Winter nie wirklich wohl und bequem, besonders nachts. Nebel, Tau und Kälte würden in deinen Körper stechen und dein Fell würde feucht und nass werden, was die Dinge noch schlimmer macht.

Enttäuscht seufzte ich und sagte: "Dann ist das Leben immer hart, schwierig und problematisch, unabhängig von Jahreszeit, Klima, Wetter oder Zeitpunkt, denke ich."

Meine Mutter lächelte: "Das Bild war nicht so düster. Wir würden alle auf die Zeit warten und uns darauf freuen, wenn der Frühling kommt. Es war die Zeit, wenn Engel, Feen mit Farbe, Freude und Vergnügen auf der Erde wandeln würden."

Ich sprang aufgeregt auf: "Wie Mutter, wie?"

Die ganze Gegend würde mit dem Frühling gedeihen. Bäume würden mit extravagantem Laub gekrönt, üppige Früchte tragen und sich biegen. Bunt blühende Blumen würden auf den Spitzen jeder Pflanze lächeln und die ganze Gegend füllen. Vögel, Schmetterlinge, gelbe Libellen, Honigbienen, Hummeln würden verrückt und leidenschaftlich werden, da jeder Teil des Ortes mit dem Duft von Früchten und Blumen duften und fröhlich aussehen würde.

Ich sprang vor Freude auf: "Oh! Was für eine Freude!"

Meine Mutter beobachtete meine Ekstase schweigend und kommentierte kühl: "Und wieder werden Sommer, Regen oder Winter kommen, um das ganze Gebiet zu verhüllen."

Verzweifelt rief ich aus: "Was sollen wir also tun?"

Mama sagte kühl, ob ich in Verzweiflung oder Verzweiflung war, konnte ich nicht entscheiden: "Nichts, nichts. Nur auf die Natur verlassen und akzeptieren."

Ich bin ein einsamer Schakal, biologisch weder Kind noch Erwachsener, mental klebrig, aber körperlich verkrustet. Ich habe keinen Vater, keine Mutter, keine Altersgenossen, kein eigenes Blut. Ich bin der Letzte meiner Art, dessen Vorfahren in Rudeln hierher gekommen sind und sich niedergelassen haben. Ich lebe in Furcht, in der Furcht, ausgelöscht zu werden, der Hoffnungslosigkeit und Verzweiflung. Nicht nur ich, sondern jede Art von Wesen, die hier noch leben, trotz aller Widrigkeiten aushalten und auf das langsame Ende warten. Nur eine Art von Wesen, hochmütig und mächtig, geht durch das Gebiet.

Einmal sagte ich zu Mama: "Ich habe meinen Vater nicht gesehen. Ich kenne ihn nur durch deinen Mund. Wenn du nicht lange genug gelebt hättest, würde ich meinen Vater nie kennen und auch dich nicht."

Mama leckte sanft meine Seite und sagte: "Sag nicht solch traurige und unangenehme Worte ..." Sie hielt hier inne und ein paar Tränen verschmierten ihre Augen. Dann fuhr sie fort: "Ich kann alles erzählen - die große Vertreibung, die quälenden Momente des Übergangs, das Finden des Zuhauses ..." Sie unterbrach hier erneut und sah trübselig zum Himmel und vervollständigte mit tiefem Schmerz: "... und das Schakal-Leben, das es jetzt gibt und wie es zu einer Geschichte geworden ist, die nur von uns beiden erzählt und gehört werden kann."

Die Geschichten, Ereignisse, Ruhmesblätter und Misserfolge der Schakale zogen an meinen Augen vorbei. Ich beobachtete die Bilderparade, die mir durch Moms Erzählungen dargestellt wurde und wurde gleichzeitig mit und in der Vergangenheit strahlend.

Die Zeiten, weder glücklich noch angenehm, unser verstopftes und verborgenes Leben ging Zoll für Zoll, Tag für Tag, Nacht für Nacht, Saison für Saison voran und wir waren am Leben.

Der harte Sommer war gerade vorüber und der Regen hatte begonnen zu platschen, was uns zwang, Zuflucht an einen schattigen und erhöhten Ort zu suchen. Dort sitzend und nass werdend, beobachtete Mama: "Nichts wird hier lange oder für immer gewährt, weder ein Lächeln noch eine Miene, noch Farbe oder Duft. Der Himmel weiß und versteht das besser als wir. Deshalb bleibt er die ganze Zeit ruhig und ungestört."

Als sie das sagte, schaute Mama nach oben. Ich schaute auch zum Himmel. Ich schien nicht ungestört zu sein. Es war bewölkt und verhüllt, nicht klar, nicht glänzend.

Ich konnte spüren, dass Mutter etwas Ernstes und Schweres erzählen wollte, aber sie tat es nicht. Ich fragte sie auch nicht weiter aus. Ich saß einfach an ihrer Seite und rieb mein Fell an ihr.

In den nächsten Nächten erzählte Mama keine Geschichte, sondern war mit ihren täglichen Aufgaben beschäftigt und sammelte so viel Nahrung wie möglich, denn während schwerer, langanhaltender Regenfälle können wir nicht rausgehen und nach Futter suchen.

Ich wollte die Geschichten von den Schakalen hören, die mich geistig erhoben und erhellt und gleichzeitig zuversichtlich und hoffnungsvoll gemacht haben. Mit anderen Worten, ich war besessen und süchtig danach geworden, ohne das ich mich immer etwas fehl am Platz oder verloren fühlte. Ich konnte nicht widerstehen und ließ schließlich meinen Wunsch heraus. Mama war vielleicht vorbereitet. Also sagte sie: "Was möchtest du hören?"

Ich sagte eifrig: "Alles, alles über uns. Ich weiß, dass alles anders war als das, was jetzt hier ist."

Mutter überlegte einen Moment und sagte: "Sicher war es so. Diese Ecke war nicht so, als wir beschlossen haben, hier zu leben. Weder von uns lebte hier so wie heute. Aber es geschah. Ich muss dir auf jeden Fall alles darüber erzählen, was das verursacht hat. Ich sollte dir erzählen, du solltest zuhören und alles wissen. Nichts sollte dir unbekannt bleiben. Du solltest alles über damals und heute wissen, den Unterschied und wie- was all dies verursacht hat - es ist dein Geburtsrecht, als letzte Hoffnung der Schakal-Linie."

Ich hatte von richtig und falsch gehört, aber noch nie von Geburtsrecht. Ich schaute erstaunt und meine Zunge bewegte sich nicht.

Mama begann langsam: "Der Wind und die Zeit gingen über das Gebiet hinweg. Die Sonne wärmte den Ort auf optimales Maß. Der Regen umhüllte den Ort, um genug Feuchtigkeit und Humus zu erhalten."

Nacht für Nacht wuchsen mehr grüne Pflanzen. Mehr Bäume reckten ihre Köpfe empor. Mehr Kriecher, mehr Krabbler, mehr Sträucher, mehr Heiden gediehen und umwebten das Land. Mehr und mehr Blumen blühten auf den Pflanzenspitzen und neigten sie in eine Richtung. Mehr Früchte wuchsen und hingen von den Baumzweigen herab, um sie niederzuziehen. Viele weitere Schmetterlinge und Honigbienen tanzten und summten in der Luft oder auf den Pflanzenspitzen. Mehr Vögel flogen über das Gebiet und nisteten in den Gelenken der Zweige und schnatterten. Mehr Zugvögel schüttelten ihre Schwänze in und um die Pfütze und andere Sümpfe und flatterten mit den Flügeln, als sich die Paarungszeit näherte.

Es war ein lebhaftes Gebiet voller Leben, Bewegung und Farbe. Unter solchen Bedingungen begannen viele andere Arten von Tieren hereinzuströmen und hier ihre Heimat zu machen.

Wir waren alle eine glückliche Gruppe und genossen die Anwesenheit des anderen, ohne uns in den Raum, die Leichtigkeit und die Freiheit des anderen einzumischen.

Wir hatten nie eine Ahnung oder eine Vorahnung, dass eines Tages eine zweibeinige Art von Wesen eindringen und jeden Zentimeter des Raumes erobern würde, indem sie jede andere Art überwältigte.

Hier stoppte die Mutter und ihre Augen schweiften ziellos in der Luft umher. Ich war sicher, dass sie sich vorstellte, was sie mir gerade erzählt hatte.

Ihre Haltung änderte sich, als ich rief: "Mutter, die Affen plappern, schreien, springen und grimassieren auf den Bäumen."

Ihre Augen liefen hierhin und dorthin, um etwas zu entdecken. Schließlich blieben ihre Augen an einer bestimmten Stelle haften und sie zeigte darauf: "Siehst du, siehst du dort."

Ich folgte ihrem Signal und sah eine riesige gefleckte Schlange, die auf ihrem gekrümmten Schwanz stand und ihr gehaubter Kopf majestätisch schwankte, während ihre gespaltene Zunge ein- und ausfuhr.

Mutter sagte: "Affen spielen eine interessante Rolle im Dschungel. Wenn sie sich so unvorhersehbar verhalten, bedeutet das, dass etwas Unerwartetes passiert. Sie halten von oben Ausschau und wollen, dass sich andere in Acht nehmen. Auf diese Weise spielen sie die Rolle des Wächters oder fungieren als Alarmglocken des Dschungels."

Mamas Blick schweifte dann über den ganzen Ort und ging zur Linie, die Himmel und Erde verband, wo der Himmel dominant und allgegenwärtig war. Sie brachte ihren Blick zurück und behauptete: "Damals haben sich die Affen genauso verhalten. Sie schrien, riefen, sprangen und schüttelten energisch die Äste der Bäume, als einer von ihnen zum ersten Mal auf diesen Boden von uns trat. Vielleicht prophezeiten die Affen das ferne Ergebnis dieses Schrittes."

"Was meinst du damit, Mutter?", fragte ich.

Die Affen bedeuteten mehr. An diesem Tag trat plötzlich ein zweibeiniges, schlankes Wesen, das durch die Bäume spähte und spähte, zum ersten Mal ein und ging dann entlang des Teichrands und schließlich aus dem Blickfeld.

Das kleine Ereignis geriet völlig in Vergessenheit. Aber ein paar Tage später verhielten sich die Affen wieder genauso. Das zweibeinige Tier schlenderte erneut in den Ort und schlenderte über die grünen Heiden, Sträucher und einige Kriecher. Es pflückte Blumen nach Belieben, pflückte Früchte zufällig, streute zerrissene Blüten hier und dort und warf halb gegessene Früchte mit Verachtung weg. Dann scheuchte es die Vögel, die am Wasser standen und schwammen, und brach schließlich einige weiche Zweige ab und riss kommende Pflanzen aus. Wir hatten definitiv Bedenken wegen seines Erscheinens und Verschwindens, aber schließlich vergaßen wir es wie gewohnt.

Ich mischte mich ein: "Also ist es dorthin verschwunden, woher es kam. Es war ein abenteuerlustiges Wesen, nehme ich an."

"Ja, sie sind immer abenteuerlustig." Nachdem sie das gesagt hatte, schwieg meine Mutter.

Ich drängte sie auch nicht, denn ich wusste, dass Druck sie aus dem Gleichgewicht bringen und gleichzeitig ihre Geschichten stören könnte. Ich wartete nur.

Meine Mutter schwieg noch ein paar Nächte lang. Ich dachte bei mir, dass meine Vorgänger-Jackals das Erscheinen und Verschwinden der Zweibeiner vergessen hatten, meine Mutter aber vielleicht auch meine Dringlichkeit und Begeisterung für Geschichten meiner Vorfahren vergessen hatte.

Eines Nachts erinnerte ich meine Mutter: "Ein Affe ist noch nicht gegangen. Es lebt immer noch hier gegen alle Widrigkeiten."

Mutter antwortete: "Ja, es springt immer noch von Ast zu Ast und führt die gleiche Rolle aus wie seine Vorfahren, nämlich uns vor möglichen Gefahren zu warnen. Es schreit noch immer schrill, wenn es einen sich nähernden Zweibeiner sieht."

Ein paar Tage später fing Mutter von Neuem an: Die Affen warnten uns erneut. Wir sahen wieder ein zweibeiniges Tier in unser Gebiet eindringen. Diesmal trug es einige Metallgeräte bei sich. Wir fanden es misstrauisch hier und dort verweilend. Die Affen kamen zusammen und versuchten, es mit ihren typischen Affensprüngen und Grimassen zu erschrecken. Aber es ließ sich nicht erschrecken und setzte seine Beobachtungen fort. Anhand seiner Bewegungen schien es nach einem Ort seiner Wahl zu suchen, aber wir wussten nicht, wofür. Nicht weit vom Teich entfernt suchte es hier und dort und stocherte mit einem gebogenen Ast in der Erde herum. Schließlich wählte es einen Platz unter einem Baum in der Nähe des Teiches aus. Es schaute sich um, untersuchte den Baum von oben und brachte aus einer Tasche ein Metallwerkzeug hervor und begann, die Zweige, Äste und Seitentriebe abzuschneiden. Innerhalb kurzer Zeit hatte es den Baum fast kahl und kurz gemacht. Dann begann es mit einem anderen Gerät den Boden zu schaben und innerhalb einer Stunde das Heidekraut, Sträucher und Gräser abzuschälen und es nackt zu machen, wobei es die grauschwarze Erde freilegte. Dann saß es noch eine halbe Stunde dort, um den Schweiß, der aufgrund der schweren Arbeit aus seinem Körper quoll, trocknen zu lassen. Schließlich stand es auf und schlenderte davon, wohin wir nie wussten.

"Es ist weggegangen?", fragte ich. "Aber was hatte es vor?"

Mama antwortete gedankenverloren: "Wir waren immer noch unsicher, aber wir waren sicher, dass es einen Plan hatte."

Ich äußerte meinen Zweifel: "Es scheint, als wären sie immer misstrauisch."

Mutter bestätigte: "Du kannst bei ihnen und ihren Absichten nicht sicher sein. Aber nach vielen Jahren erbitterter Erfahrungen wurde klar, dass ihre Absicht und ist noch immer eine ist, nämlich andere zu entblößen, unabhängig von der Art."

Mutter fuhr im gleichen Ton fort: "Ein paar Tage später kamen Kaninchen und Dschungelhühner angelaufen und versteckten sich im Gebüsch." Ein Paar Shaliks (indische Starlinge), die wir Streithähne nennen, kamen schreiend vorbei. Ihnen folgte das zweibeinige Wesen mit einem schlanken Wesen an seiner Seite, das offensichtlich vom anderen Geschlecht war. Das strengere Wesen zeigte dem sanfteren und faireren Wesen den Platz, den es zuvor ausgewählt und gereinigt hatte. Zu diesem Zeitpunkt wurde uns klar, dass das strengere Wesen ein Mann und das weichere und wachsartige Wesen eine Frau war. Die Frau untersuchte den Ort genau und sorgfältig, berührte sogar den Boden und roch daran. Dann rollte sie ihre Augen über die Umgebung und hob lächelnd ihren rechten Arm zur Zustimmung. Dann legte er seine beiden Hände auf ihre Schultern. Die Frau näherte sich ein paar Schritte mit Blick in die Augen des Mannes und lächelte süß. Dann gingen beide Hand in Hand davon.

"Sie mochten den Ort und seine Atmosphäre. Also haben sie den Ort oft besucht, denke ich", kommentierte ich.

Mutter sah auf die zwitschernden Vögel, dann in den Himmel und sagte mit einem Seufzer und traurigen Augen: "Sie haben den Ort gewählt."

Für mich klang es verwirrend, also reagierte ich: "Was bedeutet das, Mama?"

Ein paar Tage später kamen sie wieder, aber mit vielen Waren und Werkzeugen. Sie erschienen sehr früh, bevor die Affen schreien konnten, bevor die Vögel Shaliks irgendwelche Aufregung verursachen konnten, und begannen leise mit ihrer Arbeit und arbeiteten drei Tage lang kontinuierlich und bauten eine kuchcha (Lehm) Strohhütte und verließen wieder sehr leise.

Nach ihrer Abreise besuchten einige von uns aus Neugier das Ding, das sie als Hütte gebaut hatten. Es war zweifellos schön geplant und strukturiert. Es war eine Wand. Die Wände bestanden aus

Bambusscheiben, auf die Kuchcha-Erde aufgetragen wurde, die noch nass war. An der Oberfläche der Wände befanden sich wenige eingesunkene quadratische Vertiefungen wie die Löcher in unseren Wohngruben, die vielleicht für Gegenstände vorgesehen waren. Im Inneren der Hütte war es nicht dunkel wie bei uns, sondern gut beleuchtet durch einige spitze quadratische Öffnungen. Die Wände waren nicht rau wie bei uns, sondern glatt und eben mit Tonbeschichtungen hergestellt.

Sie kamen nach ein paar Tagen wieder und bewachten die Hütte und etwas Raum darum mit einem Lattengitterzaun aus Baumästen und dicken Zweigen. Einige Tage später kamen sie mit einigen Bündeln, Kleinigkeiten und begannen in dieser neu gebauten Hütte zu leben.

Sie waren die ersten zweibeinigen Wesen, die hier ihre Füße setzten und sich hier niederließen. Als Naturwesen hatten sie alle Ansprüche und jedes Recht, überall auf der Erde und auch in unserem Gebiet zu leben. Es sollte kein Problem geben, irgendwo ein Zuhause zu finden, aber ihre Natur, die Natur des Anschließens und Anfügens von Dingen um sich herum, machte dies schwierig.

Der grundlegende Unterschied zwischen ihnen und uns war, dass sie ihr eigenes Essen anbauen konnten, wir aber nicht. Wir waren von Art abhängig, sie nicht. Sie waren von ihrer Arbeit und ihrem Urteilsvermögen abhängig. Wir sind von der Natur abhängig.

Die beiden begannen ihr eigenes Leben zu führen, das sich von den anderen Bewohnern der Gegend unterschied. Sie pflanzten einige Vegetation um ihre Hütte herum. Sie züchteten etwas Grünes, das sie essen konnten. Sie erlaubten anderen nicht, es zu berühren.

Als Weibchen konnte sie nicht immer hart sein. Sie war manchmal liebevoll und fürsorglich wie unsere mütterlichen Wesen. Sie würde oft Körner auf den Boden streuen, damit die Vögel sie fressen konnten, und einige Lebensmittel draußen lassen, die von Hühnern, Kaninchen oder anderen kleinen Wesen verzehrt werden konnten. Sie haben uns nie gestört, noch wir sie. Als Geschöpfe des gleichen Schöpfers lebten wir nebeneinander her, vergaßen oder akzeptierten die Besonderheiten der anderen. Es war unsere Einstellung und unsere allgemeine Natur.

Ich dachte einen Moment nach... wenn alle Wesen die gleiche Einstellung hätten, wäre diese Welt eine Welt des Friedens und der Zusammengehörigkeit, nicht der Usurpation oder Unterwerfung.

Mama seufzte nur und sagte kein Wort.

Ich bedauerte wieder: "Wenn unsere Einstellung anders gewesen wäre, wären die Geschichten der Schakale anders gewesen. Warum war es nicht so, Mama?"

Mutter sagte einfach: "So sind wir. Gott hat uns so erschaffen. Wir können unsere Natur nicht aufgeben, wie es die Zweibeiner tun, ohne Gewissensbisse."

Mutter sagte außerdem: "Der wahre Naturfreund und -lebhaber kann seine Loyalität zur Natur und zum Gewissen nicht brechen, ob es gut oder schlecht ist, es ist eine Verpflichtung."

Ich wollte wissen: "Warum haben sie nicht dieselbe Verpflichtung, Mama?"

Mama schaute hier zum Sternenhimmel hinauf und suchte etwas dort, bemerkte: "Dein Vater hatte vielleicht recht zu sagen - die Lust war ihre einzige intrinsische Verpflichtung." Ich starrte in ihre leeren Augen und konnte erkennen, dass sie meinen Vater in dieser dunklen Weite suchte.

Nach vielen Jahren, als ich erwachsen wurde, sagte ich mir: "Mutter hatte teilweise recht. Sie haben viele, viele Verpflichtungen, die sie zu Teufeln gemacht haben."

Eines Tages hörten wir ein schrilles Stöhnen. Wir spähten alarmiert aus unseren kryptischen Verstecken und sahen das Zweibeiner-Paar, das eine Ziege am Seil um den Hals schleifte. Es war unruhig und drückte seine Hufe auf den Boden, um seine Abneigung zu zeigen.

Laut deinem Vater war es ein weiteres Beispiel für Verpflichtung, die Verpflichtung, andere Arten zu domestizieren. Sie würden es als Haustier halten und seine Milch trinken.

Einige Tage später wurde die widerspenstige Ziege unterworfen und gehorchte bedingungslos.

Eines Tages fingen sie ein paar Junglehühner und Hähne ein und sperrten sie in einen Käfig, den Aufenthaltsort der Geflügel. Sie domestizierten sie für Eier, die die Zweibeiner sehr gerne essen.

Ich sagte besorgt: "Haben sie uns auch domestiziert, Mama?"

"Das ist eine andere Geschichte. Ich werde sie dir sicher erzählen."

"Ja, Mama. Erzähl mir deine Geschichte, unsere Geschichte, die Geschichte meines Vaters. Erzähl mir die Geschichten jener Schakale, von denen ich abstamme."

Wenn zwei Arten in einem gemeinsamen Gebiet leben, ist es üblich, sich irgendwann von Angesicht zu Angesicht gegenüberzustehen, und wir haben das mehrmals getan. Wir hielten an, sie hielten an; wir starrten sie an, sie starrten uns an; wir zogen fragende Augenbrauen hoch, sie auch; und jedes Mal haben wir uns gegenseitig umgangen.

Die Tage vergingen so. Wir konnten keine Freunde sein, wir konnten keine Nachbarn sein. Wir konnten uns nicht akzeptieren oder ablehnen, unter keinen Umständen. Wir wussten nicht, was es war, wie es sein konnte, dass zwei Arten nebeneinander lebten, am selben Ort, zur gleichen Zeit, auf diese Weise ohne Akzeptanz.

Ich erwartete seit ein paar Tagen aufgrund der Gangart und äußeren Erscheinung der aufrecht gehenden Frau etwas ... Doch dann hielt meine

Mutter inne und begann in sich hineinzudenken. Von ihrem Gesicht konnte ich erkennen, dass sie plötzlich zögerte. Ich fragte: „Warum hältst du dich zurück? Sag mir, was du erwartet hast."

Mutter lächelte mild und sah mich liebevoll an. Sie sagte: „Das können nur Mütter wissen."

„Nicht Väter?"

„Nein, zumindest nicht immer, es sei denn, Mütter drücken es aus."

Ich fragte nervös: „Was ist das?"

„Die aufrecht gehende Frau verhielt sich so wie ich, als du in mir warst oder existiertest. Du wurdest in meinem Bauch geformt, bevor du auf diese Welt kamst."

Ich konnte den Witz nicht ganz verstehen, etwas verstand ich, etwas nicht. Aber es spielte keine Rolle, denn ich wusste, dass die Vorgeschichte eine neue Form annahm.

Ein langer und schriller Ton aus einem perforierten umgestürzten Gefäß, das oben auf allem befestigt war, platzte heraus und hallte über das Gelände, auf dem wir, Mutter und Sohn zusammen, versteckt lebten. Die kleinen Vögel flogen im Getöse davon. Der einzige Affe, der noch dort lebte, begann an dem schlanken Baum zu rütteln, auf dem er saß. Wir liefen auch in unsere unterirdische Behausung. Wir hockten uns in das Loch und schauten uns an, um herauszufinden, warum solch ein Radau durch die belagerte Umgebung unserer letzten Zuflucht ging. Wir saßen stumm und still im Loch, während der Crescendo der Fußtritte, die oben auf unregelmäßiger und lauter wurden, als ob sich das Tor zur Hölle öffnete, immer weiter zunahm. Der Crescendo ließ nach und schien immer weiter entfernt zu werden. Nach einer gewissen Zeitlücke ging das gleiche Gepolter, das von außen begann und über uns ging, in das vordere Gebäude und schließlich wurde alles ruhig, einschließlich des langen Tons.

Dies begann dreimal täglich zu passieren, mit einem Intervall, das die gesamten Stunden des Tages in drei gleiche Teile teilte. Später erfuhren wir, dass das Gelände zu einer Werkstatt geworden war, von der wir nichts wussten.

In der Nähe von Mitternacht war alles ruhig, außer einer buschigen Ecke mit dem zwitschernden Gesang einiger liebender Insekten. Der Himmel war ebenfalls ruhig, außer den funkelnden Sternen. Der Mond schien ruhig, hing tief und umarmte einzelne schwebende Stücke von dünnen Wolken. Von der seltsamen Ruhe und dem Mondlicht angezogen, steckten wir unsere Schnauzen aus dem Loch. Dann kamen wir heraus und saßen nebeneinander und betrachteten den bezaubernden Mond.

Mutter, von der Mondstimmung ergriffen, murmelte...

"In dieser Nacht war es wie heute, mit Sternen und dem Mond, der am Himmel entlangschwamm und lächelte, als ein roher Schrei plötzlich aus der neu gebauten Hütte kam und uns durchdringende Kühle erreichte. Der männliche Teil kam unruhig aus der Hütte, genau wie dein Vater, ich meine..."

Ich sah zu Mom's Gesicht hoch.

Mutter fuhr fort: "Ein neues Leben war angekommen, das konnten wir spüren."

"Ein neues Leben!"

"Ja. Ein neuer Gast ist in der Hütte der Zweibeiner und auch auf diesem Gebiet angekommen."

Als hätte ich ein Rätsel gelöst, sagte ich laut: "Ein zweibeiniges Kind. Ein neues?"

"Ja."

Mama sagte: "Wir waren genauso glücklich wie sie bei der Ankunft eines neuen Kindes. Aber wir bemerkten eine Veränderung in ihrem Verhaltensmuster."

Ich fragte mich: "Warum eine Veränderung? Ein Kind in einer Familie ist ein Segen."

"Ja. Aber sie wurden wachsam und vorsichtig. Sie begannen, uns mit Misstrauen zu betrachten. Sie stellten einen großen Holzschutz an den Eingang ihrer Hütte und begannen, die Umgebung die ganze Zeit zu überwachen."

"Warum, Mutter?" fragte ich misstrauisch.

Mama antwortete: "Zunächst konnten wir es nicht erkennen, aber nach und nach wurde uns bewusst, dass sie uns nicht vertrauten, nicht einmal anderen Wesen in der Gegend. Sie begannen zu glauben, dass jede Art von Wesen in diesem Bereich, die nicht zu ihrem Clan gehört, ihrem Kind schaden würde. Wie grausam und perfide sie sind. Es war jenseits unserer Natur und Vorstellungskraft."

Wie auch immer, das Kind begann allmählich zu wachsen. Ein paar Monate später kam es in den Armen seiner Eltern aus der Wiege. Dann begann es sich auf allen Vieren zu bewegen wie du. Die Eltern waren froh, es so zu sehen. Wir lächelten auch und genossen es, es aufwachsen zu sehen. Eines Tages hob es seine Vorderbeine und stand aufrecht und begann dann innerhalb weniger Tage auf seinen Hinterbeinen zu watscheln. Es ging zum ersten Mal gegen die Natur und stellte dadurch sicher, dass es in Zukunft mehr gegen die Natur gehen und Naturgesetze brechen würde, um zum Sohn des Teufels zu werden, anstatt der Natur zu folgen.

Von einem Kleinkind wurde es zu einem Geher und begann nach mehreren Tagen, belanglose Geräusche zu machen, über die die Eltern lachten. Wir haben auch gelacht.

"Hat es Geräusche gemacht wie ich? Hat es wie ich gewackelt? Ist es wie ich gelaufen?"

"Nein, überhaupt nicht", schüttelte Mama den Kopf. Bis zu einem gewissen Punkt war es wie du - torkelnd, auf allen Vieren bewegend, Geräusche spuckend, die niemand verstehen konnte, aber jeder in der Umgebung hat es genossen.

Wir beobachteten das erstaunliche Baby und genossen jede Geste, Handlung und jeden Laut, und dachten, dass es einer von uns und aus dem Gebiet sei. Das Baby war noch nicht stark genug und blieb innerhalb des eingezäunten Bereichs ihrer Hütte geschützt. Das Kleinkind fiel zweimal auf den Boden, stand jedoch jedes Mal zitternd mit Unterstützung auf. Dein Vater lächelte und bemerkte - Unsere Babys werden sehr früh stark und stabil und gehen sehr bald ins Freie. Ihre Babys brauchen viel Zeit, um sich frei zu bewegen, vielleicht um sich gegen die Natur aufzurichten. Wir haben unseren Babys im sehr jungen Alter beigebracht, ihr eigenes Essen zu bekommen und sie so unabhängig wie möglich zu machen. Unser Leben im Dschungel ist ein ständiger Kampf. Wir lehren sie, gegen ihn zu leben. Die Zweibeiner sind sehr schützend und kennen ihre körperlichen Grenzen; sie halten ihre Babys also lange Zeit unter Schutz und werden so spät unabhängige Individuen.

Ich sagte stolz: "Also sind wir sehr fortgeschrittene Wesen der Natur!"

Mama lächelte: "In gewisser Weise, aber nicht am Ende."

Ich fragte mich: "Was meinst du damit?"

"Ich meine, wir mögen weise sein, aber nicht so klug wie die Zweibeiner. Sie sind sich ihrer Grenzen bewusst und haben deshalb andere Waffen entdeckt, um sie zu ergänzen. Sie konzentrieren sich immer auf ihre Interessen und sind clevere Schützen. Sie sind sehr umstritten. Wir nicht."

Ich konnte die Aussage nicht verstehen, aber Mama fuhr fort...

"In den folgenden Jahren hörten wir dreimal solche schrillen Schreie, die aus der dunklen Hütte kamen, natürlich nicht zur selben Zeit, mit Jahren dazwischen. Zwei weitere neue Babys kamen in die eingezäunte Hütte."

Ich unterbrach: "Mama, habe ich auch geweint, als ich geboren wurde?"

Mutter nickte: "Ja. Jedes neugeborene Baby weint, wenn es geboren wird."

Ich schlug mit einer meiner Vorderpfoten auf den grasigen Boden und sagte: "Wie erstaunlich! Mama, du und Vater habt auch geweint!"

Mutter lächelte mich liebevoll an und lachte.

Ich fragte erneut: "Babys weinen, wenn sie geboren werden."

Mutter brauchte einige Zeit, um zu denken, und antwortete dann: "Vielleicht weiß es, dass es eines Tages diese schöne und wunderbare Erde verlassen muss."

Ich begann, die Zukunft zu erkennen - nicht viele Schmetterlinge schweben, die Libellen sind zwar in geringer Anzahl vorhanden, Bienen sind selten zu sehen, Singvögel fliegen spärlich, Blumen und Bäume sind wenige und weit voneinander entfernt, Sümpfe oder Heiden sind verschwunden, dennoch wird das Territorium immer noch schön und wunderbar sein. Das Ende kann nicht so schmerzhaft und hoffnungslos sein. Ich werde dieses schöne Territorium von uns um jeden Preis nicht verlassen; ich kann es nicht.

In den folgenden Tagen blieb ich niedergeschlagen. Mutter konnte meine gedrückte Stimmung und ihre wahrscheinliche Ursache erkennen und versuchte, meine Traurigkeit zu lindern. Schließlich dämmerte mir, dass nicht alles bis zum Ende gleich bleiben würde. Es würde am Anfang eine Sache sein, in der Mitte ein bisschen anders, vorgestern mehr anders, gestern in einer anderen Form, und die Sache wäre morgen völlig anders, eine neue als die am Anfang.

Mutter beobachtete mich und meine inneren Gefühle aufmerksam und fügte hinzu: "Es ist die Veränderung, die die Zeit uns zugewiesen hat. Die Güte erreicht ihren Höhepunkt und rollt dann wie ein Stein einen Hang hinunter. Wir stehen jetzt auf einem veränderten Abgrund."

Mutter setzte ihre unvollendete Erzählung über die zweibeinigen Babys und deren Eltern fort: "Ob sie uns akzeptierten oder nicht, war uns nie klar, aufgrund ihrer Zweideutigkeit. Aber wir waren immer beruhigt zu denken, dass sie unsere Nachbarn sind. Wir wussten, dass die Vorsehung dies von uns allen verlangt, die auf diesem von Gott bereitgestellten Stück Land gehen oder wohnen."

"So nahmen wir sie, die zweibeinigen Eltern und die Babys, als Teil der Gegend an und begannen uns zu verhalten, als wären wir wahre Nachbarn. Wir genossen wirklich die Anwesenheit der Babys - wir lachten, lächelten, schätzten und jubelten ihnen aus der Ferne zu. Sie trotteten, stolperten, hüpften, klatschten, rannten und raufen miteinander. Sie waren niedliche und lebendige Wesen. Wir hatten eine liebevolle Ecke in unseren Herzen für sie, und seit wann wir das wussten, wussten wir nicht; wir kümmerten uns um sie und hielten aus der Ferne unsere Augen auf sie gerichtet, damit kein Schaden die Babys erreichen konnte."

"Ich kann mich noch deutlich erinnern, eines Tages waren ihre Eltern irgendwo beschäftigt, die Babys kamen herumtollend heraus, warfen ihre Schultern mit anderen und gingen rennend und jagend einem Leguan hinterher. Der Leguan rannte schnell und sprang verzweifelt in den Teich und schwamm davon. Eines der begeisterten Babys sprang dem Leguan nach. Die Affen sprangen und schrien, Vögel kreisten über dem Teich, die Shalik-Vögel klapperten, einer der Schakal-Kinder heulte einen Klagelaut. Das Baby, das ins Wasser fiel, warf seine Hände in die Luft und keuchte im Wasser. Die beiden anderen zweibeinigen Brüder standen hilflos am Rand. Die Schakale, die davon erfahren hatten, rannten zum Wasser. Dein Vater und zwei andere sammelten einen großen, verzweigten Ast eines Baumes und gingen in den Teich. Sie gingen nicht sehr nah an das Baby heran. Sie wussten, dass es mehr Komplikationen bringen könnte. Also schoben sie den struppigen Ast nahe an das Baby und forderten es auf, darauf zu klettern. Das Baby, in Panik und verwirrt, griff nach dem Ast und die Retter fingen es ein und zogen Ast und Baby zum Rand des Teiches und hoben es auf den Boden. Die beiden anderen Geschwister, die das gefallene Baby hielten, wurden zu ihrem Haus gebracht. Ob die Eltern später die ganze Geschichte erfahren haben oder nicht, konnten wir nicht wissen, weil wir keine Reaktion oder seitliches Verhalten von ihnen bemerkten. Trotzdem hatten wir immer eine wirklich gute Ecke in unseren Herzen für sie. Wir hätten nie gedacht, dass sie eines Tages Konkurrenten, dann Rivalen und schließlich Feinde werden würden."

"Irgendwann kamen zwei oder drei der Zweibeiner in den folgenden Tagen nach dem Vorfall herein und gingen direkt zum umzäunten Gehöft. Sie blieben ein paar Stunden dort und während ihres Aufenthalts kamen Geräusche von Gelächter, Freudegeschrei und Radau heraus. Dann traten sie alle zusammen aus und streiften durch den umzäunten Hof um die Hütte herum und blickten auf dieser und jener Seite der Hütte umher, während die Babys um sie herum schmeichelten und fröhlich herumtollten. Für mehrere Monate erschienen diese fremden Gäste unangekündigt. Sie begannen, verschiedene Teile und Orte des Gebiets zu erkunden. Sie berührten Bäume, Blumen und Pflanzen ohne Rücksicht und traten sogar auf Bodenranken und Kriecher. Dein Vater beobachtete sie grimmig, ihre Art zu gehen, ihre überaus ausdrucksstarken Reden, ihre

Augenverdrehungen, das Schleudern von Steinen in den Teich und vor allem ihre gnadenlose Zerstörung der Pflanzen und Blumen mit abrasiver Kraft. Und eines Tages, aus Verzweiflung, enthüllte er seine Befürchtungen - sie sehen nicht unheilvoll aus."

"Warum?" fragte ich.

Dein Vater antwortete aufgeregt: "Siehst du nicht das flackernde Feuer der Lust in ihren Augen?" Sie werden eines Tages Fluch oder Böses bringen, nicht nur für uns, sondern für jede Gruppe von Pflanzen und Tieren, die hier selig gedeihen."

Tagelang sahen wir Deinen Vater aufgeregt und unruhig, obwohl er sich äußerlich immer ruhig zu zeigen versuchte. Er saß oder stand nicht lange an einem Ort. Er aß weniger, gab weniger Ausdrücke von sich, gab unfundierte Geräusche aus seinem Mund und schaute oft zum Himmel auf. Ich wusste, dass Dein Vater nicht vom Himmel wie ich verzaubert wurde und dennoch seinen Kopf und seine Augen zum Himmel erhob, und das bedeutete etwas Bedrohliches.

Die meiste Zeit suchte er einen einsamen Platz zum Sitzen mit hängendem Kopf und entzündete abrasiv Nachdenken. Ich dachte, dass ich nicht weitermachen dürfte, und in einem solchen einsamen Moment ging ich zu ihm und sagte beschwichtigend: "Was plagt dich?"

Er bewegte sich nicht, drehte sich nicht um und gab keinen Ton von sich.

Ich sagte zu ihm: "So kann es nicht weitergehen. Das wird dich umbringen. Bitte lass raus, was dich innerlich quält."

Schließlich öffnete er sich: "Diese Dinge, ich meine die Zweibeiner, werden am Ende nicht aufrichtig und arglos sein."

"Warum denkst du das?"

"Aus der Intuition eines Gruppenführers, und sie besagt, dass sie auf etwas anderes aus sind."

Ich konnte ihn nicht vollständig verstehen, aber seine Worte haben mir Unbehagen und Zweifel eingeflößt; und es hat mich genauso wie ihn aus der Fassung gebracht und mich weiterhin verbrannt.

Als ich neben meiner Mutter saß und ihre Geschichtenerzählung über unsere Vorfahren hörte, hatte ich das Gefühl, dass auch mein Vater neben uns saß und nicht nur seine Bedenken gegenüber meiner Mutter, sondern auch gegenüber mir äußerte. Ich konnte seine müden, hängenden Augen sehen, die mich entsetzt ansahen.

"Ich konnte nicht verstehen, was mein Vater mit 'geradlinig und einfältig' meinte oder was es wirklich mit den Bäumen, Blumen, dem Wasser oder den Bewohnern des Territoriums oder den Eindringlingen von außen zu tun hatte oder auch nicht. Ich stellte meiner Mutter diese einfache, aber versuchende Frage."

Mutter überlegte einen Moment und antwortete: "Dein Vater spürte etwas, das für uns und das Territorium unpassend oder für alle nicht vorteilhaft wäre. Er war sich nicht sicher, was er genau spürte, aber er war sich absolut sicher in seinem Gefühl. Das hatte ihn in eine schlechte Stimmung versetzt und ihn die ganze Zeit unten gehalten und genagt."

Ich runzelte die Stirn: "War Vater von dieser Art, meine ich, oft in Melancholie zu verfallen, wenn nichts richtig zu laufen schien?"

"Nein, nein. Nicht so. Vielleicht war er ein ernster Typ, warum auch nicht, wenn er der Anführer eines großen Rudels war. Aber das bedeutet nicht, dass er trocken und hart war. Er war auch fröhlich und festlich, was wir gelegentlich bemerken konnten."

Ich sprang vor Freude auf: "Also, Mutter, wir haben Feste, in denen wir uns in Freude überschwemmen!"

"Ja, das haben wir." Mutter schien tief in Gedanken versunken. "Jedes Lebewesen hat Festivitäten und Feierlichkeiten für eine Veränderung im Alltag. Unsere Feste und Feiern sind anders, nicht gleich wie bei anderen. Wir sind die Kinder der Natur. Natürlich ist unsere Feier eine einfache und natürliche Reaktion auf die Natur und das Gebiet, dem wir angehören."

"Wie? Kommt es zu bestimmten Zeiten?"

"Nein, nicht so. Die Natur ruft dich jederzeit und deine Reaktion muss sofort sein."

Ich reagierte erstaunt: "Ich verstehe es nicht, Mama. Wie und wann kommt es?"

"Es kommt nicht mit der Zeit oder zu einem bestimmten Zeitpunkt." Wenn die Bäume reichlich saftige Früchte tragen und die Zweige sich biegen, ist es unser Früchtefest. Wir essen viele Früchte nach unserem Willen und feiern das Ereignis. Das ist unsere Version eines Festes. Dann, nach starkem Regen, kommt das Oberflächenwasser des Teiches auf unser Land und es wird von tanzenden Fischen durchsetzt, die wir nach Belieben fangen und mit Festlichkeit essen. Das ist ein Fischfest für uns. Dann gibt es eine Art Familien- und Rudelfest, das gefeiert wird. Das ist völlig anders und schwer zu erklären. Ich meine das Ereignis, wenn die neuen Welpen ankommen. Unsere Herzen springen vor Freude und Freude wird zu Festlichkeit. Das ist auch uns und unserem Rudel passiert, als du geboren wurdest.

Hier schloss ich meine Augen und versuchte, den Moment meiner Geburt und das Fest und die Fieber der Feierlichkeiten zu visualisieren, die über das ganze Rudel hinweggingen. Ich war erstaunt darüber.

Die Mutter fuhr fort: "Es gab ein weiteres seltenes und beispielloses Fest, das einmal in einem blauen Mond stattfindet..." Die Mutter blickte wieder weit entfernt, als ob sie ein solches seltenes Fest wahrnehmen würde.

Ich stupste die Flanke meiner Mutter mit meiner Schnauze an.

Die Mutter blickte noch immer weg, vielleicht in die Leere oder dorthin, wo das seltene Ereignis stattgefunden hatte.

Ich stand auf und ging nach vorne, schaute in die stillen Augen meiner Mutter.

Ich fragte: "Was war das Fest, das nur einmal in einem blauen Mond stattgefunden hat, Mama?"

Die Mutter senkte ihre Schnauze und rieb ihre Nase im dichten Graswuchs, roch daran und begann dann zu beschreiben, während sie ihre Schnauze auf dem Gras liegen ließ... Es war eine neblige Nacht und der Nebel hatte sich niedergelassen, um einen undeutlichen Schleier zu bilden. Wir konnten über unsere markierte Grenze nichts sehen. Du solltest wissen, dass wir die Grenze unseres Territoriums mit Gerüchen unserer Harn-, Kot- oder Körpergerüche markieren, um unser Territorium zu sichern. An einem solchen nebligen Nacht sah ich einen Körper zittern und in unserem Territorium herumstreifen. Der Körper schien wie der eines zögernden Schakals.

Er kam nahe an die markierte Grenze und setzte sich außerhalb davon und wartete dort. Viele von unserem Rudel bemerkten es und behielten es im Auge, aber sie taten nichts, solange es außerhalb der markierten Linie blieb. Er schnüffelte mehrmals an der Erde, dem Stamm der Bäume und den Seiten der Sträucher und Pflanzen, die die markierten Gerüche trugen. Er wälzte sich sogar mit leisen Geräuschen der Unterwerfung.

An einem Punkt wagte es, die markierte Linie zu überschreiten. Einige der Schakale unseres Territoriums rannten sofort auf es zu, und der neue Schakal sprang zurück an seine vorherige Position, aber diesmal mit Abstand zur Linie.

Ich wunderte mich, warum es in unser Territorium wollte. Ich beschloss, den Grund herauszufinden. Also ging ich einmal zur Linie, wo der neue Schakal auf der anderen Seite wartete. Ich sah es genau an, es tat dasselbe mit wiederholten Blinzeln seiner Augen und wälzte sich auf dem Boden und machte gedämpfte Quietschgeräusche. Als es mich mit seinem gebeugten Körper begrüßte, schien es mir, als ob es ein entfernt bekanntes Gesicht war, aber ich war mir nicht sicher.

Ein paar Tage später sah ich es am anderen Ende der Grenze stehen, und ein Mädchen-Schakal stand ihm auf unserer Seite gegenüber und berührte Nase an Nase. Dann lösten sich beide und standen zurückgezogen. Ich bemerkte es mehrmals, ließ es aber niemandem wissen, insbesondere nicht deinem Vater.

Ich fragte: "Was war daran so unangemessen, dass du es niemandem mitgeteilt hast?"

Mutter sagte: "Es war eine sehr zarte und sensible geistige Angelegenheit, und die meisten von uns hätten es nicht verstanden, eher hätten sie eine falsche oder verdrehte Vorstellung davon gehabt."

Eines Nachts sah ich das Mädchen auf die andere Seite springen und dem Körper des Schakals auf der anderen Seite einen leichten Schubs mit ihrer Flanke geben. Dann standen sie sich mit Nasenberührung gegenüber. Dann verbrachten sie einige Zeit damit, einander an den Seiten zu berühren.

An diesem Punkt wurde mir klar, dass es deinem Vater bekannt gemacht werden sollte, aber mit Logik und Gelassenheit.

"Dein Vater war sehr überrascht."

Aber noch überraschter war er, als ich sagte: "Kannst du dich erinnern, dass es in unserem Rudel einen sehr mutigen und flatterhaften jungen Jackal gab, der ständig Normen brach?"

Vater antwortete: "Ich erinnere mich schwach daran!"

Ich sagte: "Einmal verschwand er aus unserem Rudel oder ging unüberlegt weg, aufgrund seiner abenteuerlichen Natur, und niemand wusste, wo er war. Es scheint, dass er zurückgekehrt ist und sich wieder vereinen will."

Ich sah, wie dein Vater verzweifelt wurde. Ich wusste, dass er definitiv etwas tun würde.

Er besprach dies mit anderen Ältesten und sie beschlossen gemeinsam, diesem ausgebüxten Jackal eine Chance zu geben. Dann wurde der junge Jackal auf unsere Seite geführt. Das Mädchen hüpfte zu seiner Seite.

Der neue Jackal streckte seine Beine auf dem Boden aus und blieb in einer gestreckten Haltung still, seine Augen halb geschlossen. Nach einiger Zeit ging dein Vater hin und stupste ihn mit seiner Nase an, um ihn zum Aufstehen zu bewegen. Alle beschlossen, ein Paar aus den beiden zu machen, dem Mädchen und dem verschwundenen Jackal. Wir heulten und bellten im Einklang in einer singenden Art und Weise. Wir hatten eine völlig andere Festlichkeit anlässlich der Paarung der beiden und nicht nur für einen Tag, sondern hatten mehrere Tage hintereinander ein Feuerwerk an Festivitäten."

Irgendwann in der Mitte sah ich oft die undeutliche Gestalt meines Vaters, der auf dem Boden saß, am Teich stand oder sich auf einer Ecke der Wiese ausruhte und sein Gesicht ins Gras tauchte. Die meiste Zeit erschien er als Silhouette gegen den tiefdunklen Horizont, schlug mit seiner Schnauze gegen die Pflanzen, roch an sprießenden Blumen oder ging sogar in Richtung der weitreichenden Linie, die Himmel und Erde trennte.

Selbst ich hörte seine leise Stimme murmeln: "Sie kommen, sie kommen!"

Eines Abends erzählte ich meiner Mutter von meinen illusorischen Visionen. Mama starrte mich eine Weile an. Dann wurde ihr Gesicht traurig. Ihre Augen senkten sich, ihr ganzer Körper wurde schlaff und schlaff. Sie senkte sich langsam auf den Boden und saß mit leerem Blick da. Ich ging zu ihr und versuchte, sie mit der Wärme meines Körpers zu beruhigen.

Sie neigte ihren Kopf zum Himmel, dann drehte sie ihren Hals zur Betonmauer, die unser Wesen umgab und erstickte. Ihr Blick prallte von der Betonbegrenzung ab, dann sah sie wieder auf den Boden und sagte langsam: "Ja, dein Vater hat sicher die Zeit und ihre Schattierungen gesehen. Ja, endlich kamen sie ... sie kamen."

Ein Paar der Zweibeiner kam; ihnen folgte ein weiteres Paar, von denen jeder eine schwere Tasche und die hellere Person ein Bündel auf dem Kopf trug. Sie fällten große und kleine Bäume, entwurzelten Pflanzen, Sträucher und Dickichte, schabten die Erde frei und reinigten die kahlen Flächen. Danach pflanzten sie ein paar Bretter ein, banden die Bretter mit getrockneten Gras- und Kletterpflanzenschnüren zusammen und montierten die gebundenen Bretter mit dicken Schichten aus Lehm und formten sie zu Wänden. Schließlich bedeckten sie die oberen Teile der ummauerten Bereiche und formten sie zu bewohnbaren Hütten. Schließlich begannen sie dort zu leben und bauten sich ihr Zuhause.

Dann kamen noch ein paar mehr und bauten Hütten und ließen sich nieder. Im Laufe der Zeit kamen viele, viele, viele weitere und usurpierten Land nach Belieben, bauten neue Hütten und begannen in den neu eroberten Räumen zu leben, die wir all die Jahre für uns gehalten hatten. Sie besetzten nicht nur diese Räume, sondern begannen auch, mehr Flächen zu erwerben als notwendig; sie räumten und fegten die besetzten Flächen, schabten, rissen sie auf und hielten sie unter ihrer Kontrolle. Ihr Greifen setzte sich fort, unsere Fläche und unser Raum wurden knapper, unsere Bewegungen eingeschränkt und beschränkt. Mit zunehmenden Jahren stieg die Zahl der kahlen und nackten Flächen, die Zahl der Zweibeiner infiltrierten und unsere Breiten- und Freiheitsgrade wurden eingeschränkt.

Und irgendwann schossen überall in der Nähe und in der Ferne, überall - riesige Zahlen von Hütten und Siedlungen der Zweibeiner auf und verdrängten die grünen Länder.

Ich dachte eine Weile nach und schüttelte den Kopf und fragte: "Was ist das, kahl, Mama?"

Mama stammelte ein wenig bei der Erklärung und sagte dann: "Du hast vielleicht schon einige Vögel ohne Federn oder Fell bis auf die Haut gesehen, oder einige pelzige Wesen, bei denen das Fell vom Körper gefallen ist, einige wollige Kreaturen, bei denen die Wolle von ihrer Haut gefallen ist, oder sogar einige von uns, aus unbekannten Gründen, die mit bloßer Haut umherlaufen." Das ist die Kahlheit.

Etwas verlegen fragte ich: "Warum sind sie so besessen von Kahlheit?"

Mutter antwortete: "Wir haben es versucht, aber wir wissen es nicht. Sie hassen Bäume, Pflanzen, Blumen, Wälder, natürliche Lebensräume und lieben es, mehr Kahlheit ohne Grün zu schaffen. Dein Vater sagte oft, dass es ihr angeborener subversiver Trieb war, der sie dazu trieb, kahl zu machen. Es stimmt auch heute noch."

Ein schüchternes Lächeln breitete sich auf Mutters Gesicht aus. Ich war verwirrt, so ein Lächeln zu sehen.

Mutter fuhr fort: "Das Amüsante oder die harte Realität des Schicksals ist, dass nur die verdrehten Zweibeiner kahle Köpfe haben. Alle anderen Wanderer auf der Erde haben Haare, Federn oder Fell überall auf ihrem Körper. Aber die Zweibeiner haben üppiges Haar auf ihrem Kopf. Kein anderes Lebewesen wird kahlköpfig. Wir können unser Haar oder Fell verlieren, aber es wird bald auf natürliche Weise repariert. Ihre wird es nicht. Sie lassen die Natur kahl, und dabei werden sie auch kahl."

Ich schlug mit meinen Pfoten auf den Boden und rief aus - zu Recht. Sie sollten noch kahler werden.

Aus vergangenen Visionen kehrte ich zurück zu den gegenwärtigen Visionen. Ich räusperte mich und sah mich um. Ja, alles war anders als damals, wie ich aus den Beschreibungen der Vergangenheit annehme. Wenn auch nicht alles, ich bin Zeuge einiger der Dinge, von denen die Vergangenheitsgeschichten sprechen. Es sind nicht mehr viele grüne Felder übrig. Keine hohen dicken Bäume sind mehr da. Summende Bienen, farbenfrohe Schmetterlinge sind selten zu sehen, die Wachaffen sind verschwunden. Sie kommen nicht mehr vor, um uns zu warnen; jede Sekunde im Gebiet ist Alarmzeit. Vögel schreien auf den Betonstrukturen sitzend. Ich bin von meinen eigenen Schakalen umgeben, nicht mehr von einem einzigen, seit meine Mutter weg ist.

Metallknalle, Klirren, dumpfe Schläge oder Krachen sind allgegenwärtig; Geräusche von Hupen oder anderen Eisengeräten haben andere Schweiß- oder beruhigende Geräusche ersetzt und füllen das einstige Land von uns. Vater war wirklich ein großartiger Seher. Mutter war eine großartige Vermittlerin oder Motivatorin. Jetzt bin ich ein einzelner Einzelgänger, hoffnungslos ein Zuschauer ohne Aufgabe, ein Wartender, der auf 'ich weiß nicht was oder was nicht' wartet. Ich bin ein Gefangener des Schicksals. Es ist auch das Schicksal der Schwächeren, das ihnen von den Mächtigen auferlegt wird.

Was auch immer kommen mag, ich kann mich auf keine Weise von der Vergangenheit lösen und mich daher von meiner kostbaren Gegenwart verlassen. Dies tut man nur, wenn die Zukunft unklar ist und die Gegenwart blass wird und Tagträumerei das einzige Refugium wird.

Ich erklärte das einmal meiner Mutter und von meiner Träumerei. Beim Hören dessen wurde sie betrübt und schwieg eine Weile und begann, meditativ zu bleiben und die meiste Zeit in den Himmel zu schauen, vielleicht auf der Suche nach einem Heilmittel dort, wie einem verlorenen Glauben oder Hoffnung für mich. Sie war noch meditativer geworden und zeigte kein Interesse mehr am Geschichtenerzählen, von dem ich so intensiv und begeistert war.

Ich fühlte, dass es höchste Zeit war, sie aufzuheitern, sonst würden die Geschichten versiegen. Also ging ich zu einem günstigen Moment zu ihr, setzte mich neben sie und begann wie sie in den Himmel zu schauen. Der Himmel schien so unergründlich wie immer, aber einzigartig majestätisch, wie Mama zu sagen pflegte.

Ich sagte: "Ich mag den Himmel, Mama."

Mama antwortete nicht.

Ich sagte wieder: "Der Himmel ist das, was ich gerne herunterkommen würde."

Mama sagte nichts.

Ich sagte noch einmal: "Nur der Himmel kann uns die Erlösung bringen, die wir suchen."

Mutter fügte in einem leisen Ton hinzu: "Ja, der Himmel ist das einzige Gebiet, das noch unverändert und unbelastet bleibt." Ich ging sehr nah zu ihr und sagte im gleichen Ton: "Ich verspreche dir, Mama, ich werde dich nie zwingen, die schmerzhaften Geschichten meiner Vorfahren zu erzählen." Mama drehte sich zu mir und sagte: "Die Geschichten sind wahr und die Schmerzen auch. Als vielleicht letzte Nachkommen hast du alle Rechte und Ansprüche, es zu wissen."

Ich machte keinen Ton und bevorzugte es, still zu bleiben, denn aus ihren Augen und dem Zucken ihres Gesichts wusste ich, dass sie alle Geschichten aus ihrer Schatzkammer enthüllen würde.

Wie erwartet, öffnete sich die Kammer ...

Mehrere Sommer, mehrere Regenfälle, mehrere Herbst- und Frühlingssaisons kamen und gingen. Die Sonne und der Mond stiegen und fielen viele Male routinemäßig. Kreaturen kamen und gingen. Aber eine bestimmte Art, die Zweibeiner, drang immer weiter vor.

Anfangs versuchten wir mühsam, zumindest von außen betrachtet, so normal wie möglich zu leben, indem wir eng beieinander blieben und Dinge wie Bäume, Früchte, Mais, Gemüse, den Teich, sein Wasser und seine Fische sowie den Raum teilten.

Die Zweibeiner sind sich ihrer selbst und ihrer Art sehr bewusst. Sie bevorzugen ihre eigene Art als Freunde und Nachbarn, nicht andere Arten. Ihr Verhalten und ihre Aktivitäten beweisen dies.

Sobald sie in großer Zahl wuchsen, änderte sich alles an ihnen. Ihr Verhalten und ihre Natur wurden grotesk. Ihre verborgene Lust und Begierde wurden offensichtlich, und es war offensichtlich, dass sie dafür jede Distanz zurücklegen würden. Mit ihrer offenen Haltung und rachsüchtigen Taten ließen sie uns verstehen, dass wir keine wahren Anspruchsteller auf das Territorium waren, sondern Außenseiter, das Territorium gehörte ihnen. Sie wollten, dass wir uns zurückziehen oder von diesem Gebiet weggehen. Wir hatten keine Lust, unseren Platz zu verlassen und wegzugehen.

Sie erweiterten ihr Gebiet und annexionierten unseres ohne Notwendigkeit. Sie schufen mehr kahle Flächen, damit wir weniger freien Raum hatten, um uns zu bewegen und gezwungen wurden, wegzugehen. Sie bauten mehr umzäunte Hütten und ummauerte Räume.

Sie stellten Zäune entlang der Ränder des Teiches auf. Sie tobten sich dort tagsüber lautstark aus und verbrachten sogar einige Zeit damit, über die Wasseroberfläche des Teiches zu blästern. Sie füllten Löcher und Gruben nach dem Abholzen der Bäume mit Schmutz und Müll auf, um mehr Ebenen und sogar kahle Flächen zu schaffen. Sie würden regelmäßig das Wildwachstum, Dickichte, Kletterpflanzen und Gras der Wiesen ausreißen und zerstören.

Ich warf ein: "Sie sind sehr grausam."

Mama sagte ruhig: "Sie sind nicht grausam."

Ich war von dieser Aussage erstaunt.

Mama fügte hinzu: "Sie tun es aufgrund ihrer angeborenen Gewohnheit. Es ist ihre Natur."

Sie verstehen nicht, was Grausamkeit oder Freundlichkeit bedeutet, bis sich die Auswirkungen auf sie auswirken.

Für ein paar Nächte schwieg Mama wieder und erzählte keine Geschichten. Ich war nicht besorgt. Ich hatte bis dahin diese Gewohnheit von ihr kennengelernt. Ich wusste, dass sie etwas Zeit brauchte, um die nächsten Geschichten vorzubereiten und zu klären. Ich wartete bis dahin.

"Sie sind immer mit irgendeiner notwendigen oder unnötigen Arbeit beschäftigt", begann Mama. Es war für uns immer ein Rätsel, denn wir wussten nie, was für sie notwendig oder unnötig war. Nach vielen, vielen Beobachtungen ihrer Natur und noch mehr Nachdenken darüber kamen wir zu der Meinung, dass sie ihre Energie nicht für unnötige Arbeiten verschwenden. Sie würden nichts tun, was keine Chance auf Profit oder Beschaffung bot.

Sie hatten viele Bäume in der Region beseitigt. Eines Tages brachten sie viele Setzlinge mit und pflanzten sie am Rand des Teiches und an anderen kahlen Stellen. Sie taten dies mühsam, ernsthaft und seriös. Wir dachten, dass endlich eine gute Tugend auf sie herabgestiegen war und sie hart daran arbeiteten, der Region für ihre verlorenen Bäume zurückzuzahlen.

Sie schützten die Setzlinge, bis sie stark wurden. Alle Setzlinge wuchsen schnell zu starken, hohen, dicken und zylindrischen Bäumen heran. Wir gerieten wieder auf die verdrehte Seite des Rätsels.

Ich war überrascht und hatte den Eindruck, dass sie von einer unheilvollen Idee getrieben wurden, als ich in einem sonderbaren Ton fragte: "Was hast du gedacht, Mutter? Was war das Rätsel?"

Mutter antwortete mit einer gewissen Unsicherheit: "Wir konnten ihre Handlung des Pflanzens dieser

Setzlinge oder genauer gesagt ihre Absicht nicht verstehen."

"Warum, Mutter?"

Mutter dachte eine Weile nach und schaute in den Himmel: "Als diese Bäume schnell groß und hoch wuchsen, größer und höher als die anderen Bäume der Region, und immer noch größer und höher, waren wir überrascht zu sehen, dass sie niemals Früchte trugen oder scheinbar blühten."

Das hat uns wirklich verwirrt. Ihre Körper waren spröde, glatt und aschfarben, was sehr ungewöhnlich war. Wenn man diesen Bäumen nahekommt, kann man nur spüren, dass sie einen schwachen, übelriechenden Geruch absondern. Kein geflügeltes Wesen würde auf ihnen sitzen oder Nester in ihren Spalten bauen. Man findet keine Würmer, Insekten oder Spinnen auf den Bäumen. Die Ameisen hatten die glatten Bäume komplett aufgegeben. Sogar Wesen wie wir würden keine territorialen Markierungen auf ihnen hinterlassen. Wir haben sie vermieden.

Ich sagte besorgt: "Aber Mutter, Bäume sind immer noch Bäume."

Mutter nickte bejahend: "Ja. Aber alles hat seinen eigenen Platz und seine eigene Region, um dort zu sein. Man kann Fische nicht auf dem Boden leben lassen, das geht nicht. Wenn man Mäuse oder Ratten in den Teich setzt, um zu leben, geht das auch nicht. Im Laufe der Zeit wuchsen die neu gepflanzten Bäume monströs und die einheimischen Bäume dieser

Region wurden durch eine unbekannte aggressive Wirkung der fremden Bäume dünn, geschrumpft und trocken. Auch ihre Früchte wurden schrumpelig und spärlich."

Ein weiterer offensichtlicher Wandel betraf den Zustand des Teiches. Als die fremden Bäume entlang des Teiches riesig wurden, sank der Wasserstand der Teichoberfläche sichtbar ab, so stark, dass wir Probleme hatten, sie zu erreichen und Wasserknappheit erlebten. Ich denke, dass auch die Wasserwesen auf andere Weise betroffen waren. Aber das war den Zweifüßern wenig wichtig. Sie waren fest in ihrem Handeln. Sie setzten ihre Arbeit fort, indem sie unfreundliche Bäume mit stetiger Motivation pflanzten.

Nach ein paar Tagen wurden einige von ihnen riesig, dick, groß und hoch und berührten den Himmel. Dann gingen die Zweifüßer gezielt vor - sie schnitten und fällten diese Riesenbäume, zerkleinerten sie in geeignete Größen und legten sie nacheinander an ihren Platz und befestigten sie mit Pfählen und Stangen, um Holztreppen für Auf- und Abstiege zu bauen. So konnten sie leicht zum niedrig gelegenen Wasser des Teiches gelangen und wieder zurückkommen. Sie sind sehr hinterlistig, so dass jede ihrer Handlungen ihnen selbst nutzt und nicht anderen - das haben wir allmählich erkannt.

Mama gähnte zweimal und hörte auf, die Geschichte zu erzählen. Ich ging tief in Gedanken über die Geschichten, die Mama gerade erzählt hatte.

Manchmal hatte Mama weniger Lust, die langweiligen Geschichten zu erzählen, aber wie konnte sie wissen, dass sie für mich keineswegs langweilig waren. Sie verlor aus unerklärlichen Gründen das Interesse an den Geschichten und zeigte Apathie, wenn ich sie um weitere Geschichten bat.

In einem solchen müden Moment sagte ich zu ihr: "Du bist müde vom Geschichtenerzählen geworden."

Mama konnte mich nicht verstehen und hob fragend den Kopf.

Ich konnte nicht anders, als zu fragen: "Wie kann ich wissen, welche Stunde die Mitternachtsstunde ist?"

Mom antwortete: "Beobachte die Spanne der Nacht von Abend bis Morgendämmerung, beobachte die Sterne und den Mond, und du wirst die Zeit erkennen. Und ein bestimmter Vogel krächzt ungefähr um Mitternacht 'Twee-Twee-Twee'. Aber es sollte deine eigene Erkenntnis sein, die es möglich macht."

"Ich bin ein wenig verwirrt, Mom", sagte ich besorgt.

Mom lächelte hier und versicherte mir: "Wenn der Mond im Zenit steht, ist es sicher, dass die Zeit Mitternacht ist. Aber der Mond ist sehr launisch, launisch wie ein Affe, er wird nie an derselben Position zur gleichen Zeit jedes Nachts zu sehen sein. Er neigt immer dazu, sich von der Position der vorherigen Nacht wegzubewegen. Schau also nur nach dem Mond im Zenit."

Am nächsten Abend saß ich und beobachtete alles um uns herum - die Sterne, den Mond, die sich ändernde Farbe des Himmels, das Zirpen der Grillen und das Rascheln der Vögel und ihre Rufe. Ich hielt aufmerksam Ausschau bis zum Morgengrauen, konnte aber nicht feststellen, welche Stunde die Mitternachtsstunde war. Mom sagte nichts, lächelte nur und sah mich schweigend an, keine Geschichte. Mom wartete darauf, von mir zu hören, welche Stunde genau die Mitternachtsstunde ist. Ich konnte nicht herausfinden, welcher Moment zwischen Abend und Morgendämmerung genannt werden sollte. Es war das wichtigste Rätsel meines Schakal-Lebens.

Eine Nacht saß ich verwirrt neben meiner Mutter. Es gab keine Geschichte, weil ich bis dahin noch nicht in der Lage war, den genauen Mitternachtsmoment zu markieren. Ich war immer noch in diesem Dilemma verstrickt, als ich ein Rascheln auf den fallenden Blättern und trockenen Dickichten hörte. Meine Ohren zuckten, und ich begann in diese Richtung zu schnüffeln - es sollte eine fette Ratte oder Maus sein. Ich stand auf und begann in diese Ecke zu schleichen, aber meine Mutter stoppte mich und sagte: "Nein, nein."

Ich wandte mich ihr ratlos zu. Meine Mutter zeigte still auf den Himmel. Ich schaute nach oben - der Mond war in seiner vollsten Form am Zenit. Ich überprüfte meine Zehen. Ein paar Augenblicke später vibrierte die Nachtluft mit einem süßen, aber schwachen Ruf: "Twee! Twee! Twee!"

Dann hatten wir jede Nacht um Mitternacht Geschichtsstunden. Wir hatten ein Instinkt entwickelt, dass jede Nacht von innen her gerufen wurde 'Es ist Mitternacht, es ist Mitternacht' und wir würden zusammen sitzen und meine Mutter würde weitererzählen, was sie über meine Vorfahren, Voronkel, Vor-Mütter, Onkel, Vater und alle anderen der Schakalgruppe wusste.

Ich war damals nicht groß genug, um alles zu verstehen oder zu interpretieren, was um mich herum geschah. Aber die vorherrschende Situation, das Gefolge und der Zustand der Dinge um mich herum hatten in mir ein merkwürdiges Bewusstsein geweckt, das mich erkennen ließ, dass nichts mehr so einfach und normal sein würde wie früher. Nur wir beide, meine Mutter und ich, waren noch da, und vielleicht würde ich eines Tages allein sein oder auch gegen die schnell fortschreitende Beton-Annexion untergehen. Also musste ich so schnell wie möglich und so viel wie möglich die Dinge aus dem Herzen meiner Mutter herausholen.

Der Mond erreichte seinen Zenit...

Als sie hierher kamen, sahen wir sie als Gärtner oder Landwirte. Sie ernährten sich von Früchten, Fischen und Gemüse oder Getreide, das sie auf gepflügtem Boden anbauten. Bis dahin gab es nichts zu befürchten. Aber als sie in der Anzahl wuchsen, wurde die Menge an Nahrungsmitteln, die die Natur um sie herum produzierte, für ihre wachsende Zahl unzureichend oder reichte nicht aus. Wir sahen sie in einer neuen Rolle, der Rolle des Jägers. Sie wurden Jäger, um den Nahrungsmangel zu füllen.

Sie begannen Vögel, Kaninchen, Igel, Schuppentiere und viele andere schwache Kreaturen zu jagen. Einige von ihnen jagten sogar Schlangen und Eidechsen. Allmählich wurden sie Jagd-Enthusiasten oder Klasse, so sehr, dass sie diese Kreaturen sogar töteten, obwohl sie sie nicht aßen.

Einige sanfte Kreaturen wie Hühner, Enten, Ziegen, Kühe würden nicht gejagt, sondern von ihnen für andere Vorteile sowie für ihr Fleisch gezähmt und gepflegt. Sie kümmerten sich auch um sie.

Ich fragte verwirrt oder erleichtert, ich weiß nicht, was es war, "Also waren sie nicht grausam zu jedem. Sie würden einige auch pflegen und lieben!"

Mom schockte mich, als sie sagte: "Sie kümmerten sich um sie nicht aus Liebe, sondern aus Bedarf."

Ich konnte nicht verstehen, was Mom damit meinte ... sie fuhr sarkastisch fort: "Sie würden die Eier von Hühnern und Enten essen, Milch von Ziegen und Kühen trinken. Und mit Liebe und Fürsorge würden sie nicht zögern, sie zu schlachten und ihr Fleisch zu essen."

Mit einem Zweifel sagte ich: "Mom, wir essen auch andere geringere Kreaturen, und..."

Mama eilte herein und sagte: "Nein, nein. Unser Beispiel sollte nicht mit ihrem durcheinander gebracht werden. Hinter unserer Handlung gibt es keine

Mehrdeutigkeit. Aber ihre ist eine maskierte Handlung."

Ich geriet in ein Dilemma und versuchte, zwischen Mehrdeutigkeit und Ehrlichkeit zu unterscheiden.

Mama fuhr aufgeregt fort: "Sie würden sie füttern, sich um sie kümmern, ihnen Liebe geben, ihnen ein Zuhause geben und sie trotzdem schlachten. Wir tun das niemals. Wir handeln niemals unter einem Vorwand.

Sie kannten viele Künste. Sie waren Meister in vielen Dingen und das erstaunte und beeindruckte uns. Dein Vater hatte einen sehr klaren Blick, mehr als jeder andere Schakal in unserem Rudel. Er hat einmal gescherzt, und jetzt verstehe ich, dass es eigentlich keine Witze waren, sondern eine Realität, eine nackte Wahrheit.

Ich sah, dass Mama etwas verärgert und mürrisch war. Ich schaute Mama an und dann zum Himmel. Mamas Gedanken schwebten über dem sternübersäten Himmel, den sie liebte, mochte, begehrte und Zuflucht suchte, wenn sie sich niedergeschlagen fühlte.

"Dein Vater pflegte zu sagen, dass die Meister einen unbeugsamen Trend hatten, andere zu überwältigen und zu Monstern zu werden. Der Himmel weiß es gut, weil er alles von oben mehr beobachtet als jeder von unten. Dein Vater war weise; wir sind Dummköpfe."

"Dann was geschah?" Fragte ich.

Mama zeigte auf den Himmel. "Siehst du, wie traumhaft es aussieht! Der schwache Pelz von Stratuswolken, der erstaunlich treibt, der Mond schmilzt einfach weg."

Ich wusste, dass die Geschichte zu Ende war oder dass meine Mutter nicht daran interessiert war, weiterzumachen.

Ich blickte zum Himmel hoch. Der Himmel nahm mich langsam auf, wie es vergorene Säfte tun. Ich verlor mich in meinem Traum.

Das "Twee-Twee-Twee" umhüllte die Nachtluft und ich lief zu meiner Mutter.

Mama lächelte und begann: "Sie waren Meister in der Kunst des Fallenstellens. Sie würden hier und da Fallen auf den Wiesen, in den Büschen, in den Bäumen und sogar im Wasser auslegen. Sie fingen Kaninchen, Schuppentiere, Leguane, Vögel und andere fleischige Kreaturen. Sie fingen jede Kreatur, die sie liebten oder hassten oder sogar nicht liebten oder hassten."

Ich sagte nachdenklich: "Dann war Liebe oder Hass für sie ein totes Wort. Es scheint, als würden sie lieben zu hassen oder hassen zu lieben."

Mama sagte: "Was du sagst, klingt verwirrend."

Auch ich wurde verwirrt von dem, was ich im Eifer des Moments gesagt hatte.

Mama lächelte und sagte: "Auf eine Art hast du recht, und deshalb sind sie Meistermonster." Das war die

Beobachtung deines Vaters, nicht meine. Sie aßen nicht nur das Fleisch der Beute, sondern sie fanden es auch gut, sie in Ställen gefangen zu halten. Sie erfanden eine spezielle Vorrichtung, um Ratten und Mäuse zu fangen. Sie fingen sie nicht, um sie zu essen, sondern weil die Kreaturen Schäden an Mais und Gemüse verursachten. Aber der Mais und das Gemüse waren die natürliche Nahrung, die die Natur diesen Nagetieren gegeben hatte. Die Meister würden niemals von der Natur und ihren Regeln hören. Der gesamte Reichtum der Natur gehörte ihnen, nur ihnen. Sie waren die Herren.

Immer wenn eine Ratte oder Maus gefangen wurde, würden sie die Falle hochheben und Augenkontakt mit dem verängstigten Geschöpf in der Falle aufnehmen. Das gefangene Tier würde schüchtern mit zitternder Schnauze und zitternden Barthaaren starren - der grausame Fallensteller würde durch seinen Blick sagen wollen, dass du uns viele Schäden und Verluste zufügst, du wirst dafür bezahlen. Während das gefangene Tier durch seinen ängstlichen Blick auszudrücken versucht, dass du auch uns und unserem Dasein Schaden zufügst. Der Grausame würde lächeln und sagen: "Lassen Sie uns sehen, wer letztendlich bezahlt."

Ich staunte und beobachtete: "Wie konnten Sie wissen, was die Maus oder Ratte gesagt hat! Kennen Sie ihre Sprache?"

Mama drehte sich zu mir um, untersuchte meine Verwunderung und sagte: "Ich kann den Geist des Jägers und des Beutetiers verstehen und lesen."

Ich fühlte mich stolz auf diese zusätzliche Tugend meiner Mutter. Mein Fell wurde aufgeblasen.

Mama senkte ihre Augen und hörte auf hinzuzufügen: "Sie würden das Beutetier schließlich vor einer Katze freilassen, um es zu töten und zu fressen."

Der Himmel kam immer wieder und kommt jetzt immer noch dazwischen - zwischen mir, meinem Leben und der herrschenden Herrschaft von Lärm und Zwietracht, die überall herrscht.

Ich kann nicht sehen, was ich sehen möchte oder gerne sehen würde. Ich kann die Bilder, die meine Mutter gemalt hat, nicht sehen. Ich werde gezwungen, die Bilder zu sehen, die ich nicht sehen möchte. Ich kann nur den soliden Beton sehen, die kauernden Wolkenkratzer und die lauten Geräte, die knirschen und krachen.

Natürlich kann ich immer noch ein Stück Himmel sehen, das von diesen Teufelskonstruktionen verkürzt wurde. Der Himmel ist nicht mehr so natürlich wie früher. Ich bin nicht mehr so natürlich wie früher. Ich bin eine begrenzte Kreatur, genauso begrenzt wie mein Raum und der Umfang meiner Vision. Ich bin eine begrenzte Sache, die begrenzt auf einer begrenzten Erde herumwandert und begrenzte Hoffnungen hat.

Ich kann kaum die Schmetterlinge, die Libellen, die Heuschrecken, die singenden Vögel, die Blumen und Bäume erblicken. Kein Pangolin, keine Leguane, keine tollenden Affen, kein Schakal, kein Teich, keine Freunde oder Gleichaltrigen - nichts. Wenn du hier gefangen bist, wirst du nur in Wänden, Beton, harten Konstruktionen, Monsterstrukturen enden. Deine Ohren würden nur die furchterregenden, schädlichen und disharmonischen Geräusche hören, die nicht von der Natur herrühren.

In einsamen Momenten habe ich nur den Himmel zum Anblick, auf den ich mich verlassen und zu dem ich beten und mich beschweren kann.

Ich drehte meinen Kopf und meine Augen zum Himmel - er breitete sich wie ein unverknittertes Tuch aus. Ein Sichelmond war darauf geklebt und viele Sterne darauf gestreut. Eine dünne Wolke zog gerade über die Sichel. Die Blätter einiger hoher Palmen flatterten gegen den Himmel und versteckten manchmal einige Sterne. All das brachte mich zur Wiese mit dichten Grasbüscheln neben windenden Dickichten, wo meine Mutter gerne saß.

Der Mitternachtsmoment hatte sich scheinbar eingeschlichen, und ich hörte aufmerksam meiner Mutter zu...

Die Zeit verging. Sie, die aufrechten Wesen, kamen immer wieder. Ihr Zustrom schien nie zu enden. Sie kamen, wählten Länder aus, räumten sie auf oder genauer gesagt, sie kahlten diese Landstücke aus, ergriffen die Räume, bauten ihre Hütten dort und ließen sich dauerhaft nieder. Auf diese Weise entstanden immer mehr ihrer Siedlungen, die immer mehr Land usurpierten und eine riesige Kahllücke zwischen dem Teich und dem mit Bäumen bewachsenen Stück Dschungelland schufen, die einst eng beieinander lagen. Während ihre Siedlungen weiter wuchsen, zogen wir uns immer weiter zurück, immer weiter weg in eine abgelegene und unbehagliche Zone.

Dieser Ortswechsel brachte viele Veränderungen in unseren Essgewohnheiten, unserer Bewegung oder sogar unserem Schlaf- und Ruheverhalten mit sich. An dem neuen Ort bekamen wir nicht mehr die Menge oder Art von natürlichen Nahrungsmitteln, an die wir gewöhnt waren. Mit der Knappheit an frischem Obst, Fisch und kleineren Tieren waren wir auf Kadaver oder Aas, getrocknete Früchte, verwelkte oder neue Arten von Gemüse, Kriechpflanzen oder Kletterpflanzen angewiesen. Wir begannen sogar, Essensreste zu schlucken, die von den Zweibeinern weggeworfen wurden oder von anderen Kreaturen weggeworfen wurden.

Ich zweifelte und fragte, "Wer würde für nichts Essen wegwerfen?"

Mom lächelte: "Wir essen, um unseren Appetit zu stillen. Aber die seltsamen Eindringlinge würden Dinge verschlingen, obwohl sie nicht hungrig sind. Sie sind unberechenbar, wie ich dir unzählige Male gesagt habe. Das Lustige an ihnen ist, dass sie, obwohl ihre Mägen voll sind, nicht aufhören zu essen.

Außerdem sammeln und lagern sie Lebensmittel in privaten Ecken ihrer Hütten. Sie nehmen mehr Nahrung zu sich, als sie essen oder benötigen können, und werfen die nicht gegessenen oder halb gegessenen Lebensmittel oder die Lebensmittel, die in ihren Vorräten verderben, weg. Und diese weggeworfenen Reste wurden unsere einzige Nahrungsquelle. Wir begannen, nachts in ihren Gebäuden zu stehlen und die in den Abfallecken gelagerten Reste zu essen. Sie hatten unsere Nahrungsversorgung praktisch blockiert, indem sie ihre Quellen verkürzten, und wir entwickelten eine andere Gewohnheit, nämlich die Gewohnheit, ihre Haustiere, die in ihren Räumlichkeiten eingesperrt waren, zu stehlen."

Anfangs waren sie verwirrt darüber, wie die Haustiere verschwanden. Vielleicht bemerkten sie Fragmente von unverzehrtem Fleisch oder Knochen oder Flusen in unserer Gegend. Sie begannen, uns zu verdächtigen und beschlossen, den Dieb zu fangen.

Sie begannen nachts Wache zu halten und lauerten auf den Dieb. Eines Nachts ging einer unserer Schakale nach draußen und schlich sich in den Besitz der Eindringlinge. Es steckte seine Schnauze durch ein kleines Loch im Zaun einer Hütte und drückte sich weiter, aber sein ganzer Kopf kam nicht hindurch. Dann drückte es sich mit Kraft durch das Loch und gelangte in ihren Innenhof. Dann ging es zum Stift, in dem die Haustiere gehalten wurden. Es legte seine Nase auf das Gitter des Stifts und schloss die Augen, ließ seine beiden Ohren fallen und fing an zu schnüffeln. Die Haustiere bemerkten seine Anwesenheit und begannen zu jaulen. Die zweibeinigen lauernden Dinge warteten auf diese Gelegenheit. Sie sprangen vor und warfen ein schweres, großes Fischernetz auf den schnüffelnden Schakal. Der arme Schakal wurde gefangen.

Indem sie einen Strick um den Hals des Schakals banden, zogen sie ihn überall hin und sperrten ihn dann tagelang ein, um eine Show zu machen. Sie schwärmten alle um ihn herum und ärgerten ihn, indem sie Grimassen schnitten, ihn an verschiedenen Stellen seines Körpers stachen, ihn springen ließen und ihre Kinder damit unterhielten. Sie quälten den gefangenen Schakal mit einem glühenden Stock und brannten sogar einige Stellen seiner Haut. Sie hielten ihn in derselben Position und in derselben Bedingung gefangen und versuchten, ihn wie andere Haustiere zu zähmen. Aber Schakale werden frei geboren und leben frei. Wir haben die Sklaverei nie akzeptiert.

Der Schakal in Gefangenschaft hörte auf zu essen, zu trinken und zu schlafen. Seine Beine zitterten, aber er stand in vollkommener Beharrlichkeit. Das machte die grausamen Wesen noch grausamer. Sie erhöhten ihre gezielte Folter. Der arme Schakal konnte die Qualen nicht mehr ertragen und starb schließlich in Gefangenschaft.

Unter den Tyrannen waren nur sehr wenige nicht so grausam und protestierten. Aber als schwache

Minderheit gegen die falsche und starke Mehrheit mussten sie nachgeben.

Meine Augen wurden feucht und mürrisch. Ich schrie in Qualen: Wie grausam sie sind! Wie konnte das sein?

Mama sinnierte: Manchmal ist Grausamkeit eine Erholung oder eine Tugend unter starken und frenetischen Wesen.

Es gab eine Zeit, in der wir dachten, wir wären ihre Feinde. Als ihre schändliche Besitzgier zunahm, wurde klar, dass alles oder alles, was dort lebte, ihre Feinde waren. Sie konnten die Existenz oder Präsenz anderer um ihren Bereich herum niemals tolerieren.

Aus unbekannten Gründen stellten wir fest, dass das Vorhandensein von Schlangen sie irritierte. Sie verabscheuten den Anblick der sich windenden Reptilien. Schlangenbisse hatten einige von ihnen und einige ihrer Haustiere getötet. Schlangen sind von Natur aus sehr schüchtern und harmlos. Sie sind fast blind und können Freund von Feind nicht unterscheiden. Aus Angst vor einem Angriff beißen sie meistens zu. Immer wenn die Zweifüßer auf eine Schlange trafen oder diese sahen, zerschmetterten sie sie ohne Gnade. Sie vernichteten ihr Wohngebiet, ihre Wohnlöcher oder Spalten, ihre Eier und Jungtiere.

Schlangen sind nicht so, wie sie seit Jahrhunderten dargestellt werden; sie sind weder bösartig noch Schurken, sondern normale Kreaturen, die Hunger, Angst, Befürchtungen und vor allem den Drang zu leben haben. Da sie fast blind sind und Gerüche oder normale Geräusche nicht wahrnehmen können, leben sie in einer sehr begrenzten Welt, in der sie sich immer verletzlich fühlen. Bei der geringsten Befürchtung zischen sie mit ausgebreiteter Kapuze und greifen den vermeintlichen Angreifer an. Die Schlangen hatten einige der Zweifüßer und ihre Haustiere, die sich ihnen näherten, bewusst oder unbewusst getötet. Und dieses Verhalten hatte die Tötung von Schlangen durch die mächtigeren Wesen verdoppelt. Da das Territorium der Schlangen schnell eingedrungen und verkürzt wurde, drangen die Schlangen bei ihren blinden Bewegungen in die Räumlichkeiten und sogar in die Häuser der Zweifüßer ein. Aber die Zweifüßer Eindringlinge nannten es eine Eindringung oder eine Besetzung ihres Raums, während der Fall völlig umgekehrt war.

Wie sehr sie auch die Schlangen als Feinde betrachten mochten, die Ironie war, dass sie, wenn sie zufällig ein Paar Schlangen bei der sexuellen Vereinigung fanden, einen vollständigen Sari (eine weibliche Kleidung) über die sich paarenden Schlangen werfen und den Sari im Glauben aufbewahren würden, dass er Glück für die Familie bringen würde.

Als die Sonne immer wieder über den Horizont aufging und unterging und die Wiederholung viele Male wiederholte, machte auch der Mond mit regelmäßiger Präzision Nacht für Nacht seine Reise von einem Ende zum anderen Ende des Himmels - ich wurde runder und flauschiger, muskulöser und stärker und meine Weisheit war viel reifer. Aber vielleicht begann das Geschichtenerzählen meiner Mutter inkongruent zu werden, nicht immer zusammenhängend oder konsistent, vielleicht begann ihr Gedächtnis nachzulassen, ihre Stimmung oder ihr Interesse abzunehmen. Ich fand ihre Augen an Glanz zu verlieren und manchmal tauchte sie in eine unbekannte Trance ein. Jetzt muss ich mich um sie kümmern, um ihr Wohlbefinden, um ihr normales und allgemeines Wohlbefinden.

Ich drängte meine Mutter: "Wenn du denkst, dass das Geschichtenerzählen anstrengend und langweilig ist, kannst du aufhören."

Ihre Stimme war ein wenig träge: "Es ist nicht eine Frage der Anstrengung, sondern von etwas anderem Tieferem."

"Was ist das?" Ich spitzte die Ohren.

Mama fuhr mit der Geschichte fort und starrte auf den ruhigen Himmel, "Diese Zeit", "diese Zeit" rückt näher... Mama unterbrach plötzlich.

Ich konnte nicht verstehen, welche Zeit es war und welche Bedeutung "diese Zeit" für unsere Geschichte hatte. Ich war total verwirrt.

Mama sprach langsam weiter: "Dein Vater mochte diesen schattigen Ort sehr. Er pflegte hier zu sitzen, wo ich jetzt sitze und über viele, viele Dinge nachzudenken - unser Wohlergehen, die Gesundheit der Gruppenkinder, die Gesundheit und Stimmungen der Senioren, von mir, von dir und vielen anderen Dingen. Dein Vater dachte nie an oder für sich selbst.

Das Rudel war alles für ihn. Er war der wahre Kapitän."

Ich sah die Silhouette meines Vaters, wie er langsam umherwanderte und dann ruhig, ein Stück entfernt von uns, an dem schattigen Nachdenkplatz saß. Sein zerfurchtes Gesicht zeigte ein tiefes Nachdenken. Ich bewegte mich nicht und machte keinen Ton. Ich begann vielleicht ein wenig zu fühlen, warum meine Mutter manchmal zu einer stillen und sprachlosen Figur wurde.

Die Silhouette war ebenfalls still und sprachlos da, ich und meine Mutter hier und der Himmel darüber. Niemand schien sich zu bewegen.

Ich bemerkte, dass in letzter Zeit Mamas Geschichtenerzählen unpassend und fragmentiert geworden war, nicht immer in der Zeitlinie oder im räumlichen Kontext übereinstimmte. Ihr Weg war ihr eigener und ehrlicher. Solange es mir half, meine Schakal-Linie und mein gegenwärtiges Sein zu kennen und zu verstehen, war es für mich unerheblich.

Wie auch immer, ich wollte wissen, wohin mein Vater gegangen war, wie wir hier gefangen und von einer Masse zweibeiniger, schweinischer Wesen, die sich als Meister des Territoriums brüsten, besessen sind. Wie konnte das sein!

Alle diese undurchsichtigen Fragen sollten für mich beantwortet werden; all diese unbeantworteten Fragen waren von mir an den gleichgültigen Himmel, die taube Zeit und an die ganze blinde Welt gerichtet. Ich weiß nicht, ob es irgendwelche Antworten darauf gibt.

Die Nacht war fortgeschritten und es gab immer noch keine Geschichte. Es gab keinen Mond am Himmel, kein Willkommens-'Twee-Twee' zu hören. Mama war ruhig und schaute nicht zum Himmel.

Ich konnte die Mitternachtsstunde nicht bestimmen. Es gab keine Anhaltspunkte dafür. Ich wurde unruhig und aufgeregt.

Plötzlich sprang ich auf und umarmte Mama mit meinen Vorderbeinen um ihren Nacken und Rücken und rief: "Mama, die Zeit zum Geschichtenerzählen ist gekommen."

Mama fragte: "Wie bist du sicher?"

"Schau, Mama, der weite Himmel oben. Er ist flach und gerade ausgestreckt. Wir sitzen unterhalb der Mitte des Himmels. Schau jetzt rechts und links vom Himmel, die Muster der Sterne sind auf beiden Seiten gleich und alle sind auf die gleiche Weise hell. Es muss Mitternacht sein, Mama."

Mama lächelte und signalisierte mir, mich ruhig hinzusetzen. "Das habe ich getan."

Mama fing an...

"Ich habe dir einmal gesagt, dass die zweibeinigen Tiere Säer und Gärtner sind. Sie sind nie zufrieden mit dem, was ihnen die Natur gegeben hat. Sie brauchen mehr, wollen mehr. Also haben sie einen anderen Weg gefunden, um Körner und Gemüse zu beschaffen, die sie stapeln und aufbewahren können."

Dafür räumten sie ein beträchtliches Stück Land aus und lockerten die Erde mit spitzen Werkzeugen auf. Sie gruben die Brüste des erworbenen Landes um und glätteten sie dann mit anderen Instrumenten, die mit Spikes und Scheiben ausgestattet waren. Danach mischten sie einige körnige Substanzen in den aufgebrochenen Boden und drehten ihn erneut um.

Dort lebten natürlich auch viele andere Dinge.

Die Würmer und Insekten des Unterholzes verteilten und flohen in jeder Richtung unter den Spikes und Scheiben. Einige der Unterholzvögel wurden verletzt und ihre Eier und Küken wurden zerschlagen. Schlangen fanden keine Zeit oder Ort, um sich in Sicherheit zu winden. Einige von ihnen standen aufrecht und mit offenem Kragen da und erhielten brutale Behandlungen, bevor sie herauskrochen. Kröten begannen zu springen und zu hüpfen und sprangen schließlich zu anderen Büschen. Jeder Unterbewohner des Landes war am Ende.

Dann bewässerten sie das umgepflügte Feld einige Tage lang und streuten die Samen von Gemüse oder Mais über die feuchte Furche.

Dann beobachteten sie die gesäten Felder mit Schleudern und Stöcken in den Händen. Sie schlugen sogar Kanister, um alles zu vertreiben, insbesondere die Vögel, die auf die Felder hinabstürzten und die Samen fraßen.

Innerhalb weniger Tage verwandelten sich die Samen in Sämlinge. Auf den Sämlingen fügten sie mehr körnige Substanzen zum Boden hinzu und drehten ihn um, so dass die Körner in den Boden gelangten. Hin und wieder sprühten sie eine stinkende Flüssigkeit auf die Sämlinge und beobachteten und kümmerten sich ununterbrochen um sie. Während ihrer Pflege wuchsen die Sämlinge zu starken Pflanzen heran und dann zu dickstämmigen Bäumen. In wenigen Tagen trugen die pflanzlichen Köpfe Ähren und Kolben und wurden dann schwer mit glänzenden und dicken Ernten und Körnern beladen, sodass die Spitze der Pflanzen unter ihrem Gewicht nach unten ging. Sie sprühten wiederholt auf sie die rauchenden Flüssigkeiten.

Das ganze Maisfeld würde mit den Zwitschergeräuschen der Vögel klingen, wenn sie in die korntragenden Pflanzen fliegen, schweben und eintauchen würden, und gleichzeitig würde die gesamte Luft des Feldes von Kanister-Schlägen widerhallen, um die Vögel abzuwehren.

Die Vögel mochten die schrillen Geräusche der Kanister-Schläge nicht; sie kamen nachts zurück. Sie mochten weder den Gestank der gesprühten Dämpfe noch den Geruch des gedämpften Korns. Andere Nagetiere, die unruhig wegen des scharfen Geschmacks des Mais herumschwirrten, wählten ebenfalls andere Wege, um ihn zu vermeiden. Das Manöver der schlauen Zweifüßer funktionierte gut.

Eines Tages würde der Mais die goldene Farbe annehmen. Die Zweifüßer würden glücklich alle Körner abschneiden und davontragen.

Die Maisernte war vorbei, das Feld ausgehöhlt und ausgegraben, dann kam die wahre Gefahr. Würmer und Insekten weigerten sich, auf das Feld zurückzukehren. Nagetiere, die die zurückgelassenen vergifteten Abfälle fraßen, starben oder wurden verkrüppelt. Die Farbe des Teichwassers änderte sich. Die Fische begannen zu sterben oder schwammen keuchend an der Oberfläche. Das Wasser wurde ungenießbar. Die Wasserpflanzen und anderen Kleintiere schrumpften.

In der nächsten Saison wiederholten sie das Wachstum von Gemüse und Mais und verdoppelten damit die Gefahr für andere Lebewesen.

Während ich neben meiner Mutter saß, fragte ich mich, wie so viele von ihnen hierher gekommen waren, woher sie kamen, warum sie unseren Ort auswählten, um einzudringen und sich niederzulassen, wie sie sich vermehrten und schließlich alle natürlichen Lebensräume des Ortes vertrieben und das ganze Gebiet besetzten und es zu ihrem eigenen machten, ohne dass die echten und urtümlichen Bewohner Zugang hatten.

Mama unterbrach meine Gedanken: "Es war immer ein ungelöstes Rätsel, wie und woher sie von einem so abgelegenen Ort wie unserem wussten."

Ich war überrascht, wie meine Mutter immer meine Gedanken lesen konnte, wenn ich solche seltsamen Gedanken hatte. Vielleicht sind Mütter so. Sie bleiben nicht nur physisch, sondern auch mental mit ihren Kindern und allen anderen Familienmitgliedern verbunden.

Ich sah zu meiner Mutter. Sie lächelte einfach und sah auf die Spitze eines Pappelbaums, wo eine Muttervogel ein Babyvogel fütterte, der seinen Schnabel auseinander hielt und die Mutter ihren schmalen Schnabel in seinen Mund steckte und etwas Futter ausschüttelte, das Baby es mit halb offenen, ungefederten Flügeln hinunterschluckte. Mama schaute weiter auf den Muttervogel und sein Baby und sagte: Diese Frage bleibt immer noch unbeantwortet, obwohl wir viel versucht haben, die Antwort zu finden.

Mom fuhr fort: "Ihre Anzahl wuchs schnell. Sie luden andere Zweibeiner aus anderen Orten ein, hierher zu kommen und sich niederzulassen. Sie haben vielleicht ihre Verwandten, Freunde und unbekannte und halb bekannte Wesen über diesen schönen Ort, seine Einrichtungen und die Fülle an Land und Nahrung und keine Abschreckung informiert, die andere dazu verleitete, hierher zu eilen und die gleichen grausamen Usurpationen wie ihre Vorgänger zu wiederholen."

Meine Reaktion kam abrupt: "Warum haben wir sie nicht abgeschreckt, Mama?"

Ihre Antwort war ehrlich und einfach, dass nur ein Natur-Liebhaber geben könnte: "Wir sind sehr einfache Wesen. Die Natur hat uns nie Heimtücke gelehrt. Die Natur schützt jedes Leben, auch uns. Jedes Wesen auf dieser Erde hat das Recht, überall zu sein. Die Natur lehrt keine Usurpation oder Ablehnung. Deshalb haben wir es nicht getan."

Ich konnte die Logik nicht schlucken. Eine rebellische Stimme in mir drängte mich, "Nein" zu sagen. Aber ich konnte nicht. Weil wir vielleicht das Wort "Rebellion" nie gelernt haben.

Und sie strömten weiterhin herein, usurpierten Ländereien, bauten Hütten, mehr Hütten, mehr Siedlungen. Nach und nach verdoppelten und verdreifachten sie sich und brachten jedes Jahr oder in regulierten Abständen neue hervor und vermehrten sich so und wurden vielfältig. Wir und andere wie wir wurden vertrieben. Eine Zeit kam, als sie das ganze Territorium trampelten, gingen, wanderten und herumstreiften.

Ich fügte hinzu: "Und wir sahen von den entfernten Außenbezirken aus, durch das Dickicht von Büschen, durch das Wachstum von dichtem Gras, von hinter den Baumgruppen, bei Tag und bei Nacht."

Mom sagte nichts. Ich seufzte frustriert. Sie stand langsam auf, drehte sich zu mir um und sagte: "Lass uns jetzt auf Nahrungssuche gehen. Die Sterne haben sich geneigt. Die Nacht wird bald vorübergehen."

Wir gingen hinaus. Die Scheibe des Mondes leuchtete hell oben. Wir saßen beide unter einem halbgeschnittenen Dickicht. Ich wartete. Mom bereitete sich innerlich vor.

Eines Tages war die Sonne trübe, da Wolken hingen und dazwischen unterbrochen wurden, und mehrere von ihnen waren damit beschäftigt, auf der grasbewachsenen Wiese zu arbeiten. Sie harkten Gräser ab, dann legten sie die graslose Erde mit Kieseln aus und verteilten Erde, die an den Teichrändern ausgeschöpft wurde, über den Kieseln. Sie wählten die teichseitige Erde, weil sie etwas feucht und weich war und sich leicht ausschöpfen und übertragen ließ. Dann begannen sie, die feuchte und weiche Erde mit schweren, keulenartigen Holzwerkzeugen mit Griffen zu stampfen. Sie arbeiteten mehrere Tage daran. Auf diese Weise bauten sie einen schmalen, gewundenen Streifen eines gepflasterten Weges. Es machte ihre Bewegung einfacher und bequemer. Später würden sie mehrere Wege über und entlang des Territoriums bauen.

Sie waren keine Wanderer wie wir. Wir könnten überallhin wandern, ob es nun ein buschiges Gebiet, grasiges Land, sumpfig oder abgestumpft war. Sie hatten Unannehmlichkeiten und Schwierigkeiten, sich über das Territorium zu bewegen. Die Fußwege machten ihre Bewegung bequem und mühelos. An den Seiten der Fußwege machten sie an einigen Stellen einige erhöhte Strukturen unter schattigen Bäumen, auf denen sie sitzen, die kühle Brise spüren und klatschen konnten. Sie sind von Natur aus begeisterte Gruppenklatscher.

Sie wurden selbstgefällig, gemütlich und regelmäßig in ihrem neu erworbenen Gebiet. Sie schlenderten hier und da unbekümmert herum. Sie wurden irgendwo und jederzeit in Gruppenklatscherei erwischt. Die Frauen bewegten sich freundschaftlich. Ihre Kinder spielten und sprangen im Freien herum. Sie zielten gelegentlich an hängenden Früchten mit Katapulten oder mit handgeworfenen Steinen. Manche tauchten und sprangen oder schwammen im Teich, ob es nun Badzeit oder keine Badzeit war. Sie züchteten Gemüsepflanzen auf den Feldern oder in ihren eingezäunten Höfen. In letzter Zeit hatten sie damit begonnen, in ihren Höfen Gärten mit verschiedenen bunten Blumen anzulegen. Die Frauen hatten ihre eigene spezifische Zeit am Teichrand, beim Reinigen von Geschirr, beim Klatschen und Plaudern oder beim weiblichen Unfug. Sie badeten im Teich mit ihrem langen Haar, das über ihre Schultern und nassen Rücken fiel. Sie standen halb im Wasser in einem Kreis und unterhielten sich und nahmen gelegentlich ein Bad, und wenn sie wieder aufstanden, würde Wasser von ihren Haaren, Nasen und Nacken tropfen. Die Frau würde am Abend bunte Saris tragen und ihre Hände und Hälse mit verschiedenen Schmuckstücken sowie Blumenarmbändern schmücken. Sie würden ihre Frisuren mit Perlen oder Blumen schmücken.

Eines Morgens zogen einige von ihnen zwei Ziegen über die Wiese und hielten ihre langen Ohren fest, banden sie an einen Pfahl am Ende eines offenen Feldes, das nicht weit vom Teich entfernt war, und warfen den Ziegen einige Blätter zum Fressen hin. Ihnen folgten mehrere zweifüßige Wesen mit zahlreichen Kochutensilien und Zubehör, einige rund, einige breit, einige mit Griffen und einige Spaten und Töpfe. Dann gruben sie eine Grube in die Erde und legten auf drei Seiten der Grube einige Ziegelsteine, die eine Seite offen ließen. Dann kamen riesige Kisten mit Gemüse, Zwiebeln, Kartoffeln, Tomaten, Getreide, Hülsenfrüchten und so weiter. Nach und nach sammelten sich viele zweifüßige Wesen dort und begannen mit der Arbeit, die sie für diesen Tag geplant hatten.

Einige setzten sich hin, um Gemüse wie runde Gelbe, runde Rote, einige spitz zulaufende oder kleine Grüne mit kleinen Stängeln zu schneiden, während sie scharfe Klingen benutzten. Einige beschäftigten sich damit, aus rohem Gemüse Pasten herzustellen oder kleinere, getreideähnliche Stoffe zu mahlen. Zwei von ihnen steckten Holzstücke durch die offene Seite der von Ziegeln geschützten Grube und entfachten eine flackernde Flamme. Zwei weitere legten einen Kessel auf das Feuer, gossen Öl in den Kessel, fügten dann die Gemüsepaste und andere körnige Stoffe hinzu und rührten weiter, bis ein süßer Duft herauskam. Schließlich fügten sie geschnittenes Gemüse hinzu und begannen zu kochen. Es wurde klar, dass sie sich dort zu einem großen Gruppenfest versammelt hatten.

Dann kam der brutale Teil. Drei von der Gruppe traten vor, ihr Gang war mutig. Sie hielten die Beine einer Ziege und zogen sie in eine Ecke. Die Ziege schrie, die andere Ziege schaute ehrfürchtig. Ein drahtiger Mensch stellte sich vor die Ziege, hielt ein schweres, scharfkantiges Werkzeug und trennte mit einem kräftigen Schlag den Kopf der Ziege vom Körper. Blut spritzte aus dem enthaupteten Körper und tränkte den Boden. Die Ziege warf ihre Beine für eine Weile wild umher und wurde dann still. Die anderen Ziegen beobachteten das Geschehen und ihre Zungen hingen heraus, ihre Augen traten hervor. Das gleiche Schicksal erlitt auch die andere Ziege. Schließlich zogen die drei die Häute von den Körpern der Ziegen und zerhackten die Körper in kleine Stücke.

Dann saßen sie zusammen und sangen mit Klatschen und Kopfwackeln fröhliche Lieder. Einige begleiteten die Lieder mit ungeschickten Bewegungen von Gliedmaßen und Körper.

Am Ende aßen sie fröhlich, besonders das gekochte Ziegenfleisch. Ein paar Hunde versammelten sich, als sie aßen, einige von ihnen standen auf und jagten die Hunde weg. Sie beendeten das Fest mit einer fröhlichen Note und kehrten nach Hause zurück. Einige Verantwortliche unter ihnen blieben zurück, um die Dinge zu regeln.

Mama hörte auf zu sprechen. Ich dachte und zweifelte - ich suchte nach Antworten, die nicht da waren.

Mama hob den Kopf und sagte: "In diesem Zusammenhang kommen mir einige Ereignisse in den Sinn, die ich nicht unerwähnt lassen kann."

Ich richtete mich auf und schaute neugierig.

Die Betrachtung der Dinge hier war völlig anders und zweideutig. Es zeigte deutlich, dass ihre Haltung und Reaktion auf ein ähnliches Ereignis völlig anders war und nicht vertrauenswürdig war. Wenn ein Ereignis anderen passierte, war es für sie eines; wenn das gleiche Ereignis ihnen passierte, wäre es geradezu von entgegengesetzter Größenordnung.

"Wie geht es Mama?" fragte ich interessiert.

Ich werde hier zwei Fälle beschreiben.

Eine Frau aus ihrer Gemeinschaft war in den Wehen. Sie keuchte seit Stunden. Senioren schwärmten um die Hütte herum, in der sich die Frau in Isolation zur Geburt aufhielt. Einige ältere Damen stürzten hinein. Eine Pflegemutter kümmerte sich um die gebärende Frau und versuchte, die Geburt zu erleichtern. Der Schmerz der gebärenden Frau nahm zu. Sie schrie und wand sich in der Hütte. Die Zeit verging, es kam keine Nachricht von drinnen heraus, und es lastete schwer auf den Zuschauern draußen. Sie schauten mit besorgten Gesichtern.

Es kam eine Zeit, als alles drinnen ruhig war, kein Schrei, kein Weinen, kein Getümmel, keine Frau, die herauskam.

Mama hob hier ihre Augen. Viele Sterne, dann die üblichen Tage, leuchteten am Himmel und funkelten. Ich schaute besorgt zu Mama.

Schließlich fuhr meine Mutter fort: Die Pflegemutter kam heraus und erklärte: "Die Mutter und das Kind." Ich sprang auf und rief: "Es müssen gute Nachrichten sein." Meine Mutter starrte mich düster an und sagte: "Nein, beide sind gestorben."

Weiter blickend fügte meine Mutter hinzu: "Als sie die Nachricht hörten, wurden alle draußen traurig, Tränen liefen über ihre Wangen. Ein Aufschrei kam aus der Hütte heraus."

Die Zweifüßer-Gemeinschaft blieb noch einige Tage unter dem Schleier der Trauer und betrauerte den Tod. Ich war auch betäubt und konnte nichts aussprechen. Meine Mutter fügte kühl hinzu, während sie mein Gesicht ruhig betrachtete...

Neben diesem traurigen Ereignis kommt mir noch ein Vorfall in den Sinn. Dieses Mal handelte es sich auch um eine Geburt. Die Älteren waren dieselben, dieselbe besorgte Ansammlung, dieselben zerknitterten Gesichter, das gleiche Nägelkauen während des Wartens. Aber dieses Mal brachte die Frau ein gesundes Baby zur Welt. Kein Aufschrei der Trauer, sondern ein lebhaftes Ausbrechen der Freude markierte den Moment.

Nach einer kurzen Pause fuhr meine Mutter fort: "Dein Vater pflegte zu sagen, dass diese Zweifüßer-Gemeinschaften sich nur um ihr eigenes Wohl, ihren

Nutzen, ihr Wohlergehen, ihre allgemeinen Interessen kümmern; aber nicht im Geringsten um andere. Sie freuen sich über das Töten von Ziegen, können aber den Tod ihres eigenen Babys nicht ertragen. Wenn Kinder in den Häusern anderer Bewohner auftauchen, schauen sie finster drein und machen sich Sorgen, aber wenn ein Kind in ihrem eigenen Haus ankommt, sind sie sehr, sehr glücklich.

In diesem Zusammenhang sagte meine Mutter, dass das Gesicht des ranghöchsten Seniors in meiner Erinnerung schwebt. Er war der älteste Schakal unseres Rudels, den ich jemals getroffen hatte. Sein ganzer Körper war ausgetrocknet, gekrümmt und er konnte sich nicht bewegen und lag die ganze Zeit in seiner Höhle. Gemäß dem Rat deines Vaters musste ich mich um ihn kümmern und ihn dreimal täglich füttern."

Der weise alte Schakal sagte einst zu mir: "Nichts ist überflüssig oder unnötig in der 'Natur'. Die Natur braucht jedes Wesen - die Vögel, die Würmer, die Insekten, die Reptilien, die schwächsten Wesen, die stärksten Kreaturen, die Bäume, die Blumen, die Sümpfe, alles, was existiert - nicht nur die Zweifüßer, die aufrecht gehen."

Dennoch, wenn ich in die Enge getrieben werde und in eine Bucht geworfen werde, sage ich mir selbst: "Ja." Ich kann die Wahrheit spüren, die der weise alte Schakal ausgedrückt hat. Die Natur mag keine Dominanz. Die Natur umwirbt alles, ob groß oder klein, stark oder schwach, ob Ameise oder Elefant, ob

Zweifüßer oder Vierbeiner, ob geflügelt oder ungeflügelt.

Für einige Nächte gab es einen echten Mangel an Nahrung. Also mussten wir uns in verschiedenen Teilen unserer geschrumpften Welt auf Nahrungssuche begeben. Wir verbrachten die ganze Nacht damit, nach Essbarem zu suchen. Wir sammelten alles, was wir finden konnten, und brachten es zur Aufbewahrung in unser Quartier. Die nächsten Nächte vergingen auf die gleiche Weise und wir hatten kaum Zeit zum Reden, geschweige denn zum Geschichtenerzählen oder Zuhören.

Als viel Nahrung gesammelt und gespart war, hatten wir entspannende Momente. Wir hatten Zeit zum Sitzen, Zeit zum Beobachten. Wir konnten den Himmel betrachten, die Sterne, den Mond oder das sorglose Treiben der flauschigen Wolken.

Ich wartete darauf, dass Mitternacht kam. Es war noch nicht so weit. Doch meine Mutter kam näher zu mir und streichelte meine Seite mit ihrer feuchten Schnauze. Sie sagte: "Wir hatten schon lange keine Geschichte mehr." Ich schaute erwartungsvoll auf. Sie fing an.

"Sie hatten ihre Häuser aufgestellt und sich gemütlich niedergelassen. Jetzt wollten sie andere Dinge regeln. Sie begannen entsprechend. Sie hatten zuvor einen Fußweg angelegt. Nun begannen sie mit anderen und innerhalb weniger Monate hatten sie ein paar weitere schmale Pfade hier und da fertiggestellt, die häufig genutzt wurden. Sie konzentrierten sich auf die mittlere Region des Territoriums für Bequemlichkeit und Sicherheit. Dein Vater sagte oft, dass sie zwar Helden sein wollten, aber tatsächlich im Kern ängstliche Kreaturen waren, deshalb dachten sie immer an ihre Sicherheit, ihre eigene Sicherheit und nicht an die der anderen.

Sie begannen, die Siedlung und sich selbst zu organisieren, individuell und kollektiv; denn sie wussten, dass sie alleine nichts waren. Sie kauften ihre Sicherheit auf Kosten anderer, indem sie angreifen, usurpieren und andere vertreiben, immer kollektiv, nie allein. Das war ihre Art der Erhaltung, nur für sich selbst.

Eines Abends versammelten sie sich alle auf dem Feld, wo sie das Fest hatten. Dort diskutierten sie lange und nach der langen Diskussion umzingelten sie eine mittelalte, bärtige, ausdruckslose Gestalt und begannen, seine beiden Hände zu schwenken und zu tanzen. Später erfuhren wir, dass er als Häuptling ihrer Gruppe gewählt worden war, der ausdruckslos, unbeeindruckt und nie lächelnd aussah, vielleicht waren das die wichtigsten Kriterien für einen Häuptling.

Wie erwartet, wurde er als Häuptling gewählt und hielt, wie immer mit einem ausdruckslosen Gesichtsausdruck, eine ernste und nachdenkliche Rede. Dann sagte er den Versammelten etwas im Wege der Anweisung. Alle nickten einstimmig, was bedeutete, dass der Häuptling wollte, dass alle sich an bestimmte Regeln halten. Jeder stimmte zu und sofort begann die erste Organisationsphase, um als eine stabile Gruppe zu agieren."

Ich sagte enthusiastisch: "Wie mein Vater wurde er zum Anführer ihrer Gruppe!"

Mom lächelte und antwortete: "Ja, aber mit einem Unterschied."

Ich hob die Augenbrauen und fragte: "Wie?"

Mom sagte: "Dein Vater brauchte keinen besonderen oder separaten Unterschlupf, um seine Gruppe zu pflegen; das hatte der Zweifüßer."

Bald darauf wählte er selbst einen Platz an einer Ecke des Feldes, wo das Fest stattfand und nicht weit vom Teich entfernt. Dort wurde eine bemalte und schön dekorierte Hütte mit zwei Seitenhöhlen und einer erhöhten Bambus-Sitzvorrichtung in der Mitte gebaut - es war die Arbeits- und Kontrollhütte, von der aus der Anführer seine Ordnung und Herrschaft über die Gruppe ausübte.

Ich nickte zustimmend und dachte über den Unterschied nach, den Mom gerade erwähnt hatte. Ich dachte noch nach und bemerkte nicht, dass Mom bereits zu unserem Versteck geschlendert war. Ich schaute zum Himmel; nur wenige Sterne leuchteten schwach. Ich zögerte nicht lange und folgte Mom.

Jeden Abend und Morgen konnte ich das Klingeln von Glocken, das Schlagen von Gongs und das schrille, aber lange Läuten von etwas hören. Es war eine regelmäßige Veranstaltung. Auch an diesem

Abend war das nicht anders. Ich erwähnte dies gegenüber Mom und wartete auf eine Antwort.

Mom horchte auf das Klingeln und Läuten und begann ohne Verzögerung zu erzählen: "Einmal war es sehr bewölkt, der Himmel war komplett hinter den silbernen Wolken verschwunden. Es war überall dunkel. Zuerst hörte man ein fernes und schwaches Grollen, dann ein weiteres, etwas näher und lauter, dann folgte eine Serie von dumpfen und ohrenbetäubenden Grollen nacheinander."

Ein blaues Licht, das tanzte und kräuselte und vom Himmel kam, blendete alle Augen und fiel auf unser Territorium. Zwei aufrechte Wesen gingen über eine Wiese. Das Licht fiel auf sie und traf sie. Sie hatten keine Zeit, zu schreien; sie rollten auf den Boden und wurden still und steif.

Sobald das Grollen aufhörte und sich die Wolken auflösten, versammelte sich eine große Anzahl von aufrechten Wesen dort. Zusammen mit den nächsten Angehörigen hoben sie die Körper zu ihren Hütten hoch, nachdem die Verwandten geweint und geschrien hatten, wurden alle Routine-Zeremonien durchgeführt, die Körper wurden auf Scheiterhaufen gelegt und verbrannt.

Unmittelbar nach dem Vorfall hatten sich die Zweifüßer und der Anführer am Teichufer versammelt und den Vorfall besprochen. Sie waren sehr besorgt und ängstlich; sie betrachteten den Vorfall als ein schlechtes Omen und einen Fluch. Sie hatten mehrere Diskussionsrunden, konnten aber keine Entscheidung treffen. Eines Nachmittags versammelte sich eine große Anzahl besorgter Wesen zusammen mit dem Anführer und einem Priester auf dem Feld und vertieften sich in ein ernstes und besorgtes Treffen. Der Priester deutete mit der Hand auf den Himmel und versuchte etwas zu betonen. Am Ende gelang es dem Priester, seine Gedanken und Überzeugungen allen von ihnen zu vermitteln. Sie schauten alle zum Himmel und nickten und lösten sich auf. Es war offensichtlich, dass sie zu einer Entscheidung gekommen waren.

Innerhalb weniger Tage versammelte sich eine große Anzahl von ihnen, und ein Trubel wurde am Teich bemerkt. Dort stand eine große Pipul-Baum (Bo-Baum) in der Nähe des Teichs, wo die kräftigen und robusten Wesen mit Hilfe von speziellen Werkzeugen und Geräten zu arbeiten begannen. Bald darauf bauten sie eine Struktur aus Bambusstücken, Holzplanken und einem großen Haufen Ton. Wenn es fertig war, stand die Struktur mit einem sich verjüngenden oberen Teil, vergitterten Fenstern und einer Tür vorne und einigen Nischen im Inneren direkt unter dem Pipul-Baum, wobei die sich verjüngende Spitze den unteren Ästen des Baumes berührte. Dann färbten sie es mit handgemachten Pigmenten.

Sie schmückten alle Seiten des sich verjüngenden Hauses mit schönen Blumenmustern. Darunter machten sie einen Altar und schließlich stellten sie unter den Klängen aus den geblasenen Münden der

Frauen, die ihre Zungen schwingten und in ein spezielles Gerät bliesen, eine heilige Statue auf den Altar.

Jeden Abend und Morgen versammelten sie sich dort und standen mit gefalteten Händen. Ein Wesen, der Priester selbst, in rotem Ocker-Gewand, mit einem weißen Faden um seine Taille gebunden, würde eine Lampe vorne anzünden, dann mit rauchendem Weihrauch und einem rauchenden Rosinen-Topf die Statue anbeten. Das wurde ihr regelmäßiges Ritual jeden Morgen und Abend. Die Frauen kamen besonders mittags. Nach einem Bad im Teich und mit ihren Sari-Enden über ihren Hals hängend, ihre Köpfe auf den Boden legend und mit halb geschlossenen Augen murmelten sie einige Worte im Gebet für die Statue.

Das Läuten der Glocken, der Klang der Gong und die schrille lange melodische Vibration, die Sie jeden Abend und Morgen hören, kommen aus diesem Idol-Haus oder Tempel.

In meinem begrenzten und nicht richtig ausgebildeten Geist begann die unheimliche Frage nach dem Idol, dem Idol-Haus und der so tiefen Verehrung durch die Zweifüßer zu wirbeln.

Ich äußerte meinen Zweifel - Sie sind so mächtig, so selbstbewusst, so mutig, warum brauchten sie dann das Idol und das Gebet, wofür?

Mama dachte einen Moment nach und lächelte. Ich konnte nicht verstehen, warum sie lächeln musste.

Also fragte ich noch einmal: "Warum Mama?"

Sie starrte mich sehnsüchtig an und sagte: "Ein Senior-Jackal unseres Rudels, den ich als Füchsin des Anführers betreuen musste, bemerkte einmal, dass Rückwärtsgänger oder Falschpfad-Geher und die Zerstörer der Natur charakteristisch sehr ängstlich im Inneren sind, wie sehr sie auch Mut, Kühnheit und Stärke zeigen mögen. Sie brauchen immer selbsttäuschende Unterstützung, um sich stark und machtvoll zu halten. Deshalb, wenn das schwere Grollen und die blauen Lichter einschlagen, fangen die Frauen an, das weiße Objekt zu blasen, um schrille Geräusche zu machen, und andere lassen vibrierende Geräusche aus ihren gepuderten Mündern mit ihren scharf bewegten Zungen heraus. Sie tun dies, um die Gottheit zu besänftigen, die in Wut vom Himmel herabsteigt - der Priester hat es ihnen beigebracht."

Ich verstehe etwas, aber nicht alles, aber ich versuche, es mit meinem begrenzten kindlichen Verstand zu verstehen. Ein paar Minuten später schoss mir etwas durch den Kopf. Ich stand auf und sagte: "Dann, Mama, warum sollten wir immer im Schlamm wühlen?"

Mama sagte: "Die Natur hat ihnen Wissen, Weisheit und Macht gegeben, um zu urteilen; wenn sie diese Macht missbrauchen, um selbst Gott zu werden, was kann getan werden?"

Ich sagte frustriert: "Dann Mama, sollen alle anderen Wesen der Natur die Marionetten spielen?"

Mama seufzte und suchte etwas missmutig am Himmel, zwischen den Sternen und gedämpftem Licht. Was Mama zur Erklärung sagte, war für mich schwer zu verstehen, und eine Verärgerung begann mich zu stechen.

Mama stand ruhig auf, drehte sich zu mir um und sagte: "Wir haben viele Nächte lang nicht mehr unser Gebiet abgegangen. Lass uns einen Blick auf unsere Umgebung werfen. Wir sollten gelegentlich rausgehen und unsere Grenzen markieren."

Ich fragte: "Was nützt das, Mama, wenn nur noch zwei von uns hier sind?"

Mom bestand darauf: "Dennoch werden wir es tun, solange wir leben."

Wir umrundeten unser Gebiet sozusagen. Wir markierten es mit unserem Körpergeruch, hinterließen Kratzspuren hier und da, urinierten und beschmutzten einige Stellen, um dort einen stechenden Geruch zu hinterlassen.

Mom sagte: "Die Vierbeiner sind sehr sensibel und dringen niemals in das Territorium anderer ein. Andere wie wir würden durch diese Markierungen wissen, dass hier noch Schakale herumschleichen."

Die Nächte unseres Lebens waren langweilig und freudlos, zwischen dem Hinabsteigen in einen Graben und dem Herausklettern daraus, und einer geistlosen Bewegung und Nahrungssuche. Das einzige Licht in der Dunkelheit war das Hören von Geschichten, und die einzige Erleichterung war der ruhige Himmel mit den angenehm blinkenden Sternen darüber.

Eine Nacht schien der Mond blass und missmutig über dem westlichen Himmel zu stehen, Sterne blinkten nicht genug wie an anderen Nächten. Mitternacht wurde durch den Mond und die Sterne durcheinander gebracht, und ich war mir unsicher wegen der Zeit für eine Geschichte.

Mom schien unbesorgt und wartete auf etwas.

Plötzlich begannen Moms Augen zu funkeln; sie spürte etwas und starrte auf die Spitze eines Baumes, der im Dunkeln seinen Kopf hin und her wiegte.

Ein Twee-Twee-Geräusch erhob sich aus diesem schwankenden Baum.

Mom lächelte und begann.

An einem frühen schattigen Morgen versammelten sich die Zweibeiner vor dem Idol, das im neu errichteten Andachtshaus unter dem großen Pipul-Baum stand. Während die Sonne ihren Weg weiter entlang des Himmelsbogens nahm, strömten immer mehr Wesen dorthin. Der mit Ocker gekleidete Priester befand sich bereits im Andachtshaus und arrangierte dort Dinge und stellte viele Gegenstände wie zwei Dias (Lampen), einige Thalis (Metallplatten) geschmückt mit Blumen, Früchten, Sandelpaste, Räucherstäbchen in einem Räucherständer, einen Tontopf mit rauchenden Rosinen, einen Topf voll heiligem Wasser an verschiedenen Stellen auf. Die

Gläubigen badeten im Teich und standen in ordentlicher Kleidung und umhüllten sich mit Schals.

Die Statue war mit Blumen, Maiskolben und Girlanden geschmückt. Die Stirn der Statue wurde mit rotem Zinnober bemalt und das Gesicht mit Punkten aus Sandelpaste verziert.

Ein Hauptpriester mit weißem Tuch über dem Rücken, gefalteten Händen und geschlossenen Augen sang ernste und melodische Hymnen. Die Gläubigen brachten ihre Opfergaben von Süßigkeiten, Früchten und Blumen, gefolgt von der Entzündung der Lampen. Einige von ihnen zogen schwarze Ziegen hinter sich her. Die Ziegen wurden geopfert, man legte einen roten Blumenkranz um ihren zitternden Hals und brachte das Opfer, indem man ihnen mit einem scharfen Säbel den Kopf abschlug. Dieses Opfer wurde viele Male wiederholt, bis der zugewiesene Platz im Hof komplett rot von Ziegenblut war. Wir sind zwar Caniden, aber allein der Anblick hat uns entsetzt und schockiert.

Einige Frauen, die im Teich gebadet hatten, gingen vom Teich zum Andachtshaus und rollten und wälzten sich im Schlamm und gossen Wasser aus ihren Gefäßen über die Füße der Statue. So waren ihre feierlichen Rituale.

Alle oben genannten guten Rituale und brutalen Akte wurden in der Hoffnung auf ihr eigenes Wohl, Wohlergehen und Glück durchgeführt. Es war ihr erstes großes Ereignis, bei dem sie das Idol umwarben und ihm huldigten. Jeder - alt, jung, Erwachsene,

Kinder, Jungen, Mädchen, Frauen - beteiligte sich daran.

Die Veranstaltung endete mit einem Fest, bei dem sie zusammen auf dem Hof saßen und Khichuri (ein religiöses Essen aus gekochtem Reis und Erbsen mit besonderen Gewürzen) auf geschnittenen grünen Bananenblättern verteilten und aßen.

Nach der Zeremonie wirkten sie zufrieden, glücklich und aufgewühlt.

Mom stoppte und ich dachte, dass unsere Geschichtenzeit beendet war und ich mich auf den Weg zu unserem Loch machen konnte, aber ich musste innehalten, als ich hörte, wie Mom sagte ...

"Eine Szene ist immer noch sehr lebendig in meiner Erinnerung und taucht sehr oft vor meinen inneren Augen auf. Sie fand unter dem großen Pipul-Baum vor dem Andachts-Haus statt."

Moms Augen erreichten eine Weite und eine große Anzahl von ihnen hatte sich an einem Abend auf dem offenen Hof des geschmückten Idol-Hauses versammelt.

Ein gedämpftes Flüstern ging unter denen um, die tiefgründiges, aber mysteriöses Interesse an etwas hatten. Der Poker-face-Chef betrat den Hof. Die ganze Menge stand auf. Der Chieftain ging direkt zu einem bestimmten Sitzplatz, der für ihn vorgesehen war, und setzte sich dort hin. Die Menge saß wieder zusammen und wartete geduldig."

Ich warf ein, "Gab es Kämpfe oder Streit zwischen einigen von ihnen?"

Mom fuhr fort: "Zwei unterschiedliche Elternpaare kamen an und standen in der Mitte, eines mit einem schlanken Mädchen und das andere mit einem großen und länglichen Jungen. Beide wirkten verlegen und die Menge war neugierig."

Es begann eine lange Sitzung unter der Anleitung des Häuptlings. Ein kräftiger Wesen stand auf und verkündete, dass die Anhörung beginnen würde. Die Ankündigung löste einen Schlagabtausch zwischen den Eltern aus. Sie schwenkten geballte Hände und beschuldigten einander, die Schuld am Vorfall zu tragen, der dazu geführt hatte, dass das Mädchen und der Junge vor ihnen standen. Das Mädchen stand mit gesenktem Kopf da, biss sich auf die Lippen und errötete, während der große Junge die ganze Zeit über nach vorne und über das summierte Volk blickte.

Der Häuptling signalisierte den Eltern, sich zu beruhigen. Zur gleichen Zeit wurde das ganze Volk still und angespannt.

Der Häuptling starrte den Jungen durchdringend an und stellte ihm einige Fragen. Der Junge legte eine Hand auf seine Brust und ließ die andere hängen, während er etwas in seiner Verteidigung stammelte.

Der Häuptling verlangte eine klarere Erklärung. Die Haltung des Jungen sank und er legte beide Hände auf die Brust und murmelte etwas Unverständliches. Ein Streit zwischen den beiden beschuldigenden

Eltern begann und steckte auch das wartende Volk an.

Der Anführer stand aufgeregt auf und wedelte wild mit der Hand in der Luft und schrie wütend. Das Mädchen senkte den Kopf noch mehr, der Junge versuchte, in den Himmel zu schauen, die Eltern wurden steif und die Menge war still.

Der Anführer warf einen Blick auf die Menge und winkte wild mit seinen runden, haarigen Händen über seinem Kopf und verkündete sein Urteil.

Alle hielten inne. Die beiden streitenden Eltern schwiegen, waren aber nicht glücklich. Die summende Menge umringte die beiden Parteien; ihr Interesse galt nicht dem Urteil, sondern dem Jungen und dem Mädchen.

Dann wurden auf Anweisung des Anführers der Junge und das Mädchen vor die heilige Statue gebracht. Jeder von ihnen erhielt einen Kranz. Sie schmückten sich gegenseitig, indem sie sich einen Kranz um den Hals hängten. Der Purohit (Priester) des Idol-Hauses sprach in seiner typischen tonalen Stimme einige Verse aus, und auf seine Anweisung hin trug der Junge rotes Zinnober auf den Scheitel des Mädchens auf ihrem Kopf auf.

Das Mädchen errötete und senkte den Kopf. Der Junge stand mit einem albernen Lächeln da, während ihre Eltern sich voneinander abwandten.

Auf Anweisung des Anführers wurden Süßigkeiten gebracht. Zuerst gab der Junge dem Mädchen

Süßigkeiten zu essen, dann tat das Mädchen, errötend, dasselbe für den Jungen. Dann wurden die Süßigkeiten an jede summende Menge verteilt.

Ich fragte: „Was ist eigentlich passiert, Mama?"

Mama antwortete: „Der Junge und das Mädchen wurden versöhnt. Von da an würden das Mädchen und der Junge glücklich zusammen leben."

Nach einigem Nachdenken sagte ich: „Wie die gepaarten Zwei in unserem Rudel!"

Ja, mein Junge. Sie sind jetzt eine Familie, wie du, ich und dein Vater.

Ich stellte mir weiterhin das Bild einer glücklichen Familie vor.

Ein unterdrücktes Gleiten und Rascheln im Busch neben unserer Höhle ließ unsere Ohren aufmerksam werden. Wieder stieg das 'sar-sar-sar'-Geräusch im Busch auf und hörte auf. Mama stand auf und lauschte mit einer Pfote, die sie vorsichtig nach vorne gestellt hatte, auf das Geräusch.

Sie näherte sich vorsichtig der Quelle des Geräusches und begann, dort zu schnüffeln und zu suchen.

Plötzlich kam eine große Ratte und schüttelte ihre Schnurrhaare und sprang los. Mama rannte auch hinterher und sprang auf sie drauf. Ein paar Minuten später kam sie aus dem Busch und hielt eine gesunde Ratte zwischen ihren Kiefern.

Wir hatten eine schöne Mahlzeit und saßen zufrieden da.

Ein voller, kreisrunder Mond schien oben. Eine sanfte Brise ließ die Köpfe des dichten Grases, des stillen Busches und der Baumkronen wie Silhouetten aussehen.

Mama saß an meiner Seite. Ich blinzelte sie an. Ich machte mir Sorgen, warum Mama nicht anfing, die Geschichtsstunde zu beginnen. Mama hob den Kopf. Der Mond war gerade über uns. Sie sah ihn einen Moment lang an, senkte den Kopf und begann.

"Wir hatten unsere nächtlichen Aktivitäten beendet und waren zur Ruhe gegangen und schnell in einen tiefen Schlaf gefallen. Wir waren vielleicht halb im Traum, als ein schweres Klopfen von zwei Objekten unsere Träume und unseren Schlaf unterbrach. Zuerst konnten wir nicht verstehen, was es war, und halbwach versuchten wir zu raten. Es war Tag und die Tagesaktivitäten und -taten waren uns fremd.

Das hoch klingende, wiederholte Klopfen störte die Ruhe der Umgebung. Schließlich schaute dein Vater mit einigen anderen aus unserer Grube, um zu sehen, was vor sich ging.

Die Zweibeiner arbeiteten an einigen Holzbrettern, schlugen es mit einem schweren Objekt und trieben einige spitze Gegenstände hinein, um die Holzstücke zu verbinden. Obwohl dein Vater ihr Ziel des Klopfens nicht verstehen konnte, war er sicher, dass sie dabei waren, ein nützliches Objekt herzustellen, weil sie niemals umsonst arbeiten.

Dein Vater und die anderen kamen zurück und wir versuchten zu schlafen, aber wir alle kämpften mit diesem turbulenten Klopfen; wir alle kämpften."

Ich fragte: "Was haben sie vor?"

Mama sagte: "Wir wussten, dass sie niemals unnötig arbeiten. Ein paar Tage später entdeckten wir in einer Nacht ein merkwürdiges Objekt, das schräg vor den Hütten derjenigen aufgestellt war, die an der Klopf-Arbeit beteiligt waren. Das Objekt bestand aus verbundenen Holzstücken - einem länglichen, gelatteten Brett auf zwei rollenden runden Scheiben, das Ganze mit zwei Griffen befestigt.

Ein paar Tage später bemerkten wir etwas Einzigartiges. Der Anführer saß auf der gelatteten Plattform, ein Wesen zog das Objekt vorwärts und hielt die vorderen Griffe, während ein anderes es von hinten schob. Es bewegte sich auf zwei rollenden runden Scheiben und überwand mühelos Entfernungen. Innerhalb weniger Tage sahen wir viele solcher Geräte auf Fußwegen rollen, die irgendein Wesen oder andere Dinge trugen."

Ich bemerkte: "Wir können unser Territorium leicht zu Fuß abdecken. Wir brauchen keine solchen Träger."

"Sie lieben Komfort und weniger Arbeit."

"Nur wegen des Komforts, Mama?"

"Auch wir dachten damals wie du. Aber später erfuhren wir, dass diese neuen beweglichen Geräte ihnen viel nützten, was wir am Anfang nicht erahnen konnten."

Eines Abends, als ich aus unserer Grube herauskam, lag ich in einer Ecke herum, sorglos wie immer, denn ich wusste, dass Mama da war, wenn es einen Notfall gab.

Mama kam näher und sagte: "Sei bereit."

Überrascht sagte ich: "Wofür?"

"Wir haben nichts im Inneren gelagert, nicht mal ein kleines Stückchen Brot. Es ist nicht ratsam. Es könnte gefährlich werden in unbeständigen Jahreszeiten oder in ungünstigen Situationen, wenn die Außenversorgung ausfällt."

Mama drängte mich: "Steh auf. Wir müssen rausgehen und Nahrungsmittel beschaffen, um Rücklagen anzulegen."

Unwillig ging ich mit Mama hinaus. Den Rest der Nacht durchstreiften wir jeden Winkel unseres Gebiets, aber konnten nicht viel sammeln.

In den folgenden beiden Nächten suchten wir wild nach jedem Bruchstück, das jetzt und in Notzeiten unsere Nahrung sein könnte. Wir konnten mehr beschaffen als erwartet und ein süßes Lächeln ging über Mamas Gesicht.

Wir gehen manchmal frenetisch auf Nahrungssuche. Dies geschah vor allem bei den Zweifüßlern, da sie nicht alles essen konnten, was sie in die Finger bekamen, wie wir es tun. Später minimierten sie dieses

Problem, indem sie Gemüse anbauten. Aber nicht alle waren arbeitsam und scheuten harte körperliche Arbeit. Doch ihr Verlangen und ihre Nachfrage waren immens.

Die Erzählung interessierte mich weniger und ich fragte gähnend: "Wie denn, Mama?"

Ein Platz wurde ausgewählt - hier spitzte ich meine Ohren, die Geschichte schien zu beginnen - eine Wiese. Sie harkten, rammten und machten den Ort frei von Schlingpflanzen, Kriechtieren oder Dickichten. Dann bauten sie dort ihre Reihen von temporären, aber stabilen Hütten, die auf Pfählen ruhten. Die Hütten standen wie Formen hier und da, schmale Gehwege führten durch sie hindurch. Schließlich wurde der gesamte Innenraum und die Strukturen fertiggestellt und das gesamte Gebiet mit einem Drahtzaun umgeben, wobei nur zwei Eingangs- und Ausgangstore übrig blieben. Der Häuptling überwachte das gesamte Werk stehend, sitzend oder manchmal spazierend.

Als alle Arbeiten abgeschlossen waren, überwachte der Häuptling alles ein letztes Mal und erklärte schließlich den speziellen Veranstaltungsort für bereit.

Hier half das Druckgerät oder das Rollenobjekt, das sie kürzlich gebaut hatten, enorm. Sie brachten ihre Gegenstände und legten alle Dinge auf die Geräte und zogen oder schoben sie aus verschiedenen entfernten Orten zu diesem Ort.

Als der Kauf-N-Verkauf-Angelegenheit enorm wurde, spürten sie, dass sie ein größeres Gerät benötigten, das schwere und größere Mengen von Dingen auf einmal und zusammen leicht tragen konnte. Bald bauten sie einen viel größeren strukturierten Träger, der auf zwei größeren Rollen disk montiert war. Sie jochten einen Bullen an seine Vorderseite und ließen den großen Apparat auf den Wegen rollen, indem sie den großen Apparat von diesem gepflügten Bullen ziehen ließen. Unter Verwendung dieses neuen von Bullen gezogenen Geräts begannen die Überschussprodukte aus entfernten Gebieten, die darauf geladen wurden, dort hin- und hergeschickt zu werden. Sie begannen auch damit, Dinge hereinzubringen, die in ihrem Gebiet nicht gefunden oder produziert wurden, aber die sie brauchten.

Das von Bullen gezogene bewegliche Gerät wurde verwendet, um andere Waren zu transportieren. Einige zweibeinige Wesen würden darauf reiten, und derjenige, der vorne mit der Peitsche saß, würde den Bullen dazu treiben, es voranzutreiben. So konnten sie leicht weite Entfernungen zurücklegen. Sie begannen, zu anderen Orten zu reisen, und auch andere Wesen begannen von weither zu kommen. Dies begann ab und zu zu passieren.

Der Mond war nirgends zu sehen. Die Sterne verschwanden einer nach dem anderen am Himmel. Eine kühle Brise, die aus der Teichseite aufstieg, ging an uns vorbei und ließ unser Fell aufstehen. Ich hatte kurze Gähnattacken.

Mom bemerkte, dass ich gähnte. Sie sagte: "Lass uns in unsere Höhle gehen und uns ausruhen."

Die heiße Jahreszeit hatte begonnen. Die Graslandschaft sah ausgedörrt und rau aus. Die Bäume sahen nicht mehr so fröhlich oder glänzend grün aus. Alle Wesen des Gebiets hatten trockene Kehlen. Die Hundeartigen hechelten und ließen ihre ausgetrockneten Zungen hängen. Wir suchten immer einen schattigen Platz zum Sitzen oder Liegen.

Aus der schattigen Abgeschiedenheit, die in den Himmel ragte, sagte Mom - Eines Tages kam dein Vater, leckte die grünen Grasblätter und schnüffelte die Luft, schaute weit darüber hinaus besorgt und sagte, dass die kommenden Tage nicht gut aussahen und die Vorzeichen eher unheilvoll waren.

Ich fragte: "Warum?"

Er antwortete: "Der Wind weht nicht wie er sollte, sondern eher schrecklich still. Hochfliegende Vögel sind kaum am Himmel zu sehen. Die Bäume haben plötzlich ihre Blätter hängen lassen. Außerdem sind die Spalten bewohnenden Reptilien herausgekommen. Die Vögel verlegen ihre Nester in dicke Blätter. Es scheint, als ob bald schlechtes Wetter eintreffen würde."

Innerhalb weniger Stunden nach seiner Beobachtung schwebten dicke Wolken heran und sammelten sich über uns und hingen tief. Dein Vater riet uns, Schutz in einigen erhöhten Orten zu suchen. Wir folgten seinem Rat und eilten zu einigen erhöhten Erdhügeln.

Einige der Schakale achteten nicht darauf. Dein Vater forderte sie zweimal auf, aber sie hörten nicht zu.

Innerhalb eines Tages begann ein harter Wind zu wehen. Das Aufblitzen von Blitzen zuckte durch den Himmel, ein laut dröhnender Donner und die dunklen Wolken öffneten sich. Es dauerte ein paar Stunden und ging für ein paar Tage ununterbrochen weiter. Wasser begann sich hier und da zu stauen. Der Boden begann zu schmelzen. Das Teichwasser schlängelte sich in das Land und spülte den geschmolzenen Boden weg und überschwemmte das gesamte Gebiet. Schließlich sah das Gebiet wie ein einziger Teich aus.

Viele Lebewesen eilten zu sichereren Orten, einige konnten es, andere konnten es nicht. Die Schakale, die nicht auf deinen Vaters Warnung gehört hatten, ertranken; einige wenige schafften es, sich zu höheren Orten zu retten.

Der erhöhte Erdhügel, auf den wir uns zurückgezogen hatten, wurde allmählich von Insekten, Würmern, Blutegeln überschwemmt. Schlangen suchten dort Schutz und blieben in einer Ecke wenige Meter entfernt. Alle wohnten friedlich und ohne Böswilligkeit nebeneinander in demselben kleinen Ort.

Als das Wasser zurückging, war die Gegend voller Schlamm und Schmutz, überall zappelten Würmer-Insekten, Vögel hatten schöne Feste. Alle gestrandeten Kreaturen schlurften durch den

Schlamm und Schmutz zurück zu ihren jeweiligen Orten und restaurierten ihre verfallenen Heime.

"Ich konnte nicht umhin, hier zu bemerken - Mom, ich habe bemerkt, dass in deinen Geschichten die Andeutung von Regen immer wieder auftaucht. Ist es Zufall oder...?"

Mom unterbrach mich und behauptete: "Die Verbindung von Regen mit den Geschichten des Territoriums, insbesondere mit den Schakalen, die hier auf der Suche nach einem neuen Leben und einem neuen Zuhause eingetroffen sind, ist sprichwörtlich. Es spielte immer eine bedeutende und verändernde Rolle."

Ich versuchte für einen Moment, die Rolle zu visualisieren oder zu verstehen.

Mom starrte für ein paar Sekunden in die Ferne und begann wieder zu erzählen: "Der Regen fiel einmal sturzbachartig und hatte das Territorium umhüllt. Niemand war bereit oder in Stimmung, nach draußen zu gehen. Aber die zweifüßigen Teufel ließen sich nicht zurückhalten. Sie wagten sich in das Wasser und den Schlamm, schützten sich mit Kopfschmuck aus Palmblättern und hofften, Fische oder andere wasserlebende Dinge zu ergreifen. Sie setzten das Tun bei Regen und Schlamm in den folgenden Tagen fort."

Ich stellte mir die Szene vor und freute mich darüber, dass Fische im Wasser und Schlamm fangen ein amüsantes Spiel ist; Ich würde das Spiel definitiv lieben.

Mom begann, eine andere Szene zu beschreiben: "Inmitten der von Regen verschwommenen Sicht und der stillen, verlassenen Gegend, die nur durch den ständigen Regenton hervorgehoben wurde, zogen zwei vierbeinige Wesen auf die andere Seite des gestreckten Teichs und fielen in den Schlamm. Ihnen folgten zwei weitere ähnliche Wesen und nach ihnen mehrere. Sie blieben auf der anderen Seite für ein paar weitere Tage. In der Zwischenzeit wuchsen sie zu einer ansehnlichen Größe heran. Von hier aus konnten wir nicht wissen, warum sie sich dort versammelt hatten.

Wir versuchten zu erraten, wer sie sein könnten. Sie schienen Wölfe zu sein, manchmal wie Zibetkatzen, manchmal sahen sie jackalartig aus; aber bei genauerer Betrachtung wurde klar, dass sie keine Schakale waren, nur schakalartig. Was auch immer sie sein mochten, sie waren vierbeinige Wesen.

Die zweifüßigen Wesen hatten sie bemerkt. Sie versammelten sich auf dieser Seite des Teiches und machten Lärm, um sie zu erschrecken und zu vertreiben. Sie warfen Steine, von denen die meisten auf den Teich fielen und nur wenige die andere Seite erreichten."

Nachdem sie einige Tage auf der Seite gewartet hatten, sprang einer von ihnen in einer Nacht unter dem Schutz der Dunkelheit in den Teich. Daraufhin sprangen nacheinander viele von ihnen ins Wasser.

Einige hielten sich zurück. Die, die sprangen, begannen zu schwimmen. Einige ertranken. Einige kehrten vor Angst zur anderen Seite zurück. Aber die meisten schwammen zu unserer Seite.

Am nächsten Morgen entdeckten die zwei Fuß hohen Teufel unter dem langsamen, scharfen Regen die neu angekommenen vierfüßigen Tiere, die sich auf dem Schlamm zusammenkauerten, um Schutz zu suchen.

Die verärgerten Zweibeiner rannten mit hölzernen Stöcken in der Hand laut auf die zusammengekauerten Wesen zu. Einige der neu angekommenen Wesen sprangen zurück in den Teich und schwammen eilig zurück zum anderen Ufer. Die Holzstabhalter gingen mit den restlichen kauernden Neuankömmlingen zufällig und gnadenlos um. Einige wurden getötet, einige brachen sich das Rückgrat, einige ihre Beine oder Rippen. Mitten im Chaos gelang es einer bestimmten Anzahl schneller Wesen, in alle Richtungen zu fliehen und hinter den Heiden, Dickichten oder aufrechten Grasbucklern zu verschwinden.

Die Wesen, die zur anderen Seite zurückgeschwommen waren, brachen nach ein paar Tagen wieder in unsere Seite ein und versteckten sich, wo immer sie konnten. Der Rest starb im Teich oder an den Ufern hilflos und ohne Nahrung.

Nach diesem Vorfall begannen die Zweifüßer die Ufer des Teiches zu patrouillieren und Tag und Nacht Wache zu halten, damit keine anderen Wesen von der anderen Seite in ihr Gebiet gelangen konnten.

Sie betrachteten diese vierbeinigen Wesen als Eindringlinge, Eindringlinge in ihr Gebiet, was für eine Ironie. Sie nahmen diesen Bereich für sich selbst als ihr eigenes, nicht unseres, nicht für die Bewohner, die hier seit unvordenklicher Zeit lebten, lange bevor sie ihre Füße auf diesen Ort setzten.

Stoppend starrte Mama mit leerem Blick über das einst weite offene Gebiet. Ich war mir sicher, dass ihr Blick nicht auf die Stacheldrahtgrenze oder die Mauern gerichtet war, die unser Gebiet begrenzten.

Ich stellte die Frage nicht abrupt: "Wer waren die Neulinge eigentlich?"

Mama sagte: "Es waren andere Arten von Schakalen, nicht unsere Art, mit goldenem Fell und schwarzen Bändern auf dem Rücken."

Mama dachte einen Moment nach und sagte dann: "Es waren zerrissene und geschorene, von anderen Eindringlingen aus ihrem eigenen Land vertriebene Tiere."

Ich fragte: "Ich frage mich, Mama, wie du sie kanntest? Hast du mit ihnen gesprochen? Kennst du ihre Sprache?"

Die Sprache der zerrissenen-geschorenen-vertriebenen Tiere ist nur eine, nur die Sprache des Kummers und des Verlustes. Ich konnte es aus ihren traurigen Augen, den Zuckungen auf ihren Gesichtern, dem Flattern ihrer schweren Augenlider und ihrer trägen Bewegung lesen; ich habe auch einmal eine ähnlich schwierige Phase durchgemacht.

Wir halfen ihnen, sich zu verstecken, indem wir ihnen in unserem Gebiet Schutz boten. Die Zweibeiner durchsuchten unser Gebiet mehrmals auf der Suche nach ihnen. Wenn sie in dieses Gebiet eintraten, warnten wir die Neuankömmlinge auf seltsame Weise und stießen die Teufel ab. Als die aufrechten Wesen hierher strömten, sahen wir, wie die neu angekommenen gelb-schwarz gestreiften Wesen vor Angst zitterten. Wir beruhigten sie, versuchten, ihre Stimmung zu heben, und ließen sie bei uns leben.

"Aber Mama, ich habe sie nie gesehen."

"Wie könntest du? Sie haben diesen Ort verlassen, bevor du geboren wurdest."

"Warum Mama?"

Sie kamen hierher, um Mitgefühl und Schutz zu suchen, vertrieben aus ihrer Heimat. Aber sie bekamen die gleiche Behandlung und Einschüchterung, die sie zuvor von den ehemaligen Vertreibern erhalten hatten. Sie standen vor der gleichen Furcht und Bedrohung, wegen der sie ihr Heimatland verlassen mussten. Sie konnten der ähnlichen Grausamkeit und Herausforderung nicht standhalten. Also zogen sie weiter zu einem entfernten, sichereren Unterschlupf.

Ich sagte bedauernd: "Sie müssen jetzt sicher leben, nicht wie ein Drückeberger oder Müll wie wir."

Mama betrachtete mich liebevoll eine Weile und folgte dann mit ihren Augen einer schwarzen Krähe, die weit auf der anderen Seite des Himmels flog. Dann begann sie eine weitere Anekdote...

"Der Regen hörte nicht auf, er wurde schwerer und fiel unregelmäßig für weitere zwei Tage und Nächte, und überflutete das Gebiet. Meine Geschichte hier hat nichts mit diesem Regen zu tun.

Nach einem solchen Wolkenbruch stand das ganze Gebiet unter Wasser. Diesmal war das Wasserlogging so ungewöhnlich, dass das Wasser in die Hütten der Zweibeiner über die Türschwelle schwappte. Für uns war das Überfluten unserer Höhlen eine normale und routinemäßige Angelegenheit, aber für sie war es das nicht. Sie waren ratlos und tauschten Blicke und Bedenken miteinander aus.

Nachdem das Wasser zurückgegangen war, versammelten sie sich am Teich und verbrachten eine gute Zeit damit, die Situation zu untersuchen und zu überdenken. Schließlich kam eines Mittags der Häuptling und untersuchte mit erhobenen Händen und Kopfdrehungen eingehend etwas, das seinen Ratschlag oder seine Entscheidung gab."

Ich fragte Mama: "Konntest du verstehen, was der Häuptling geraten hat?"

Mama sagte: "Nein, ich konnte nicht einmal verstehen, was die Untersuchung und Überlegungen waren."

Aber ein paar Tage später wurde es aus ihren Taten klar - sie kamen wieder dorthin, aber mit Stapeln von Steinbrocken, Ziegeln, dicken Stammteilen, Körben und Beuteln voller ausgegrabener Erde und vielen anderen Dingen. Wir waren völlig im Dunkeln darüber, was sie mit all diesen Dingen vorhatten.

Zuerst legten sie die großen Steine entlang des Teichrandes und versenkten sie dann im Wasser. Sie legten weitere Steine über die versenkten Steine. Schließlich rammten sie die Steine übereinander. Dann legten sie die Ziegel auf die Steinschicht und drückten sie ein. Dann legten sie die großen Stammteile auf die Ziegel und machten sie durch das Aufbringen und Eindringen von nassem Erdreich in die Risse der Stämme dicht und ließen sie wie Klebstoffe zusammenhalten. Sie machten es Schicht für Schicht, bis es wie eine hohe Barrikade am Teichrand stand. Tag für Tag von der Sonne getränkt, wurde die Barrikade zu einer festen Wand.

Als der nächste sintflutartige Regen kam, stieg der Wasserstand des Teiches an, blieb auf der anderen Seite eingeschlossen und konnte dem Gebiet nicht entkommen, da es von der aufgeschütteten Barrikade abgehalten wurde. Sie waren glücklich. Wir waren auch glücklich, da weniger Wasser in unsere Gruben eindrang.

Aber die Natur spielt nie einen Scherz. Die Überschwemmung war kein unnötiges und nutzloses Phänomen; sie hatte eine bestimmte Rolle.

Ich war nicht vertraut mit dem Wort 'Rolle' oder seiner Bedeutung. Also schaute ich mit großen Augen zu meiner Mutter. Meine Mutter bemerkte mich nicht und fuhr fort: Wenn die Wassermassen zurückgingen, würde noch Wasser in niedrig gelegenen Stellen und Gräben zurückbleiben. Wir würden dorthin gehen, in den wässrigen Gräben baden und gefangene Fische fangen. Die Vögel würden auf den Boden kommen und Würmer und Insekten fangen. Kröten würden schwimmend nach etwas springen. Ratten würden herauskommen und schnüffelnd in weichem Boden herumlaufen. Schlangen könnten beim Schlurfen durch Wasser oder Schlamm gesehen werden. Das ganze Gebiet würde sich in eine fröhliche Welt verwandeln.

Darüber hinaus würde die Überschwemmung einige andere Dinge auf das Gebiet drängen. Bevor es zurückging, würde es Alluvium und Humus auf dem Boden hinterlassen, das die Erde fruchtbarer machen würde. Die nächste Ernte würde riesig sein, die Bäume unter üppigem Ertrag gebeugt, das ganze Gebiet würde grün und grün. Aber die Teichseite Barrikade würde die Überschwemmung abhalten. In Abwesenheit von Überschwemmungen würde das Gebiet von Tag zu Tag trockener und weniger ertragreich. Sie würden Dung oder verrottetes Gemüse hinzufügen, um den Boden fruchtbarer zu machen, aber die hinzugefügten Dinge könnten niemals den hinzugefügten Elementen der Überschwemmung entsprechen. Das Gebiet begann allmählich an Grün zu verlieren.

Mama hielt an. Ein tragisches Lächeln huschte über ihre Lippen und ihr ganzes Gesicht. Dagegen schweiften ihre traurigen Augen umher.

Ich dachte: "Nichts ist in der Betrachtung der Natur unwichtig, aber auch nicht alles von Bedeutung. Für die Natur ist nichts umsonst. Alles hat seinen Zweck am Ende, der nicht immer offensichtlich ist."

Ein Flattern im Gestrüpp unterbrach meine Gedanken. Ich hörte das gleiche Flattern in Bäumen und Büschen wiederholen.

Ich sagte zu Mama: "Siehst du, die Vögel strecken und schlagen mit den Flügeln. Sie bereiten sich darauf vor, herauszukommen."

Mom said, "Ja, sie wollen raus, und es ist Zeit für uns hineinzugehen. Lass uns gehen."

Während die Geschichten fortschritten, dachte ich weiter über uns und die zweibeinigen Wesen und viele andere Dinge dieser Gegend nach, konnte sie aber nie zusammenbringen oder auf eine gerade Fläche bringen. Ich wurde allmählich verwirrt darüber, was die zweibeinigen Wesen vorhatten oder was ihre Wünsche waren. Sie hatten den größten Teil unseres Territoriums usurpiert und waren zu Herren geworden. Wann würden sie besänftigt oder satt werden? Was wollten sie noch, was waren ihre Absichten oder Pläne - ein Dilemma, ein echtes Dilemma die ganze Zeit für mich.

Einmal habe ich diese geheimnisvollen Gedanken meiner Mutter offenbart. Anstatt zu antworten, schaute sie in den Himmel.

Ich sagte: "Ich weiß, es ist nicht Mitternacht, und ich verlange auch keine Geschichte. Ich möchte nur die

Antworten auf meine Fragen, die ständig meine Gedanken quälen."

Mama lachte und fing an zu sagen.

"Sie haben Dinge improvisiert und hinzugefügt, von denen wir nie gedacht hätten. Vielleicht bauten sie das Territorium für sich wieder auf und änderten die alte Atmosphäre."

Ich war ein wenig überrascht. Was meinte Mama damit? Ich fragte: "Wie denn, Mama?"

Mama beugte sich ein wenig zu mir und fuhr fort. Nach Tagen des Baus der Umzäunung des Häuptlings, unter Aufsicht des Häuptlings, gegenüber der Umzäunung des Häuptlings auf der anderen Seite des grasbewachsenen Feldes, wurde ein Stück Land umzäunt und eine schattige, aber auf drei Seiten offene Struktur errichtet. Ein fettes Wesen mit Bauchansatz und einem gekrümmten, aber schlanken Haarschwanz, der vom Hinterkopf herabhing, würde auf einem erhöhten Sitzrahmen sitzen. Er hatte immer einen Stock an seiner Seite. Später erfuhren wir, dass der Stock sein Zeichen von Autorität und Würde war. Kinder begannen dorthin geschickt zu werden. Sie würden auf einem auf dem Boden ausgebreiteten Durrie (Baumwollteppich) sitzen und dem rundlichen Wesen mit Stock gegenübersitzen. Die Kinder würden offensichtlich mit einem kleinen Baumwollbeutel kommen, der mit einigen Artikeln gefüllt war. Beim Sitzen würden sie ein schwarzes kleines Quadrat und ein dünnweißes Ding herausholen, mit dem sie auf dem schwarzen

Quadratding kratzen würden. Das Wesen mit dem Stock würde sich bemühen, den versammelten Kindern etwas beizubringen. Die Kinder würden laut und im Einklang wiederholen, was das Stockwesen aussprach; sie würden die Worte singen, die aus dem Mund des Stockwesens kommen, im Rhythmus schaukeln und wippen und die gesamte Umgebung würde mit den Gesängen widerhallen.

Bald wurden mehr Kinder geschickt, um an der Sitzung teilzunehmen.

"Gehen die Kinder jeden Tag dorthin?"

"Sie wurden geformt, um in die Kleidung und Schuhe ihrer Ältesten zu passen und in der Lage zu sein, die Mantel zu halten, die einen Zweifüßer zu einem aufrechten Wesen machen."

Ich grübelte darüber nach, was das Formen oder der Mantel bedeuten sollte. Je mehr ich nachdachte, desto mehr wurde ich verwirrt.

Mama fuhr fort. Nachdem das Kindergehege fertiggestellt war, baute ein Mann mittleren Alters einen kleinen geschlossenen Käfig innerhalb seines eigenen Hofes. Er stellte einen Sitz mit Griff vor einen flachen und quadratischen Holzständer mit vielen Flaschen, Phials und kleinen Kästchen darauf. Während er auf dem Sitz hinter dem flachquadratischen Holzständer saß, wartete er täglich und schaute aus der Tür.

Allmählich kamen ein oder zwei Wesen zu dem Mann mittleren Alters, dann ein paar mehr. Der Mann mittleren Alters hörte aufmerksam jedem der ankommenden Wesen zu. Dann stellte er einige Fragen. Danach untersuchte er jeden, indem er ihre Augenlider, Nase, Brust und Bauchbereich untersuchte und dann seine Hände wusch. Dann nahm er einige Kräuter heraus und packte sie in Papiertüten. Danach goss er etwas dickflüssige, farbige Flüssigkeit in eine Phiole und gab diese Dinge jedem von ihnen im Austausch gegen grüne Markenpapierstücke. Die ankommenden Wesen wurden angewiesen, die Substanzen dreimal täglich zu schlucken. Ich wusste nicht, was der Mann mittleren Alters tat und was an ihm besonders war. Aber immer mehr besorgte Wesen kamen zu ihm für Beratung und gingen beruhigt wieder weg.

Später begannen die Zweibeiner, ihre Haustiere wie Ziegen, Kühe und Hühner zu dem mittelalten Wesen zu bringen. Er untersuchte die Haustiere ähnlich wie er es bei den Zweibeinern tat und verschrieb ihnen dieselben Substanzen, die sie natürlich gegen markierte farbige Papiere eintauschen mussten.

So organisierten sie sich und verwandelten das Gebiet in ein Dorf, das mit immer mehr aufrechten Wesen überfüllt war. Obwohl viele Bäume gefällt wurden, viele grüne Flächen verschwanden und das Land kahl gemacht wurde, war das Dorf nicht schlecht. Zumindest konnte man einige grüne Flecken finden, sumpfige und offene Felder waren noch übrig, Früchte und Gemüse wuchsen überall. Abgesehen von den Zweibeinern hatten andere Arten von Kreaturen immer noch etwas Platz dort.

Mom würde oft in sich hinein lächeln, und ich hatte bemerkt, dass ihre Augen in diesem Moment des Lächelns in etwas oder irgendwo verloren waren. Ich würde auch mit ihr lächeln, aber ich wusste nie warum und wofür.

Einmal fragte ich sie danach, und sie brach in ein langes Gelächter aus. Wieder konnte ich den Grund für dieses Lachen nicht verstehen.

Beruhigend und mich mit ihrer weichen Schnauze berührend sagte sie: "Das Bild eines Kindes kommt mir sehr oft in den Sinn. Ich kann ihn deutlich sehen. Er war sehr flatterhaft, frech und befriedigte seine Launen. Mittags, wenn alle drinnen ruhten, würde er heimlich auf seinen kleinen Füßen hier und dort im umzäunten Hof herumtollen. Er würde Blumen pflücken, Teeblätter pflücken, mit seiner winzigen Hand in einem Gefäß voller Wasser plätschern, die Ohren oder Schwänze der Haustiere ziehen oder die Vögel in Käfigen stechen. Die zweibeinigen Freiheitsliebenden mochten es, Vögel, die freiesten Geschöpfe, in Käfige zu stecken."

Einmal ging das sehr freie Kind durch das Tor hinaus auf das offene Feld und erreichte das Grasland draußen.

Am Nachmittag konnten seine Eltern, die aus dem Nickerchen aufgestanden waren, ihn nicht finden und begannen nach ihm zu suchen. Er konnte an keinem

Ort in der Nähe gesichtet werden. Seine Mutter begann zu weinen. Sein Vater, angespannt, begann frenetisch zu suchen. Auch alle anderen Nachbarn begannen hartnäckig nach ihm zu suchen.

Das Kind wurde schließlich schlafend in einem hohen Grasland entdeckt. Die erste Reaktion des Vaters war eine kräftige Ohrfeige ins Gesicht des Kindes. Er wurde auf dem Schoß eines Nachbarn nach Hause gebracht. Als seine Mutter ihn sah, verstärkte sich ihr Weinen. Sie packte ihn mit beiden Armen und küsste ihn überall am Körper. Das Kind sah nur leer aus. Er konnte nicht verstehen, was er getan hatte oder was passiert war.

Einige Tage später, an einem verlassenen Mittag, schlich der Junge zur Reihe der Käfige und öffnete die Türen der Käfige eins nach dem anderen, um die Vögel zu befreien. Die Vögel zögerten zuerst, kamen dann aber vorwärts, stießen ihre Köpfe heraus, sahen zögernd zum Himmel und flogen dann mit einem kurzen Ruck in die Freiheit. Sie flatterten schnell mit ihren Flügeln und verschwanden im Blau.

Der Junge stand verzaubert da, seine erstaunten Augen folgten den hochfliegenden Vögeln am Himmel.

Mom wurde still. Ich schaute zu ihr. Sie war verzaubert und schaute hoch in den Himmel wie der freche, aber glückliche Junge.

Seit ich denken konnte, habe ich meine Mutter gesehen, wie sie gerade aus ihrem Bau kam, für ein paar Sekunden stehenblieb und auf die untergehende Sonne blickte, bevor sie weiterging. Ich habe sie gesehen, wie sie für ein paar Minuten direkt auf den aufsteigenden Mond blickte, ohne mit den Augen zu blinzeln, bevor sie ihre Abendaktivitäten begann. Ebenso stand sie oft verzaubert da, ihre Augen auf den untergehenden Mond gerichtet. Wenn es die Zeit erlaubte, zeigte sie dieselbe Achtung auch gegenüber der aufsteigenden roten Sonne. Ich habe sie oft gesehen, wie sie vertieft mit ihrer Schnauze den Boden berührt und natürlich manchmal mit begeisterten Augen in den ungebundenen Himmel starrt als Zeichen der Dankbarkeit. Auch ich habe diese Normen als Baby imitiert.

Aber plötzlich tauchten in solchen Momenten der Nachahmung Fragen in mir auf: "Warum macht Mama all diese Dinge? Warum mache ich die gleichen Dinge wie Mama?"

Eines Abends stellte ich diese Fragen meiner Mutter.

Mom lächelte und erklärte: „Diese Sakramentkonventionen wurden mir von älteren Menschen überliefert, die es genauso gemacht haben und es von ihren Vorfahren hatten. Es ist auch ein feierliches Erbe von unseren weit entfernten Vorfahren. Auf diese Weise zolle ich der Sonne, dem Mond, der Erde meinen Respekt und Dank. Ich schätze auch den Wind, das Wasser, die Bäume und den Himmel. Wir sind ihnen für das, was wir hier haben, verpflichtet. Sie sind Lebensspender,

Lebensretter. Wir leben nur wegen ihnen. Wir verdanken ihnen alles."

Es ist keine Gewohnheit, es ist nicht die einzige Form der Anerkennung, es ist unsere Pflicht. Als sie das sagte, lehnte sich Mama etwas zu mir und lächelte grundlos.

Ich war mir nicht sicher über die Erklärungen. Aber ich fühlte, dass diese Dinge unser tägliches Leben sicherlich lenken. Ich dachte: "Mama ist so ehrlich und sakramental. Keine andere Mutter könnte so sein."

Ich sagte: "Die zweibeinigen Wesen sind nicht so rechtschaffen wie du."

Mama protestierte: "Nein, nein, nicht so. Es könnten auch Schakale, Wölfe, Vögel, Nagetiere - alle Mütter sind gleich, alle haben das gleiche Herz. Die zweibeinigen Mütter sind keine Ausnahme.

"Bist du sicher, Mama?"

"Ja. Wenn du meiner nächsten Anekdote zuhörst, wirst du deine Meinung ändern."

Ich setzte mich auf den Boden und wartete.

Mama begann: „Die Statue unter dem Peepal-Baum hatte allmählich einen wichtigen Platz im Leben der zweibeinigen Wesen eingenommen. Sie beobachteten häufig verschiedene Rituale im Hof des Andachtshauses. Die Jahreszeitenwechsel wurden durch diese Rituale besonders gefeiert. Besonders zwei Rituale, die sie beim Beginn des Sommers eifrig und ehrlich beobachteten, haben mich sehr berührt. Die Mütter beobachten ein Ritual mit vollständiger Hingabe und Verehrung aus ihren mütterlichen Sorgen und Bedenken. Nur Mütter, egal welcher Art, können das fühlen, weil Mütter einer Klasse angehören, der Mutterklasse, der Frauen."

Ich fragte: „Etwas hier fällt mir auf. Zum ersten Mal hast du das Wort 'Frauen' benutzt. Wie hast du das gemacht?"

Mama starrte mich schräg an und sagte: "Mütter sind Frauen. Unsere Erfahrung sagt uns, dass die lang gekleideten Wesen Kinder zur Welt bringen, sie sorgfältig aufziehen, immer auf sie achten und die schlimmsten Leidenden sind, wenn die Kinder in Schwierigkeiten geraten. Diese lang gekleideten Wesen müssen Mütter wie wir sein. Sie gehören zur Frauenklasse wie wir, und die Klasse der zweibeinigen Wesen, die meistens draußen bleiben, die Sicherheit der Gemeinschaft überwachen und meistens einen Bart wie dein Vater tragen, sind Männer oder Männerklasse." Daher habe ich das Wort "Frauen" verwendet.

Ich nickte einfach und weitete meine Augen.

Nun werde ich die mich überwältigenden festivalsakramente erzählen, die von den Frauen beobachtet werden.

Die Frauen würden für den Anlass fasten, fasten in jedem Sinne des Wortes, sie würden nicht einmal Wasser trinken, bis der Anlass vorbei war, und nicht einmal das Mundwasser schlucken, das sich auf ihrer Zunge angesammelt hatte. Sie sind so streng und rigoros in ihrem sakramentalen Fasten.

Frauen, die nach heiligen Bädern gekleidet in roten Rand-Sarees versammelt sind, würden sich vor dem Verehrungshaus versammeln. Sie trugen zwei Weidenkörbe, einer mit Blumen, besonders Oleander, Dornapfel, Sonnenpflanze, Immergrün und anderen Körben geschmückt mit Früchten wie grüner Mango, Holzapfel, Dornapfel, Gurke, reifer Banane - diese Blumen und Früchte sind für den Anlass unverzichtbar - und gingen in das Verehrungshaus. Ihnen folgten Jungfrauen, die andere Substanzen in Körben trugen, die für die Einhaltung des religiösen Gelübdes erforderlich sind.

Zuerst würden sie eine Tonlampe mit Senföl anzünden. Dann würden sie ihre heilige Verehrung an Gott leisten, indem sie den Kopf auf den Boden legen. Es würde ein phallisches Symbol aus rundem, sich verjüngendem Stein geben, das sie mit Wasser übergießen und mit Kränzen schmücken würden. Danach würden sie Holzapfelblätter, rote Blumen und Schalen mit Blumen und Früchten als Opfergabe an Gott geben. Anschließend würden sie auf ihren Knien beten und dabei sonore Worte sprechen. Dann würden sie eine halbe Runde um den Gott herumgehen, jedoch nicht vollständig.

Schließlich würden sie dem Stier Nandi, dem Begleiter des Gottes Shiva, der vor dem Gott sitzt, ins Ohr flüstern. Das Flüstern ist ein Gebet, um Segen von

Gott Shiva für Gesundheit, Wohlstand und Wohlergehen ihrer Familien und vor allem für das Wohlergehen ihrer Kinder zu erbitten. Sie glauben, dass nur der Stier Nandi ihre Gebete an Gott Shiva übermitteln kann.

Dann würden sie ruhig zu ihren jeweiligen Häusern zurückkehren. Sobald sie zu Hause angekommen sind, würden sie als erstes den Kopf ihrer Kinder mit einer Paste aus Öl und Zinnober bestreichen und allen Familienmitgliedern die Prasad (die Opfergaben aus Früchten und Süßigkeiten) geben. Wenn alles erledigt ist, würden sie erst dann lächeln.

Schließlich würden sie ihr Fasten brechen, indem sie die Prasad zu sich nehmen, und dann würden sie Luchi (kleine runde Brote, die in Pflanzenöl gebraten werden) und gekochte Gramm-Pulse mit Kokosnuss-Chips und gebratenen Ei-Äpfeln essen.

Mama machte eine Pause und sagte: "Nur Mütter können solche religiöse Askese für das Wohl und das Wohlergehen ihrer Kinder durchstehen. Als Mutter kann ich das fühlen und verstehen. Ich verehre sie dafür, die zweifüßigen Frauen."

Ich wurde wirklich von der leidenschaftlichen Art und Weise überwältigt, in der die Mütter die religiösen Gelübde befolgten. Wirklich erstaunlich, vielleicht sind sie zweibeinig, aber vor allem sind sie Mütter. Mütter haben keine Alternativen.

Mama hob den Kopf und sagte: "Die gleiche religiöse Feier hat auch eine andere Seite, obwohl religiös, aber auch eine Erholungsseite - nebenan, in der benachbarten Gegend des Andachts-Hauses, entsteht eine Messe als übliche Norm oder Sitten. Dort werden alle Arten von Vergnügungs- und Erholungseinrichtungen aufgebaut. Neben diesen werden auch andere Verkaufsbuden für Schmuck, Armreifen, Ohrringe, Perlenketten und andere Damenbekleidungsartikel und Damen-Dekorationsartikel, auch von Methais (Süßigkeiten) und Essbarem aufgestellt und der Handel mit diesen Dingen geht in vollem Gange."

Einige Männer in verschiedenen mythischen Figuren oder anderen Tieren wie Mayura (Pfau), Pferd, Hanuman (der schwarze, großgewachsene Affe) würden herumgehen. Ein oder zwei würden als Göttin Parvati oder Gott Shiva oder beide zusammen gekleidet gehen und mit Gesang den Shiva-Parvati Nritya (Tanz) tanzen.

Einige würden mit mehreren dünnen Metallstäben, die beide Lippen zusammenhalten, umherwandern. In einer Ecke würden sich einige mit Haken durchbohrte Rückenhaut auf einer Schaukel aufhängen und sich auf einer Achse drehen. Die Menge drumherum würde sie ermutigen und aufgeregt mit Bom-Bom oder Jai-Shiva Rufen bejubeln. Es war ein brutales Ritual und ein grausamer Anblick. Auf der einen Seite schworen die Frauen und baten um Segen für ihre Kinder, auf der anderen Seite beschäftigten sich die Männer mit schrecklichen und schockierenden Akrobatiken.

Ich war wieder überwältigt und in ein Dilemma gebracht, auf das ich keine Antwort hatte. Das zweibeinige Wesen blieb wie immer eine zwiespältige Kreatur.

Der Aufruhr und die Betriebsamkeit hatten das ganze Gebiet erfasst. Die einstige Ruhe in unserer Gegend war abgewürgt worden. Es war schwierig geworden, nachts eine kurze Ruhepause einzulegen, wenn wir das wollten, oder tagsüber einen ruhigen Schlaf zu finden, da wir Nachtschwärmer waren. Gelegentlich schallte ein rippenbrechendes, hochfrequentes Geräusch durch die Luft in unserer Umgebung. Das Klopfen, Laufen oder Hetzen der sich bewegenden Füße, das plötzliche Anstoßen schwerer, gewichtiger Dinge auf dem Boden ließ die Erde erzittern und brachte uns dazu, uns auf dem Boden unserer Grube aufzusetzen oder aufzustehen. Das Aufeinanderschlagen von Metall auf Metall und das ständige Rattern der unter Strom stehenden Maschinen, die die Luft aufwirbelten, machten das Weiterleben unmöglich und ließen andere verängstigte Bewohner davonhuschen.

Wir hatten überhaupt keine friedliche Zeit, sondern lebten in gestörten Gedanken. Wie üblich saßen wir an einem Abend, eine Stunde nach der Dämmerung, und der Abend verlief auch nicht glatt, wie man erwarten könnte. Ein ungewöhnliches Geräusch und Aufblitzen von Licht ließ uns zusammenzucken. Dann begann eine unheimliche Unruhe in der Nähe des Hauptzentrums des begrenzten Gebiets, Meter entfernt von unserem Versteck unter einigen Dickicht und Büschen, die noch den Luxus hatten zu wachsen. Ein scharfes Geschrei und Tumult schwappten mit großem Crescendo an. Wir blieben stundenlang in derselben Position kauernd, auch nachdem der Außenlärm nachließ.

Als wir zögernd herauskamen, hatte sich der Mond gegen den westlichen Himmel gelehnt. Wir saßen zusammen, seitlich aneinander gedrückt, und sprachen nicht. Nach einiger Zeit rutschte Mama still in das Loch und kam mit einigen Sachen aus unserem Vorratsloch heraus und legte sie vor mir ab: "Wir werden heute Nacht nicht nach Futter suchen. Komm für den Moment mit diesen kleinen Dingen zurecht."

Wir begannen langsam auf das Essen zu kauen und beruhigten unseren Hunger. Dann saßen wir zusammen und leckten uns die Lippen, als hätten wir ein üppiges Mahl gehabt. Ich blinzelte in den Himmel. Die Mitternacht hatte bereits einen Deal zurückgeschoben. Die Nacht würde vielleicht mit den Folgen des unheimlichen Tumults enden. Ich senkte meinen Kopf und lehnte mich zurück auf den Boden, als Mama den Mund öffnete...

Ein gedämpftes, unterdrücktes Weinen drang durch die Nachtbrise. Das war das erste ungewöhnliche Ereignis, das in den Häusern der Zweifüßer stattfand. Ich runzelte die Stirn, während ich indirekt auf Mom starrte. Mom fuhr fort: "Gewisse Veränderungen in ihrem Verhalten hatten stattgefunden. Die

Veränderungen zeigten sich und wendeten ihre Köpfe, seit sie sich bequem im Gebiet niedergelassen und sich organisiert hatten, klarer, seit sie den Ort zu einem besetzten Dorf gemacht hatten. Davor waren sie sehr häuslich und liebevoll." Ich bemerkte: "Wie kannst du diese Dinge so einfach sagen?"

Moms Wangen verhärteten sich. "Ich sage dir, was mein Leben mir gezeigt hat. Was mir meine harten Erfahrungen beigebracht haben."

Mom stützte ihre Geschichte. Die Nacht war kühl und fast ruhig, abgesehen von gelegentlichem Flattern der Nachtvögel oder dem leisen Rascheln von Ratten, die unter den Büschen huschten. Plötzlich war ein scharfes, wiederholtes Klopfgeräusch zu hören, gefolgt von einem erstickten Schluchzen. Das Klopfen wurde erneut wiederholt und das gleiche erstickte Schluchzen ging in der Nachtbrise hin und her. Wir gingen ohne weiteres zurück in unsere Gruben und schauten nur aus dem Loch.

Zweibeinige Wesen aus benachbarten Hütten, angezogen von dem Schluchzen, kamen heraus und sammelten sich um die Hütte und warteten verblüfft draußen.

Wieder stieg das hohe Geräusch von Klopfen und Schluchzen auf.

Einer aus der Versammlung draußen bemerkte: "Er schlägt seine Frau. Das ist nicht gut."

Alle wollten protestieren, aber keiner trat vor.

Plötzlich quietschte die Tür der Hütte halb offen. Der Mann der Frau mit seinen rot geschossenen Augen, als ob er stark betrunken wäre, lugte heraus und winkte mit seiner haarigen Hand der Menge, sich fernzuhalten, und schloss die Tür wieder.

Ein leises Summen begann unter der versammelten Menge. Sie begannen miteinander zu flüstern und lösten sich langsam, einer nach dem anderen, auf.

Verblüfft wandte ich mich an Mama. Ich konnte den Großteil der Version nicht verstehen.

Ohne sich zu mir umzudrehen, fuhr Mama fort: "Ich sagte, dass sich die Dinge sicherlich änderten. Wir haben nie irgendeine Entartung in ihrem Verhalten gesehen, irgendetwas oder irgendein Zeichen, das als Unzufriedenheit gebrandmarkt werden konnte, bevor sie sich hier gut eingelebt hatten."

Eines toten Mittags, zur Zeit unseres Tiefschlafs, und wir waren es auch - ein lauter Aufschrei ließ uns aufstehen. Zuerst konnten wir nicht verstehen, worum es ging, dann konnten wir nicht glauben, was wir sahen!

Ich fragte: "Was ist los, Mama?"

Mama antwortete nicht. Wir beide lugten aus dem Loch und sahen viele Zweibeiner in der Mitte zusammengedrängt und ein Streit mit dem Austausch von heißen und harten Worten war entstanden. Dies war der erste Vorfall von Unzufriedenheit, die erste Art von Streit unter ihnen.

Mama sagte: "Ein Streit ist Unzufriedenheit, ein Streit oder Zwist zwischen zwei oder mehr unzufriedenen Wesen."

Eine Weile grübelte ich über Streit, Streit oder Zwist nach, aber die Idee von Streit-Streit-Zwist war immer noch ungreifbar. Mama kam hier wieder zur Rettung und sagte: "Du kennst dich nicht mit Streitigkeiten aus, da du keinen Bruder oder keine Schwester hast oder keine Gleichaltrigen; du bist in einer Welt ohne Raubtiere geboren worden, sonst hättest du den Geschmack von Streitigkeiten erlebt. Aber dieser Streit unter Gleichaltrigen oder Geschwistern ist anders, er klebt die Beziehung eher zusammen."

"Aber Mama, warum braucht man diese Plage des Streits oder der Streitigkeiten, wenn man zusammen glücklich leben kann, wenn Berührung und Wärme von anderen einem Erleichterung geben können!"

Mama dachte einen Moment nach und erklärte: "Die Plage hat ihre Wurzel in ihrer begraben Liebe zum Besitz und Eigentum. Sie lieben es, Häuser, Ländereien, angebaute Früchte und Gemüse, Armreifen und Schmuckstücke, ihre Söhne-Töchter, sogar ihre Ehepartner zu besitzen. Sie erhalten unwiderstehliche Befriedigung durch den Besitz."

Ich sagte ungläubig: "Wie kann das sein?"

Es ist eine Mentalität, die sie als einzigartig und seltsam auszeichnet. Mama zwinkerte mir wieder zu und sagte: "Deine Augen zeigen immer noch

Unglauben. Was ich dir jetzt sage, wird alle deine Zweifel und Illusionen beseitigen."

Mama dachte einen Moment nach und begann, ihre Version der Erfahrung zu erzählen. Das Vieh kannte die Grenzlinien nicht und wusste nicht, was es bedeutete. Wenn sie auf die Felder geschickt wurden, würden sie manchmal beim Fressen in Gebiete gelangen, die anderen gehörten. Ohne die Tatsache des Besitzes zu kennen, würden sie das Gemüse, die Früchte, die Blumen, die Kriecher oder Kletterpflanzen durchsuchen. Der Besitzer dieses bestimmten Gartenstücks würde wütend herauskommen und das Vieh schwer schlagen. Das Vieh würde hilflos herumlaufen, bis es aus dem Garten gejagt wurde, mit vernarbtem und lebhaftem Rücken. Der Herr des Viehs würde auch wie ein Tiger herausspringen und auf das Wesen stürzen, das sein Vieh geschlagen hatte. Und es würde zu einem Aufstand kommen.

Mama sah mich an und sah immer noch Unglauben in meinem Gesicht und sagte: "Hör dir noch ein anderes Ereignis an."

Die Familie, die in der nordöstlichen Ecke in der Nähe des Teiches wohnte, nur wenige Meter von der Andachtshalle entfernt, war auf Besuch bei ihren Verwandten gegangen. Nach der Rückkehr vom Besuch war die Familie der Nordost-Ecke sehr erstaunt, etwas zu sehen, was sie nie erwartet hatten.

Auf die gleiche Weise erstaunt fragte ich: "Was ist los, Mama?"

Mama sah nichts an und fuhr fort. Der Zaun, der ihre Heimhöfe von denen der Nachbarn trennte, hatte sich um einige Meter in ihr Gebiet vorgeschoben. Es war klar, dass der Nachbar clever einen Teil ihres Gebiets besetzt hatte.

Bevor er ins Haus ging, rief der Familienoberhaupt, aufgebracht und erregt, seinen Nachbarn heraus und forderte eine Erklärung.

Der Nachbar befand sich in einer seltsamen Situation, aber er zeigte es nie und erhob seine Stimme, als ob es eine falsche Anschuldigung wäre. Er schrie vielmehr, um herauszufinden, worum es ging.

Der gerade angekommene Familienoberhaupt forderte unter Zeigen auf den Zaun: "Was ist das?"

Der Nachbar sah verlegen aus und stammelte.

Das neu ankommende Familienoberhaupt brüllte: "Was hast du getan, als ich weg war? Das ist Betrug."

Da er keinen Ausweg fand, platzte es auch aus dem Nachbarn heraus.

Ein Streit begann zwischen ihnen. Andere Wesen aus der Umgebung kamen aus ihren Hütten und scharten sich um sie herum. Die Zuschauer versuchten, sie zu besänftigen, aber die beiden Parteien sprangen vor und hielten sich gegenseitig fest und begannen, sich zu ziehen.

Der Häuptling kam vorbei. Er trat vor und erkundigte sich nach der Angelegenheit. Jemand erklärte ihm die

Ursache des Konflikts. Der Häuptling, verärgert, rügte den Nachbarn.

Die Zaunpfähle wurden zurück an ihre ursprüngliche Position geschoben. Das neu ankommende Familienoberhaupt brüllte weiter und der Nachbar schwieg.

Bevor er ging, gab der Häuptling eine Warnung aus: "Solche Dinge sollten nicht wiederholt werden, auf keine Weise, unter keinem anderen Nachbarn; oder es würde schwer auf ihnen lasten."

Jeder hörte gehorsam zu und nickte. Aber das Vorstoßen der Zaunpfähle zwischen den Nachbarn und auch der Streit ging weiter.

Denken Sie nicht, dass dies nur Einzelfälle waren; solche Streitigkeiten begannen auch unter den zweifüßigen Siedlern zu brodeln.

Ich begann zu verstehen, etwas über den Streit und den Zwist und fühlte mich erleichtert, als Mama sagte, dass wir in unserem Schakalrudel solche Streitigkeiten oder Auseinandersetzungen nie hatten.

Mama rief mich eines Nachts. Ihre Stimme war so, dass ich wusste, dass sie etwas Ernstes oder Sentimentales sagen würde.

Ich ging zu ihr und wartete. Mama streichelte mich zuerst, leckte dann meine Ohren und fing an. Jede Nacht unser markiertes Territorium zu durchqueren, war dein Vater's Routine-Job, man könnte es eine Gewohnheit nennen. Indem er das ganze Gebiet bereiste, überwachte er alles und jeden in unserem Rudel und stellte fest, ob in unserem Gebiet etwas Ungewöhnliches passiert war oder nicht.

Er würde die Grenze beschnüffeln und lecken und durch Geruch oder Kratzspuren versuchen zu erfahren, ob von außen etwas eingedrungen war oder nicht. Wenn Zweifel aufkamen, würde er den Ort doppelt markieren, indem er seinen Körper oder seine Pfoten an Baumstämmen oder dem Boden rieb oder stark urinierte, um die Eindringlinge zu warnen. Dies war seine regelmäßige Überwachungsarbeit als Anführer.

Hier hielt sie inne und sah mich liebevoll an. Ich wusste, dass sie noch etwas sagen würde, das speziell für mich bestimmt war.

Sie sagte erneut: "Als Erbe des Anführersohns liegt es an dir, seine Handschuhe aufzunehmen."

Ich sagte nachlässig: "Wir haben nur noch eine kleine Sphäre, in der wir uns bewegen können. Was bringt die Routineüberwachung?"

Mama sagte fest: "Die Familientradition und das Rudelsystem sollten fortgesetzt werden."

Ich fragte nachdenklich: "Aber wir sind nur noch zu zweit."

"Was auch immer sein mag, wir beide sind die abgespeckte Version eines Rudels; die behinderte Tradition sollte am Leben erhalten werden."

In der nächsten Nacht nahm mich Mama mit, um eine Runde durch unser abgeschnittenes und begrenztes Territorium zu drehen.

Während wir spazierten, brachte mich Mama zu einem kleinen gebogenen Loch und sagte: "Hier lebte der älteste und tiefgründigste Schakal, dem ich früher gedient habe."

In der nächsten Nacht nahm mich Mama mit, um eine Runde durch unser abgeschnittenes und begrenztes Territorium zu drehen.

Während wir spazierten, brachte mich Mama zu einem kleinen gebogenen Loch und sagte: "Hier lebte der älteste und tiefgründigste Schakal, dem ich früher gedient habe."

Dann änderte sich ihr Ton ein wenig und sie fuhr fort: "Er war sehr, sehr gelehrt und diskret. Seine Weisheit und Vorsicht führten uns immer durch viele seltsame und schreckliche Umstände. Verneige dich hier."

Wir verneigten uns vor dem zerstörten Heim, als wäre es ein Schrein.

Dann zog sie mich zu einer anderen Grube und sagte: "Hier lebte ein naiver neu gepaarter Schakal, der sehr verspielt und festlich war. Sie wurden unerbittlich in einem Morgen getötet, als sie, nicht unter dem Mondlicht, sondern unter der aufdringlichen Sonne draußen herumtollten und gegen den Schakalstrend handelten... Mama brach hier ab."

Ich sah ihr in die Augen und sah kleine Tröpfchen in der Ecke glänzen.

Danach führte mich Mama zu einem anderen Ort. Unterwegs beschrieb Mama ruhig weiter. Zuerst lebten wir in einer geraden Reihe, nachdem wir uns hier niedergelassen hatten. Aber später machten wir unsere Gruben absichtlich zufällig auf dem Feld verteilt, aber nicht weit voneinander entfernt, als wären sie nicht geplant, was sie nicht waren. Manchmal wechselten wir sogar unsere Löcher oder verliehen ihnen ein anderes Aussehen, um andere zu täuschen.

Ich dachte gerade über die List der Schakale nach, als Mama bei einer halb überschwemmten Höhle unter einem Oleanderbaum mit zwei verschiedenen Öffnungen stehenblieb. Mama zeigte dorthin und sagte: "Hier haben wir den ausgestoßenen Schakal und die schlanke Schakal-Dame, die aus der Mode gepaart waren, dazu gebracht, sich niederzulassen und zu leben. Sie kamen zusammen aus den beiden Öffnungen heraus und sangen zusammen an Mondnächten. Wir genossen ihren Gesang zusammen mit den zerbrochenen Wolken, funkelnden Sternen und dem leuchtenden Mond."

Wir gingen zu einer Ecke, wo noch ein Reststumpf eines Tamarindenbaums stand. Mama blieb dort stehen und richtete ihren Blick auf den Stumpf und dachte über etwas Liebes und Wichtiges nach.

Ich zog an Mama und sagte: "Lass uns weitergehen, Mama."

Mama unterbrach ihre stille Überlegung und sagte: "Hierher kamen wir Frauen, Mädchen und Kinder immer zusammen. Hier lebte eine alte, schrumpelige Schakal-Oma. Sie hatte einen riesigen Vorrat an interessanten Geschichten von vergangenen Tagen. Auf unser Drängen hin würde sie durch ihren zahnlosen Mund alle möglichen phantastischen Geschichten mit ihrer einzigartigen Interpunktion erzählen. Wir waren immer erstaunt und saßen immer noch da und hörten ihren unglaublichen Geschichten zu."

Mama seufzte und sagte: "Das sind vergangene Tage."

Wir wanderten noch einige Zeit durch das spärlich bewachsene Gebiet. Manchmal hörte ich ein Rascheln hinter uns. Es kam mir vor, als ob Vater uns begleitete und glücklich war. Ich drehte mich mehrmals um, fand aber niemanden auf unserem Weg.

Schließlich blieb Mama an einer Ecke stehen, wo ein langer Streifen eines geschlagenen Weges sichtbar war.

Mama zog mich näher und zeigte auf diesen Streifen und sagte: "Wir kamen von dieser Richtung hierher, indem wir diesen Weg entlang gingen, der damals kein Weg, sondern nur ein krautiger Pfad war, und schließlich haben wir hier unser Zuhause gemacht."

Ich starrte in diese Richtung entlang des Streifens. Der blasse Mond lehnte über dem fernen Ende des

Streifens und die untere Spitze des Mondes berührte den Streifen.

Als Mama den abgenutzten Mond bemerkte, seufzte sie erneut und sagte: "Ich kann dir nicht alle Winkel von damals zeigen, weil einige von ihnen zerstört wurden und andere niedergeprügelt wurden. Der Rest bleibt unter dem Betonreich vergraben."

Mama warf zum letzten Mal einen Blick auf den Mond und den schlängelnden Streifen und sagte: "Lass uns zurückkehren."

Einmal regnete es ohne Unterbrechung zwei oder drei Tage lang.

Ich war unruhig und fragte: "Warum hört es nicht auf zu regnen?"

Mama antwortete: "Unsere klugen älteren Senioren pflegten zu sagen, dass der Regen, der am Morgen einsetzt, nicht lange anhält. Aber der Regen, der am Nachmittag oder nahe der Dämmerung einsetzt, neigt dazu, viel länger zu dauern."

Ich fragte erneut: "Ich habe bemerkt, dass die Jahreszeiten in diesen Tagen unvorhersehbar geworden sind. Wenn es regnet, dann regnet es, aber wenn es nicht regnet, kann es monatelang ausbleiben. Die sengende Hitze kommt schnell und neigt nie dazu, zu enden. Der Winter hinkt hinterher und endet schnell. Das Wasser im See oder im Teich ist weit zurückgegangen und niedrig. Die Bäume sind nicht so grün und sehen seltsam dünnköpfig aus. Wie geht es dir, Mama?"

Mama überlegte einen Moment und sah mich an: "Wenn man eine Regel bricht, bricht man damit viele andere und man weiß es erst, wenn man dafür bezahlen muss."

"Wie kann man es wissen, Mama? Hast du es jemals gespürt?"

"Ja, manchmal etwas. Die Natur hat uns mehr Sinne gegeben als den unvernünftigen Zweifüßlern. Dieser Sinn veranlasst uns auch dazu, keine der festen Regeln der Natur zu brechen; sie sind unsere Lebensader. Dieser Sinn zeigt uns auch die falschen Seiten ihres Einblicks und ihrer Herangehensweise. Das war die Meinung deines Vaters, die er einmal mit mir teilte."

Hier machte ich den kurzen Laut "H-o-o-m!"

Mama fuhr fort: "Dein Vater hatte eine vielfältige und umfangreiche Erfahrung, und Meinung oder Wissen ist nichts anderes als das Endresultat seiner Erfahrungen."

"Wie geht es dir, Mama?"

Mama wandte ihre Augen nicht vom Himmel ab und fuhr fort: "Eines Tages saßen wir zusammen in unserer Höhle. Eine unzeitgemäße Dunkelheit breitete sich aus. Wir dachten, es sei Zeit, nach draußen zu gehen, aber die Umgebung schien nicht so dunkel zu sein. Ein schwaches Licht war immer noch da; wir gehen nur dann nach draußen, wenn das Sonnenlicht das Äußere nicht mehr bestrahlt. Die Dunkelheit hielt an und wir waren uns unsicher, ob wir nach draußen gehen oder uns zurückziehen sollten."

Dein Vater blickte verlegen und sagte dann: "Die Sonne ist aufgegangen. Eine dunkle Schleier hat den ganzen Himmel bedeckt. Die Sonne kann ihr Gesicht nicht zeigen, eine dunkle Decke hält ihr Gesicht verhüllt. Nicht nur wir, die Tagesbewohner, sondern auch die Dunkelbewohner waren gleichermaßen ratlos."

Dein Vater sagte weiter: "Dies ist vielleicht das Ergebnis der schamlosen Aneignung von Natur durch eine Art. Natur ist zum alleinigen Besitz einer bestimmten Art geworden. Natur hat ihre Ruhe verloren und ihr Zorn ist offensichtlich geworden."

Einmal, nach meiner Runde wie von Mama gesagt, setzte ich mich neben sie.

Mama fragte beiläufig: "Hast du etwas gefunden?"

Ich antwortete genauso beiläufig: "Nichts. Was ist hier geblieben außer Furcht."

Mama sah mich alarmiert an.

Ich fragte: "Hat Vater nach seinen Runden irgendwelche Berichte gemacht?"

Mama bestätigte: "Ja."

Einmal, nach seiner Routine-Runde, ließ sich dein Vater auf den Boden unserer Grube fallen und saß da, während er auf das schwache Licht schaute, das in unsere Grube zu fließen schien.

Ich ging zu ihm und bevor ich ihn fragen konnte: "Was ist passiert?", schaute er zu mir hoch, starrte mich an, als ob er etwas darin sondierte, und fragte: "Habe ich mich verändert? Hat sich irgendetwas in mir verändert?"

Ich fragte besorgt: "Warum?"

Er antwortete: "Seit der Rezession dieses schweren Regens habe ich bemerkt, dass sich die meisten Dinge unseres Ortes verändert haben und der Rest ungewöhnlich verändert wird. Nichts scheint genau so zu sein, wie es früher war."

Ich bemerkte: "Ich habe es nicht bemerkt."

Er wandte seine Augen dem schwachen Licht zu, das aus dem Mund der Grube kam, und sagte: "Du wirst es vielleicht nicht bemerken, da die Veränderung sehr langsam ist und nicht so offensichtlich. Die Bäume haben sich verändert, ihre Blätter, ihre Blüten und Früchte. Die Vögel haben ihr Flugmuster geändert, ihre Nestgestaltung, sogar ihre Lieder haben einen unmerklichen Dreh bekommen, wenn du nicht aufmerksam bist, wird es dir nie auffallen. Außerdem sieht der Teich mit seinem Boden nicht mehr gleich aus, sein Wasser scheint versumpft, seine Wellen treiben winklig. Ich weiß nicht, ob sich die Brise verändert hat oder nicht. Es muss es getan haben oder warum berührt der Duft des Territoriums meine Nase anders? Die Bewegungen des Ortes bewegen sich in verschiedenen Modi. Nur die eitle Wesen stampfen auf der erloschenen Erde, auf den kahlen

Ländereien, den mit Seepocken bewachsenen Umgebungen und essen alles auf, was übrig bleibt."

Blickend fragte dein Vater erneut: "Habe ich mich nicht verändert? Nicht ein bisschen?"

Ich hatte keine Antwort und stattdessen mehrere stille Blicke auf deinen Vater geworfen; dann überprüfte ich meine vergangenen und gegenwärtigen Visionen - das Szenario, als wir hier zum ersten Mal eintraten, und das Szenario dieser Zeit, in der wir stehen und sprechen, sie sind definitiv unterschiedlich. Ich dachte oder beobachtete nie so wie dein Vater es tat und tut. Ich wandte meinen Blick mir zu, zu meinem Körper, zu meinem geschorenen Fell, zu meinem bitteren Schwanz, meinen abgenutzten Krallen, und alles wurde klar: Ich bin nicht mehr so, wie ich früher war.

Ich schaute in den Himmel und inspizierte ihn gründlich und wurde ruhig. Nein, der Himmel hat sich nicht verändert. Er leuchtet genauso wie früher.

Ich legte still meine rechte Pfote auf den Rücken deines Vaters und leckte langsam seine Seite.

Ich versuchte es zu einer Gewohnheit zu machen, um unser so genanntes kleines markiertes Gebiet der Schakale herumzugehen, um seinen täglichen Zustand zu kennen, obwohl ich wusste, dass es überhaupt nicht von uns abhing, sondern von der Gnade der krummen aufrechten Wesen.

Manchmal begleitete mich Mama; ihr Ziel war es, die verlassenen Häuser unserer fehlenden Schakale zu besuchen und zu der sakramentalen Grube des weisen alten Schakals zu beugen.

Wir lebten, um zu leben, hielten uns fern von den aufrechten Wesen, da die anderen Wesen der Gegend selten wurden.

Klang und Hektik waren unsere regelmäßige Begleitung. Plötzliche Wut und Lärm ließen uns tagsüber aufstehen. Tagsüber konnten wir es irgendwie schaffen, aber nachts war es beunruhigend. Nachts verfolgten uns manchmal starke Lichtblitze, die uns nirgendwo verweilen ließen und uns dazu zwangen, zu einer schattigen Ecke zu fliehen. Das Rauschen und Getümmel ließen uns nie genug Schlaf bekommen und machten uns müde und erschöpft aussehen.

In letzter Zeit hatten sich solche Störungen gehäuft und uns gezwungen, in unseren Höhlen zu bleiben. Angst und Nacht waren zum Synonym geworden. Wir mussten uns mit den dürftigen Vorräten zufriedengeben, die wir hatten. Die Geschichtsstunden waren praktisch zum Stillstand gekommen, und ich war wirklich niedergeschlagen.

In einer solchen Nacht, als sich die Turbulenzen abgeschwächt hatten und sich in eine entfernte Ecke verschoben hatten, stupste mich Mama an und sagte: "Ein solcher Zustand der Unruhe wird kommen, aber wir sollten lernen, in solchen Situationen zu leben, uns nicht einschüchtern zu lassen."

Wir gingen zusammen nach oben. Die Geräusche hatten nicht aufgehört, es gab immer noch ein gedämpftes Summen in einer entfernten Ecke. Wir fanden den Mond über uns ungestört und strahlend wie immer und begrüßte uns mit einem hellen Lächeln.

Bald darauf hatten wir einen sanften Spaziergang im halbdunklen Freien, genossen das Blätterdach des Himmels mit den funkelnden Sternen und dem Lächeln des Mondes.

Nach einer kurzen Pause hob Mama langsam den Kopf und sprach. Die Geschichte begann ...

Solche Störungen waren nicht neu; sie hatten lange vor deiner Geburt begonnen. Gedämpfter Unmut entstand in den inneren Bereichen der Hütten und um sie herum und wurde anfangs von den weisen Nachbarn unterdrückt. Einer solcher disruptiver Streit begann gegen Mittag und dauerte den Rest des Tages mit Pausen an und erreichte am Abend seinen Höhepunkt. Sie wurden in zwei Gruppen unterteilt und schrien sich an, um ihre Punkte so dringend wie möglich durchzusetzen. Beide Gruppen waren unnachgiebig und unzugänglich in Bezug auf die Dringlichkeit ihrer Punkte und wollten nicht auf andere hören.

Etwas nach Einbruch der Dunkelheit trat der Chef ein und zwang sie, ohne auf sie zu hören, sofort in ihre Nachbarschaften zurückzukehren.

"Etwas hier hat mich getroffen", sagte Mama nachdenklich.

Ich fragte neugierig: "Was denn, Mama?"

Mama antwortete mit einer Falte auf ihrer Stirn: „Warum der Anführer nicht bereit war, die Punkte zu hören, besonders von der Gruppe, die viel geheult hatte, verstehe ich wirklich nicht."

„Warum, Mama?"

„Ich konnte wirklich nicht verstehen, warum sich beide Gruppen zurückgezogen haben. Aber nach ihrem Rückzug diskutierte der Anführer lange und in sehr leisem Ton mit einigen anderen Senioren und verließ dann etwas aufgeregt und beunruhigt."

Ich sagte: „Also endete der Streit?"

Ein paar Tage später begann alles wieder mit einer Auseinandersetzung. Es gab einen riesigen Lärm und Wirbel. Das hohe Geheul zog unsere Aufmerksamkeit auf sich und wir beobachteten das Durcheinander durch das Schwanken der Grashalme und das Dickicht. Die gleichen beiden Gruppen hatten sich gegenüber aufgestellt und heulten einander an.

Auch diesmal konnten wir ihre Meinungsverschiedenheiten nicht verstehen. Sie führten es vehement und mit noch höherer Stimme als am anderen Tag fort.

Innerhalb weniger Minuten kam der runde kahlköpfige Anführer angerannt, mit einigen seiner Leute und brüllte sie an. Seine Worte mit hoher

Stimme beendeten ihr Durcheinander. Die Leute drückten sie ab und wandten ihre kräftigen Arme an.

Der Anführer, verärgert, begann heftig auf sie einzuschlagen. Die beiden Gruppen hörten ihm ruhig zu, tauschten aber feindselige Blicke aus.

Ich fragte: „Haben sie dem Anführer gehorcht und ihre Uneinigkeit beseitigt und sich wieder vereint?"

Mama verzog eine Seite ihres Mundes und sagte - während des Tages kommen wir nicht aus unseren Gruben heraus; es ist unsere Ruhezeit. Aber später, als es Tag war, mussten wir herauskommen und nachsehen.

Die gleichen beiden Gruppen standen sehr nah beieinander und warfen sich abrasive und beleidigende Worte zu. Einige standen praktisch Nase an Nase und fuchtelten mit den Händen durch die Luft. Der Kampf ging weiter. Der runde kahlköpfige Anführer erschien auch dieses Mal und versuchte zu intervenieren; aber diesmal konnte er sie nicht davon abhalten. Niemand hörte auf ihn. Er wurde in dem Tumult angebellt, als die Gruppen sich gegenseitig schubsten und mit dem Ellbogen stießen. Wir dachten, sie würden sich schlagen und verprügeln, aber das geschah nicht. Obwohl einige von ihnen zu einem Zeitpunkt die Hände oder Kragen des Gegners hielten, kam es nie zu einem richtigen Kampf.

In der Mitte kamen einige der weiblichen Raufbolde mit ihren Saribändern, die fest um ihre Lenden gebunden waren, und schlossen sich ihren

Gruppenteilen an, um sie im Streit zu unterstützen. Kleine Jungen und Mädchen kamen und beobachteten den Streit amüsiert, aber mit etwas Ehrfurcht.

Der Leiter musste diesmal schreien: "Wenn ihr nicht aufhört, werde ich mein Amt als Leiter niederlegen. Wenn ihr nicht aufhört, werde ich das Territorium auch verlassen. Ich brauche keine Leitung einer so ungezogenen brutalen Gruppe." Er zitterte praktisch, als er das rief." Die Gruppen schienen diese Ankündigung nicht zu mögen, aber sie trennten sich widerwillig und verließen in Verärgerung das Gebiet.

Eine unbekannte Skrupel verdunkelte meine Gedanken, deshalb äußerte ich: "Mama, wir leben zusammen in einer Gruppe; haben wir jemals das Bedürfnis verspürt, uns aufgrund eines Problems zu trennen?"

"Nein, überhaupt nicht. Wir brauchen keine Gruppenspaltung. Wir leben als Rudel und jeder von uns ist Teil davon. Wir haben keine geteilten Interessen oder Ambitionen für unser Dasein." Mama, was geschah danach?"

Mama überlegte einen Moment. Einige Falten zeichneten sich auf ihrer Stirn ab. Es zeigte deutlich, dass sie einige Groll hatte, den ich nicht lesen konnte.

Sie gingen verärgert weg und wir dachten, dass damit alles vorbei war. Aber nach einigen Tagen kamen sie in großer Zahl zurück und forderten einen Teil des Territoriums für sich. "

Ich mischte mich hier ein: "Und sie haben ihren Teil bekommen?"

Mama schüttelte energisch den Kopf: "Auf keinen Fall. Sie mögen von der gleichen Art sein, aber sie sehen immer zuerst ihr eigenes Interesse. Die besiegte Gruppe wurde kategorisch abgelehnt und erneut brutal verprügelt und gnadenlos vertrieben."

Wir können uns nie vorstellen, wie ein Teil einer Gruppe von einem anderen Teil der gleichen Gruppe vertrieben werden könnte. Wir haben uns den Kopf darüber zerbrochen, aber nie eine Antwort gefunden. Es war außerhalb des Verständnisses der Schakale.

„Was haben die vertriebenen Wesen getan?", fragte ich.

Mama verzog das Gesicht und sagte: „Gezwungen durch die Vertreibung, begannen sie nach einem Territorium für sich zu suchen. Sie brauchten einen Lebensraum. Nach einer kurzen Pause fuhr sie fort: Was konnten sie tun außer das, was sie zuvor getan hatten? Sie eroberten erneut die Gebiete anderer Kreaturen wie wir, Stück für Stück und gewaltsam, und richteten eine neue Siedlungszone für sich ein."

Ich schloss daraus, besorgt: „Die neuen machthungrigen Wesen auf unserer Seite haben definitiv über neue Dinge nachgedacht, denke ich."

Mama murmelte nachdenklich: „Sie haben nicht untätig gesessen, das können sie niemals tun. Nachdem sie einen Teil ihrer eigenen Gruppe vertrieben hatten, begannen sie offensichtlich von neuem mit dem Erobern. Anscheinend haben sie uns nicht vertrieben, aber sie haben uns alles genommen, was wir hatten, und uns gezwungen, dort zu leben, wo wir wollten. Wir wurden hier schon bedrängt; unsere Nahrungsversorgung war knapp geworden; wir hatten Schwierigkeiten, Nahrung zu finden; wir hatten Durst; uns fehlten Sicherheit und Freiheit und vor allem die Jackal-Privatsphäre, die jede Art benötigt."

„Wir hatten keine andere Wahl, als einen neuen Lebensraum zu finden, also haben wir das getan. Wir sind immer weiter weggezogen, weg von dem Ort, an dem wir angefangen haben, angefangen am Teich und sind nach und nach immer weiter weggezogen, bis wir schließlich an einem anderen Sumpf landeten. Aber..." Mama stoppte hier.

Ich fragte besorgt: „Was, Mama?"

„Die Zweibeiner, gebrochen und geteilt, begannen als zwei separate Gruppen zu leben, nicht weit voneinander entfernt, nur eine unregelmäßige Anordnung großer Regenbäume stand dazwischen als Trennwand, und..." wieder stoppte Mama.

Ich konnte nicht verstehen, warum sie manchmal innehielt. Ich bemerkte: "Mit der Spaltung nehme ich an, dass der Streit geendet hat und Frieden gekommen ist."

Mutter sagte: "Ja, zwischen ihnen. Aber Sorge und Unruhe wurden in der Welt der Schakale weit verbreitet, da wir zwischen den beiden Gruppen gefangen waren und in diesem Regenbaumgebiet neben einem ausgedehnten Sumpf unsere Wohngruben dazwischen fielen."

Als ich das hörte, wurde ich etwas beunruhigt. Mutter bemerkte das. Sie stand ruhig auf und forderte mich auf: "Komm, lass uns einen Spaziergang in unser trauriges Land machen."

Wir gingen mutiger in unser belagertes Land, das einmal wirklich unser war. Es war wirklich ein kühner Schritt. Ich dachte, wir schlenderten ziellos herum, aber das war nicht so, Mutter hatte einen Plan.

"Fühlst du dich schrecklich?", fragte Mutter, als wir durch ihr Gebiet gingen.

Ich sagte: "Ein wenig. Was passiert, wenn sie unsere Anwesenheit bemerken?"

Mutter blieb an einem Ort stehen und warf einen verstohlenen, aber wachsamen Blick umher."

Wir hielten uns hinter einem runden Baum mit hängenden Luftwurzeln versteckt, umgeben von Dickichten.

Mutter zeigte in eine Richtung. Folgend ihrer Geste fielen meine Augen auf einen umgrenzten Bereich, in dem Schuppen, Stände, Kabinen und viele kleine Käfige standen.

"Was ist das, Mutter?"

Mutter sagte mit einem versteckten Seufzer: "Das ist der Ort, an dem sie ihre benötigten Dinge geben und nehmen. Achte sorgfältig darauf, dass einige Speer tragende Wesen über dem stillen Platz Wache halten.

Es ist der 'Kauf- und Verkaufsplatz', der lange vor deiner Geburt errichtet wurde. An zwei festen Tagen in der Woche summt er vor Menschen und dröhnt vor Rufen und Geschreien von Verhandlern und Feilschern; und nachts liegt er tot, verlassen und leer. Dieser 'Kauf- und Verkaufsplatz' wurde nie wie jetzt umgangen. Dieser Ort wurde nie bewacht. In diesen Tagen muss er auch tagsüber bewacht werden. In jenen Tagen lag er tagsüber und nachts alleine. Niemand beanspruchte ihn als seinen eigenen."

Ich fragte: "Wie kamen diese Wesen dann dorthin, selbst während des Tages?"

Mutter deutete an: "Beachte sie einfach, sie sind nicht dort, um herumzulaufen, sondern sie tragen Speere und beobachten jede Ecke, während sie die beleuchtete Laterne in ihren Händen hochhalten. Sie sind mit einer Wachaufgabe beschäftigt."

Ein gedämpftes Rascheln ließ uns die Ohren spitzen. Wir setzten uns sofort so tief wie möglich auf die Erde. Wir blieben in dieser niedrigen Position, wie lange ich nicht wusste. Nach einigen atemlosen Momenten flüsterte Mutter: "Lass uns zurück zu unserem Platz gehen. Ich werde den Rest dort erzählen."

Sehr vorsichtig und fast auf Zehenspitzen kamen wir zurück in unser Gebiet und atmeten erleichtert auf. Wir setzten uns wieder in der Nähe unserer Grube und grasten ein üppiges Gestrüpp. Als unser Atem gleichmäßig wurde, sagte ich: "Etwas hast du da zurückgehalten; was ist das?"

Mom lächelte hier. Ihr neues Lächeln deutete auf etwas hin, von dem ich keine Ahnung hatte. Ihre kognitiven Augen wanderten vom fernen Ende in den stillen Himmel, wanderten über die Silhouette der Gebäude und wanderten zu einem kleinen Graben, der einst von einigen unbekannten und nun verlorenen Schakalen gegraben wurde.

Als sie in diesen Graben schaute, wurden ihre Augen schmaler, und mit diesen schmalen Augen sagte sie: "Es gibt Geschichten in und mit allem. Nichts ist eine Ausnahme. Ich habe eine Geschichte, du hast auch eine Geschichte in dir, das Schakal-Rudel hat seine Geschichten, tatsächlich besteht das Leben aus Geschichten."

Ich fragte mich, als Mom das sagte.

"Der 'Kauf-und-Verkaufs'-Platz hat auch Geschichten. Nach vielen Tagen des Schweigens kehrte die vertriebene Gruppe wieder zurück. Sie kamen in Gruppen und brachten alle Arten von scharfen Metallwaren mit und stürzten sich auf den 'Kauf-und-Verkaufs'-Platz; indem sie die ahnungslose Menge und die Wachen schlugen, nahmen sie den Platz ein."

Die andere geschlagene Gruppe versuchte danach mehrmals, den prestigeträchtigen Kauf-und-Verkaufs-Platz zurückzuerobern, aber ihre Bemühungen wurden von der übernehmenden Gruppe zunichte gemacht und sie behielten ihren Besitz.

"Dann?" Wie üblich meiner Natur entsprechend, fragte ich.

Mom lächelte und sagte: "Stell nicht alle Fragen in einer Nacht. Nur das Zuhören von Geschichten wird deinen Magen nicht füllen. Komm, lass uns etwas für unsere Bäuche finden."

Kaum war ein Tag vergangen (für sie eine Nacht), als wir draußen saßen und Mom, mit zusammengekniffener Nase, die veränderte Farbe des Himmels ohne Wolken bemerkte, ihren aufgeplusterten Schwanz hob und die veränderte Windrichtung spürte und besorgt sagte: "Wir müssen mehr Lebensmittel lagern."

Ich verstand nichts und war überrascht. Um ehrlich zu sein, bereitete ich mich eigentlich auf eine weitere Runde von Geschichten vor. Also fragte ich: "Warum, Mom?"

"Unzeitgemäßer Regen wird folgen", sagte Mom und drängte mich, ihr zu folgen.

Gemeinsam gingen wir raus und kamen nach einer guten Weile zurück mit so viel Essen, wie wir beschaffen konnten.

Am nächsten Morgen begann ein leichter Nieselregen, und innerhalb einer Stunde fiel der unzeitgemäße Regen schwer und sperrte uns eineinhalb Tage lang in der Grube ein.

Während der Sperrstunde dachte ich, dass die Geschichte nicht kommen würde. Aber ich wollte die Geschichte, also beschloss ich, sie aus Mom.

"Eines Tages wurde der kahle Häuptling von einer aufgebrachten Menge in seinem Haus festgehalten, und das Häuschen des Häuptlings wurde von einer großen Anzahl von Dissidenten gestürmt, und ein kleines gedrungenes Wesen aus den Reihen der Aufständischen drang gewaltsam in die Kontrollhütte ein. Nach dem Eindringen rannte das kleine, gedrungene Wesen sofort zum Sitz des Häuptlings und setzte sich darauf, legte seine herrschenden Hände auf die erhöhte Holzstruktur vor ihm. Die anderen Demonstranten riefen im Chor - "Zindabad-Zindabad! Sieg-Sieg!" endete sie.

Von da an führte das kleine gedrungene Wesen von der besetzten Hütte aus den Befehl und die Kontrolle über das Gebiet.

Seit diesem Tag ging die Sonne viele Male auf und unter, auch der Mond tat dies - das kleine gedrungene Wesen führte von der Hütte aus weiterhin Befehle aus. Der kahle, rundliche alte Häuptling wurde jedoch nie wieder irgendwo in dem Gebiet gesehen, von dem er einmal dachte, dass es ihm gehört.

Nach einer langen, langen Zeit wurde er eines Tages plötzlich vor der Kommandohütte gesehen, sah sehr düster und schmerzvoll aus und hielt sich natürlich in der sich bewegenden Menge versteckt, ohne sich seiner Anwesenheit bewusst zu sein.

Seine Glatze war vollständig, der kleinste Haarbüschel war völlig verschwunden. Seine einst straffen Muskeln waren erschlafft, Falten hatten sich tief in sein einst glänzendes Gesicht gegraben, "er war gebeugt, als er ging."

Als er plötzlich erschien, verschwand er auch plötzlich.

Ein paar Tage später wurde er tot in seinem Haus gefunden, verschlossen. Es war nie klar, ob der Tod ein natürlicher oder ein selbstverschuldeter war.

Ich bemerkte: "Sie lieben Unruhe mehr als alles andere, nehme ich an."

Mom sagte spöttisch: "Sie suchen Frieden im Norden, wenn er im Süden wohnt."

Ich konnte nicht verstehen, was Mom meinte; Ich schaute draußen dumm drein. Der unzeitgemäße Regen dauerte immer noch an und füllte das Land mit Wasser. Das Gebiet war erneut überflutet und bewies die Vorahnung von Mom und vielleicht, um sich über die zweibeinigen Wesen lustig zu machen, indem sie eine weitere Seite ihrer groben, aber verborgenen Impulse aufdeckte.

Der Regen hatte den Großteil des Territoriums überflutet, außer einem kleinen Teil, in dem meine Mutter und ich lebten. Wir blieben für ein paar Tage eingeschlossen und untätig und warteten darauf, dass das Wasser abfließt. Langsam zog sich das Wasser schließlich in den Teich zurück und hinterließ mehrere wassergesättigte Gräben oder Niederungen.

Kleine Fische tollten in den wassergesättigten Gebieten herum. Muscheln und Schnecken begannen herumzuwriggeln. Winzige Würmer krochen auf den feuchten Böden.

Eines Morgens erschien eine einzigartige Szene. Eine riesige Anzahl von langbeinigen, langflügeligen und langgeschnäbelten Vögeln mit schwarzen und weißen Streifen tauchten in der Gegend auf und begannen überall zu fliegen, fast den ganzen Himmel bedeckend. Sie waren neue Ankömmlinge hier. Sie kamen aus fernen Ländern, über die Felder, durch die Wälder, über die Flüsse. Sie hatten auf den Baumwipfeln geparkt und die Luft mit ihrem Geschrei gefüllt.

Sie würden nachts auf den Bäumen bleiben und mit Flügelschlägen und Geschrei anfangen zu rühren, selbst wenn es weder dunkel noch hell war. Sobald die Morgendämmerung zeigte, würden sie in Schwärmen fliegen und auf den Sümpfen landen oder im Wasser des Teiches waten, sogar in den Gräben von stehendem Wasser. Sie fingen den ganzen Tag über Fische mit ihren langen Schnäbeln. Ihre bevorzugte Ernährung bestand aus Muscheln, Schnecken, Mollusken und kriechenden Würmern. Sie machten die Gegend zu einem fröhlichen Paradies.

Aber das sollte nicht lange so bleiben. Das Paradies wurde bald zur Hölle für die neuen Ankömmlinge. Die zweibeinigen Wesen gingen wie gewohnt auf die langflügeligen Vögel los. Sie begannen, ihre Eier und ungeschützten Jungen zu stehlen, zerstörten ihre

Nester und jagten sogar die Großen zum Zweck des Fleischessens.

Sehr bald begann ihre Zahl zu schrumpfen; ihre Jungen verschwanden heimlich, ihre Nester wurden ruiniert; sogar manchmal fanden sie die zerrissenen Körper einiger ihrer Mitvögel unter den Bäumen. Bald begannen sie sich unsicher, unsicher und in Panik zu fühlen und waren von den unsichtbaren Feinden so besessen - sie verließen das Gebiet.

Die zweibeinigen Wesen bereuten das plötzliche Verschwinden der Vögel; gleichzeitig leckten sie sich die Lippen und sagten, dass sie in der nächsten Regenzeit wieder kommen würden.

Als ich draußen vor unserem Erdloch saß und darüber nachdachte, wann ich ohne die Begleitung von Mama alleine und im Dunkeln herumschleichen würde, blendete mich ein grelles Licht. Für einige Augenblicke konnte ich nichts sehen und schloss die Augen, um meine Sicht wiederherzustellen.

Ich hörte einige rollende Fahrzeuge laut hupend auf der Straße vorbeifahren, die direkt an den hohen Mauern vorbeiführte, die unser Gebiet begrenzten und einengten. Einige hochbeladene Fahrzeuge fuhren mit unbeholfenen Geräuschen vorbei, die durch das Springen ihrer Räder auf den gequälten Straßenstreifen verursacht wurden.

Das Licht und der Lärm brachten Mama zu mir. Ich fragte sie sofort: "Das schrille Geräusch betäubt meine Ohren, die Angst, zermalmt zu werden, betäubt mich, ich sehe eine lange Schlange aus hartem Metall. Wo sind die langen Sümpfe geblieben? Wo sind die großen und hohen schattigen Bäume? Wo sind diese magischen grünen Berührungen, der Tanz der Schmetterlinge, die Schwärme von süß singenden Vögeln? Nur hohe Mauern und Betonringe bewachen uns. Aber du sagst nie, dass dies unser drittes magisches Gebiet war!" Mama sah mich eine Weile liebevoll an und sagte dann ruhig: "Ja, das ist genau der Ort, an den wir uns zum dritten Mal gezwungen haben, unser vorheriges Zuhause zu verlassen."

Ich äußerte meine Zweifel: "Ich kann es nicht glauben!"

Mama schwieg lange und las den Himmel, vielleicht um zu überlegen, wie sie mich überzeugen könnte. Ohne eine wirkliche Spur zu finden, sagte sie ruhig: "Höre die ganze Geschichte, dann wirst du es vielleicht verstehen."

Ich wartete mit fragenden Augen. Mama fing langsam an...

Als die vertriebene Dissidentengruppe sich in unserer zweiten Kolonie niederließ, spürten sie, dass ihre Gruppe gestärkt werden musste und das konnte nur geschehen, wenn sie in einer größeren Anzahl leben konnten. Also lockten sie andere zweibeinige Wesen aus anderen Orten, um sich auf unserem zweiten Wohnsitz niederzulassen und die immensen Möglichkeiten und Vorteile zu nutzen, mit denen der Ort überflutet war. Der Köder funktionierte - eine riesige Anzahl von ihnen begann aus aller Welt zu infiltrieren, um sie in Zahl und Art zu stärken. Die andere Gruppe auf der anderen Seite adoptierte ebenfalls die gleiche Strategie. So wurde die Zahl der Individuen auf beiden Seiten der Trennlinie des Regenbaums überfüllt. Lust und Locken waren ihr angeborener Antrieb. Als die Mitglieder der anderen Gruppe sich bewusst wurden, dass die Möglichkeiten und Vorteile auf der Dissidentenseite großzügiger waren, wurden sie Verräter und schlossen sich in großer Zahl mit der vertriebenen Gruppe zusammen; das Ergebnis war die Überfüllung unseres kleinen Ortes mit den vielfältigen Arten von Zweibeinern. Jetzt brauchten sie natürlich immer mehr Land für ihren angenehmen und friedlichen Aufenthalt. Sie begannen, um Ausreden und Entschuldigungen zu bitten, und die Umstände lieferten ihnen die Entschuldigung, die sie wollten.

Als ich eine Andeutung einer neuen Geschichte spürte, spitzte ich meine Ohren. Eine neue Geschichte kam sofort.

"Eine Nacht gingen wir als Gruppe aus -", stoppte Mom hier einen Moment und ich sah deutlich, wie sie schauderte, was sie nicht verbergen konnte.

Ich murmelte: "Mom!"

Ein wenig später hatte sie ihren Schauer unter Kontrolle und fuhr fort...

"Wir schlenderten ziellos hin und her. Der weite offene Himmel spannte sich wie ein riesiger Regenschirm über unseren Köpfen. Der Mond glänzte hell wie ein Anhänger an einem süßen Damen-Hals. Einige von uns waren damit beschäftigt, nach Nahrung zu suchen. Einige suchten eine abgelegene Ecke, um mit ihren Liebsten intim zu sein. Dein Vater hielt Ausschau nach jeder möglichen schattigen Ecke, aus der Gefahr auftauchen könnte. Ich war in den Himmel, die Sterne und den großzügigen Mond vertieft. Für mich war der Himmel die Verkörperung von Freiheit und Erleichterung. Ich verpasste niemals solche Chancen, um in seiner Nähe zu sein und mich ihm nahe zu fühlen."

Ich schaute auf Mom und entdeckte in ihren halb geschlossenen Augen einen einzigartigen Glanz. In diesem Trancezustand mit halb geschlossenen Augen verloren, fuhr Mom fort...

"Dein Vater blieb an einem Ort stehen und begann dort sehr aufmerksam zu untersuchen. Auch die anderen Älteren fielen nicht zurück, rannten dorthin und standen in einem Labyrinth um deinen Vater herum."

Auch wir rannten dorthin und folgten den Älteren. Wir sahen einen zarten zweibeinigen Säugling auf der graswachsenen Erde liegen. Er hatte Krallen- und Bisswunden von Hundezähnen über seinen bläulichen Körper, ein Auge war herausgerissen, ein Bein angeknabbert.

Sofort lief es uns eiskalt den Rücken hinunter. Wir fürchteten einen heftigen Aufruhr.

Wir warteten ängstlich auf das Unglück, und es geschah. Als sie das tote Baby entdeckten, wurden sie wütend. Ihre Argumentation war, dass nur wir Augen mit unseren scharfen Krallen ausstechen könnten.

Sie bekamen die Entschuldigung, nach der sie suchten.

"Dann kam der Tag des Feuers!" Ich sah Feuer in Mamas Augen, als sie diesen Satz aussprach.

Sie fuhr fort: "Wir klatschten uns tagsüber normalerweise in unseren Höhlen. Die hinterhältigen zweibeinigen Teufel nutzten die Zeit aus. Sie kamen in großer Zahl und stapelten zuerst trockenes Heu, Holzstücke, Schalen, Rinden, Kokosnussfasern und andere brennbare Dinge in der Nähe unserer Höhlen und zündeten sie an. Die Flammen erfassten das Gras, die Pflanzen, Sträucher, Dickichte, gefallene Blätter und schließlich Schlangen in unseren Höhlen. Die Hitze des Feuers ließ uns aufstehen. Es dauerte einige Zeit, bis wir begriffen, was passiert war. In der Zwischenzeit breiteten sich die Flammen aus. Wir schafften es irgendwie, herauszukommen und rannten in alle Richtungen davon. Bei dem Vorfall verbrannten sich einige Schakale und starben später. Einige Schakale verbrannten ihr Fell, einige andere wurden an einigen Stellen ihrer Körper verbrüht. Wir waren völlig aufgelöst durch den Vorfall."

Ich schauderte bei dem Gedanken an den Vorfall und spürte die Schmerzen von Verbrennungen und Verbrühungen auf meinem zarten Körper. In Ehrfurcht fragte ich: "Waren sie alle so grausam?"

Als sie ihre gequälten Augen in die ferne dunkle Ecke fixierte, sagte Mama: "Sehr wenige milde Wesen unter ihnen versuchten, die böse Bande zu beruhigen; selbst sie kümmerten sich um die gefallenen Verbrannten. Sie waren sehr unbedeutend. Sie wurden wegen ihrer Taten gewarnt und schwer beschimpft von der grausamen Hauptgruppe. Sie wurden aufgefordert, sich von solchen Handlungen fernzuhalten, sonst könnten sie ausgeschlossen werden."

Ich wurde vor Schmerz und Leid absolut still. Mama blieb auch wortlos und biss schweigend auf eine Seite ihres Mundes.

"Wie abscheulich sie sind!" murmelte ich.

Mama fügte hinzu: "Das Ziel des Brandstiftens war, uns aus dem Gebiet zu vertreiben und das Land zu räumen, damit sie das Land für eine breitere Kolonie ergreifen konnten, um ihre überfüllte Bevölkerung unterzubringen."

So trieben sie uns aus unserem zweiten Zuhause. In den folgenden Tagen und Nächten blieben wir hier und da versteckt und versammelten uns schließlich in diesem Neuland.

Mama hielt hier an. Ich bemerkte, wie ihre Augäpfel herumwanderten, um diesen Ort mit dem vorherigen zu vergleichen.

Es war auch nicht schlecht. Es hatte kein geringeres Wachstum an Vegetation und großen Grünflächen mit einer Reihe aufrechter Bäume, und darüber hinaus eine breite und tiefe Sumpflandschaft, die die Region küsste.

Ich nickte bekräftigend.

Wir lebten lange Zeit sicher in unserem neuen Zuhause.

Ich runzelte die Stirn: "Warum sagst du 'für eine lange Zeit'?"

Im Gegenteil fragte Mama: "Erkennst du den Zustand, in dem wir hier jetzt leben? Fühlst du dich hier sicher?"

Ich konnte nicht antworten. Ich nickte nur unsicher und starrte einfach zurück zu ihr.

Wir saßen weiterhin schweigend dort, als nicht weit entfernt die Geräusche von eiligen Schritten zu uns zu kommen schienen. Wir hörten das Schlagen schwerer Stöcke in den nahegelegenen Dickichten. Die sich nähernden Schläge und Schläge nahmen kontinuierlich zu.

Wir standen eilig auf und hasteten zurück zu unserem Versteck. Zurück in unserem Versteck atmete Mama tief durch und starrte mich an, als ob sie fragte: "Und was wirst du jetzt sagen?"

Wieder konnte ich keine Antwort finden und beugte mich nachdenklich nach unten.

Um die Situation zu entspannen, stupste Mama mich an der Seite und sagte: "Ich hatte dieselbe Frage, ob wir hier in Frieden oder ohne Furcht leben. Ich konnte nie 'Ja' zu mir selbst sagen."

Hier hob ich meinen Kopf und sagte fest: "Meine Antwort ist jetzt 'Nein'. Ich habe hier nur 'Angst' gesehen."

Mama sagte liebevoll: "Wie kannst du das sehen? Du wurdest als Prinz in den schlechten Zeiten des Schakalreiches geboren."

Wir schwiegen beide, als ob die schlechte Zeit auf uns lastete; ihr warmer Atem berührte unser Fell.

Um den schlechten Traum abzuschütteln, sagte Mama ruhig: "Eines habe ich immer bemerkt, sie sind nie sehr weit in das neue Territorium vorgedrungen. Sie kommen an die Grenze, manchmal überschreiten sie die Grenze, aber nur bis zu einem bestimmten Punkt; von dort aus schütteln sie die schwachen und schlanken Bäume heftig, werfen Eimer voller Wasser auf unser Territorium und werfen Steine, um uns einzuschüchtern. Sie heulen von dort aus, aber sie wagen es nie, weit in unser neues Land zu gehen."

Im Laufe der Zeit entdeckten wir viel später die Ursache, und die Ursache war ein Segen für uns.

Draußen gab es kein Geschrei, kein Geheul, kein Schlagen oder Poltern, alles war absolut ruhig.

Mama hob den Kopf und sagte: "Jetzt können wir rausgehen, aber nicht weit."

Ich sagte: "Nein, wir werden nicht gehen. Du wirst deine Geschichte zu Ende erzählen, insbesondere was die Ursache betrifft."

Mama setzte sich zurück, dachte eine Weile nach und sagte: "Wir passten uns unserem neuen Territorium an und versuchten, ein Teil des Gebiets zu werden. Wir gewöhnten uns an diese Aufgabe, uns reibungslos anzupassen, und die Zeit war auf unserer Seite."

Als wir uns vom alten Ort und von der Unbehaglichkeit und den Ängsten des Lebens in einem fremden neuen Ort lösten und uns langsam damit abfanden, wurden wir durch schrille, vibrierende Schreie in der Nacht gespannt. Dies geschah an zwei aufeinanderfolgenden Nächten.

Wir hörten die gleichen grausamen Rufe für mehrere folgende Nächte. Wir konnten den Besitzer der Geräusche oder die Figur nie ausmachen.

Eine Nacht wurden mehrere Bäume von heftigen Geräuschen erschüttert. Das geschah auch in anderen Bäumen. Unsere angestrengten Augen wandten sich den erschütterten Bäumen zu. Wir sahen eine dunkle Gestalt, die von einem Baum zum anderen sprang. Ihr Körper war mit schwarzen Haaren bedeckt, zwei fächerartige Ohren ragten auf beiden Seiten heraus und sie schaute mit ihren stierartigen Augen ernst drein, ein langer spitz zulaufender Schwanz baumelte darunter. Es war eine Art Kreatur, die wir nie zuvor gesehen oder gehört hatten.

Dies geschah nicht jede Nacht oder jeden Tag. Die Kreatur würde an plötzlichen Nächten oder Tagen kommen und für Nächte oder Tage abwesend sein. Wir konnten ihr Kommen voraussehen, indem wir die Luft schnüffelten, die ihren penetranten und widerlichen Geruch trug, der unsere Nasen reizte. Wir wussten nie, woher sie kam und was sie veranlasste, unser Gebiet oft aufzusuchen. Eines war sicher: Sie überquerte niemals die von uns markierten Grenzen, um in unser Gebiet einzudringen.

Der Ruf des seltsamen Tieres war so scharf, durchdringend und einschüchternd, dass er das angeschlossene Gebiet erreichte und dort eine schreckliche Atmosphäre der Furcht schuf.

Die Zweibeiner begannen, unser Gebiet zu meiden. Es war in gewisser Weise ein Segen für uns. Was auch immer die eigenartige Kreatur sein mochte, sie brachte eine verkleidete Wohltat mit sich.

Eines Abends schlichen sich ein junges Paar in unser Gebiet, ein Junge und ein Mädchen. Sie suchten Abgeschiedenheit, die sie in ihrem eigenen Gebiet nicht hatten, oder sie wollten sich von anderen fernhalten. Sie setzten sich zusammen in eine Ecke mit einem gewissen Abstand zwischen ihnen. Ihre Körperhaltung war anders, anders als üblich oder gewohnt. Schließlich wurden sie immer mehr zueinander hingezogen und berührten sich schließlich.

Ich unterbrach: "Berührten sie sich? Ich verstehe nicht ganz."

In ruhigem Ton antwortete Mutter: "Lebewesen brauchen manchmal engen Kontakt, wirklich engen Kontakt. Sie wollen die Körperwärme des anderen spüren, so wie du manchmal eng bei mir sitzt und wir uns wärmen und uns nahe fühlen."

Obwohl ich es nicht ganz verstand, sagte ich: "Oh, so ist das!"

Mutter fuhr fort: "Plötzlich, in dieser Dunkelheit, stürmte etwas Behaartes in unser Gebiet, schüttelte die Äste der dunklen Bäume und gab bizarre Schreie von sich. Das Paar wurde erschreckt und rannte außer Atem aus dem Gebiet, und das Mädchen fiel auf halbem Weg zu ihrer Kolonie ohnmächtig um."

Danach verbreitete sich eine panische Gerüchteküche und erfasste die Gedanken aller Koloniebewohner. Von da an hielten sie sich vorsichtig von unserem Gebiet fern und machten keinen Fehler, indem sie in unser verfluchtes Gebiet eindrangen.

Danach haben wir unser Leben hier ungestört und ununterbrochen geführt.

Ich seufzte erleichtert: "Gut!"

Mom sagte niedergeschlagen: "Aber nicht für lange. Dieser Zustand des Wohlergehens sollte nicht lange anhalten, solange die raffinierten Wesen in der Nähe waren. Sie sind sehr schlauen Drahtzieher von Unheil und können jeden Trick für ihre Geschäfte und Interessen erfinden. Sie haben das widerliche Tier heimtückisch getötet, um es loszuwerden."

In diesen Tagen sitze ich meistens allein, manchmal in flachen Dickichten oder halboffenen Spalten, die durch das Absacken der Erde entstanden sind. Manchmal setze ich mich mit der Nase nur aus einem Busch heraus und schaue in die Ferne oder darüber hinaus oder starre einfach nur in den Himmel und ahme damit Mama nach. Ich verbringe Zeit damit, über viele relevante oder irrelevante, kopflose oder schwanzlose Angelegenheiten nachzudenken. Ich verbringe mein Leben damit, über unsere ersten, zweiten und dritten Siedlungen nachzudenken, wie sie waren, woraus sie bestanden, wohin sie gegangen sind und wie. Der begrenzte Ort, an dem ich jetzt sitze oder mich bewege, welche Nummer unserer Siedlung hat er. Ich schwankte zwischen Ähnlichkeiten und Unterschieden, zwischen plausiblem 'War' und 'Ist', aber bekam keine Hinweise.

Mama erwähnte im Laufe unseres Gesprächs: "Dieser Ort war voller Bäume, voller anderer Lebewesen, von Blumen, Früchten, Dickichten, Büschen oder punktierten Sümpfen mit seiner eigenen Welt." Ich habe viele, viele Male aus ihrer leidenschaftlichen Stimme gehört. Sie sagte auch: "Dann kamen die Lehmbauten, strohgedeckten Häuser, kurzen Hütten. Das Land, unser eigenes Land, wurde zum lustigen Land der Zweifüßer, dem Becken ihrer Begierde, Gier und Willkür."

"Sehr langsam, aber unvermeidlich wurde jedes Stück Sache ersetzt, und mit dem Ersatz kam die wilde Vertreibung - von Bäumen, Sträuchern, Dickichten, Blumen, Gemüse, der eigenen Fassade des Ortes. Mit dem Kommen von Vertreibungen wurde noch eine weitere Sache hinzugefügt - der entfesselte Wettbewerb zwischen zwei geteilten Gruppen und allmählich krochen die Würmer des Neids, des Hasses und schließlich der Eitelkeit, die geringere andere abzulehnen," erklärte Mama ausführlich.

Mamas ernste und schmerzhafte Stimme klingt immer noch in meinen Ohren.

Eines Nachts war ich unwillig, zum Beutemachen oder zur Kontrolle des Territoriums meines Vaters zu gehen. Der Himmel war nur sternbesät, keine Spur des Mondes, überall stockdunkel. Das war eine fröhliche Nacht für Vater, aber eine niedergeschlagene Nacht für Mama und mich.

Ich hatte mich faul auf den weniger grasigen Boden ausgebreitet. Mama saß auf der anderen Seite und dachte über etwas nach, was ich nicht weiß. Eine lange Zeit war zwischen uns verstrichen. Wir taten nichts, dachten an nichts. Unser Atmen war deutlich hörbar für uns.

Mutter stand auf, gähnte, streckte sich und setzte sich aufrecht hin. Ich sah sie an. Sie kam zu meiner Seite und erzählte mir nach einiger Zeit den Beginn des betonierten Reiches.

"Hinter dem dunklen Schild einer Nacht, mit knarrenden Geräuschen, hielten drei Karren an unserem Platz an, wo sich die mächtigere zweite Gruppe der furchtlosen aufrechten Wesen niedergelassen hatte. Die Karren entließen das mitgeführte Material am Rande eines zertretenen

Fußwegs. Das Material wurde in drei Haufen aufgetürmt - ein Haufen mit kleinen schwarzen Chips, der zweite mit einigen gelben Granulaten, der dritte mit einigen braunen festen Blöcken."

Dann kamen einige Wesen mit Markierungswerkzeugen und begannen mit einigen langen und schlanken blauen Stoffstücken und Pfosten das Land zu vermessen; dann, indem sie entlang der Stofflinien einige weiße pudrige Dinge verteilten, ließen sie weiße Markierungen auf dem grasbewachsenen Boden zurück.

Wir alle wunderten uns, was dort getan wurde oder was dort geschehen würde.

Ein paar Tage später kam eine Gruppe von Arbeitern. Mit roten Stoffstücken als Turbane um ihre Köpfe und kurzen Dhotis (Kleidung) um ihre Taille, die von den Lenden bis Mitte der Oberschenkel hängen, ihr oberes Brustbein praktisch bloß, nahmen sie schwere und scharfe Spezialwerkzeuge auf und begannen mit dem Ausheben und Ausgraben von Land innerhalb der weiß markierten Bereiche.

Mit kontinuierlicher Arbeit einiger Tage vertieften sie das Land innerhalb der markierten Bereiche und stapelten den ausgehobenen Boden in mehreren kleinen Hügeln auf. Die markierten Bereiche wurden kanalartig und die Arbeiter standen bis zur Taille im Wasser.

Als die kanalartigen Gräben fertiggestellt waren, kamen noch einige besondere zweibeinige Wesen namens Mistris (Handwerker) mit ihren kleinen und langen Handwerkzeugen wie einer dreieckigen Platte mit gekrümmtem Griff, einem an einer Leine hängenden Gewicht, das schwingen konnte, hölzerne Hobel, einige Besen, Becher und Eimer, einige Körbe und Metalltabletts dazu.

Danach führten wir unser Leben hier ungestört und ununterbrochen weiter.

Ich seufzte erleichtert und sagte: "Gut!"

Mom sagte niedergeschlagen: "Aber nicht für lange. Dieser Zustand des Wohlbefindens sollte nicht lange anhalten, solange die schlauen Wesen in der Nähe waren. Sie sind sehr geschickte Meister des Unheils und können jede List erfinden, um ihre Geschäfte und Interessen voranzutreiben. Sie haben das widerwärtige Tier losgeworden, indem sie es heimtückisch getötet haben."

In diesen Tagen sitze ich die meiste Zeit allein, manchmal in flachen Dickichten oder halboffenen Spalten, die durch das Absacken der Erde entstanden sind. Manchmal sitze ich mit meiner Nase nur knapp aus einem Busch und schaue weit oder jenseits davon oder starre einfach nur in den Himmel, um Mom nachzuahmen. Ich verbringe Zeit damit, über viele relevante oder irrelevante, kopflose oder kopflastige Dinge nachzudenken. Ich verbringe mein Leben damit, über unsere ersten, zweiten und dritten Siedlungen nachzudenken und wie sie waren, aus welchen Dingen sie gemacht waren, wohin sie gegangen sind und wie. Der begrenzte Ort, an dem ich jetzt sitze oder mich bewege, ist welche Nummer unserer Siedlung. Ich schwankte zwischen Ähnlichkeiten und Unterschieden, zwischen plausiblem "War" und "Ist", aber ich bekomme keine Anhaltspunkte.

Mom erwähnte während unserer Sitzung: "Dieser Ort war voller Bäume, voller anderer lebender Wesen, von Blumen, Früchten, Dickichten, Büschen oder punktuellen Fens mit seiner eigenen Welt." Ich habe das viele, viele Male aus ihrer leidenschaftlichen Stimme gehört. Sie sagte auch: "Dann kamen die Lehmhäuser, strohgedeckte Häuser, kurze Hütten. Das Land, unser eigenes Land, wurde das lustige Land der zweibeinigen Wesen, das Becken ihrer Lust, Gier und Willkür."

"Ganz langsam, aber unvermeidlich, wurde jedes Ding ersetzt, und mit dem Ersatz kam die wilde Vertreibung - von Bäumen, Sträuchern, Dickichten, Blumen, Gemüse, der sehr dünnen Schicht des Ortes. Mit dem Kommen der Vertreibungen wurde noch etwas hinzugefügt - der entfesselte Wettbewerb zwischen den beiden Gruppen und allmählich krochen die Würmer des Neids, des Hasses und schließlich die Eitelkeit, die geringere andere herabsetzen sollte, herein", sagte Mom ausführlich.

Mom's ernste und schmerzliche Stimme hallt immer noch in meinen Ohren wider.

Zeit bleibt niemals stehen. Das tat sie auch nicht an unserem Ort. Ich konnte nie feststellen, woher sie kommt und wohin sie geht. Es war ein großes Wunder und ein Rätsel zugleich.

Meine Mutter sagte einmal, dass es auch für sie ein Wunder sei. Aber mein Vater erklärte eines Tages, um das Rätsel zu lösen: "Alle sagen, die Zeit kommt aus dem Vergessen der 'Vergangenheit', herrscht über die 'Gegenwart' und geht den Weg in die 'Zukunft'. Wenn man es klar sieht, ist es so. Aber meine reine Erfahrung und Beobachtung des Lebens erzählt mir eine andere Geschichte. Mein Großvater blieb im 'Zukünftigen' verborgen, trat dann in die 'Gegenwart' und verschwand eines Tages in der Vergessenheit der 'Vergangenheit'. Das war auch bei meinem Vater so. Für mich war ich zu sehr im 'Zukünftigen' begraben, blühte in der 'Gegenwart' auf und würde eines Tages in der 'Vergangenheit' verschwinden. Unsere Kinder sind im 'Zukünftigen' verborgen. Eines Tages werde ich kommen und die 'Gegenwart' wie Opa, Papa und ich besetzen. So bleibt die Zeit verborgen und kommt aus der Zukunft, springt in die Gegenwart und drängt zurück in die Vergangenheit, um Platz für eine weitere Gegenwart und Zukunft zu schaffen."

Ich saß an einem Ort, an dem die Zeit nie zu verweilen schien, aber wir blieben. Meine Mutter saß neben mir. Sie war in letzter Zeit schweigsam und ihre Zeit verging in Reflexionen, worüber ich keine Ahnung hatte. Ich sah sie diese Tage meistens nachdenklich sein und weniger Zeit für Gespräche oder Plaudereien haben - Geschichten hatten Urlaub.

Ein Nachtvogel schwebte in einer wiederholten Kreisbahn über uns, manchmal tendierte er zu einem Baum zu kommen, dann zog er sich zurück und stieg wieder auf und setzte seinen kreisförmigen Flug fort. Nach einer Weile kam er wieder in die Nähe des Baumes, zog sich aber wieder zurück und flog wie zuvor auf seiner Rundreise weiter. Ebenso schwebte er über mehrere andere Bäume, aber er landete nie auf einem.

Ich lenkte die Aufmerksamkeit meiner Mutter auf den Vogel. Nachdem sie den zögerlichen Vogel ein paar Minuten inspiziert hatte, sagte sie: "Er zögert. Seine Zögerlichkeit kommt von den Befürchtungen, denen er zuvor begegnet ist."

Ich wanderte mit meinen Augen zwischen dem Vogel, dem Beton und meiner Mutter hin und her. Als sie meine Verwirrung bemerkte, erklärte sie: "Jedes bewusste Wesen, das das Ende des Vertrauens erreicht hat, hat dieses Gebiet, sein eigenes Gebiet, verlassen und ist nie bewusst zurückgekehrt. Nur wir sind hier geblieben und ernten die schwarze Frucht. Sie wollen zurückkehren, kommen aber nicht zurück. Wir wollen gehen, können aber nicht gehen."

Ich fragte mich: "Wie ist er hierher gekommen?"

Mama, die den zögernden Vogel betrachtete und dann auf das Betongebilde zurückblickte, sprach seufzend...

"Eines Tages betrat ein Wesen das Gebiet auf einem schlanken zweirädrigen Träger. Er hielt einen vorderen gekrümmten Griff mit beiden Händen, der ihm eine Richtung gab, während seine Beine auf Trittbrettern standen, die ein gezahntes Rad mit einer Kette hielten. Er drehte die Kette mit dem Druck seiner Beine. Wenn sich die Kette drehte, bewegte sich das zweirädrige Gerät. Der Fahrer reiste schnell, während er darauf saß. Er umrundete das ganze Gebiet auf den geschlagenen Wegen und engen Streifen des Ortes mehrmals und blieb schließlich mit seinem Kopf und seiner Arroganz hoch im ersten gebauten Betonhaus stehen. Der Fahrer war der Sohn des Häuptlings."

Mama machte eine Pause und bemerkte: "Es war eine Sache des Staunens."

Es war auch ein Wunder für mich, aber ich stellte keine Fragen, in der Gewissheit, dass es Mama aufhalten könnte.

Innerhalb weniger Monate wurden die zweirädrigen Träger auf den geschlagenen oder nicht geschlagenen Wegen der Region gefunden.

Ich schloss die Augen und das Bild der zweirädrigen Dinge, die durch die groben oder glatten verschlungenen Wege der Gegend rollten, begann vorbeizuziehen. Ich schloss meine Augen, um die Bilder zu fühlen und zu sehen.

Mama fuhr fort: "Sehr bald sah die Gegend eine weitere spezielle Version eines zweirädrigen Trägers, schwerer mit dickeren und stärkeren Rädern. Der frühere Träger war lautlos und rauchfrei. Beim Rollen würde das neuere Gerät Geräusche machen und Rauch abgeben. Eines Tages betrat der zweirädrige Träger mit vot-vot-vot-Geräuschen und grauem Rauch unser Gebiet. Drei unbekannte Wesen kamen darauf reitend an, nicht in Dhoti gekleidet, sondern mit verschiedenen Beinkleidern und farbigen Oberbekleidungen bekleidet. Sie inspizierten einen bestimmten Teil unseres Gebiets eineinhalb Stunden lang. Sie untersuchten sogar einige Stellen, die mit einem Stelzen angeheizt waren. Wir konnten nicht herausfinden, warum sie es taten. Nach ihrer sorgfältigen Inspektion erreichten sie den zweirädrigen Träger, wobei ein Wesen seinen einen Fuß auf eine seitliche Metallstange drückte. Mit dem Druck und dem Rauch und Geräusch wurde der Träger lebendig. Sie drei fuhren nacheinander auf seiner Schulter und mit einer Drehung fuhr der Träger mit mehr Geschwindigkeit als der schlanke gepaddelte Träger davon."

Ein stilles Schweigen. Mama sah in die Ferne, ihre Augen ruhig und fixiert. Sie dachte an eine Geschichte, die sie erzählen würde. Also schwieg ich auch.

Einige Tage später kamen viele Kinder in einem lärmenden Gewimmel angerannt und drängten sich zusammen. Ihnen folgte wiederum ein neues Gefährt, das wir noch nie zuvor gesehen hatten: Vier Räder, weiß, groß und schneller. Es war ein unglaublicher Anblick, beispiellos und unvorstellbar. Es hielt an der zuvor untersuchten Stelle. Die rennenden Kinder schwärmten sofort um das Gefährt herum und machten noch mehr Lärm.

Die Nachricht verbreitete sich schneller als der Wind. Männer mit einigen Arbeitswerkzeugen, Frauen mit ihren Babys auf dem Schoß oder in der Hüfte, hinkende und gebeugte Ältere, junge Ehefrauen, die durch ihre Sari-Decken schauten - alle kamen, um das neue seltsame Fahrzeug zu sehen. Sie standen alle in erstaunter Neugier. Einige Vögel wie Krähen, Drongos oder Starlings fingen an, kreischend zu schweben.

Die Seitentüren des Fahrzeugs öffneten sich mit einem Klick. Vier ordentlich gekleidete Wesen stiegen aus beiden Seiten aus und schlugen die Türen hinter sich zu. Sie gingen zum Zentrum des untersuchten Ortes und drehten ihre Köpfe in jede Richtung. Sie begannen, sich alles um sie herum anzusehen, diskutierten etwas untereinander in leiser Tonlage und schrieben gelegentlich etwas auf ihre Notizblöcke.

Während sie hier und da herumwanderten, kamen sie manchmal zusammen, nickten sich zu, hielten einen schreibenden Stift und diskutierten etwas, gelegentlich notierten sie ihre Beobachtungen. An ihren Gesichtern sah man, dass sie zufrieden waren. Danach gingen sie zurück zu ihrem neuen, seltsamen Fahrzeug mit vier Rädern. Dann öffneten sie die Seitentüren erneut, zwei von ihnen saßen auf den Vordersitzen, die anderen beiden auf der Rückseite des Fahrzeugs, und schlugen die Türen zu. Einer der vorderen Mitfahrer, der einen kreisförmigen Ring hielt, drehte einen Stab und das Fahrzeug begann zu brüllen. Dann gab es einen Klang wie von einer Muschel und es raste davon, indem es riesige Staub- und Rauchwolken hinterließ und schließlich hinter der Kurve des befahrenen Weges, vorbei an den Bäumen und Büschen, verschwand.

Die erwachsenen Männer und Frauen, die Alten und die Halbalten standen da und kratzten sich am Kopf und murmelten. Die Kinder, die summt und brummend, rannten ein Stück hinter dem zurückweichenden Fahrzeug her, bis es hinter dem Staub und Rauch verschwand.

Ab dem nächsten Tag des Besuchs versammelte sich eine große Anzahl von Wesen dort und errichtete Tag für Tag ein breites bienenstockartiges Gebäude mit vielen kleinen Kammern. Dann kamen eines Tages zwei schwer beladene Fahrzeuge und entluden die Holzstrukturen und Einrichtungsgegenstände oder Gegenstände zum Sitzen, oder Hilfsmittel, um darauf zu arbeiten oder Objekte zu stapeln, die die Arbeit erleichtern würden. Diese Artikel wurden in den langen Korridor und seine angeschlossenen Räume gezogen.

Die Dorfbewohner von den Straßen und Plätzen, wir von hinter den Büschen und Büscheln, schauten erstaunt auf das lange breite Gebäude, wissend nichts, nur ratend. Das sorgfältig gebaute Langhaus, die Zweiräder und Vierräder, die glänzend gekleideten und strahlenden chieftain-ähnlichen Wesen, die abrupt kamen und wieder verschwanden, wurden zum Gesprächsthema des Dorfes. In jeder Gruppe, Versammlung, unter den Teichgossipern und Badenden oder den Frauen, die zum Schrubben von Geschirr kamen, oder am Kauf- und Verkaufsort war ein einziger Diskussionspunkt, nämlich das seltsame Gebäude und das plötzliche Erscheinen und Verschwinden der Vierrad-Leute. Unser Gemurmel ging unverändert weiter, ohne zu ahnen, worum es ging.

Die flüsternden Spekulationen wurden immer aufgeregter. Gedanken und Fantasien aller - der Dorfbewohner sowie der anderen Bewohner der Gegend, die heimlich wie Füchse, einige Igel oder die Wachaffen herumwanderten, und die geflügelten Quietscher, die sich schlau darüberbewegten - flüsterten ohne Grund und Zeit. Als die Dinge so weitergingen, kamen eines Tages wie zuvor plötzlich mehrere Vierrad-Leute an. Ihnen folgten ein paar weitere Zweirad-Leute, die eine Anzahl von Zweifüßern absetzten, alle neu und unbekannt. Dann betraten ein paar wichtig aussehende Wesen, die aus den Vierrädern stiegen, als erste das Korridorhaus; Ihnen folgten andere, einer nach dem anderen, je nach ihrer Bedeutung, wie es uns aus der Entfernung schien. Einige kamen heraus und trugen eine große Tafel mit ein paar Linien in ihrer Sprache darauf - die Tafel wurde an der Außenwand aufgehängt, die mit Blumengirlanden geschmückt war.

Eine schön gekleidete Person trat heraus und lächelte. Mit Hilfe eines kleinen kreuzförmigen Geräts schnitt er ein rosa Band durch, sprach etwas anlässlich der Feierlichkeiten und wurde mit großem Applaus begrüßt. Schließlich wurden alle mit ein paar Süßigkeiten beglückwünscht. Der Häuptling und seine engsten Mitarbeiter wurden glücklich aus der Versammlung herauskommen gesehen; offensichtlich waren sie von den fein gekleideten Außenseitern eingeladen worden, um an der Veranstaltung teilzunehmen, da sie nie bei irgendeiner Aktivität dort gesehen wurden. Aber durch ihre Haltung versuchten sie zu zeigen, dass sie die wahren Wesen hinter dieser prunkvollen Funktion waren.

Ab diesem Zeitpunkt würde das lange Korridorhaus jeden Tag für einige Stunden bis etwa eine Stunde vor Einbruch der Dunkelheit geöffnet. Einige zweibeinige Außenseiter würden kommen und in den verschiedenen Zimmern des langen Flurs Platz nehmen, die mit den hölzernen Accessoires ausgestattet waren.

Es dauerte eine Weile, bis wir verstanden hatten, dass es ein Arbeitsplatz für die Erhaltung und Schaffung weiterer Einrichtungen sowie die Entwicklung der Dorfbewohner war, aber nicht für uns. Wir waren keine Bewohner, sondern Besetzer; dieses Gefühl der Trennung zerriss uns schmerzhaft, und wir konnten nichts tun. Die gleiche Haltung der ferngesteuerten Machtinhaber gegenüber der Gruppe des Häuptlings musste vom Häuptling und seinem Gefolge assimiliert werden, obwohl sie mit der neuen Anordnung zufrieden zu sein schienen, aber in Wirklichkeit waren sie es nicht.

Mama seufzte: "Aber jede Anordnung war nur für die Bequemlichkeit und den Nutzen der zweibeinigen Wesen, nicht für irgendeinen anderen Bewohner als sie."

"Also endete die Geschichte des Büros des Häuptlings und seiner Verwaltung dort", bemerkte ich.

Mama sagte: "Nein. Sie begannen eine andere Arbeit, sagen wir ein Spiel."

Ich wäre fast hingefallen. "Was, was Mama!"

Nun kam ein weiteres Spiel ins Spiel.

Nachdem sie so viele Jahre lang geschwiegen hatten, wurden auch die anderen Gruppen aus der anderen Seite des Dorfes laut. Sie begannen ebenfalls zu fordern, dass zumindest eine Person von ihrer Seite einen Platz im neuen Haus bekommen sollte. Der Chieftain, aufgrund seiner Macht und Position, vertrat die Ansicht, dass sie im Arbeitszentrum einen Platz bekommen sollten und dass der Anspruch der anderen Gruppe im Dorf illegitim und unecht sei. Aber die andere Seite blieb nicht untätig; sie trafen sich mit den Behörden des neuen Hauses und legten alle Argumente dar, warum sie dort einen Platz bekommen sollten.

Eine heimliche Unruhe und Rivalität brach im Dorf aus. Das Ergebnis war ein Kampf, ein Streit, sogar

Schlägereien begannen zwischen den beiden Gruppen. Diese Situation dauerte mehrere Tage an.

Der Boss der entfernten Autorität kam voran, um zu intervenieren. Er führte mehrere Dialoge mit den beiden rivalisierenden Gruppen und stellte klar, dass die Dorfbewohner auf beiden Seiten entscheiden würden, wer von ihnen die Plätze im Wohlfahrtszentrum bekommen würde, nicht die Machthaber auf beiden Seiten aufgrund ihrer Macht und Position, um den Fall zu regeln.

Jeder einzelne Dorfbewohner würde durch die Angabe seiner Meinung die Sitzplätze auswählen. Derjenige, der die meisten Stimmen bekommen würde, wäre für die Plätze geeignet.

Ein bestimmter Tag wurde dafür festgelegt. Der Ort wurde ebenfalls festgelegt.

Am festgesetzten Tag versammelten sich alle Dorfbewohner am festgelegten Ort und standen in Reihen für die Möglichkeit, ihre Meinung abzugeben. Zwei Personen von beiden Seiten, insgesamt vier, wurden für die Plätze benannt.

Ein Blatt Papier, auf dem die vier Namen der Kandidaten geschrieben standen, wurde jedem der Personen in der Reihe gegeben. Jeder Dorfbewohner würde seine gewählte Person markieren; und dann das Papier falten und das gefaltete Papierstück in eine Blechdose stecken.

Alle Dorfbewohner in der Reihe traten nacheinander in den Raum ein, in dem die Blechdose aufbewahrt wurde, und steckten ihre markierten gefalteten Papiere durch das Loch der Dose. Dies setzte sich eine halbe Stunde lang kontinuierlich fort.

Dann kamen plötzlich ein paar der Zweibeiner aus dem von hohen Bäumen umgebenen Gebiet gelaufen und schrien heiser. Ihre Gesichter waren blass und von Angst gezeichnet. Sie stoppten bei der langen Schlange der Meinungsgeber und schrien weiter in höchster Erregung und zeigten zitternd mit den Fingern in unsere Richtung. Wir wurden sofort verängstigt - was meinten sie mit unserer Richtung? Wir und die Meinungsgeber waren von einem unangenehmen Tumult betäubt und drehten unsere Köpfe in Richtung des von Bäumen umgebenen Gebiets, jenseits unserer Behausungen - ein herzzerreißendes Brüllen zusammen mit dem Rühren der Baumwipfel ließ unsere Herzen aufhören zu schlagen. Ein Donnergrollen war auf dem besten Weg auszubrechen.

Zwei schwarze, flauschige, schreiende Figuren mit gefalteten Hautgesichtern tauchten über den hohen Baumkronen auf. Wenige Minuten später kamen die Figuren auf dem flachen Boden an. Die behaarten schwarzen Dinge warfen ihre Hände und Beine in die Luft und verzogen ihre Gesichter unbeholfen und zeigten bedrohlich ihre dünnen, tödlichen Krallen und Zähne. Die laufenden Wesen schrien aufgeregt: "Sie sind gekommen! Sie sind wieder da, die schwarzen flauschigen Dämonen! Sie kommen auf das Dorf zu!"

Die Angst vor den schwarzen Dämonen war so stark in ihrer Erinnerung, dass sie, ohne vorher oder nachher zu schauen, alle wild schreiend wegrannten und riefen: "Sie haben wieder überfallen! Sie haben wieder überfallen!"

Im Handumdrehen wurde die Schlange aufgelöst, alle rannten um ihr Leben, der Ort für Meinungsäußerungen war verlassen.

Die haarigen Dämonen kamen nie näher, sondern blieben in einiger Entfernung am Rand des Dschungels - brüllend, springend, Grimassen schneidend, ihr Ziel auf das Dorf gerichtet, wo Zweibeiner lebten.

Die Nachricht erreichte den Chieftain. Er kam gelaufen und hörte sich alles sehr ruhig an. Dann sammelte er schnell einige seiner Anhänger, die mit Stöcken, Latten und Lanzen bewaffnet waren, und lief mit ihnen mit großen Gesten in den abgeschnittenen Dschungel. Nach einer Stunde des Kampfes schafften es er und seine Gefolgsleute, die schwarzen Dämonen zu vertreiben.

Als der Chieftain und seine Anhänger zurückkehrten, versammelte sich wieder eine lächelnde Gruppe von Wesen in der Schlange, und mehr Wesen wagten es, sich ihnen am Ende der Schlange anzuschließen. Sie gaben ihre Meinungen ab und gingen mutig, aber immer noch ängstlich zurück. Die Wesen aus dem anderen Teil des Dorfes kamen nie wieder; das Geheul "Sie haben überfallen, sie haben überfallen" war in ihrem Gebiet noch immer allgegenwärtig.

Zwei Tage später wurde das Ergebnis der Abstimmung bekanntgegeben. Das Ergebnis war unvermeidlich wie erwartet: Der Häuptling und sein enger Komplize erhielten das Recht, einen Sitz beim fernab liegenden Autoritätshaus im Wohlfahrtshaus zu haben.

Ich fragte: "Warum kamen die verängstigten Wesen nicht wieder zur Meinungsabgabe? Wo sind die schwarzen Dämonen schließlich hingegangen?"

Mama drehte ihren Kopf mehrmals in Richtung des abgeholzten Dschungels und betrachtete die imaginäre Annäherung der Dämonen. Dann senkte sie ihren Kopf und sagte: "Wir hatten auch Angst vor den schwarzen Dämonen und waren viele Tage in Panik. Aber Jahre später fühlten wir uns betrogen, als wir erfuhren, dass der Vorfall mit den schwarzen Dämonen gefälscht und inszeniert war. Zwei Leute von der Seite des Häuptlings und natürlich auf sein Drängen hin verkleideten sich als schwarze Dämonen und führten den ganzen Vorfall auf. Die Dämonen an jenem Tag waren gefälschte Dämonen."

Wenn nicht klar, formte sich allmählich eine Idee oder ein Bild vor meinen Augen und in meinem Kopf, wie unser Territorium verändert oder gezwungen wurde, sich zu ändern, aber sicher nicht durch uns, sondern durch einige externe Akteure.

Eine dunkle Überlegung begann langsam, schmerzhaft und unvermeidlich, uns abzustoßen und unsere Zahlen jeden Tag durch die Kraft des ständigen Wandels zu verringern.

Ich fragte Mama: "Du hast es Wohlfahrtshaus genannt, aber Mama, war es wirklich ein Wohlfahrtshaus oder ein Veränderungshaus?"

Mama dachte tief nach und antwortete: "Diese Frage war auch unsere Frage, wir haben uns das oft gefragt. Jetzt löst deine Frage nach so vielen Jahren das harte Rätsel."

"Um dies zu verstehen, verfolgen wir die Veränderungen und wie diese Veränderungen, von Außenstehenden ausgeübt, sich auf unseren empfindlichsten Boden schleichen."

Ich wartete. Mom begann nach einem Moment, ihren Blick über das Gebiet schweifen zu lassen und begann zu berichten...

"Nicht viele Tage waren vergangen, nachdem das Wohlfahrtsgebäude umgestaltet worden war, da wurden eine Bohr- und zwei Rammeinrichtungen an eine bestimmte Ecke gebracht, an der bereits einige temporäre Wohnhütten errichtet waren, nicht viele Tage."

Als diese Geräte ankamen, ging die Sonne unter und wenige Wesen kehrten von den Feldern zurück, ihre Pflüge auf den Schultern oder einige trieben ihre Viehherden hastig zurück. Als wir nachts herauskamen, um die Geräte zu begutachten, fanden wir schwach beleuchtete Laternen, die das Innere der temporären Hütten spärlich beleuchteten. Zwei Wesen hielten Wache und die anderen schliefen.

In der nächsten Nacht fanden wir ein paar Rohre, die in die Erde gerammt waren, die Umgebung war völlig durchnässt, der Boden war schlammig und das Wasser sickerte schwach aus der Basis der eingerammten Rohre.

Wir tauschten Blicke aus, da wir auf keine Weise erklären konnten, was dort passieren würde. Ein aufstrebender jugendlicher Schakal hörte uns zu und beobachtete diese Bohrer und gerammten Rohre aufmerksam. In der nächsten Nacht gab uns der schelmisch aussehende Schakal Bescheid über eine hoch hängende Vorrichtung. Wir hielten Ausschau, wofür die hängende Vorrichtung bestimmt war.

Am nächsten Morgen, nach dieser Nacht, gingen wir nicht schlafen und spähten heimlich, um zu sehen, was die hoch hängende Vorrichtung tun konnte und wie.

Wir sahen eine hohe, gekäfigte Struktur, die auf ihren drei langen Beinen stand. Ein gongähnliches, massives und schweres Gewicht hing an einem Metallseil im Inneren der Struktur. Sie stellten ein langes Rohr in die gekäfigte Struktur und legten den schweren Gong oben auf das aufrechte Rohr. Ein weiteres langes Metallseil war an dem Metallgong befestigt, dessen Schwanz draußen hing und den Boden berührte. Eine Gruppe halb bekleideter Wesen trat vor und zog am Schwanz und zog ihn weg von der gekäfigten Struktur. Als sie das Seil weggezogen, begann der schwere Gong in der Käfigstruktur nach oben zu steigen und erreichte die Spitze. Dann ließen sie das

Seil los, und der Gong begann schnell herunterzufallen; er traf mit einem Geräusch und Funkenflug auf den Kopf des aufrechten Rohrs. Zusammen mit ihm ging das Rohr ein paar Zentimeter in die Erde. Die halb bekleideten Wesen kamen zum Fuß der Struktur gerannt und zogen das Metallseil, zogen es weg von der Struktur und ließen es wieder los. Es traf das Rohr wieder mit Geräusch und Funkenflug, und das Rohr ging wieder ein paar Zentimeter in die Erde. So wiederholten sie die Handlungen und stapelten das ganze Rohr in die Erde. Dann platzierten sie erneut ein frisches Rohr auf dem hervorstehenden Ende des unterirdischen Rohrs und schoben das zweite Rohr unter der Erde hinter dem vorherigen her. Innerhalb der nächsten paar Tage hatten sie mehrere Rohre hintereinander in die Erde gestapelt. Während des Bohrens und Stapelns spritzte schlammiges Wasser aus dem gebohrten Loch sowie aus dem hervorstehenden Ende des Rohrs. Dann wurden die gekäfigte Struktur und das geschnürte Seil und andere Teile vom Ort entfernt. Am Ende wurde eine besondere krumme Sache mit einem gebogenen Griff am endgültigen hervorstehenden Ende des gestapelten Rohrs angebracht.

Alle temporären Hütten wurden abgebaut, die Käfigstruktur wurde Teil für Teil getrennt, die Bohr- und Pfahlmaschine wurde abgesenkt und gefaltet. Dann kamen wieder zwei Wagen und alle demontierten Teile, die zerlegte Käfigstruktur, die zusätzlichen Rohre, der Gong, die Metallsaiten und die entwurzelten temporären Hütten wurden auf die Wagen geladen. Mit all der Last begannen die Wagen mit regelmäßigem Stöhnen langsam wegzufahren.

Zwei Tage später, gut nach Sonnenaufgang, hatten sich der Häuptling, der Leiter des Wohlfahrtshauses und eine Menge Dorfbewohner um das neu installierte Ding versammelt. Über dem gekrümmten Gerät war ein Stück farbiges Vordach straff gespannt, Blumenkränze und Schlingen waren um den Platz sowie das gekrümmte Gerät herum aufgehängt. Dann kam der Purohit (Priester), der sich seinen Weg durch die Menge bahnte, zum neu eingerichteten gekrümmten Gerät, machte eine runde Sandelpastenmarkierung auf dem gebogenen Kopf des Geräts, machte dann ein bestimmtes heiliges Design, indem er eine Salbe aus Zinnober und Öl auftrug. Schließlich legte er eine kleine gelbe Blumenkrone auf den Hals des Geräts, verbeugte sich vor dem geschmückten gekrümmten Ding und entfernte sich von der Stelle.

Ein Wesen nahm auf Anweisung des Leiters hinter dem Griff des gekrümmten Geräts Platz. Eine Glocke läutete als Zeichen kontinuierlich für einige Sekunden. Als die Glocke aufhörte, begann das Wesen hinter dem Gerät den Griff zuerst nach unten und dann nach oben zu drücken und zu ziehen. Das Drücken und Ziehen ging mit quietschenden Geräuschen einige Minuten lang weiter. Alle waren scharf darauf, zu sehen, was passieren würde. Nach einigen Stöhnen mühsamer Auf- und Abwärtsbewegungen des Griffs begann Wasser aus dem gekrümmten und gebogenen Mund zu strömen. Der Leiter trat vor und legte seine gefalteten Hände unter den Mund, sammelte etwas fließendes Wasser und besprengte damit sein Gesicht. Nach dem Leiter näherte sich der Häuptling, empfing das Wasser auf seinen gefalteten Händen und besprengte es über sein Gesicht. Zusätzlich dazu trank er das Wasser aus seinen gefalteten Händen und gab einen zufriedenen Klang von sich.

Nachdem sich der Anführer zurückgezogen hatte, gingen viele wartende Dorfbewohner nacheinander zu dem gebogenen Gerät, drehten den gebogenen Griff, füllten ihre Hände mit Wasser und spritzten es sich ins Gesicht. Sie kamen alle betrunken von dem Wunder des neuen Geräts zurück. Sie sagten alle in Ekstase, dass das Wasser süßer und besser als Teichwasser schmeckte und jubelten im Namen des Anführers und des Häuptlings.

Vor Mittag kamen alle Frauen in einer Reihe mit Eimern in den Händen oder Krügen auf ihren Hüften. Auch kleine Jungen und Mädchen kamen hinterhergelaufen, indem sie kleine Dinge trugen, hüpften und schrien. Die Gegend füllte sich mit Klirren und Klappern, als die Frauen den Griff des neuen Geräts drehten. Wasser floss aus dem gebogenen Mund und alle füllten ihre Behälter mit Wasser und gingen erstaunt und lächelnd zurück. Die kleinen Kinder füllten ihre Gegenstände auch in Freude und Ehrfurcht.

In den folgenden Monaten wurden mehrere Orte von dem Häuptling, hauptsächlich in seinem Bereich, bestimmt und Wasserentnahmegeräte wurden gepflanzt. Sie waren alle glücklich mit den Wasserspendern. Der Häuptling hielt bald ein Fest für die Dorfbewohner ab, um das Ereignis zu feiern. Die Dorfbewohner lobten den großzügigen Häuptling und stimmten alle darin überein, dass es nur durch den großzügigen Häuptling möglich war.

Ich sagte zögernd zu meiner Mutter: „Ich habe ein paar Mal das Wasser getrunken, das aus dem Gerät floss, aber ich fand das Wasser des Teiches süßer."

Meine Mutter sagte: „Für sie ist das, was leicht zu bekommen ist und keine Arbeit erfordert, süßer."

Ich runzelte die Stirn, weil ich das Sprichwort nicht vollständig verstand.

Immer wenn ich meine Augen hebe, treffen sie auf die Betonstrukturen, Hochhäuser oder steife Mauern ringsum. Durch die Löcher in den Wänden und Drahtbarrieren um meine kleine Welt herum berühren meine Augen nur die Netzwerke von Straßen, Teerwegen, Gassen oder Wegen, die sich auf unserem einst offenen Territorium spiralförmig strangulieren, über die schwere Fahrzeuge die ganze Zeit donnern, stürmen und hämmern.

Mama sagte unzählige Male, dass es keine Pfade, Straßen, Gassen oder Alleen in der Nähe unseres geräumigen Wohnortes gab. Wie immer beschrieb sie die gleichen trüben Ereignisse quälend - wie die

Wege, Straßen, Gassen und Alleen die offenen Flächen verschlangen. Ich hörte aufmerksam zu, bewegte mich nicht und blieb einfach unter dem spärlichen Licht an Mamas Seite.

Wie immer begann Mama leise und leise ...

Die Zeit verstrich, indem Tage und Nächte verbracht wurden. Alle blieben beschäftigt wie Ameisen, die sich um ihre eigene Erhaltung bemühten. Die Entwicklungs- und Wohlfahrtsbehörde hatte keine Zeit zum Ausruhen. Es wurden weitere Entwicklungsarbeiten in Betracht gezogen. Die weit entfernte Behörde erkannte, dass die Verbindung und der Kontakt zwischen dem Dorf und der Kontrollbehörde sehr gering und schlecht waren und die Entwicklungsarbeiten behinderten. Es sollte verbessert und korrigiert werden, um eine bessere Arbeit und Annäherung zu erreichen.

Die großen vierrädrigen Träger hatten Schwierigkeiten, ins Dorf zu gelangen, da die Wege eng, uneben, holprig und von Sträuchern, Dickicht und Unkraut durchsetzt waren und voller Löcher und Gruben waren. Darüber hinaus würde ein leichter Regen die Straßen unzugänglich machen. Die weit entfernte Kontrollbehörde forderte das Dorfarbeitsamt auf, in dieser Angelegenheit einen bequemen detaillierten Plan und ein Programm zu erstellen.

Der Häuptling und seine Gruppe zeigten großes Interesse und schickten ein großes "Ja" an die Behörde, da einige von ihnen bereits zweirädrige selbstfahrende Geräte gekauft hatten und mehr von ihnen sie besitzen wollten.

Sehr bald wurden wir von seltsamen und unangenehmen Geräuschen aufgeschreckt und aus dem Schlaf gerissen. Wir hörten das schnurrende und rasselnde Geräusch mehrerer großer und schwerer, kleiner und harter Räder, die vorwärts und rückwärts, rückwärts und vorwärts rollten, und die Gegend bebte durch das Rammen und Einschlagen der schweren Geräte. Manchmal kam ein beißender Geruch von etwas Geschmolzenem mit den Windböen und reizte alles um uns herum, einschließlich der Bäume und Blumen, und ließ uns unsere Nasen rümpfen. Aus der Ferne konnten wir die dichten schwarzen Rauchwolken sehen, die sich in die Atmosphäre kräuselten und sich auflösten.

Vielleicht hatten sie die Anweisung, die Arbeit schnell zu erledigen, deshalb zeigten sie Eile und arbeiteten bis spät in die Nacht hinein. An einem solchen Abend beobachteten wir, wie ein zweirädriger Behälter mit einem Schnabel darüber an der Stelle erhitzt wurde, eine flackernde Flamme darunter tanzte und der Schnabel riesige gekräuselte schwarze Rauchwolken ausspuckte.

Sie leerten das dicke schwarze geschmolzene Material in Eimern aus einem an den erhitzten Schnauzenfahrzeugen angebrachten Auslass und trugen es eilig zu dem bereits mit Kieseln, Schlägen und Rammpasten bedeckten Streifen. Das aus den durchlöcherten Eimern unten fallende geschmolzene

Material wurde in ein paar Schichten auf den geschlagenen Kieseln verteilt. Dann wurde ein großes und schweres Rollgerät auf dem Boden auf- und abwärts bewegt, um das Material auf dem Boden zu verkleben.

Als sie nach Mitternacht den Ort verließen, kamen wir als Gruppe heraus, um ihn auszuspionieren. Mit besonders großer Begeisterung sprangen einige von uns auf den gerade geklebten und eingeölten Pfad, und ihre Pfoten blieben im klebrigen, schwarzen Überzug stecken. Es war offensichtlich, dass sie Schwierigkeiten hatten, ihre Beine herauszuziehen, wie man an ihren verkrampften Gesichtern erkennen konnte. Wir zogen sie sofort aus dem Gewirr und verließen den Ort. So entstand ein schwarzer, öliger Streifen, der Tag für Tag vorrückte.

Bald sahen wir einen starken, geräumigen geteerten Streifen außerhalb unseres Territoriums, und in kürzester Zeit waren einige solcher langen oder kurzen Teerstraßen zu sehen, die durch unser Gebiet führten oder an ihm vorbeiführten; und zweirädrige, vierrädrige und andere schwere Rollträger begannen, in, durch und entlang unseres Gebiets zu fahren und mit hoher Geschwindigkeit von unbekannten Orten zu uns oder zu unbekannten Orten zu fahren.

Träger vom weit entfernten Büro fuhren täglich hin und her zum Wohlfahrtsgebäude. Chefs kamen und gingen, und der Häuptling begann außerhalb des Dorfes mit dem Wohlfahrtsfahrzeug zu fahren und verkündete, dass das Wohlergehen weiter ausgebaut werden würde.

"Was ist Wohlfahrt" und "was ist Entwicklung" war nie klar und ist auch heute noch nicht klar in meinem kleinen Kopf. Moms Meinung war: "Für sie ist das, was ihnen Vorteile und Gewinn bringt, natürlich nur für sie, Wohlfahrt und Entwicklung."

Jetzt kann ich klar erkennen, wie weit die Entwicklung geht - es geht um Veränderungen und Verluste. Es hat das Antlitz der Natur und unseres Gebiets verändert und viele Schäden und Verluste in allem Verhaltensweisen der belebten und unbelebten Dinge verursacht.

Einmal teilte ich diesen Gedanken mit Mama. Mama schaute mich an, schaute in den Himmel, grübelte eine Weile und sagte: "Dein verstehender Vater hatte einmal schmerzlich gesagt, dass die Herstellung von Rädern die Kraft der Veränderung beschleunigt hat und die Einrichtung des Entwicklungshauses sie noch schneller gemacht hat. Dein Vater fügte seufzend hinzu, dass die Verlegung von Teerstraßen und ihre Fähigkeit, Gegenstände bequemer und einfacher zu bringen, nicht nur in den Leben und Einstellungen der zweibeinigen Dinge, sondern auch in anderen Wesen und Objekten um sie herum Unheil brachte.

Sie waren in der Regel Dhoti-tragende Wesen mit einem langen, offenen, blassen Hemd, das ihre Oberkörper bedeckte. Zu Beginn fuhren sie auf den zwei-beinbetriebenen Trägern, saßen darauf, mit ihren Dhotis bis zu den Knien aufgerollt und hochgebunden. Die Teerstraßen und Räder brachten ihnen neue Kleidung, die sie aus weit entfernten Städten in ihr Dorf brachten und annahmen. Zweibeinige Unterkleidung, die ihre bloßen Beine verdeckte, ersetzte ihre Dhotis, die neu gemusterten farbigen Oberteile, die ihre Torsos bedeckten, machten die alten langen und locker sitzenden Hemden überflüssig. Einige begannen sogar, farbige Brillen über der Nase und unter den Augen zu tragen. Nun legten sie ihre übliche und gewohnte Kleidung ab und begrüßten ungewöhnliche und ungewohnte Kleidung. Ebenso gaben sie ihre alten bekannten Bräuche zugunsten neuer auf. Sie wurden zu neueren zweibeinigen äußeren Wesen und legten ihre gestrigen Verkleidungen ab und mutierten zu neuen Formen. Wir waren schrecklich verwirrt.

"Es sollte noch mehr kommen", sagte Mama, immer noch erstaunt und erinnerte sich an die bitteren Früchte, die die Straßen und Räder dem Gebiet bescherten.

Mama fuhr fort: "Überall war es dunkel, aber nicht beängstigend wie das blendende Licht von heute."

Ich hob meinen Kopf und sah um mich herum und sah überflüssiges Licht aus jeder Ecke eintreten. Ich sagte: "Es war abends immer völlig dunkel, oder? Normalerweise gab es nur tagsüber Licht. Ich habe noch keine Nacht gefunden, die so dunkel war, wie du es beschreibst."

Mamas Blick wurde auf einen Punkt in der Ferne gerichtet. Ich sah Dunkelheit in ihren Augen spielen.

Im nächsten Moment senkte sie ihre Augen, streckte ihre Vorderbeine auf den Boden und begann, ihren Hals ein wenig zu beugen...

"Eines Tages kamen zwei quietschende Wagen an und hinterließen auf der Straße zwei lange schwarze Linien. Lange Stangen ragten heraus, einige Rollen aus Metallschnüren waren an den Seiten mit Seilen befestigt und einige weitere Klammern und Clips wurden sicher darüber gestapelt. Die Wagen stapelten alle Dinge an einer bestimmten Stelle, von dort aus wurden später einige Stangen, Klammern und Clips an verschiedene Straßenränder gebracht; daneben wurden einige Rollen aus Metallschnüren abgeladen. Der Häuptling und einige ernannte Wesen des Arbeitszentrums waren um die Stellen beschäftigt. Die Arbeiter arbeiteten von morgens bis zum Einbruch der Dunkelheit, der Häuptling und die ernannten Wesen blieben ständig präsent und schrien ihre Anweisungen und Ratschläge."

Zuerst wurden die dicken unteren Teile der Stangen in die Erde getrieben, um sie hoch aufstellen zu können. Die Betonung des Häuptlings lag darauf, diese Stangen in seinem Bereich aufzurichten, den anderen Teilen wurde kaum Beachtung geschenkt.

Alle Rollen aus Metallschnüren, Klammern, Clips und langen Klettergeräte mit Stufen wurden entsprechend zu den aufgestellten Stangen gebracht. Die Arbeit daran begann und ging weiter.

Zwei kletternde Stufen wurden gegen jeden aufrechten Pfahl gelehnt; zwei Arbeiter, die auf den

Stufen ritten, kletterten vorsichtig bis zum oberen Teil jedes Pfahls und saßen auf der obersten Stufe, um mit geschickten Händen Klammern, Clips und andere seltsame Dinge an den oberen Teilen der Pfähle zu befestigen. Bei Einbruch der Dämmerung gingen die Arbeiter des Tages halb fertig nach Hause; die an der Spitze gebundenen Metallbänder hingen herunter, einige Enden baumelten von oben und der Rest lag auf dem Boden.

In dieser Nacht wurde ein Schakal in einer langen Metallschnur gefangen, die auf dem Pfad aufgerollt lag, als er von einer schmalen Dickichtallee auf die andere Seite lief. Glücklicherweise waren andere Schakale bei ihm. Sie retteten ihn mit ihrem schnellen Verstand, ihren scharfen Zähnen und ihren spitzen Krallen aus dem Knäuel und rannten keuchend zurück zu unserem Platz. Dieses Ereignis machte uns noch verwirrter darüber, was sie hier errichteten und wofür!

Einige Tage später kamen die Arbeiter wieder. Sie stellten die langen kletternden Geräte gegen die aufrechten Pfähle. Einige Wesen bestiegen das Gerät und erreichten die Spitzen, blieben halb gehängt und banden die baumelnden Metallbänder von Pfahl zu Pfahl straff zusammen. So verbanden sie innerhalb weniger Tage alle aufrechten Pfähle mit gespannten Metallbändern. Besondere Aufmerksamkeit wurde den vor dem Hingabe-Haus errichteten Pfählen gewidmet.

Danach versammelten sich eines Abends der lächelnde Häuptling, der Leiter des Arbeits-Hauses und andere Dorfbewohner vor dem Hingabe-Haus. Der safranfarbene, glatzköpfige Purohit salbte den Pfahl mit heiligem Öl. Er band drei goldene Kränze daran, die im wehenden Wind baumelten.

Dann begaben sich der Häuptling und der Chieftain zu dem Pfahl. Alle Dorfbewohner und der Purohit schauten erwartungsvoll nach oben.

Sie drückten beide ein kleines Stück Metall, das an der Seite des Pfostens befestigt war. Sobald das Metallstück gedrückt wurde, gab es ein Klickgeräusch von sich und das an der Spitze des Pfostens befestigte Glasstück leuchtete auf - die Gegend unter und um den Pfahl herum war von Licht umhüllt, als ob es einen kleinen Tag gäbe.

Alle klatschten begeistert Beifall und staunten. Die Kinder und Frauen standen fassungslos da, während das Klatschen und das Leuchten von oben weitergingen.

Später wurden nach und nach alle Pfosten mit den Glasstücken ausgestattet. Ein großer und schlanker Mann, der vom Arbeitshaus ernannt wurde - natürlich kam die Empfehlung vom Häuptling -, würde jeden Abend mit einem gehakten Schlitten in der Hand auf den Straßen herumgehen und das kleine Metallstück unter jedem Pfosten drehen. Dadurch würde jedes einzelne Glasstück leuchten und die gesamte Gegend würde im Licht baden. Bei Tagesanbruch würde dieselbe Person mit dem gehakten Schlitten erneut das Gebiet umrunden und das Licht mit einem Haken löschen.

Obwohl es teuer und angesehen war, wie wir aus ihren Prahlereien annahmen, hatten nach und nach einige Dorfbewohner ihre Häuser mit dem glitzernden Luxus geschmückt, aber nicht bevor der Häuptling sein Haus zum Leuchten gebracht hatte.

Mama erzählte immer noch ihre Geschichte, aber ihre Worte drangen nicht in meine Ohren. Ich stellte mir vor, wie das Gebiet von stockdunkel auf plötzliches Licht überschwemmt aussah und wie die erschreckten Tiere, Vögel, Würmer und Insekten vor dem plötzlichen seltenen Ereignis flohen. Später wurde mir auch bewusst, dass das Licht in Fetzen in unsere Höhlen eindrang, durch die buschigen Dickichte, unsere Wesen störte.

Mom gab mir einen Stoß an meiner Seite. Meine Sinne wandten sich zu Moms Erzählungen.

"Es brachte sicherlich Glanz und Glitzern, aber es brach sicherlich das Gleichgewicht von Tag und Nacht und störte den Zeitplan der Natur. Es beeinträchtigte die Magie des Mondes, des Mondlichts und den Zauber des Vollmonds. Diese unerwünschten Entwicklungen hatten mich mit unentschiedenen Gewissensbissen ergriffen. Dein Vater hat mich kürzlich wegen meiner plötzlichen Zurückhaltung befragt. Ich antwortete, ich bin nicht mit der Form der Dinge um mich herum im Einklang. Ich befürchte, dass das, was ich bisher wusste, falsch war, und vielleicht ist auch das, was ich erfahren werde, falsch. Was ist dann richtig? Als sensibler Mensch kannte er die Antworten sehr gut. Er wusste sehr wohl, dass unsere Bewegungsfreiheit und unsere Privatsphäre durch die Ankunft der unbekannten Eindringlinge eingeschränkt worden waren. Mit dem Bau von Beton wurde es noch kürzer; und jetzt mit dem Einzug des Lichts wurde es am kürzesten."

Die Zweibeiner waren sehr froh darüber, dass ihnen das Licht mehr offene Spielräume für ihre willkürliche Bewegung und ihr rücksichtsloses Treiben schenkte. Ihre liebevollen Abendgespräche dauerten länger in die Nacht hinein.

Ein wenig aufgeregt und gleichzeitig beunruhigt, stand ich auf und murrte. Mom berührte mich mit ihrer feuchten Nase und bat mich, mich hinzusetzen.

Die Natur wurde in der Vergangenheit und wird immer noch von Außenstehenden beraubt, durch ihr unermüdliches Abholzen von Bäumen, das Bauen von Beton, das Rattern der Räder und nicht zuletzt durch das intensive Flackern von Lichtern. Mit anderen Worten, sie sind diejenigen, die wirklich auf Reinigung aus sind. Ich befürchte, sie werden nicht aufhören, bevor sie die winzigen Wesen wie uns herausgeputzt haben.

Ich hatte die Dunkelheit oder schwarze Nacht, wie sie von Mom in ihren phantasievollen Erzählungen dargestellt wurde, nicht gesehen. Ich versuchte, die Dunkelheit oder Schwarzheit des majestätischen Ausmaßes zu konstruieren, von der Mom so begeistert war oder verliebt war. Doch ich schwankte bei dem Gedanken, dass das Licht nicht so schlecht war und bemerkte enthusiastisch: "Mom, was auch immer passiert ist, sie waren Außenstehende, aber sie haben hier zumindest etwas hinzugefügt, das die Dinge erhellt hat. Ich muss sagen, sie tragen viel Licht in ihren Köpfen."

Mom sagte nichts. Ich drehte meinen Kopf hoffnungsvoll zu ihr. Ich war eher ein wenig nervös, sie so stumm und schlaff sitzen zu sehen, was ich zuvor nie gefunden hatte. Ich wiederholte: "Liege ich falsch?"

Mom antwortete kalt: "Das Licht hat dich vielleicht geblendet. Sie haben Licht für sich selbst gebracht, nicht für dich. Ich bezweifle, dass sie wahres Licht oder die dunkel-schwarzen Kräfte mitgebracht haben, um die Natur zu entfesseln? Sie sind Naturzerstörer."

Aus Moms gebrochener Stimme erkannte ich, dass ich sie als abweichender Sohn vielleicht verletzt hatte und ich wollte mich entschuldigen. Doch bevor ich das tun konnte, murmelte Mom: "Sie sind Wesen mit eingeengtem Verstand und knausrigem Herzen, Übelkeimern im Reich der großzügigen und edlen Naturwelt, zumindest für andere, wie ich sie bisher kennengelernt habe."

Eine seltsame Eigenschaft, meine eigenen Überzeugungen zu hinterfragen, hatte sich in mir eingenistet, und das ist vielleicht ein Zeichen des Erwachsenwerdens, und diese Eigenschaft störte meine früheren Überzeugungen und Gedanken.

Ich saß ruhig da und wurde mir meiner eigenen Gedanken bewusst. Mom spürte das und sagte: "Ich werde dir eine Idee von ihren abwegigen schwarzen Gedanken geben."

Wenn die Ernte in einem Jahr aus irgendeinem Grund knapp war, würden sie sagen: "Die Vögel sind zahlreich, die Nagetiere sind ungezügelt. Sie haben die Ernte zerstört. Die Vögel sollten getötet oder verjagt werden, die Nagetiere sollten ausgemerzt werden."

Wenn irgendein Lebewesen in die Maisfelder geriet, wurde es als böser Eindringling bezeichnet. Es würde eingesperrt oder vertrieben werden. Aber wer würde erklären, dass diese Kreaturen keine Eindringlinge waren, sie weideten auf ihrem eigenen Land. Die Früchte und Körner des Landes waren ihre natürliche Nahrung. Die zweibeinigen Eindringlinge verhielten sich so, als wären sie die wahren und natürlichen Bewohner des Landes, sie waren überhaupt keine Eindringlinge oder Räuber. Als unschuldige und unwissende Wesen konnten die Kreaturen nie wissen, dass ihr Territorium usurpiert worden war. Sie hatten kein Konzept von Eindringen oder Eindringen, sie hatten wirklich keine Ahnung, und als solche bewegten sie sich auf dem Land wie zuvor.

Ich äußerte meine Zweifel: "Wer sind dann die natürlichen Besitzer? Wer sind die Eindringlinge? Wer entscheidet das?"

Mama sagte entschieden: "Natürlich gehört das Land denen, die hier geboren und aufgewachsen sind und die dieses Land mit Liebe und Respekt angenommen haben. Das Land gehört denen, die das Land respektieren, einander respektieren, die Rechte anderer friedlich anerkennen und nicht in die Freiheit und das Handeln anderer eindringen. Das Land gehört nur den edlen und guten Bewohnern."

"Sind sie nicht edel oder gut?"

"Sie mögen gut sein, aber nur für sich selbst."

Ich konnte nichts sagen, weil ich kaum verstand, was Mama eigentlich meinte, und als Reaktion schnaubte ich durch meine Schnauze.

Mama verstand meinen Gedanken, also versuchte sie es klarer zu machen.

"Sie sind von Natur aus Schuldzuweiser und selbstsüchtig. Immer wenn sie von einer bösen Zeit gebissen werden, werfen sie sofort die Schuld auf Vögel, Insekten, Nagetiere oder jedes andere unschuldige Geschöpf des Territoriums. Sie legen immer die Verantwortung für jedes Unglück auf andere kleine Geschöpfe."

Ich fragte besorgt: "Ist uns so etwas passiert?"

"Ja, viele, viele Male waren wir Opfer."

Meine Gesichtszuckungen zeigten, dass es etwas Grausames für uns war, das ich nicht mochte und nicht bereit war, zu glauben. Mama las meine stummen Gedanken und fuhr fort.

"Ereignis ist immer noch lebhaft in meiner Erinnerung, da es uns alle sehr verletzt hat."

Ich hörte auf zu denken und saß in Embryonalhaltung mit aufgerichteten Ohren da.

"Einmal starben in einem Dorf an einem Morgen zwei zweibeinige Wesen. Vor Mittag wurden einige von ihnen krank. Innerhalb der folgenden zwei Tage wurden viele von ihnen krank. Besonders die Kinder wurden Opfer dieser Krankheit, und der Tod von Kindern wurde zu einem regelmäßigen Ereignis."

Sie gingen zum Götterhaus, beteten und verehrten dort auf Anraten der Ältesten. Sie vollbrachten harte und strenge Buße auf Anraten des Priesters. Sie opferten schwarze Ziegen dem Idol. Nichts konnte die Krankheit und den Tod aufhalten. Die Todeszahlen stiegen eher.

Die Älteren, Klugen, der Priester und der Mediziner, organisiert und angeführt vom Häuptling, hatten eine hitzige Diskussion. Ihre Wut fiel auf die wilden Dinge; sie hielten sie für verantwortlich für das Geschehen. Sie beschuldigten die Vögel, die Nagetiere, die vierbeinigen Dinge wie uns. Aber ihr Hauptziel wurden die Fledermäuse - vielleicht wegen ihrer schwarzen Farbe und seltsamen hängenden Gewohnheiten.

Also wurden sie vehement und wütend auf die kleinen Kreaturen. Sie gingen den Vögeln nach, indem sie sie erschreckten und töteten. Sie begannen, die Nagetiere zu zertrümmern und zu zertreten. Sie warfen Steine oder Schleudern auf uns bei der geringsten Sicht. Sie fällten die Fledermäuse regelmäßig und verbrannten sie brutal. Das Gemetzel dauerte an, bis die Krankheit abgeflaut war und sie aufhörten, als der Priester sie für sicher erklärte.

Im Prozess wurden die Hälfte der Vögel, Nagetiere und Fledermäuse dezimiert. Nach der Dezimierung gab es eine prunkvolle und festliche Anbetung im Idolhaus mit den getöteten Opfern von Ziegen und endete mit einem großen üppigen Festessen vom Fleisch der geopferten Ziegen.

Die Erinnerung verfolgt mich noch immer; Ich kann es nicht vergessen ... sagte Mama, ihre Augäpfel wurden still und sie schwieg.

In diesen Tagen ist Erinnerung und ihr Nachdenken meine Stütze. Sie hält mich als Letzter der Schakale, der ich bin, am Leben. Um zu leben, verlasse ich mich auf die Erinnerungen, die Mamas Erinnerungen waren, die sie mir durch Geschichten erzählt hat und die meine wurden. Die Geschichten sind meine einzige Verbindung zu meinem Vater, meinen Vorfahren und meinem Schakal-Clan.

Oft gehe ich an den schattigen Ort unter einem stacheligen Busch, wo Mama mich zu den Geschichten mitgenommen hat, und setze mich dort hin und höre ihr berauscht zu. An diesem Abend mache ich dasselbe und setze mich genau dort hin, und als ich meinen Blick auf das ferne Ende gerichtet halte, wird Mamas sitzende Figur lebendig. Ich sehe klar, wie sie ihren alten Brauch mit mondigen Augen am Himmel betrachtet, dann leise durch ihre leicht flatternden Nasenflügel atmet und geradeaus blickend anfängt...

"Wir sind auf einen kleinen Raum beschränkt, und obwohl er ein wenig getrennt ist und mit Sträuchern und Büschen übersät ist, hat uns die Angst nicht verlassen, dass sie jederzeit auf dieses kleine Gebiet treten könnten, wenn es denn damals ein Gebiet war; und es war praktisch ein Vergnügungspunkt oder ein Punkt des Schweigens für die heimlichen Arbeiten einiger von ihnen."

Ich weiß nicht, warum sie immer unser Gebiet für ihre heimlichen Arbeiten wählen. War es wegen seiner abgelegenen Natur, seiner seltsamen Ruhe oder seiner verbergenden Charaktereigenschaft?

Ich sage: "Ich verstehe, dass du sie mit etwas skeptischen Augen betrachtest."

"Ja, das tue ich."

Aber warum, Mama?"

"Wegen ihrer schlüpfrigen Tendenzen."

"Ich finde nicht alles an ihnen schlüpfrig oder hinterlistig."

Ich sehe klar vor mir, wie Mama sagt: "Wenn es so wäre, wäre ich der glücklichste Schakal. Aber ihre jahrelangen Trends und die Art ihrer Aktivitäten haben unsere gedankliche Einstellung geprägt." Ich denke bei mir: "Ich stimme nicht vollständig mit dir überein, Mama." Aber ich denke auch bei mir: "Zweifel schleichen sich manchmal wirklich in die erworbenen Gedanken ein, die ich auch nicht verleugnen kann."

Vielleicht besänftigt meine Zustimmung zu dieser Meinung sie nicht, und sie hält ihren Mund und wird schweigsam. Ich stieß sie an, aus ihrer Schweigsamkeit herauszukommen, aber sie war nicht da, ich hatte einfach eine Wachträumerei.

In Wirklichkeit schwieg sie seit einigen Tagen verblüffend, was mir überhaupt nicht gefiel. Ich wollte sie sprechen und Geschichten erzählen sehen. Ich war so begierig darauf, ihren Geschichten zuzuhören, dass eine Nacht ohne ihre Geschichten eine Nacht ohne den Mond oder ein Vogel ohne Federn war.

Also, um schließlich nah bei ihr zu sitzen, nah mit jedem Teil meines Körpers, betete ich informell: "Könnten Sie meine Zweifel beseitigen? Ich konnte dem, was Sie vorletzten Tag mit 'dem Formen von verbogenen Gedanken' meinten, nicht wirklich folgen."

Mom starrte eine Weile in meine Augen, mit Zweifel oder was ich nicht weiß; aber sie kam ruhig heraus.

"Eines Abends, als wir uns gerade darauf vorbereiteten, herumzugehen, sahen wir einen aufrechten Menschen in unserem Gebiet. Er lief nicht wirklich hinein, sondern schlich sich mit Pfotenschritten in unser Gebiet, um die Geräusche von Schritten zu verbergen. Er hielt an einer dunklen Ecke an. Wir bemerkten, dass er in einer seiner Hände einen schweren flexiblen Beutel mit einer offenen Seite trug. Er stand dort still und schaute auf den Boden. Dann sah er sich mit einem diebischen

Blick um und kauerte sich langsam hin. Er nahm ein langes Metallstück aus seinem Beutel und begann hastig zu graben. Als ein wünschenswertes Loch fertig war, holte er zwei flache Pakete aus seinem Beutel heraus. Zuerst streichelte er die Pakete mit seinen offenen Handflächen, dann küsste er sie und senkte sie nacheinander in das Loch. Dann nahm er einen vorsichtigen Blick auf sie und füllte das Loch mit den ausgegrabenen Böden und machte es gleichmäßig, um es so einfach wie eine plane Erde aussehen zu lassen. Danach nahm er eine dornige Pflanze aus seinem Beutel und pflanzte sie mit äußerster Sorgfalt auf die ausgeglichene Erde. Nachdem er den Ort zum letzten Mal beobachtet hatte, schlenderte er davon."

Ich sagte nachdenklich: "Ich kann die Angelegenheit kaum verstehen."

Mom nickte: „Wir auch. Aber der Vorfall erzeugte nichts als Verdacht. Danach gingen wir jeden Abend, wenn wir rauskamen, zu diesem Ort und schnüffelten herum, um eine Vermutung anzustellen, was an diesem Abend passiert sein könnte."

Kaum wenige Tage vergingen, als ein weiteres Wesen auf die gleiche Weise herankam, nachdem die Dunkelheit den Ort vollständig verborgen hatte. Auch er hatte ein Grabwerkzeug in der Hand. Zuerst untersuchte er den Ort und strich hier und dort. Dann begann er, den Ort zufällig auszugraben, ohne sicher zu sein. Er suchte nach etwas Verborgenem unter der Erde. Aber er scheiterte. Und als er erfolglos war, verließ er den Bereich wütend und warf das Werkzeug weg, und ließ die ausgegrabenen Löcher unfilled.

Dieses dubiose Wesen hatte den Ort nicht mehr als fünf Tage verlassen, als drei Fußgänger das Gebiet betraten. Sie saßen sich in einer abgelegenen Ecke gegenüber und bildeten eine dreilinige Netzfigur, holten eine Flasche und ein paar Tontöpfe heraus. Jeder bekam einen Tonkrug und die Flasche wurde in die Mitte der von ihnen gebildeten Figur gestellt. In einem anderen Teller wie einem Topf wurde etwas Gebratenes vor ihnen aufbewahrt. Einer von ihnen goss einen trankähnlichen Flüssigkeit aus der Flasche in die leeren Tonkrüge. Dann hoben sie die gefüllten Tonkrüge lächelnd an ihre Nasen und klirrten die Krüge zusammen, während sie die Flüssigkeit schlürften und das Gebratene knabberten. Nach einer Stunde standen sie schwankend auf und taumelten davon, ließen die leere Flasche und die Tonkrüge auf dem Boden umgedreht zurück.

„Nun, mein Sohn", fragte Mama, „wird durch die obigen Handlungen etwas klar? Haben sie unseren heiligen Bereich gewählt, nicht ihren eigenen, für ihre geheimen Handlungen? Habe ich Unrecht oder die Schuld, nach vielen solchen Beispielen, wenn ich sie zweifelhaft oder unvertrauenswürdig betrachte?"

Ich grübelte und grübelte nach. Ich hatte keine Antwort. Mama machte eine Pause, atmete schwer ein und begann dann wieder zu erzählen.

"An einem Abend schlenderten wir vorsichtig umher. Es war überall dunkel, da es eine Neumondnacht war", erzählte Mom weiter. "Neumond und starker Regen brachten uns nie gute Nachrichten. Das sagte sie und sah mich an." Ich bestätigte: "Ja." Dann fuhr sie fort.

"Wir schlenderten umher und die Kinder rannten von einem zum anderen. Einige von ihnen waren sehr fröhlich, frech und wollten ein bisschen herumtollen; die Senioren hielten sie ständig zurück."

Plötzlich spitzten wir die Ohren, als wir aus einer Ecke schwere Schritte hörten. Drei strenge Wesen stürmten in das Gebiet und zogen ein ängstliches Wesen an seinem Kleidungseck durch den Boden. Sie standen um das gefürchtete Wesen herum und einer zog an seinem Hemdkragen, ein anderer wollte etwas aus seinem Mund herauspressen. Das festgehaltene Wesen stand in Panik, seine Lippen bebten und sein Gesicht wurde blass. Einer von ihnen verpasste ihm einen schweren Schlag ins Gesicht. Dann begannen sie ihn von links nach rechts zu schlagen. Das arme Wesen fiel auf den Boden und stöhnte. Die drei strengen Wesen traten ihn wütend. Das Stöhnen hörte auf, Blut floss aus der Nase und dem Mund des armen Wesens. Sie betrachteten das arme Wesen, das still und blutend auf dem Boden lag, und traten ihn mit ihren letzten Schlägen, bevor sie davonliefen.

Wir waren total schockiert: "Was war los? Warum passierte das bei uns?"

Mom machte hier eine Pause, um mir Zeit zum Nachdenken zu geben. Ich dachte nach, aber ich geriet in eine Sackgasse. Ich wurde sprachlos und stand unwissentlich auf.

Mom hatte andere Dinge im Kopf. Sie bemerkte, dass die Stimmung etwas trübe wurde und öffnete ihre Kiefer leicht als Geste des Wohlwollens. Ich sah einen Hauch von einem Lächeln.

"Zwischendurch gab es auch eine angenehme und freundliche Szene", fügte sie hinzu. Ich setzte mich wieder hin und konzentrierte meine Ohren und meinen Geist zusammen mit Mom, denn ich wusste, dass keine traurige, sondern eine interessante Geschichte folgen würde.

"Gerade nach Einbruch der Dunkelheit spazierten gelegentlich ein netter Junge und ein süßes Mädchen in unser Gebiet. Sie sahen sich jeden Moment an, und während sie sich ansahen, leuchtete ihr ganzes Gesicht auf und öffnete sich ohne Grund in ein Kichern. Manchmal würde das Mädchen eine süße Note summen und der Junge würde sich auch dem Summen anschließen. Sie würden Hand in Hand gehen, sich manchmal nahe kommen, um sich zu berühren, und schließlich unter einem Baum voll winziger weißer Blumen sitzen, die die Luft mit ihrem süßen Duft erfüllten. Und unter dem Schutz des Aromas würden sie sich intim nähern.

Ich unterbrach sie: „Warum werden sie intim und wofür?"

Mom dachte einen Moment nach und sagte ruhig: „Es ist ganz natürlich. Wenn du erwachsen wirst,

wirst du das verstehen. Jeder junge Schakal hat das gewollt und erobert, ohne Bedenken."

Ich versuchte mir vorzustellen, was „intim" bedeutet und warum man das mögen würde. Ich bemühte mich sogar, herauszufinden, wie man sich in solch einer „intimen" Situation fühlen würde. Aber all meine Vorstellungen waren vergeblich.

Ich beobachtete Mom ebenfalls aus den Augenwinkeln und sah ihre Kiefer wieder mystisch von Ohr zu Ohr aufspringen. Ob ich es verstand oder nicht, aber ich freute mich, so auf ihre Aussagen zu reagieren.

Im nächsten Moment versank sie wieder in einer ernsten Schwermut und sagte aus dieser Schwermut heraus ernsthaft: „Ein sehr abscheuliches und brutales Ereignis würde kommen, das deine Zunge und deinen Geist betäuben würde."

Ich sagte besorgt: „Mom, was ist das für ein vereitelndes Ereignis?"

Mama zeigte auf den Himmel: "Siehst du, der Mond bereitet sich darauf vor, sich an den westlichen Himmel zu lehnen. Wir sollten aufstehen und jagen, bevor der Mond sich zurückzieht." Ohne Zeit und Worte zu verschwenden, stand Mama auf und ging voraus, und wie ein gehorsamer Sohn folgte ich ihr.

In letzter Zeit ist etwas schiefgegangen mit den zweibeinigen Wesen, schiefgegangen mit dem Territorium, schiefgegangen mit dem Schicksal der kleineren Wesen, die hier lebten und immer noch unglücklich leben.

Sie sind, die aufrechten, nicht zufrieden mit dem, was sie bisher hatten. Sie wollen mehr, etwas mehr, irgendetwas. Ich bezweifle, dass die Definition dieses "Etwas" für sie jemals klar ist. Sie haben immer den schiefen Weg im Namen des Fortschritts gewählt, obwohl der fragwürdige Fortschritt und die Entwicklung für sie bedeuteten, den Komfort und das Wohlbefinden auf Kosten des Lebens und des Raums anderer zu erreichen.

Ich habe keine Hemmungen zu sagen, dass sie anfangs umgängliche und freundliche Wesen waren, sie waren von Anfang an so bestimmt. Jetzt sind sie Streithähne; sie streiten mit anderen und untereinander bei der geringsten Provokation und Problemen.

Sie waren anfangs Anbauer. Sie bauten für sich selbst Kulturpflanzen und Gemüse an. Jetzt bauen sie nichts mehr an, nicht einmal eine Handvoll oder einen Bissen. Sie sind von anderen entfernten Anbauern abhängig.

Sie haben keinen einzigen Fleck Land für grüne Flächen gelassen. Betonpflanzen wurden auf jedem Stück Land gepflanzt. Sie haben ihre Behausungen an jedem möglichen Ort gebaut und haben andere Kreaturen des Territoriums insgesamt in der Anzahl überschritten. Sie haben ihre Anzahl und Kapazität derart überschritten, dass sie jetzt gedrängt aufeinander leben.

Jetzt, für ihren Anstieg in der Bevölkerung und Lust nach mehr, brauchen sie immer mehr von allem: mehr Land, mehr Wohnungen, mehr Nahrungsmittel, mehr Kleidung, mehr, mehr, immer mehr.

Früher konnten sie hunderte von Meilen zu Fuß gehen, überall hin; jetzt, wenn sie eine halbe Meile gehen, haben sie Schmerzen in den Beinen und der Leiste und fühlen sich erschöpft. Sie brauchen jetzt Träger, um sie von einem Ort zum anderen zu tragen, selbst für minimale Entfernungen.

Sie brauchen immer mehr Kauf- und Verkaufsecken, da sie jetzt nichts mehr besitzen; Alles, was sie benutzen, muss aus entfernten oder entlegensten Orten gekauft werden, um für sie verkauft zu werden, weil sie sich von Anbauern zu vollständigen Käufern entwickelt haben. Alles, was sie brauchen und benötigen, muss von Ecken, Kabinen oder großen oder kleinen Verkaufsstellen bezogen werden, kein anderer Weg.

Daher ist das Grundbedürfnis für sie Land. Sie brauchen immer mehr Land. Sie sind nicht die ursprünglichen Bewohner des Gebiets, also können Länder nur von anderen Bewohnern genommen werden - durch Ergreifen, Aneignen, durch Vertreibung der ursprünglichen Bewohner, insbesondere der Schwachen und Minderjährigen, die ihren Besitz nicht widerstehen und schützen können.

Keine Vermutung oder Annahme, wir leben in einer schrägen Zeit, an einem schrägen Ort, unter schrägen Wesen, die alles schräg machen würden.

Ich hörte geduldig zu, wie Mom ihre langen apokalyptischen Offenbarungen aussprach und fragte mich, warum sie so lange sprach. Mom schaute mich an und sagte: "Du magst denken, warum so ein langes Gespräch! Es war die Version deines Vaters von Besorgnis, und es gab definitiv Gründe dafür, denn dein Vater warf nie Steine im Dunkeln. Ich habe ihn damals auch genau beobachtet wie du."

Dein Vater sagte: "Ich kann es nicht genau erklären, aber mein Gefühl sagt mir, dass uns noch schlimmere und sinisterere Ereignisse bevorstehen. Die aktuellen Vorzeichen deuten darauf hin."

Ja, innerhalb weniger Tage ereignete sich ein unheilvolles Ereignis, ja, in unserer unmittelbaren Umgebung, ein abscheuliches, aber sicherlich vorahnendes Ereignis. Ich konnte mich nicht mehr zurückhalten und wurde gespannt wie ein Flitzebogen, ich rief aus: "Erzähl mir alles, Mom. Es scheint, als wäre es mehr als eine Geschichte."

Mom zögerte, bevor sie ihre Geschichte erzählte, und überlegte etwas abwesend, bevor sie fortfuhr...

Es war dunkel und mitten in der Nacht. Der Mond war verhüllt. Die Blätter der Bäume waren still, da kaum ein Windhauch wehte. Eine unheimliche Beklemmung hatte die Atmosphäre ergriffen. Wir lagen da und hoben unsere Nasen, um mehr Luft einzuatmen und uns zu beruhigen.

Plötzlich hörten wir Schritte, die uns aufschrecken ließen. Wir konnten kaum verstehen, was es war, als ein junger Junge mit unregelmäßigen und chaotischen Schritten hereinkam, sein Gesicht bleich und von Panik gezeichnet. Er setzte sich in der Mitte zusammengekauert hin und keuchte vor Angst, sein Gesicht zwischen seinen gebogenen Knien versteckt.

Vier andere rauflustige Wesen stürmten in unser Gebiet. Sie suchten rechts und links und umher nach etwas oder jemandem. Scharfe und spitze Waffen glänzten in ihren Händen im schwachen Licht, das durch den bewölkten Himmel fiel. Der panische und gekrümmte Junge sah sie durch den dunklen Schleier und rannte in eine unsichere Richtung, so schnell wie seine zitternden Beine ihn tragen konnten. Aber die vier grausamen Wesen, die später eintraten, waren sehr hartnäckig und rannten mit schweren Schritten schneller und ergriffen den armen Jungen an seinem Hals und würgten ihn vehement. Der panische Junge vergaß fast zu schreien. Er verlor auch die Kraft des Widerstands. Die grausamen Wesen verschwendeten kein Wort oder keine Zeit und stürzten sich auf ihn im Tandem. Ihre scharfen, spitzen Waffen gingen auf und ab auf den armen Jungen. Er hob seine schlaffen Hände, um sich zu verteidigen, aber vergeblich - tödliche Schläge fielen nacheinander auf ihn. Der Junge fiel auf die Knie. Ein großer Tritt ging auf seinen Rücken; er fiel auf den Boden, seine Gliedmaßen waren ausgebreitet. Ein letzter Schlag auf seinen Rücken, seine Gliedmaßen bewegten sich für einige Momente und wurden dann still. Die vier Angreifer standen einige Sekunden lang da, stießen dann den gefallenen Körper mit ihren Beinen, um sicher zu sein, und watschelten dann vom Tatort weg.

Am nächsten Morgen kamen die uniformierten und schlagstockbewehrten Wesen. Sie untersuchten den Körper und die Umgebung, maßen dann etwas und einige Entfernungen um den Körper mit einem Maßband und markierten den Bereich mit einigen Pfählen. Sie notierten alles, was sie in der Umgebung verdächtig oder unverdächtig fanden, und schrieben immer wieder etwas in ihr Notizbuch. Dann nahm einer von ihnen eine kleine kastenähnliche Vorrichtung heraus, und mit einem Aufblitzen von momentanen Lichtern in Verbindung mit Klickgeräuschen wurden möglicherweise alle Informationen in die Vorrichtung gestempelt, wie wir annehmen.

Alle aufgezeichnet und erledigt, luden sie den leblosen Körper in einen geschlossenen Träger und fuhren los. Auch die uniformierten Wesen verließen den Ort in ihrem Fahrzeug und folgten dem beladenen Träger.

Während des ganzen Tages besuchten viele Dorfbewohner neugierig den beschmutzten Ort. Sie sahen sich die blutige Stelle an und verließen sie murmelnd.

Wir befürchteten, dass sie sich an uns rächen würden. Zum Glück gaben sie uns dieses Mal nicht die Schuld an dem Vorfall. Diejenigen, die den Körper vor der Abholung durch die uniformierten und knüppeltragenden Wesen gesehen hatten, waren sich aufgrund der Schnittmarken, die auf dem Körper zu sehen waren, sicher, dass die Tat von rachsüchtigen Zweibeinern begangen worden war.

Aber bevor die uniformierten und knüppeltragenden Wesen den Ort verließen, hatten sie den Schaden angerichtet, den sie konnten. Bevor sie gingen, verkündeten sie ihre beobachtete Meinung, Warnworte an die Dorfbewohner: "Im Laufe unserer Untersuchungen haben wir viele Löcher, Gruben und unheimliche Verstecke festgestellt. Das sind die Wohnorte der vierbeinigen, geklauten und scharfzahnigen Tiere. Sie sind hier reichlich vorhanden. Sie sind besonders gefährlich für die sanften Zweibeiner wie uns. Das Gebiet sollte so schnell wie möglich von diesen Tieren befreit werden."

Die Einfluss und Macht des Häuptlings wuchs von Tag zu Tag. Jetzt war er der Chef des Dorfes und diktierte alles nach Belieben. Die Dorfbewohner konnten auf keinem Weg "Nein" zum "Ja" des Häuptlings sagen. Das Dorfentwicklungshaus arbeitete praktisch auf sein Geheiß hin. Er hatte große Anhänger gewonnen, die alles blindlings tun würden, was er anordnen würde. Er würde Kabinen im Einkaufs- und Verkaufsgehege an jeden vergeben, den er wollte. Er konnte für jede Struktur an jedem Ort des Dorfes Genehmigungen erteilen. Jedes junge Wesen, das seinem Gefolge angehörte, konnte in jedem Geschäft, Ort oder sogar im Dorfentwicklungshaus einen Job bekommen.

Eines Tages sahen wir eine lange Reihe von Dorfbewohnern, die in einer Prozession gingen, jeder hielt einen Stock mit einem Stück farbigem Tuch an der Spitze, heulend-schreiend-wedelten sie mit den Händen. Die Prozession ging in einer Ameisenlinie in eine weit entfernte Stadt, der Häuptling ritt auf einem Träger vorne weg. In den folgenden Tagen waren die jungen Anhänger damit beschäftigt, im Dorf kleine Papierstücke hier und dort an die Wände oder an auffälligen Orten zu kleben. Sie steckten kleine farbige Tücher auf kleinen Latten überall hin, die im Wind flatterten.

Der Boden vor der Verkaufsecke wurde mit Papierketten, Papierausschnitten und langen Tüchern mit etwas Beschriftung geschmückt, die überall hingen. Am Ende des Platzes wurde eine erhöhte flache Plattform gebaut.

Eines Tages versammelten sich ab dem frühen Morgen eine große Anzahl von Dorfbewohnern auf diesem geschmückten Platz und nahmen vor der erhöhten Struktur Platz.

Ein großer weißer vierrädriger Träger kam an. Die Sonne, die auf seinen verglasten Körper fiel, reflektierte in herrlichen Glitzern. Ein großer, bauchiger Mensch, gekleidet in weiße Roben mit einem langen orangefarbenen Band, das locker über seine Schulter gelegt war und dessen Enden über seine rundliche Brust schwebten, stieg aus dem Träger aus. Seine Ankunft erregte eine gewisse Aufregung in der Versammlung. Der Häuptling eilte schnell herbei, um den bauchigen Menschen in der Versammlung zu begrüßen und führte ihn auf die erhöhte Plattform. Der bauchige Mensch flüsterte dem Häuptling etwas ins Ohr und zeigte mit seinem Zeigefinger auf unser Gebiet, während er geführt wurde.

Innerhalb weniger Minuten sahen wir ihn von dem begeisterten Häuptling angeführt auf unser Gebiet zukommen, gefolgt von einer langen Reihe von Wesen.

Er ging durch das ganze Gebiet und beobachtete alles genau. An einer Stelle hielt er an und zeigte auf die Gruben und Löcher und fragte: "Was ist das?" Der Häuptling erklärte: "Einige Schlangen leben dort, ein paar Nagetiere verstecken sich dort, und die großen Gruben sind die Lebensräume einiger Schakale, aber sie sind sehr wenige." Der wichtige Mann hörte aufmerksam zu und sagte: "Ich habe von den Schakalen gehört. Wie sehen sie aus?" Der Häuptling wollte hier seine Kenntnisse zeigen und sagte eifrig: "Sie haben schmale hervorstehende Mäuler mit scharfen Zähnen, sind stämmig gebaut, haben Fell auf ihrem ganzen Körper, buschige Schwänze, lange, scharfe Krallen und sie sind fleischfressend, lieben Fleisch und Blut." Der wichtige Mann stoppte ihn dann und schaute besorgt für ein paar Sekunden umher und befürchtete: "Sie müssen wütend sein!" Der Häuptling sagte nichts, nickte aber nur, ob affirmativ oder negativ war nicht klar. Der wichtige Mann sagte: "Nagetiere ruinieren Ernten. Sie verbreiten Pest." Der Häuptling nickte auch hier nur.

Der wichtige Mann bemerkte erneut: "Giftige Schlangen dürfen in der Nähe eines sich gut entwickelnden Dorfes nicht gedeihen." Der Häuptling stimmte hier zu: "Ja! Ja!"

Dann kehrten sie zur erhöhten Plattform zurück. Nachdem er in der Mitte der Plattform Platz genommen hatte, wurde er zuerst vom Häuptling und dann von seinen engsten Mitarbeitern mit Blumenketten geschmückt. Die Versammlung begann, in ihre Hände zu klatschen und ihn anzurufen.

Sie riefen: "Zindabad", die wichtige Person! "Zindabad", der Häuptling! Lang lebe! Lang lebe! Jai ho! Jai ho! Der Sieg sei zu ihren Füßen! " Während des Jubels und der Rufe hielt der wichtige Anführer eine brennende Rede. Der letzte Teil seiner Rede betraf dieses Gebiet. Es ist ein sich entwickelndes Dorf (Applaus hier). Es hat immense Möglichkeiten (großer Applaus) zur Verbesserung und Erneuerung. Es hat alle Elemente, um in eine pulsierende Stadt mit Luxus, Möglichkeiten und modernen Privilegien (ununterbrochener Lärm) verwandelt zu werden.

Nach der Entwicklung müssen mehr Betonstrukturen errichtet werden. Mehr produzierende Maschinen sollten herangebracht und installiert werden. Der Wohlstand liegt dort, nicht in alten und abgenutzten Pfaden. Das Dorf wird nur dann reich werden und alle Annehmlichkeiten, Luxus und Möglichkeiten für jeden zugänglich machen ... er hielt hier an und sah zum Häuptling, vielleicht um zu sehen, wie der Häuptling sein Signalhorn bläst.

Der Häuptling erhob seine Hände in Anerkennung. Die Menge ging weiterhin aufgeregt zu applaudieren und zu schreien.

Der Anführer fuhr fort: "Ich habe gerade eine leere Fläche besichtigt. Sie bleibt immer noch unberührt und nutzlos. Aber das Gebiet ist voll von falschen Schlangen, schädlichen Nagetieren und wütenden Schakalen. Sie stellen immer eine Gefahr und unbegrenzte Schäden dar. Das Gebiet muss von diesen unerwünschten Dingen befreit werden. Das Gebiet sollte gereinigt und geebnet werden, damit wir es nutzen können. Wir brauchen immer mehr Land. Überflüssige und unnötige Bäume sind überall gewachsen. Durch ihre Entfernung können wir eine große Fläche Land erwerben und sie nutzen, um dieses Dorf zu einer üppigen und prächtigen Stadt zu machen ... " Er hielt hier wieder an und warf seinen strahlenden Blick umher, dann fuhr er fort: "Aber ich wiederhole hier, zwei oder drei Bäume sollten ausgelassen werden, sonst sieht es kahl aus oder es könnte aussehen, als hätten wir das Gebiet geplündert. Später können Blumentöpfe an den Stellen zur Verschönerung hinzugefügt werden."

Er beendete seine Rede mit einem großen Beifall.

Dann nahm der Häuptling den zentralen Platz zwischen besonderen Aufregungen ein. Er sprach viele saftige und pikante Worte und blies für den Anführer das Signalhorn und sagte: "Ich werde im

Gedächtnis behalten, was der ehrenwerte Anführer ausgedrückt hat. Ich versichere Ihnen, dass ich all meine Anstrengungen dafür einsetzen werde. Ich weiß, was unser Anführer sagt, das tut er auch."

Nach diesem Treffen und Redetag war das Gespräch im Dorf das Stück Land, auf dem wir lebten.

Die uniformierten und mit Knüppeln bewaffneten Wesen wurden zu einer Essensparty eingeladen. Der Häuptling hielt während dieser Party eine Sitzung mit ihnen ab. Er besprach mit den uniformierten Wesen, vielen seiner engsten Mitarbeiter und einigen wichtigen Wesen des Dorfes. Am Ende des Treffens kamen alle lachend und fröhlich heraus. Um ehrlich zu sein, waren wir uns nicht bewusst, worum es bei dem Treffen ging, aber ihr Lachen und ihre Fröhlichkeit bedeuteten etwas anderes, vielleicht Boshaftigkeit.

In den folgenden Tagen war eine besondere Aktivität mit extra Eifer bei einigen Wesen sowie an einigen Orten des Dorfes zu beobachten. Der Häuptling und seine servilen Mitarbeiter wurden durch die brennende Rede des Anführers inspiriert und wurden außergewöhnlich aktiv.

Eine Ansammlung von jungen, harten und muskulösen Jungen fand sich um das Sitzhaus des Häuptlings herum verstreut. Nachdem der Häuptling und die beauftragten Wenigen die Jungen untersucht hatten, sortierten sie eine gute Anzahl von eifrigen Jungen aus. Sie wurden zu einer Bande gemacht und jeder von ihnen wurde mit schweren, harten und tödlichen Waffen ausgestattet. In den folgenden Tagen tobte die Bande ausgerüsteter Jungen durch das Gebiet, stampfend und tyrannisierend.

Eines Morgens wurde die Truppe auf dem Landstück, von dem der Anführer sprach, losgelassen. Ihr Sturm hielt unvorhergesehen in unseren Gebieten zu unerwarteten Tageszeiten an, oft am Mittag, manchmal am Abend und sogar nach Einbruch der Dunkelheit. Am Ende jedes Sturms würden die Bandenjungen das Sitzhaus des Häuptlings besuchen und mit einem Bündel rosa, orangefarbener oder grüner Papiere herauskommen.

Zuerst machten sie Jagd auf die Nagetiere. Sie legten Giftköder in die Nagetierlöcher. Einige Nagetiere kamen aus den Löchern herausgewackelt und starben im Freien. Andere flohen vor Angst in weit entfernte Orte. Um sicherzugehen, dass keine Nagetiere überlebten, füllten sie die Löcher mit Wasser. Nach zwei Tagen Sprühregen waren die Löcher gefüllt und tote, aufgeschwemmte Nagetiere trieben an der Oberfläche.

Die Operation Nagetier war erfolgreich abgeschlossen.

Dann waren die Reptilien dran. Sie waren arme Kreaturen und leicht zu erbeuten, da sie teilweise taub und blind waren. Die grausame junge Truppe streute Köder um ihre Löcher herum und lauerte in Stille.

Erst kamen die gespaltenen Zungen herausgeflackert, dann folgte der kegelförmige Kopf und schließlich wand sich der ganze schlanke Körper langsam um die Köder. Die lauernde Truppe wartete nicht lange und schlug und zerschmetterte sie bis zum Tod.

Bald hielten die Reptilien Ausschau nach der List und hielten sich von den Ködern fern. Die schlauen Truppenmitglieder warteten ein paar Tage und änderten ihre Strategie. Sie begannen, ein scharfes Liquidum in die Löcher zu gießen. Die Reptilien konnten den scharfen und beißenden Geruch nicht ertragen und begannen aus den Löchern zu kriechen. Dort wurden sie sofort erschlagen, gestampft oder zerquetscht.

Wir wurden unverhältnismäßig besorgt und warteten auf unsere Wende. Aber sie blieben still und vermieden es, unseren Bereich für längere Zeit zu betreten. Das machte uns noch besorgter.

Ihr Vater und andere Älteste saßen zusammen, besprachen die Situation und den Ausweg daraus, denn wir waren sicher, dass sie uns eines Tages angreifen würden. Ihre Meinungen schwankten, aber die Ansicht der meisten Jackals war: Der beste Weg, um zu überleben, war, diesen Ort wieder zu verlassen.

Verlassen! Wie oft schon? Wo ist unser eigenes Land? Wieder in das Unbekannte treiben? Wieder mein Zuhause aufgeben? Wie oft schon? Wie die Gedanken der früheren Jackals, drehten sich auch diese beunruhigenden Fragen in meinem Jackal-Verstand. Trotz dieser Bedenken achtete ich auf Mamas Beschreibungen.

Wir waren uns vielleicht nicht sicher, aber die Zweibeiner waren sich nie unsicher über ihre Absichten. Und an einem Tag, als der Wind heiß wehte, es keine Schatten gab, obwohl die Sonne am höchsten stand, die Erde darunter hart war, tauchte das Regiment mit Spaten, Eisenstangen, Äxten und Schaufeln in ihren Händen auf und fiel plötzlich in unser Gebiet ein.

Ich sagte in Ehrfurcht: „Mit Spaten, Stangen, Äxten, Schaufeln? Sind sie gekommen, um uns zu töten?"

Vielleicht mit diesem Zweck. Sie begannen ihre wütenden Taten, uns zu verfolgen.

"Es war so einfach!"

"Nein, nicht so. Der Ort war immer noch voller Büsche, Dickichte und einigen dicken und stämmigen Bäumen, die dazwischen abriegelten."

Sie begannen, die Büsche mit Eisenstangen zu prügeln, mit Spaten Erde zu graben, hier und da wild mit Schlägen der Äxte zu schlagen und das Dickicht auszuschaufeln. Viele andere beschäftigten sich damit, Gras, Unkraut und andere Unterwüchse zu zerreißen und zu entwurzeln. Die spärlichen Bäume machten ihre Arbeit schwierig; sie nahmen die Hilfe der Äxte in Anspruch, um sie zu fällen.

Unter den Grausamkeiten begann ein schuppiges gestörtes Schuppentier aus einem Versteck unter einem Dickicht wegzueilen, um irgendwo Sicherheit zu finden. Das eilende Schuppentier fiel ihnen auf und sie begannen, untereinander zu flüstern.

Sie stoppten ihre Zerstörungstat und zwei Wesen von ihnen rannten ins Dorf. Sie kehrten nach einiger Zeit mit dem Chef zurück. Der Chef und andere enge Wesen begannen, etwas in gedämpfter Stimme zu besprechen. Dann gab der Chef sehr ungerührt seine Anweisung und ging.

Nach einiger Zeit verließ das gesamte Regiment ebenfalls den Ort und ließ ihre Werkzeuge in einer sicheren Ecke zurück, natürlich blieb einer zurück, um die Werkzeuge und den Ort zu bewachen.

Wir waren ein wenig überrascht von diesem seltsamen Akt und glaubten, dass sie uns verschont und uns allein gelassen hatten. Aber zwei Tage später kamen sie wieder mit einigen Dingen an. Dieses Mal brachten sie zusätzlich einige Netze, Seile und Fallen mit.

In einigen Ecken legten sie Fallen aus, streuten Futter außerhalb und innerhalb der Fallen und verließen das Gebiet still. Wir waren neugierig, aber gleichzeitig besorgt darüber, was sie taten, und hielten uns von den Fallen fern, während wir ein Auge auf sie behielten.

In der Totenstille derselben Nacht fing eine Falle in einer abgelegenen Ecke an, heftig zu wackeln. Zunächst beurteilten wir das Zucken aus der Ferne. Als wir näher kamen, fanden wir heraus, dass ein Hase in dieser Falle gefangen war. Er sprang heftig, um herauszukommen.

Die Nacht endete, die Sonne ging auf. Doch wir gingen nicht in unsere Kojen zur Ruhe. Wir warteten ängstlich und hielten unsere fragenden Augen auf die Falle gerichtet. Das Regiment kam am Morgen und rannte zur sich bewegenden Falle. Sie waren sehr erfreut, einen Hasen in der Falle zu finden. Sie begannen zu springen und zu schreien, einige von ihnen tanzten fast vor Freude. Sie nahmen die Falle mit dem darin gefangenen Hasen und brachten ihn in ihr Dorf, während der Hase immer noch innerhalb der Falle sprang und keuchte. Draußen sprangen und tanzten die meisten Regimentssoldaten aus einem anderen Grund.

Sie kamen in den folgenden Tagen und durchsuchten die buschigen Dickichte in einer geordneten Weise, um die dort versteckten Schuppentiere zu finden. Sie waren besonders wild auf die Schuppentiere. Aber die Schuppentiere waren nirgendwo zu finden.

Als ihre Suche endete, sahen wir eines Abends ein paar Schuppentiere hinter einem Gebüsch ruhen. Sie hatten gerade ihr Festmahl an Ameisen beendet und wedelten langsam mit ihren schuppigen Schwänzen, da sie satt waren. Wir versuchten, sie mit unseren harschen Heulen zu warnen, weil wir vorausahnen konnten, was folgen würde, wenn die Gruppe der Soldaten sie entdeckte. Aber die Schuppentiere beachteten unsere Warnsignale nicht.

Wie wir befürchtet hatten, kam die Truppe bald darauf an und entdeckte die entspannten Schuppentiere. Sie umzingelten das Dickicht, in dem sich die Tiere befanden, und warfen ein großes Netz über sie. Die Schuppentiere wurden im Netz gefangen. Sie begannen wild mit ihren Beinen und Schwänzen zu zappeln, als das Netz sie umhüllte. Sie machten leise Grunzgeräusche, während die Truppe das Netz fest um sie herumwickelte und die Schnürsenkel festzog, damit die Schuppentiere sich nicht mehr bewegen konnten.

Diesmal trugen sie die Schuppentiere auch mit großem Gebrüll in ihr Dorf. Wir standen stumm da, bis der brüllende Trupp im Dorf verschwunden war.

Ich brach aufgeregt aus: "Sie nehmen ein Tier nach dem anderen in ihre Gewalt. Sie und ihre Absichten sind so grausam."

"Ja, sie sind gnadenlos, wenn es um ihre Interessen geht."

"Welchen nächsten Trick haben sie wohl auf Lager?"

"Das machte deinen Vater ängstlich und er beschloss, sie zu vereiteln, indem er so tat, als ob er ein Feind wäre, damit sie aufhören würden, in die offene Gegend zu kommen. Er verfolgte sie beeinträchtigt, gab vor, sie anzugreifen. Aber sie schenkten ihm keine Beachtung", fügte Mama hinzu.

Verärgert sagte ich: "Warum hat Vater sie gestört? Sollten sie nicht spielen dürfen?"

"Nein. Die Zeit war nicht zum Spielen." Ich zuckte mit den Schultern. Mama erkannte mein Gefühl und sagte: "Hör geduldig zu und du wirst deine Antwort bekommen."

Die stürmische Truppe kam wieder und identifizierte die schwarzen aufgerichteten Stacheln der Igel, die sich zwischen den Grasbüscheln bewegten. Sie machten weder Geräusche noch Bewegungen, sondern gruben still ein paar tiefe und runde Löcher in dem grasbewachsenen Gebiet und ließen sie unter dem langen Gras verstecken. Sie erlaubten den Igeln, sich an ihre Bewegungen zu gewöhnen und warteten im Verborgenen. Die Igel kamen bald heraus und begannen furchtlos zu grasen. Sie griffen nicht an, ließen ihnen aber trotzdem Freiraum und Freiheit. Als sie unerschrocken wurden, umzingelten sie die Tiere, zwangen sie zu eiligen Bewegungen und zwangen sie dabei, in die tiefen Löcher zu fallen.

Die schlauen Wesen machten sofort Schlingen in einigen langen Seilen und senkten die Schlingenenden in die Gruben, befestigten dann geschickt die Schleifen um die Körper und Beine der Igel und zogen sie dann hoch, indem sie die Seilenden zogen. Sie luden die Igel in zwei Jutesäcke und trugen sie wieder in ihr Dorf. Wir waren uns ihrer Natur bewusst und ihre versteckten Täuschungen hinter diesen Tierfangaktivitäten machten uns sicher, dass sie eine hinterhältige Intrige aushecken.

Sie tauchten nach ein paar stillen Tagen und Nächten in verstärkter Zahl mit allen Gerätschaften zum Verwüsten auf. Sie begannen mit vermehrter Stärke und Eifer, Dickichte, Sträucher, Pflanzen, einige

Bäume und sogar die Erde auszureißen, zu entwurzeln und zu zerstören. Sie richteten ihre Aufmerksamkeit auf unsere Löcher und begannen, mit Schaufeln, Schaufeln, Brechstangen und anderen ähnlichen Werkzeugen unser Wohngebiet abzuschaben, abzukratzen und zu durchsuchen. Es wurde klar, dass sie unser Land ergreifen wollten und für diesen Zweck die Operation, die Jackale zu vertreiben, gestartet hatten.

Mein Fell stand zu Berge, Gänsehaut breitete sich über meinen Körper aus und ich wurde wütend. Meine Mutter bemerkte das nicht und fuhr apathisch fort. Die älteren Jackals beschlossen, das Land zu halten und mit all unserer Stärke und unseren Mitteln zu verweigern, unser Zuhause zu verlassen. Daraufhin beschlossen die grausamen Eindringlinge, uns zu dezimieren, wenn wir an dem Land festhalten.

Sie begannen plötzliche und schnelle Überfälle auf unser Gebiet zu machen. Wir suchten Schutz in den tiefen Tunneln unserer Löcher. Sie brachten Rohre und sprühten Wasser in die Tunnel und gruben sogar tief hinein. Sie packten zwei oder drei dumme Jackals, die alle Tabus leugneten und sich nach draußen wagten, und fingen sie ein und brachten sie wie die Hasen, Pangoline und Igel ins Innere des Dorfes.

Es wurde uns klar, dass wir von schwacher Art waren und ihren ultra Grausamkeiten niemals standhalten und unser eigenes Heimatland nicht verteidigen würden können. Die Senioren wurden sehr ernst und angespannt und berieten sich mehrmals und führten

Dialoge um Dialoge und kamen zu dem Schluss, dass die Zeit gekommen war, sich auf eine weitere Diaspora ins Unbekannte vorzubereiten.

Ich schrie in Verzweiflung: "Wir sind wieder obdachlos, wieder in einem herzlosen Trab unter dem gleichgültigen Himmel, wieder genauso wie am Anfang, ohne Ort und ohne Höhle; und Sonne und Mond stumm über uns!"

Mama versteckte ihr Gesicht. Ich erkannte, was in ihr vorging. Ich schwieg nur.

Eine klagende Stimme von Mama setzte die Erzählung fort. "Es mag den Jackals der nachfolgenden Generationen so erscheinen, als ob wir das Territorium verlassen haben, aber wir wurden wieder strategisch zwangsvertrieben."

Mama schaute wieder über die Wände, über die Betonbauten, in den weitesten, dünnen Himmel und fügte hinzu:

"Wir liefen davon, hasteten, schoben uns im höchsten Anfall von hilfloser Verzweiflung durcheinander. Eine große Anzahl von zweifüßigen Wesen, jubelnd und schreiend, liefen fanatisch hinter uns her und schwangen offen Knüppel, Stöcke, Eisenstangen, Latten und andere tödliche Gegenstände.

"Wir hatten keine Zeit, uns umzudrehen, liefen nur vorwärts und vorwärts und vorwärts, mit aufgestellten Schwänzen, schnell wackelnden Köpfen und Beinen, herausgestreckter Zunge und einem pochenden Herzen. Ein Jackal unter uns lief langsam, als ob er nicht davonlaufen wollte, und drehte seinen Kopf zurück und schaute auf etwas.

"Während wir an einer Ecke eines tiefen sumpfigen Grabens vorbeiliefen, wo noch einige kleine Hütten standen, blieb dieser Jackal dort stehen. Wir riefen ihn atemlos, während wir davonliefen, zurückzukommen, aber er tat es nicht. Ein zierliches Mädchen mit zwei ordentlich gekämmten Zöpfen kam mit ihren Eltern an ihrer Seite heraus und stand vor ihrer Hütte, um das Rummel-Parade zu sehen. Wir liefen atemlos vor ihren Augen davon und wurden von einer Gruppe von frenetischen zweifüßigen Wesen verfolgt. Überrascht beobachteten sie das Drama des wirklichen Lebens mit weit offenen Augen, drehten ihre Köpfe nach rechts und links, links und rechts, das kleine Mädchen war praktisch offenmundig.

Ich kreischte verzweifelt: "Wir sind wieder obdachlos, wieder in einem gefühllosen Trab unter dem stummen Himmel, ohne ein Zuhause und ohne eine Höhle! Und die Sonne und der Mond bleiben stumm darüber!"

Mama verbarg ihr Gesicht. Ich begriff, was in ihr vorging, und schwieg.

Eine klagende Stimme von Mama setzte die Erzählung fort. "Es mag für die nächste Generation von Schakalen so aussehen, als ob wir das Territorium verlassen hätten, aber wir wurden strategisch erneut gezwungen, uns zu vertreiben."

Mama blickte wieder über die Mauern, über die Betongebäude, in den fernsten, klaren Himmel und fügte hinzu: "Wir rannten davon, gehetzt, chaotisch, in größter Not. Eine riesige Anzahl von Zweibeinern, jubelnd und schreiend, rannte fanatisch hinter uns her und schwenkte offen Knüppel, Stöcke, Balken, Lanzen und andere tödliche Gegenstände.

Wir hatten keine Zeit, uns umzudrehen. Wir rannten nur und nur weiter, mit hochgereckten Schwänzen, schnell wackelnden Köpfen und Beinen, herausgestreckten Zungen und einem pochenden Herzen. Ein Schakal unter uns lief langsam, als wollte er nicht weglaufen, und drehte seinen Kopf hinter sich, um etwas zu sehen.

"Während wir an einer Ecke eines tiefen sumpfigen Grabens vorbeirannten, wo noch einige kleine Hütten standen, blieb genau dieser Schakal dort stehen. Wir riefen ihn atemlos laufend zurück, aber er tat es nicht. Ein schwaches Mädchen, ihre zwei Zöpfe ordentlich hinter ihr gekämmt, kam mit ihren Eltern an ihrer Seite heraus und stand vor ihrer Hütte, um das Durcheinander zu sehen. Wir rannten atemlos vor ihren Augen davon und wurden von einer Gruppe von wahnsinnigen Zweibeinern verfolgt. Sie waren erschrocken und beobachteten das Drama des wirklichen Lebens mit weit aufgerissenen Augen, drehten den Kopf von rechts nach links, von links nach rechts und das kleine Mädchen war praktisch verblüfft."

"Ich denke, der Schakal ist gestorben!" rief ich aus.

"Ja, mein Junge."

Ich schrie fast vor Staunen: "Warum ist er an dieser Hütte stehen geblieben, wenn es gefährlich war? Warum hat das Mädchen geweint und ist auf ihn zugegangen?"

Mama antwortete nachdenklich: "Während ich wegrannte, hatte ich kaum Zeit oder Gelegenheit, nachzudenken. Aber als wir einen sicheren Ort hatten, um anzuhalten und nachzudenken, erinnerte ich mich an diesen Vorfall und weinte reichlich und weine noch heute, wenn ich daran denke."

Ich sah, wie ihre Augen feucht wurden, also wartete ich. Als ihre Augen wieder scharf wurden, sprach Mama wieder sanft: "Ich kann mir den Vorfall noch immer vorstellen ... Es war nach einer Überschwemmung, das Wasser zog sich in Rückströmen zurück, der Strom war wirklich von heftiger Art.

Der Jackal, ich weiß nicht, wie er dort hinkam, kam vorwärts. Er sprang sofort in den Strom. Mit seinen kleinen Pfoten schwamm er zu ihr und mit dem Gewicht seines Körpers hielt er sie zuerst davon ab, weggetrieben zu werden. Dann drückte er sie allmählich und langsam ans Ufer. Sobald sie das Ufer erreichte, schnappten ihre Eltern sie auf ihren Schoß. Dann kamen alle anderen Wesen vorgelaufen und schwärmten um sie herum.

Als so viele Wesen entlangliefen, wich der rettende Jackal ein paar Schritte zurück, einige Tränen rollten seine Wangen hinunter. Dann schlich er sich still vom Ort.

Als das Mädchen sich von dem Trauma erholt hatte, fragte sie nach dem Jackal. Jeder hatte den Jackal vergessen und war überrascht, als das Mädchen ihn fragte.

Der Jackal war in Vergessenheit geraten; niemand unter den Zweibeinern erinnerte sich an ihn. Eines Tages sah sie ihn aus der Ferne, erkannte ihn und wartete in Erwartung, wo er stand. Das Mädchen kam Schritt für Schritt auf ihn zu und setzte sich einige Entfernungen von ihm entfernt auf den Boden. Sie blickten sich eine Weile lang an. Schließlich legte sie eine Hand auf ihn. Sie wurden dann Freunde.

Er ging zu ihrer Hütte. Sie würden ihm etwas zu essen geben. Er würde auf ihrem Hof sitzen. Das Mädchen würde zu ihm kommen. Sie würden wortlos in ihren Augen sprechen. Zu Beginn mochten die Eltern es aus Angst nicht. Aber mit der Zeit akzeptierten sie ihre seltsame und unwahrscheinliche Freundschaft.

Ich war verwirrt und unterbrach: "Warum haben die Eltern ihm nicht geholfen, als er in Schwierigkeiten war?"

Mama lächelte seltsam. Ich konnte sie nicht lesen und fühlte mich verdrängt. Dann schaute sie heimlich in den Himmel und seufzte: "Sie haben sich nie um die Vergangenheit gekümmert, mein Junge. Sie haben dafür keinen Respekt. Sie kümmern sich nur um die

Zukunft, und die Gegenwart ist ein Werkzeug dafür. Sie stellen alles zurück - die Vergangenheit, die Reue, die Bedenken, alles - für die Zukunft des Teufels."

"Was ist als Nächstes passiert?" fragte ich.

Mama stand auf und lächelte: "Wir sollten auch gehen. Zeit ist nicht nur zum Sitzen und Zuhören gedacht. Siehst du, die Sterne werden von ihrem Meister zurückgestellt. Lass uns die Geschichten auch für die Gegenwart zurückstellen. Steh auf, mein Junge, es ist Zeit."

Mama ging voran und ich folgte ihr. Wir entdeckten einige unbekannte und neue Dinge und kehrten zurück in unsere Höhle, um sie zu verstauen. Inzwischen wurde der Mond blass, der Himmel rissig und brach. Es war Zeit für uns zu ruhen.

Am nächsten Abend ließ ich Mama nicht gehen und hielt zärtlich ihre Seite mit meinem Maul, ich jammerte fast: "Sag mir, Mama, was dann passiert ist?"

Mama konnte das Signal nicht fangen und fragte: "Was als Nächstes?"

"Der letzte Exodus der Schakale."

"Oh! Ja", antwortete Mama.

Mutter schloss für einige Sekunden ihre Augen, vielleicht um jenes Ereignis zu visualisieren, und begann dann, als würde sie aus einem kurzen Schlaf erwachen: "Wir wurden noch einmal ausgewiesen und mussten uns neu ansiedeln, eher wieder von vorne beginnen... Mutter überlegte eine Weile und korrigierte sich dann... nicht wirklich von vorne beginnen, sondern unser Kampf, wie in früheren Tagen, um irgendwo einen Platz zu finden, an dem wir unseren Körper und unsere Seele verstauen konnten. Wir rannten und rannten tagelang, aber fanden keinen geeigneten sicheren Platz, an dem wir uns festhalten konnten. Nach langem Kampf und Schweiß kamen wir hierher."

In der Zwischenzeit hatten wir einige Jackals verloren, einige waren verloren gegangen, einige hatten die Gruppe aus Sicherheitsgründen verlassen. Der Rest, der zusammenblieb, ließ sich vorübergehend hier nieder, weil wir die Hoffnung auf etwas Dauerhaftes verloren hatten.

Ich versuchte mir das neue Territorium der Jackals vorzustellen und wie sie beschäftigt waren, sich zu beeilen und ihre neue Domestizität zu gründen. Ich sah meine Mutter und meinen Vater unter ihnen, wie sie sich selbst und anderen halfen. Plötzlich stahl sich ein sanftes Lächeln auf meine Lippen.

Mutter sagte: "Wir haben das Territorium als unseren neuen Wohnsitz nicht wirklich ausgewählt oder ausgesucht, wir waren dazu bestimmt, uns hier niederzulassen." Wir waren ängstlich und wahnsinnig besorgt um ein Stück Land oder jedes kleine Land, das uns einen Unterschlupf und eine Unterkunft bieten würde. Wir kamen hierher, von wo aus wir nicht zurückkehren konnten. Das Land endete hier an einem langen und sich windenden Flusslauf, der das

Gebiet an allen Ecken tatsächlich begrenzte. Wir hatten keine Option, keine Wahl oder Möglichkeit, uns anderswohin zu bewegen, als hier einen neuen Wohnsitz zu errichten.

Indem wir unser Schicksal akzeptierten und alles Vergangene vergaßen, kamen wir allmählich mit der neuen Situation und dem neuesten Territorium zurecht, obwohl es uns schwer fiel. Es war schwer für uns, das Territorium als unsere eigentliche Heimat zu begreifen, aber wir nahmen das Gebiet als unser sekundäres Zuhause an und begannen, hier Fuß zu fassen.

Die Angst und Ehrfurcht vor der Ausweisung verließen uns nie und nagten an unseren geheimnisvollen Herzen.

Hier bekamen wir dichte Büsche, dorniges Gestrüpp, dichte Grasbüschel, Pflanzen, lange und große Bäume, neue Vögel, Schmetterlinge, Eidechsen, kleine Hasen, schnurrbärtige Nagetiere, fette Schuppentiere und Igel, frische Flussfische, Krabben mit aufgehaltenen Scheren, hinkende, quakende Frösche im Wasser und Schlamm, und das Beste, was wir liebten, waren die weichen und stabilen Stellen, um Gruben auszuschaben und zu kratzen. Wir hatten wieder Hoffnung.

"Dann haben wir wieder ein Zuhause gefunden", unterbrach ich.

Mom sagte ironisch: "Vielleicht ja oder vielleicht nein!"

Ich sagte: "Aber Mama, das ist mein Heimatland. Ich bin hier geboren und aufgewachsen."

Mama gab mir einen liebevollen und verwöhnenden Blick. Ich fühlte mich umsorgt und wollte einige schmeichelhafte Worte genießen. Aber Mama fuhr mit ihrer Erzählung fort.

"Wir lebten hier zwei Jahre lang friedlich, die Angst und Ehrfurcht hatten begonnen zu verschwinden. Wir waren selbstzufrieden und überheblich geworden. Aber..." Mama unterbrach abrupt.

"Aber?" fragte ich.

Starr auf das ferne Ende blickend, fuhr Mama fort: "Eines Abends bemerkten wir eine dünne Schattenlinie am dunklen Horizont, sehr, sehr weit von unserem Ort entfernt. Zuerst dachten wir, es sei eine Illusion, aber im Laufe der Zeit wurden die Linien höher und verständlicher, unser Rückgrat begann zu kribbeln." Ein Verdacht begann wieder aufzutauchen.

"Tag für Nacht, Nacht für Tag, wuchs die Linie umfassender und schien sich unserem Gebiet zu nähern. Wir wunderten uns und zischten unter uns, was es sein könnte!" fügte Mama hinzu.

"Ein paar Monate später nahmen die Figuren konkrete Formen an und als wir sie sahen, stahl sich ein stummer Ausdruck auf unsere Lippen und Gesichter - es war eine Linie aus Betonstrukturen, die sich allmählich höher und größer entwickelte und Zentimeter für Zentimeter auf unser Gebiet zukroch.

Dein Vater war innerlich erschüttert, aber er ließ andere es nicht wissen. Andere Schakale waren nicht blind, sie wurden auch besorgt, einige innerlich und einige äußerlich. Einige drückten sogar aus, dass sie diesen Bereich verlassen würden, bevor etwas Ungewisses passierte." erzählte sie.

Mom setzt fort, wie der Vater auf die Situation reagiert: "Dein Vater bat sie, sich zu beruhigen und die Situation zu prüfen, bevor sie ungeduldig werden."

"Die Linie wuchs und bewegte sich in gleichmäßigem Tempo vorwärts und ..."

Ich fragte besorgt: "Und was?"

"Als die Betonlinien stetig wuchsen, taten es auch unsere Sorgen."

Ich versuchte, mir die wachsenden Betonlinien und die Sorgen der Jackals vorzustellen.

Bald darauf bemerkten wir aus der Ferne eine Gruppe schwerer Fahrzeuge, die auf unebenem Boden dahinrasten und dabei Büsche und Gras unter ihren rollenden Rädern zerquetschten.

Die Fahrzeuge stoppten mit schweren Rucken einige Entfernung vom Rand unseres Territoriums entfernt. Von drei Seiten der Fahrzeuge stiegen eine beträchtliche Anzahl von Wesen aus, einige ordentlich gekleidet, einige in Hemden und Hosen, andere halb bekleidet. Sie entluden alle Arten von Zubehör für Schneid-, Grabungs-, Schleif- und Mahlzwecke sowie auch einige Skalierungs- und Kletterwerkzeuge. Einige begannen sofort mit der Arbeit, Gräben zu graben, Büsche zu rechen und zu schrubben, während andere Äxte auf Baumstämme niedersausten. Wir kannten solche Aktivitäten bereits - sie bereiteten sich auf den Bau von Betonstrukturen vor.

Die Konstruktionen waren noch nicht in unser Gebiet eingedrungen. Sie waren noch eine beträchtliche Entfernung vom Rand unseres Territoriums entfernt, aber sie lösten eine Welle der Panik bei einer beträchtlichen Anzahl von Jackals aus. Sie waren extrem verängstigt, weil sie unter denselben Umständen bereits zweimal verbrannt worden waren. Sie hatten unter den gleichen Umständen ihre Heimat und ihre Verwandten verloren.

Eines Abends fehlten einige Jackals. Sie waren mit ihren Familien irgendwohin geflohen, ohne dass andere davon wussten. Dein Vater begann, die Jackals zu ermutigen und die demoralisierten Jackals davon zu überzeugen, bei uns zu bleiben. Die Zahl der Bauarbeiter multiplizierte, ihre Aktivitäten verdreifachten sich und der Krach nahm zu. Sie arbeiteten von Sonnenaufgang bis weit über den Sonnenuntergang hinaus. Gebäude standen rasch aufeinander, und die fernen Gebäudelinien überschritten schließlich den Rand des Territoriums.

Die Zeit veränderte die Form, Gestalt und Größe unseres Gebiets sehr schnell. Wir waren sehr langsam, um es zu verstehen. Etwas in der Natur kommt schneller, wie zum Beispiel Katastrophen und schlechtes Glück - wir waren zu langsam, um es zu verstehen.

Eines Abends waren wir geblendet von dem plötzlichen Aufblitzen von Tausenden von Lichtern, die in verschiedenen Formen um die Gebäude herum hingen. Durch den Schleier sahen wir viele Zweibeiner glücklich herumlaufen. In den folgenden Abenden geschah dasselbe. Es deutete darauf hin, dass sie, die Zweibeiner, gekommen waren, um in diesen Gebäuden zu leben.

In der Zwischenzeit wurden einige Jackal-Familien entdeckt, die flohen. Einige weitere schwammen im Dunkeln zum anderen Ufer; einige Schwache und Kranke unter ihnen ertranken in der Mitte.

In kürzester Zeit begannen die neuen Siedler zu jeder Tages- und Nachtzeit in unsere Nähe zu drängen. Sie begannen, Krach zu machen, Rampen zu bauen, zu zerstören und Scherben und Unordnung ohne jeden Grund oder jede Ursache zu schaffen.

Eines Abends fehlten plötzlich einige Jackals. Sie waren heimlich mit ihren Familien geflohen, ohne dass es die anderen wussten. Dein Vater begann, die Jackals zu ermutigen und die niedergeschlagenen Jackals zu überreden, bei uns zu bleiben. Die Anzahl der Bauarbeiter vervielfachte sich, ihre Aktivitäten verdreifachten sich und der Krach nahm zu. Sie arbeiteten von Sonnenaufgang bis über den Sonnenuntergang hinaus. Gebäude entstanden in schneller Folge, bis die fernen Gebäude schließlich die Grenze des Territoriums überschritten hatten.

Die Zeit veränderte die Form, Gestalt und Größe unseres Gebiets sehr schnell. Wir waren zu langsam, um es zu begreifen. Manchmal geschieht in der Natur etwas schnell, wie eine Katastrophe oder ein Unglück - wir waren zu langsam, um es zu begreifen.

Eines Abends waren wir von plötzlichem, grellem Licht geblendet, tausende von Lichtern hingen in unterschiedlichen Formen an den Gebäuden. Durch das grelle Licht sahen wir viele zweibeinige Wesen fröhlich herumspazieren. In den folgenden Abenden wiederholte sich dasselbe. Es deutete darauf hin, dass diese Wesen dorthin gekommen waren, um in diesen Gebäuden zu leben.

In der Zwischenzeit flohen weitere Jackal-Familien. Einige schwammen im Dunkeln auf die andere Seite und einige schwache und kranke unter ihnen ertranken in der Mitte.

Es dauerte nicht lange, bis die neuen Siedler zu jeder Tages- und Nachtzeit in unsere Nähe vordrangen. Sie begannen, Lärm zu machen, zu randalieren, zu zerstören und Schäden zu verursachen, ohne jeglichen Grund oder Anlass.

Es kam eine Zeit, in der dein Vater glaubte, dass keiner der Jackals bereit war, ihm zuzuhören, dass es offensichtlich geworden war, dass die zweibeinigen Wesen um jeden Preis ein Reich aus Beton errichten wollten, das unsere grüne und frische Land sowie die Ruhe zerstört. Mama hörte hier auf, ihre Augen voller Tränen. Sie zitterte und ich wurde emotional, setzte mich eng an sie, fast mein Körper an ihren Körper klebend.

Und dann kam dieser Abend, die Sonne ging unter - hier wurde Moms Stimme schwer und unverständlich hinter einem schluchzenden Wimmern. Sie ging zurück in unser Loch. Ich folgte ihr und legte meine Schnauze auf ihre Seite und begann meine Schnauze an ihr zu reiben. Ich sagte nichts."

Nach einer halben Stunde wurde sie etwas gefasster und sammelte sich wieder. Ich tat es ihr gleich. Sie fuhr fort...

Die Sonne ging unter, die Vögel waren bereits zurückgezogen und saßen in ihren Nestern und schrien für eine Weile, bevor sie still wurden. Eine dunkle Hülle, die sich aus der Ferne am Horizont näherte, hatte sich ruhig ausgebreitet. Die Sterne blieben aus unbekannten Gründen zurück. Die Nagetiere waren abwesend und ließen ihre zertretenen Spuren über den Grashalmen. Die Grillen hatten schon vor langer Zeit aufgehört zu zirpen. Die Glühwürmchen waren zu einigen berauschenden Bäumen oder Dickichten an anderen Orten geflogen. Nur wir beiden Jackals saßen nebeneinander und brachen über Gedanken zusammen, mit hundert widersprüchlichen Gedanken, die unseren Kopf schmerzten.

Wir sprachen kein Wort. Wir drehten unsere Köpfe nicht um. Wir hielten unsere Augen unten und unsere Lippen fest.

"Dein Vater öffnete schließlich seinen Mund, seine Stimme schien aus Hunderten von Meilen Entfernung zu kommen. Wir werden nächste Nacht gehen, wenn das Gebiet verlassen und in völliger Verwüstung sein wird."

Nachdem er das gesagt hatte, ging er nach oben. Ein paar Minuten später tat ich es ihm gleich. Als wir oben ankamen, sahen wir überall riesige Wolkenbänke hängen, als könnten wir sie berühren, wenn wir sprangen.

Er kam zu mir und sagte: "Diese Nacht ist außergewöhnlich - kein Mond, keine Sterne, kein Wind, keine Vögel, keine Nagetiere, keine Jackals, ohne Hoffnung sitzen wir hier. Das ist die letzte Nacht hier für uns. Ab nächster Nacht werden wir nicht mehr hier sein."

Ich schaute zu deinem Vater. Er war sehr emotional geworden, was ich noch nie zuvor gesehen hatte.

Dein Vater drehte sich zu mir um und sagte: "Lass uns den letzten Spaziergang hier machen." Sagte Mama.

Als sie weitererzählte, "Wir durchstreiften stundenlang gemeinsam jeden Winkel, jede Nische, Dickicht, Gasse, Seitenwege, Wiesen, entlang des Flusses und kamen schließlich zurück zur Dickicht-Ecke, wo unsere Höhle war; wo wir ab dem nächsten Abend nicht mehr wohnen würden. Dein Vater sagte - 'Schau dir alles zum letzten Mal an'."

Mama beendete ihre Geschichte nicht dort, sie erzählte weiter: "Ich ging näher zu ihm. Ein seltsames Gefühl durchfuhr meinen Körper und ließ mich erzittern. Ich stand still unter dem Bann des seltsamen Gefühls. Ein Gefühl von Langeweile ergriff uns beide. Wir waren in ihr gefangen und brauchten eine Entfremdung. Dein Vater schrie aus der Leere heraus mit einer niedrigen und feinen Stimme. Ein paar Minuten später schrie er in Abständen ähnlich. Ich war überrascht, er war von Natur aus ruhiger und würde ohne Bedarf keine Geräusche machen. Es war nicht normal. Mein Gefühl sagte etwas anderes. Ich murmelte "Beruhige dich!" Aber dieser Abend war anders. Er schien verloren und kam mir nahe. Ich ging näher zu ihm. Er kam näher und berührte mich mit seiner liebevollen Schnauze. Ich fühlte, dass es feucht war und es mich zittern ließ. Er strich seine Seite gegen meine. Er leckte meine Seite. Ich stand still. Ich schloss meine Augen. Er kam näher, so nah wie möglich. Wir fühlten uns gegenseitig durch unsere Gedanken, unsere Wärme, unsere Seelen und durch unsere zitternden Körper!"

Und dann ...

Ich fragte: "Und dann?"

Mama fing an zu schluchzen und rannte in unsere Höhle. Ich lief hinterher. Mama weinte mit dem Gesicht auf dem Boden der Höhle, ihr ganzer Körper wogend.

Ich konnte nicht verstehen, was passiert war. Ich schwieg, während ich an ihrer Seite saß.

Nach einiger Zeit beruhigte sie sich und hob ihr Gesicht, ihre Augen waren rot geschwollen.

Ich ging sehr nah zu ihr und legte meinen Schwanz auf ihren Körper als Zeichen des Mitgefühls.

Ich fragte nichts und wartete.

Schließlich sprach Mama wieder: "Diese heimtückischen Zweifüßler haben uns verfolgt, sie kamen auf Zehenspitzen und warfen deinem Vater einen schweren Knüppel zu."

Er fiel auseinander und wurde für einige Sekunden still, keuchte, während Blut aus seiner Nase und seinen Ohren und seinem geschlagenen Kopf sickerte.

Ehrfürchtig lief ich atemlos und fand den Bach vor mir. Ich tauchte hinein und blieb lange im Wasser, bis ich Vogelgezwitscher hörte. Ich wagte es nicht, zu unserem Loch zu gehen, sondern versteckte mich in einem anderen fernen Graben.

Nach dem Vorfall war ich allein und einsam in einer einsamen Höhle, ohne einen Jackal an meiner Seite.

Nachdem ich diese traurige Geschichte gehört hatte, versank ich in tiefe Trauer und blieb tagelang in diesem Zustand, vermied das geringste Heulen oder Schreien und vermied es sogar, Mama anzusehen, damit sie nicht noch einmal verletzt würde. Mama war auch zu einem zwanghaften Schweigen geworden. Das böse Bild würde vor meinen vertrauenslosen Augen häufig auftauchen und mich quälen.

Ich wagte es nicht, Mama zu stören und nach einer Geschichte zu fragen, und auch Mama zeigte kein Interesse. In diesen Tagen waren wir zwei verschiedene Wesen.

Der Trance hätte unzählige Tage anhalten können, wenn nicht ein unzeitgemäßer Regen die Dickichte, Sträucher, den aufgebrochenen Boden, die Gruben herum und den kleinen Raum, der uns damals elendiglich hielt, dämpfte.

Regen hatte immer unsere Lebensspur verändert, ob damals, als die Gegend mit der Schönheit der Natur überflutet war, oder ob sie zu einem kleinen blinden Ort wie jetzt geschrumpft war. Der Regen hat immer einen Trick auf unserem Platz gemacht. Von Natur aus würden die Zweibeiner anderen niemals einen Zoll lassen. Aber aus unbekannten Gründen hatten sie ein paar Zentimeter Gnade gewährt, damit ein paar Bäume stehen bleiben und kleine Blumen und Früchte tragen konnten, die niemand isst außer den winzigen Vögeln und kleineren Kreaturen. Sie hatten uns ein paar Zentimeter Gnade gewährt, um uns zu verstecken. Und der unzeitgemäße Regen hatte den kleinen blinden Ort wieder chaotisch gemacht.

In diesem ungeschliffenen Regen fiel ein Nest, das unbemerkt gebaut worden war, von seinem Baumstumpf und hing an einem Zweig. Unten lagen zwei zerquetschte Eier, ihr klebriger Inhalt und Dotter auf dem Boden verteilt. Mama rannte hin, roch an den zerquetschten Eiern und der Erde herum und saß dort missmutig. Ich verstand etwas und wurde auch traurig.

Plötzlich fing mein Blick etwas ein. Ich lenkte Mamas Aufmerksamkeit darauf. Ein winziges Vogeljunges war auch aus einem anderen Nest gefallen und hing an einem unteren Ast. Die Vogelmutter schrie neben ihm sitzend. Dann flog sie sicher, dass das Vogeljunge nicht weiter herunterfallen würde, zu seinem beschädigten Nest und begann, es zu reparieren. Alles erledigt, hielt sie das Vogeljunge an den Flügeln zwischen ihrem Schnabel, schob das Baby in ein neu repariertes Nest.

Beide, Mama und ich, beobachteten es intensiv und waren glücklich, wir lächelten beide. Das Lächeln verschwand nicht in einem Moment, sondern hielt für einen längeren Moment an.

Jetzt wusste ich, dass die Geschichten bald kommen würden. Es kam, wie ich erwartet hatte.

Der veraltete Regen hatte aufgehört. Der Himmel wurde klar. Die Sonne lugte hervor und trocknete den nassen Boden, die Bäume und Dickichte. Der Mond schien. Mama kam heraus und saß bequem in einer Ecke und schaute zum Himmel, ihre Augen strahlten. Dann rannte ich zu ihr und sagte: "Du hast dich in einem unbekannten Graben versteckt!"

Mama begann: "Ja, ich blieb mehrere Tage und Nächte still in diesem Graben, wagte es nicht herauszukommen, aß nichts; und ich wurde trocken im Hals und schwach."

Eine unauslöschliche Schwermut überkam mich, als mir klar wurde, dass ich allein war und in dieser unerträglichen Einsamkeit gefangen bleiben würde, wo niemand an meiner Seite sein würde, um meine Leiden zu teilen, außer dem Himmel, den ersticken Wänden und dem grausamen harten Beton, der immer steif steht.

Plötzlich schrie meine Seele auf: "Geh raus, nimm Nahrung auf. Du brauchst es nicht nur für dich allein." Ich war erstaunt über diesen Ruf. Einige Tage vergingen in diesem halben Trance und halben Dunkel, ahnungslos auf die mystische Sache, die kommen würde.

An einem Abend spürte ich ein unangenehmes Kribbeln in mir. Es kam für einen Moment und verschwand dann wieder. Nach zwei oder drei Tagen spürte ich ein Ziehen in meinem Bauch. Ich war entsetzt und es beunruhigte mich, da ich niemanden an meiner Seite hatte, um Rat und Hilfe zu suchen. Mit dieser Veränderung wurde mein Hunger gieriger. Ich begann, eine große Menge an Nahrung zu verschlingen. Ich konnte nicht verstehen, was mit mir passierte: Ich wollte ehrlich gesagt jemanden an meiner Seite haben. Eine unbekannte Ehrfurcht ergriff mich; doch zwischendurch spürte ich eine neue Ekstase in mir: Ich war erstaunt, verwirrt, ehrfürchtig, begeistert und besorgt, aber warum und wofür ich das wusste nicht.

Eines Abends, als ich vorhatte, rauszugehen, fühlten sich meine Beine schwer an. Ich konnte mich nur mühsam bewegen. Mir fiel auf, dass ich ein bisschen schwabbeliger und träge geworden war und mein Bauch sich etwas ausgedehnt hatte.

Einmal tagsüber hatte ich schmerzhaft Hunger. Ich stolperte ins sonnige Freie, um Nahrung zu suchen. Ich konnte nicht weit gehen, meine Beine fühlten sich sehr schwer und zittrig an. Es gab kein Essen. Ich fühlte mich erschöpft und schlaff und kauerte mich müde in eine Ecke auf meine Vorderpfoten, und war dabei einzuschlafen.

Durch meine verschwommenen Augen sah ich zwei Zweibeiner auf mich zukommen, mit dicken Stöcken in ihren Händen und ihre Absicht schien suspekt. Ich frage mich noch heute, warum und wie eine Großmutter, die die schmale Hand ihrer Enkelin hielt, hereinkam. Vielleicht waren sie ein Geschenk Gottes.

Sie sah die beiden Wesen mit ihren stockgehaltenen Händen bereit, auf mich herabzukommen. Sie rief und fürchtete ihre böse Absicht und kam schnell herbei. Sie schimpfte die feindlichen Wesen aus und jagte sie weg. Dann betrachtete sie mich und meinen körperlichen Zustand und ließ ein mitfühlendes "Chuk-Chuk" aus ihrem Mund heraus, indem sie ihre Zunge bewegte. "Sie trägt!", rief Oma. Die Enkelin war überrascht: "Was!" Oma sagte, die Augen verengend und ein wenig zu ihrer Enkelin gebeugt: "Ein Baby schläft in ihr. Das Baby wird dort etwa sechzig Tage schlafen, wie du bei deiner Mutter geschlafen hast, bevor du in diese Welt geblinzelt hast." Die Enkelin wunderte sich: "Ist das so!" Die

Oma erzählte all dies aus großer Zuneigung, Liebe und Altersübermut, ob die Enkelin alles verstand oder nicht. Sie sagte es direkt aus einem liebevollen Großmutterherzen heraus.

In den kommenden Tagen besuchte Oma meine Grube jeden Tag und legte etwas Futter an den Mund der Grube und wartete, bis ich herauskam und sie schluckte. Sie beobachtete sorgfältig meine körperlichen Veränderungen und ging zufrieden fort. Nach ein paar Tagen spürte ich eine Bewegung in meinem Bauch, mein Körper wurde schlaffer und träge, meine Zitzen schwollen an und mein Bauch war schlaff und aufgebläht.

Dann, in einer Nacht, nein, es regnete nicht, es war nicht dunkel, sondern eine Vollmondnacht, als ich ein winziges Baby zur Welt brachte, rot nass, mit kleinen geschlossenen Augen. "Es war dir lieb!"

Ich saß gedankenverloren und leer da. Meine Augen begannen, einige Bilder zu erkennen - ein kleines Baby, das langsam seine Beine auf dem Boden eines Grubenlochs bewegte. Seine Mutter leckte seinen Körper von oben bis unten sehr liebevoll ab und betrachtete es mit großer Liebe und Sättigung.

Auch Mama sah in die Ferne und begann nach einigen Momenten ...

"Ich wartete aufrichtig auf Oma. Sie kam einige Tage vor der Geburt des Jackals nicht und kam immer noch nicht. Ich wurde verzweifelt.

Nach ein paar Tagen kam Oma hinkend und hielt die Hand ihrer Enkelin fest. Sie kam direkt zu meiner Grube, legte etwas Futter hin und begann dann, auf das Quietschen des Neugeborenen zu hören. Ein breites Lächeln ging über ihren Mund. Sie zeigte mit dem Finger in meine Grube, als würde sie ihrer Enkelin sagen, hineinzuschauen.

Sie und ihre Enkelin beugten sich vor und spähten in das Loch der Grube. Ich konnte ihren Wunsch spüren. Also kämpfte ich mich hoch und hielt das Baby zwischen meinen weichen Kiefer fest. Als ich herauskam, legte ich das Baby vor ihr auf den Boden. Sie beugte sich so nah wie möglich auf das Baby und betrachtete es vom Kopf bis zum Schwanz. Sie schrie: "So süß! So schön!"

Sie erklärte ihrer Enkelin: "Es ist ein neugeborener Baby-Jackal, weich und rötlich, das Fell ist noch nicht gewachsen. Es ist momentan blind. Es wird nach zehn Tagen in diese Welt blinzeln, wenn es seine Augen öffnet. Jetzt kuschelt es sich die ganze Zeit bei seiner Mutter ein."

Die Enkelin hörte all dies mit großen unschuldigen Augen. Ich hörte auch zu und erkannte die Bedeutung der Anwesenheit einer alten Großmutter in einer Familie, ob es nun Menschen oder Jackals waren.

Ich saß gedankenlos da. Meine Augen begannen, einige Bilder zu unterscheiden - ein kleines Baby, das langsam seine Beine auf dem Boden eines Lochs bewegte. Seine Mutter leckte seinen Körper von oben bis unten sehr liebevoll und betrachtete es mit großer Liebe und Sättigung.

Auch Mama sah in die Ferne und begann dann zu sprechen:

"Ich wartete aufrichtig auf Oma. Sie kam seit einigen Tagen vor der Geburt der Jackal-Welpen nicht mehr. Ich wurde verzweifelt.

Ein paar Tage später kam Oma humpelnd, die Hand ihrer Enkelin festhaltend. Sie kam direkt zu meinem Loch, legte etwas Futter dort hin, und begann dann zuzuhören, wie die neugeborenen Welpen quietschten. Ein breites Lächeln ging über ihren Mund. Sie zeigte mit dem Finger in mein Loch, als ob sie ihrer Enkelin sagte, hineinzusehen.

Sie und ihre Enkelin beugten sich vor und spähten in das Loch. Ich konnte ihren Wunsch erkennen. Also kämpfte ich mich nach oben und hielt das Baby zwischen meinen weichen Kiefern. Als ich herauskam, legte ich das Baby vor ihr auf den Boden. Sie beugte sich so nah wie möglich über das Baby und schaute es von Kopf bis Schwanz an, dann schrie sie: "So süß! So nett!"

Sie erklärte ihrer Enkelin: "Es ist ein neugeborener Jackal, weich und rötlich, das Fell ist noch nicht gewachsen. Es ist für die Gegenwart blind. Es wird jetzt die ganze Zeit an seine Mutter gekuschelt bleiben."

Die Enkelin hörte all dies mit großen, unschuldigen Augen. Ich hörte auch zu und erkannte die Schwere der Anwesenheit einer alten Oma in einer Familie, ob es nun Menschen oder Jackals sind.

Im Gegenteil, ich wusste nicht, wie es um Mamas Gefühle nach der Erzählung über den Tod meines Vaters und meiner Geburt stand. Ich konnte es mir nur halb vorstellen und konnte ihren emotionalen Zustand nicht nachvollziehen, da ich nicht eine Mutter war, die hilflos den Mord an ihrem Ehemann beobachtete. Ich habe mehrmals versucht, aber ich habe mich nicht getraut, meine Fragen zu stellen. Sie sah ruhig aus, aber ich wusste, welche Unruhe in ihr herrschte.

Eines Abends kroch Mama träge aus der Grube und setzte sich in ihre geliebte Ecke. Ich folgte ihr schweigend und setzte mich neben sie. Als ich eine leichte Veränderung in ihrer Stimmung bemerkte, ging ich näher und berührte ihren Körper. Sie las still den Himmel. Ohne sich zu mir umzudrehen, brach sie ihr Schweigen.

"Veränderungen kommen, aber eine Drehung ist keine Veränderung."

Ich sagte skeptisch: "Dann sollten sich auch die Regeln ändern. Nach dieser Norm sollten auch wir uns ändern."

Mama lächelte: "Du bist weise geworden." Und fügte nach einer Pause hinzu: "Aber für sie sind Drehungen Veränderungen. Nicht für uns, und wir führen die alten natürlichen Dinge fort. Vielleicht ist das der Bereich, in dem wir zurückliegen."

Ich saß da, ohne zu fragen. Nach so vielen Tagen des Geschichtenerzählens wusste ich, dass die unterbrochene Geschichte bald weitergehen würde.

"Sie mochten ihr Gebiet nicht mehr als Dorf und sich selbst als Dorfbewohner bezeichnen. Die Hexenworte 'Stadt', 'Städter', 'Urbanität' hatten sie verzaubert und sie daran gehakt wie ahnungslose Fische. Sie wollten durch Urbanität glänzen. Sie wollten urbane Wesen sein, sie wollten sie von Herzen nachahmen, wie sie reden, wie sie sich kleiden, wie sie sich verhalten, um ihre eigene Natürlichkeit zu beenden."

Sie fällten jeden Baum, füllten Sümpfe auf, rissen alte Häuser ab und verwandelten alles, was an ihre Vergangenheit und ihre rustikalen Wurzeln erinnern könnte, in Kies. Sie begannen, ihre Vergangenheitsverbindungen - ob des Lebens, Systems oder der Tradition - und auch ihre bäurischen Vorfahren zu verbergen. Sie wollten als glänzende neue Städter bekannt sein, nicht als hässliche und schlampige Landeier.

Sie machten weiter, veränderten alles - Klänge, Schatten, Bilder, Häuser, Umgebung, Beziehungen, Natur, das Land selbst und die Menschen."

Mama hörte hier auf, vielleicht um Luft zu holen.

Ich sagte: "Sie waren alle sehr böse."

Mama sagte: "Nein. Es gab einige bewusste und aufmerksame Wesen, einige mit richtiger Vision und Diskretion, die sich sehr unwohl fühlten über diesen unheilvollen Trend ihrer Mitmenschen. Sie wünschten sich, dass jeder klar und aufmerksam wäre. Aber die meisten Augen waren von dem Hexenstaub der Urbanität getrübt und nicht bereit, zurückzutreten.

Die bewussten kamen voran. Sie unterstützten die verrückten Handlungen nicht und argumentierten, dass diese Taten eines Tages mit umgekehrter Wirkung auf sie zurückfallen könnten. Sie missbilligten das Fällen von Bäumen und missbilligten immer die Beseitigung von Sümpfen, Vögeln und anderen Kreaturen. Sie forderten sie sogar auf, zurückgeführte Vögel und andere solcher Naturwesen zu beschwichtigen, da sie sowohl für den Erhalt der Natur als auch des Territoriums, zu dem auch wir als natürlicher Teil gehören, sehr wichtig sind, nichts mehr."

Aber sie konnten bis zum Ende nicht durchhalten und unterlagen schließlich diesen rasenden und städtischen Wucherern und wurden gnadenlos vertrieben."

Wieder hielt Mama an, atmete tief durch und sah auf das weiche Blätterdach über uns, das sie herunterzulassen wollte, aber das Blätterdach schien sich nicht zu regen.

Ich fragte neugierig und besorgt: "Mama, wo sind diese guten Wesen hingegangen?"

Wir haben die Gewohnheit, weite Entfernungen zu wandern, auf der Suche nach mehr und besseren Nahrungsmitteln. Während dieser Reisen trafen wir manchmal auf weggelaufene oder vertriebene Kreaturen, aber niemals, nirgendwo, trafen wir auf diese zweibeinigen Wesen."

In einem sehnsüchtigen Ton fügte Mama hinzu: "Später hörten wir, dass sie ein neues und unberührtes Gebiet gefunden hatten, das vor Bäumen, Dschungeln, Vögeln, Schmetterlingen, Sümpfen und all den sanften und schwachen Dingen nur so wimmelte."

Ich wurde begeistert: "Dann muss es ein Paradies sein, Mama. Warum seid ihr nicht dorthin gezogen, Mama?"

Mama gab einen langen dünnen Seufzer aus und sah trübsinnig weit hinaus durch die streunenden Bäume, vorbei an den aufgerichteten Beton-Dämonen, bis zum letzten Ende des schwachen Horizonts und murmelte: "Die stadtverliebten Verrückten überfielen eines Tages das unberührte Land, ergriffen und annektierten das Paradies in ihre Hölle und warfen die bewussten Seelen wieder raus."

Ich wurde auch niedergeschlagen, als ich das hörte, und gab einen hörbaren Seufzer ab, der mir unbekannt und untypisch war.

Aus den düsteren Erzählungen meiner Mutter und der geringen Erfahrung, die ich in meinem bisher kurzen Leben gemacht habe, lässt sich in Kürze sagen: Die zweibeinigen Wesen können die Präsenz anderer Kreaturen in ihrer Zone, in die sie als Außenseiter eingedrungen waren und zu

Scheininsidern geworden sind, nicht ertragen. Wenn sie einen großen Vogel oder einen Affen irgendwo in ihrem Betonreich sehen, werfen sie Steine auf sie. Sie haben die Gewohnheit, andere Wesen zu vertreiben, wann immer sie die Chance haben, sie irgendwo in ihrer Umgebung zu sehen. Sie haben es getan und auch uns vertrieben. Sie tolerieren nur die zweibeinigen, schwanzlosen Wesen, andere sind verboten.

Ein boshaftes Ereignis kommt mir hier mit voller Deutlichkeit in den Sinn, an das ich, als kleiner Schakal, niemals vergessen werde.

An einem halbgedämpften Abend kamen Mama und ich aus unserem Loch, um eine sanfte Berührung der kühlen Brise zu spüren, da es drinnen muffig war. Wir saßen zusammengedrückt unter einigen Büschen, da wir befürchteten, dass die Zweifüßler uns entdecken könnten und sicher waren, dass sie uns nach der Entdeckung nicht ertragen oder schonen würden.

Als unerfahrener Schakal habe ich alles vergessen und einen schwachen Heulton ausgestoßen, und das war der Anfang vom Ende. Einige Zweifüßler, die draußen im Dunkeln waren, eilten nach uns, nachdem sie meinen Heulton gehört hatten. Sie hatten störrische Stöcke in den Händen. Wir verschwanden sofort und schlüpften in unser Loch.

Sie kamen brüllend zum Mund des Loches und standen dort und hielten den Mund auf, in der Hoffnung, dass wir am Ende herauskommen würden. Aber sie wussten nicht, dass wir einen zweiten

Ausgang ausgeklügelt hatten, durch den wir im Falle einer Gefahr fliehen konnten, und das taten wir auch.

Sie warteten lange am Eingang und wurden ungeduldig, als sie merkten, dass wir nicht herauskamen. Da sie intolerant waren, sammelten sie einige trockene Blätter, Stöcke, Zweige und Gräser und zündeten diese an, so dass der gesamte Rauch in das Loch kringelte. Sie zwangen reichlich Rauch und Hitze in das Loch und warteten auf unseren Rauswurf.

Sie warteten und heizten mehr Blätter, Stöcke und Gräser zum Feuer. Als sie merkten, dass wir nicht herauskamen, gingen sie zufrieden davon, dass wir an Erstickung und Hitze darin gestorben waren.

Nach und nach, als die Erwähnung der zweifüßigen Wesen kam, kamen mir zwei Geschichten in den Sinn, die Mama mir einmal erzählt hatte, eine über eine andere Art von Wesen und eine über unsere eigene Art von Wesen, und durch die Geschichten sollten wertvolle Beobachtungen und Weisheit an die nächste leichtgläubige Generation weitergegeben werden.

Eine der Geschichten in Mamas Sprache geht wie folgt:

"Der am meisten alte Schakal, der Großschakal, unseres Rudels erkrankte. Er lag auf einer Seite auf dem grasigen Boden unter einem großen Baum. Eigentlich lag er dort, und eine große Anzahl von Schakalen saß und stand um ihn herum, einige beugten sich, einige neigten sich, ihre Augen und Gesichter waren faltig.

Die Beine des am meisten alten Schakals zitterten leicht, seine Ohren hingen, die Augen geschlossen, die Brust wie ein Blasebalg hebend. Dein Vater beugte sich intensiv über sein Gesicht. Es dauerte nicht lange, um zu erkennen, dass der am meisten alte Schakal in einer Krise steckte.

Als ich ankam, waren alle angespannt und alle Köpfe waren nahe bei ihm, da seine Brust schien nicht auf und ab zu gehen. Alle warteten auf das Unvermeidliche, aber plötzlich öffnete der Älteste seine blassen Augen und trennte mit Anstrengung seine beiden Kiefer voneinander.

Alle bückten sich näher, als sich seine Kiefer langsam bewegten; es schien, als ob er etwas sagen wollte.

Ich drängte mich durch die drängenden Schakale und stand neben deinem Vater.

Dein Vater bat ihn, mehr zu erfahren. "Ja, Opa."

Mit all der Kraft, die ihm noch geblieben war, öffnete der Großvater seinen Kiefer und murmelte sehr schwach: "Es gibt eine Art von Wesen, die keine Schwänze an ihren Enden haben." Er hielt an und atmete ein... "Aber alle anderen Naturwanderer haben immer Schwänze." Er schloss die Augen, als ob er hinter seinen geschlossenen Augenlidern die schwanzlosen Wesen visualisierte und sagte: "Die Arten, die keine Schwänze haben, sind verkleidete Feinde und ... und ..." Er konnte nicht weitermachen und mit einem langen Atemzug rollte er auf die Seite und wurde still.

Wir alle wussten, was passiert war.

Wir alle saßen still um ihn herum und hielten unsere Köpfe gesenkt, und am Ende stimmten wir alle einen sehr leisen, nicht einen Heulton, sondern einen klagenden Trill an - das ist unsere Art, jedem verehrten Wesen Tribut zu zollen.

Eine andere Geschichte, die Mama einmal aufgedeckt hatte, war der Fall eines langschwänzigen Affen. Er war der Anführer einer Affengesellschaft.

Der Anführer fiel plötzlich von einem großen Baum, was für einen Affen sehr ungewöhnlich ist, vielleicht aufgrund seines hohen Alters, und verletzte sich dabei an seinen Hinterbeinen. Er ritt auf einem hohen Ast, um Wache über das Gebiet zu halten, und Ausschau nach jeder kommenden Bedrohung zu halten, die Gefahr für die Affengesellschaft bringen könnte.

Eine boshaftige Episode, die ich als kleiner Schakal nie vergessen werde, kommt mir mit voller Lebendigkeit in den Sinn. An einem halb erloschenen Abend kamen meine Mutter und ich aus unserem Loch heraus, um eine sanfte Berührung der kühlen Brise zu spüren, da es drinnen stickig war. Wir saßen unter einigen Büschen und fürchteten uns davor, dass die zweibeinigen Wesen uns entdecken könnten. Wir waren uns sicher, dass sie uns nicht ertragen oder verschonen würden. Als unreifer Schakal vergaß ich alles und heulte schwach auf, und das hatte Folgen.

Einige zweibeinige Wesen, die draußen im Dunkeln waren und mein Heulen hörten, rannten hinter uns her. Wir verschwanden sofort und schlüpften in unser Loch hinein. Sie kamen schreiend zum Mund des Lochs und hielten ihn in der Hoffnung, dass wir am Ende herauskommen würden. Aber sie wussten nicht, dass wir einen zweiten Ausgang geschaffen hatten, durch den wir bei Gefahr fliehen konnten, und das taten wir. Sie warteten am Eingang für eine lange Zeit und wurden ungeduldig, als sie bemerkten, dass wir nicht herauskamen. Sie sammelten einige trockene Blätter, Stöcke, Zweige und Gräser und steckten diese in Brand, so dass alle Dämpfe in das Loch kringelten. Sie zwangen viel Rauch und Hitze in das Loch und warteten auf unsere Flucht. Sie warteten und heizten mehr Blätter, Stöcke und Gräser ins Feuer. Als sie merkten, dass wir nicht herauskamen, gingen sie zufrieden davon, dass wir an Erstickung und Hitze darin gestorben waren.

Als die Rede auf die zweibeinigen Wesen kam, kamen mir zwei Geschichten in den Sinn, die meine Mutter mir einmal erzählt hatte, und durch die Geschichten wurde versucht, die wertvolle Beobachtung und Weisheit an die nächste leichtgläubige Generation weiterzugeben.

Unsere Welt war begrenzt, ihre ungebunden; unsere verstopft, ihre ausgedehnt; unsere umgangen, ihre offen. Das Gigantische Maschinenhaus dröhnte und ratterte Tag und Nacht, und produzierte große und schwere Gegenstände, die uns unbekannt und nutzlos oder sinnlos waren. Wir hielten uns in einer Ecke zusammen, Mama und ich, mitten im Tumult, inmitten von Wirbeln, trampelnden Füßen. Wir konnten nur durch den Stacheldrahtzaun oder über die Betonumzäunung schauen und sehen.

Jenseits der verkabelten und ummauerten Peripherie ragte ein hohes blaues Gebäude direkt gegenüber der viel befahrenen Straße, die an dem umgürteten Bereich vorbeiführte, auf. Der Ort, an dem das Gebäude stand, war einst ein sumpfiges Land, das aufgefüllt und zu einem flachen Land erstickt wurde.

Jeden Morgen, zu einer bestimmten Zeit, kamen eine große Anzahl von Mädchen und Jungen unterschiedlichen Alters und Größe mit schweren Schlingtaschen, die von ihren Schultern hingen, und gingen in das Gebäude.

Ein gedämpftes Summen und Brummen würde bis zum Mittag im Gebäude erklingen. Dazwischen würde eine laut schallende Glocke in gleichen Abständen widerhallen.

Gegen Mittag würde es eine Pause geben, und eine große Anzahl von ihnen würde sich hinsetzen, um etwas zu essen und zu reden. Einige würden auf den Platz laufen und dort spielen, bis der fortlaufende Klang der Glocke sie alarmiert.

Sie würden zum aufrechten Gebäude eilen und darin verschwinden. Wieder würde das Summen und Brummen das Gebäude von oben bis unten füllen, und die Glocke würde in regelmäßigen Abständen widerhallen.

Unsere Welt war begrenzt, ihre ungebunden; unsere verstopft, ihre ausgedehnt; unsere umzäunt, ihre offen. Das gigantische Maschinenhaus dröhnte und ratterte Tag und Nacht und produzierte riesige und schwere Objekte, die uns unbekannt und nutzlos oder bedeutungslos erschienen. Wir hielten uns zusammen, Mama und ich, in einer Ecke, mitten im Lärm, im Gedränge und unter trampelnden Füßen. Wir konnten nur durch den Stacheldraht oder über die Betonumzäunung schauen.

Jenseits der umzäunten und ummauerten Umgebung ragte ein hohes blaues Gebäude direkt gegenüber der belebten Straße, die an dem umgürteten Gebiet vorbeiführte. Der Ort, an dem das Gebäude stand, war ein sumpfiges Land, das aufgefüllt und zu einem flachen Land erstickt wurde.

Jeden Morgen, zu einer bestimmten Zeit, kamen viele Mädchen und Jungen unterschiedlichen Alters und Größe mit schweren Schlingentaschen über ihren Schultern in dieses Gebäude und gingen hinein.

Ein gedämpftes Summen und Brummen würde bis mittags im Gebäude erklingen. Zwischendurch würde eine hohe klingelnde Gong alle gleichmäßigen Abstände durchdringen.

In der Nähe des Mittags würde es eine Pause geben und viele von ihnen würden sich hinsetzen, etwas essen und sprechen, einige würden zum Boden rennen und dort spielen, bis ein kontinuierlicher Klang des Gongs sie warnt.

Sie würden zum aufrechten Gebäude eilen und darin verschwinden. Wieder würde das Summen und Brummen das Gebäude von oben bis unten füllen, und der Gong würde in regelmäßigen Abständen widerhallen.

Am Nachmittag würden sich viele Eltern am Tor versammeln und mit ihren gierigen Augen am Ausgangstor warten. Ihr Warten würde mit dem hohen und kontinuierlichen Geplauder des Gongs enden, der das gesamte Gebiet füllen würde. Die Jungen und Mädchen mit ihren Schlingentaschen an der Seite würden herauskommen und auf den Innenhof strömen und dann auf der Straße herumtollen. Die kleinen Jungen und Mädchen würden zu ihren Eltern rennen und mit ihnen plaudern, wenn alle Mädchen und Jungen das Haus verlassen hätten. Dann würde der turban- und barttragende durwanji das schwere Tor schließen, indem er sich nach vorne beugt und seine Kraft anwendet, und ein großes schweres Schloss über die Luken hängt und einen langen Schlüssel in sein Loch dreht.

Es würde keine Änderung der Routine geben, und das Muster würde Tag für Tag, Jahr für Jahr fortgesetzt.

"Aber Mama, ich habe bemerkt, dass die kleinen Kinder immer zögern, hierher zu kommen. Ihre begleitenden Eltern zwingen sie meistens dazu, dort einzutreten. Ich habe gesehen, wie die Kinder beim

Eintritt schreien und weinen, aber wenn sie herauskommen, strahlen sie. Was bedeutet dieses hohe Gebäude?", fragte ich.

Eine seltsame versteckte Schmoll-Lächeln bildete sich auf ihren Lippen, die in einer Drehung endeten. Sie schüttelte leicht den Kopf und blickte auf das blaue Gebäude und sagte: "Ich weiß nicht, wofür dieses Gebäude ist. Aber von dem Glanz der Hoffnung, der die Gesichter der Eltern umgibt, gehe ich davon aus, dass sie ihre Kinder dorthin schicken, in der Hoffnung, dass sie eines Tages als veränderte zweibeinige Wesen herauskommen, verändert durch erworbene Eigenschaften, die ihnen helfen, ihre angeborenen Charaktereigenschaften zu verlieren und sie in Wesen zu verwandeln, die nicht der Natur angehören. Als solches könnte es ein "Veränderungshaus" genannt werden."

Ich fragte meine Mutter: "Warum haben wir kein solches Veränderungshaus?"

Meine Mutter sagte bestimmt: "Wir brauchen kein Veränderungshaus. Wir brauchen keine solche konditionierende Penthouse. Wir brauchen keine anderen Dinge, um zu leben. Wir haben Mutter Natur, die uns lehrt und für uns sorgt."

Da ich nicht verstand, was meine Mutter sagen wollte, fühlte ich mich ein wenig verwirrt. Ich dachte: "Was ist falsch an Veränderungen, wenn es ein Muss ist?"

Meine Mutter starrte mich an. Ich blinzelte nicht. Sie verstand meine verwirrten Gedanken. Sie sagte langsam: "Die rohen Wege wurden zu erfahrenen Straßen. Straßen schlängelten sich zur Stadt. Licht kam. Dunkelheit hob sich auf. Natur wurde vergeudet. Echte Dunkelheit hob sich nicht auf. Ihre veränderten, umrahmten Herzen wurden die geheimen Sitze der Dunkelheit." Ich starrte auch ihr direkt in die Augen. Sie lächelte. Ich lächelte zurück; warum ich lächelte, weiß ich nicht.

Weiterhin lächelnd sagte meine Mutter: "Die Umstände haben dich groß gemacht und deine Erinnerungen plastisch, denke ich."

Meine Mutter hörte auf zu sprechen. Ich wartete, weil ich nicht wusste, welchen Weg die Geschichte einschlagen würde.

"Du wirst dich vielleicht erinnern, dass Veränderungen in unserem Territorium immer wieder auftraten; die Veränderungen brachten immer wieder neue Veränderungen. Obwohl der Nutzen der Veränderungen immer fragwürdig war."

Ich spitzte die Ohren.

"Eines schönen Morgens setzten wenige neue robuste Wesen hier ihren Fuß. Sie hatten neuere Arten von Werkzeugen und Instrumenten bei sich. Ihre Werkzeuge waren völlig anders. Als wir sie und ihre Werkzeuge sahen, ahnten wir eine weitere neue Veränderung voraus."

Sie erzählte im Detail, dass "einer nach dem anderen in das Gebiet schlich und wie Mäuse durch die graswachsenen Räume, Sträucher, vorbei an wachsenden Dickichten und einigen noch erhaltenen Bäumen unterschiedlicher Größe streifte und insbesondere die Stämme und soliden Bestände der Bäume untersuchte. Eines Tages brachten sie ein paar breite Waffen mit, die gezahnte Kanten mit Haltebügeln an den Rückseiten hatten. Zur Probe hielt einer von ihnen eine solche Waffe mit beiden Händen fest, und ein anderer tippte auf einen erhöhten Knopf am Griffende; das gezahnte Ende begann mit einem Knurren zu rollen. Das Knurren war sehr hoch und ohrenbetäubend." "Ich war mir nicht sicher, wonach sie suchten", schloss Mutter.

Ich war mir nicht sicher über sie. Aber ich konnte noch etwas erkennen. Als Mutter die Geschichte erzählte, schloss ich die Augen und sah, wie sich die Ereignisse vor meinen versteckten Augen abspielten. Sie traten ein. Sie machten eine Pause und tranken Flüssigkeit aus einem runden Topf. Dann gingen sie um einen bestimmten Baum herum und standen schließlich an einer Seite des Baumes, der eine sichtbare Biegung hatte. Einer von ihnen warf einen scharfen Blick auf den Baum von oben nach unten und drückte einen Knopf am Griffende, um das Gerät mit einem Knurren zu rollen. Zwei von ihnen hoben das Gerät an und drückten die rollende Seite auf den Stamm des Baumes. Seine Zähne begannen, den Stamm zu durchdringen und Holzstaub auszuspucken. In wenigen Augenblicken löste das gezahnte Teil einige Rindenstücke des Stammes ab. Die Rinden fielen herunter und das gezahnte Teil drang geneigt nach innen ein.

Nach einiger Zeit wurde die gezahnte Spitze herausgezogen und erneut auf einer niedrigeren Ebene angesetzt, um den Stamm in einem oberen Winkel zu durchdringen, bis er auf der Kante der vorherigen Penetrationslinie traf. Dann wurde mit Meißel und Hammer der durchdrungene Winkelteil des Stammes herausgezwungen. Danach gingen sie auf die andere Seite des Stammes, machten einen schmalen Schlitz genau gegenüber der vorherigen Seite und setzten zwei flache Bretter in die Schlitze. Sie fuhren mit dem Hämmern fort, bis der Stamm unter Druck auseinanderbrach und auf die schräge Seite fiel.

Die in diesem Baum lebenden panischen Vögel hatten bereits geschrien, und als er fiel, flohen sie schreiend, nur wenige Nester und Vogeleier fielen mit ihm und zerbrachen. Ich schrie: "Sie haben einen lebenden Baum eliminiert und viele andere heimatlos gemacht."

Bei meinem plötzlichen Schrei war meine Mutter erstaunt. Sie wusste nicht, dass der Vorfall vor meinen wachen Augen inszeniert wurde. Ich rüttelte an meinem Rücken und kehrte zu meinem realen Zustand zurück und begann zuzuhören.

In den folgenden Tagen fällten sie viele große, mittlere und kleine Bäume nacheinander und machten mehr Vögel heimatlos, zerstörten unzählige Nester und Eier. Als der obige Lärm abflaute und eine erstickende Stille das Gebiet bedeckte, kamen wir vorsichtig heraus.

Die Szene, die uns draußen erwartete, war sehr schockierend. Viele dicke und kopflose Bäume lagen überall herum. Einige Vogelnester hingen immer noch an Astbiegungen oder Zweigen, andere rollten auf dem Boden. Ein paar winzige Jungvögel lagen tot da, ihre Schnäbel geöffnet und ihre Krallen nach innen gekrümmt. Einige abgeschnittene Stümpfe standen aufrecht, da sie nicht vom Boden abgetrennt worden waren.

Einige Arbeiter und Fahrzeuge kamen in den folgenden Tagen und zogen die gefallenen Bäume weg, zogen die abgeschnittenen Stümpfe auf ein paar Fahrzeuge und luden die abgerissenen Äste auf. Danach waren viele Arbeiter damit beschäftigt, alle Büsche, Dickichte, Gräser und viele andere Unkräuter und Vegetationen abzuschaben und zu harken. Dann wurden die abgeschabten, geharkten und entwurzelten Dinge weggefahren. Viele Dorfbewohner packten mit an und nahmen die Abfälle mit, um sie als Brennmaterial zu verwenden.

Unser Gebiet blieb nicht verschont, es wurde ebenfalls kahl und nackt gemacht. Nach diesem Wüten betraten sie die Region lange Zeit nicht mehr. Wir dachten, dass es damit erledigt war.

Nach diesem Zerfall blieb unser kleines Gebiet in der Mitte wie der Panzer einer Schildkröte leer und unregelmäßig von einigen vereinzelten Dickichten, Büschen oder Zwergbäumen und einigen grauen und halbgrünen Gräsern besetzt. Meine Mutter und ich mussten uns sogar mitten in der Nacht dort herumtreiben.

Das Gebiet war seiner natürlichen Elemente beraubt worden, von denen wir abhängig waren. Man kann kein natürliches Leben führen, wenn die Umgebung, an die man gewöhnt ist, komplett zerstört wurde. Das Hauptproblem wurde Nahrung und Sicherheit. Wir hatten nicht genug und Nahrungsmittel waren sehr knapp. Wir mussten uns auf alles verlassen, was wir finden konnten. Unsere Essgewohnheiten begannen sich zu ändern. Wir begannen Insekten und Würmer zu fressen; in großer Not knabberten wir sogar an Gras, Blättern und Laub. Wir begannen nach weggeworfenem Essen zu suchen und es zu essen. Wir begannen, unsere Nasen in die Hinterhöfe des Dorfes, auf Müllhaufen zu stecken und sogar Essen aus den Hinterhöfen der Dorfhütten zu stehlen.

Jeder Moment, den wir lebten, war ein Moment der Ungewissheit und Unsicherheit, und wir trugen unser Schicksal wie die Napfschnecken auf unseren Schultern. Meine Mutter hatte immer noch Vertrauen in den Himmel. Jeden Abend, wenn wir herauskamen und am Morgen, bevor wir uns zurückzogen, würde meine Mutter den Himmel bitten, uns von allen Widrigkeiten zu erlösen; und ich würde dann stumm zum Himmel starren, nicht wie meine Mutter, sondern wie ein gewöhnlicher Schakal.

Die beeindruckenden und quälenden Rufe des Maschinenhauses zerstörten die innere, friedliche Atmosphäre und ihre Ruhe. Die Nase des

Maschinenhauses, die in den Himmel ragte, spie weiße und schwarze gewundene Rauchschwaden aus, die einige Entfernungen über den hohen Gebäudedächern schwebten, ein wenig tiefer auf einigen Bäumen fielen und schließlich die Straßen leckten. Einige setzten sich in die Häuser durch Fenster, Lüftungen oder andere Einlässe. Mit einem bösartigen Blick auf die geschlossenen Tore und Gitter des Maschinenhauses würde ich fluchen: "Dies ist das Haus der Hölle, das dieses unberührte Land entweiht hat". Mom würde mit einem wütenden Blick auf das lärmende und Rauch spuckende Haus murmeln: "Dies ist das Haus, das sie das Haus des Fortschritts nennen."

In diesen Tagen werde ich manchmal abwesend. Wenn ich schaue, schaue ich nicht; Mein Verstand denkt, aber nicht wirklich, und ich werde zum Vergangenheitsseher. Ich sehe vergangene Ereignisse als Ereignisse dieses Moments.

Ich sehe, wie wir in einer Ecke sitzen und in unsere Unterhaltung vertieft sind. Ich sage zu Mom: "Ich verstehe nicht, was du mit Fortschritt meinst." Ich sehe, wie Mom sagt: "Die zweibeinigen klugen Wesen wurden durch das Reiten auf diesem stöhnenden Haus erhöht, indem sie die Natur und die schwachen Naturbewohner niedergewalzt haben." "Sie scheinen sehr mächtig zu sein. Woher kommt ihre Macht?" Mom fügt mit einem traurigen Lächeln hinzu: "Von ihren Köpfen. Die Köpfe regieren ihre Herzen, ihre Gedanken, jede Handlung. Jeder andere Teil ihres

Körpers ist unwichtig." Ich fange an nachzudenken und nicht ihre Hinweise zu verstehen, frage ich: "Wie ist dieses Haus entstanden?" Mom wird immer leeräugig, wenn sie sich an eine schmerzhafte Vergangenheit erinnert. Sie fixiert ihre Augen auf den Himmel, wo einige dünne flauschige Wolken über ein paar milchige Sterne treiben, und sagt nichts.

Mein Geist und meine Augen kehren zurück in die Gegenwart. Ich schaue umher und finde niemanden in meiner Nähe. Als ich meine üblichen Sinne wiedererlangte, hörte ich, wie meine Mutter in sehr leiser, fast unhörbarer Stimme seine Erinnerungen erzählte.

"Wie viele Tage und Nächte sind vergangen, seit die marodierende und wütende Bande abgereist ist? Alles wurde ruhig und wir dachten, dass sich die Dinge nicht über diese Raserei hinaus entwickeln würden. Eines Tages kamen jedoch viele Brillen tragende und mit Hüten bekleidete Wesen an, deren Füße in Ledermanschetten steckten und die Messbänder und andere besorgniserregende Instrumente hielten. Sobald sie ankamen, begannen sie damit, zu messen, zu markieren, Linien in ihre Notizbücher zu zeichnen und etwas darauf zu kritzeln. Sie verbrachten die folgenden Tage auf die gleiche Weise. Dann, eines Morgens, erschreckt durch rollende Geräusche, schauten wir hinaus und sahen einen Haufen von Fahrzeugen in die Arena fahren. Dann kamen einige Hebezeuge und einige giraffenartige Objekte auf flachen Trägern angefahren."

Mama hörte nicht auf und erzählte mir weiter: "Viele leichte und schwere, krumme und gerade Werkzeuge wurden von den Fahrzeugen entladen und an verschiedenen Stellen des flachen Geländes abgestellt. Darauf folgten Stapel von langen Eisenstangen, Säcke mit grauem Pulver, weitere Säcke mit gelben Körnern, ein Sack mit zerbrochenen Steinen und einige Stapel von länglichen rötlichen Blöcken. Einige hart verhängte, gurkenförmige Hütten wurden hier und da errichtet und einige zweifüßige Wesen begannen dort zu bleiben, Tag und Nacht, kochten ihre Mahlzeiten auf provisorischen Feuerstellen und aßen zufrieden draußen auf dem Boden."

"Bald wurde das Gebiet zu einem kriegsgebeutelten Feld mit Hunderten von Geräten, die tagsüber oder nachts klapperten und polterten, stießen und hämmerten - das Graben, Rammen und Niederlegen von Stangen ging monatelang weiter, während eine große Anzahl von schwitzenden Wesen stand, halb stand, auf Ständen oder Bambusdächern kletterte, umgeben von Schreien, Lärm, Gelächter, Geschwätz, Schimpfen und Streichen. Langsam und stetig erstickte das Gebiet unter schweren, großen, starken Betonstrukturen und Konstruktionen. Vögel flohen, Nagetiere verschwanden, Würmer und Insekten hörten auf zu zappeln und zu kreisen. Wir wurden eingezäunt und eingeschlossen und waren dazu verdammt, in unserem eigenen Territorium zu verstecken." fügte sie hinzu.

"Mom, das waren die härtesten und schwierigsten Zeiten, die wir durchgemacht haben. Wir konnten nichts tun, nichts denken, fast nichts essen; wir konnten nur unter dem Himmel und dem Himmel selbst untergehen." Vielleicht war ich emotional geworden und war in einer hoffnungslosen Stimmung, als ich das sagte, und meine Mutter bemerkte dies, drückte mich an ihre Seite und fuhr fort ...

Das riesige Gebäude blieb nicht lange verlassen und geräuschlos. Bald kamen Fahrzeuge mit gigantischen Kesseln, Trommeln und deckartigen schweren Objekten an und verschwanden im Gebäude. Schwere Eisenkästen und -strukturen wurden gebracht und in verschiedene Kammern eingeführt. Verschiedene runde-feste-oblongförmige Objekte mit Griffen-Ohren-Händen, sogar mit Beinen, wurden gebracht und in verschiedenen Käfigen und Räumen des riesigen Hauses untergebracht.

Dann kamen mehrere lang-nasenförmige, glänzende Strukturen zum Aufbau und ragten über den Betonstrukturen fast bis zum Himmel.

Solche lebendigen und eindringlichen Bilder spiegelten sich in meinen verzauberten Augen wider. Ich erzählte meiner Mutter - eines Tages standen Zweiräder, Vierräder, schwere, leichte und getönte oder dekorierte Transporter hintereinander vor dem neuen Haus. Viele Zweifüßler hatten sich bereits unter einem blau-grünen Zeltdach versammelt, das vor dem Haupttor aufgestellt worden war.

Meine Mutter war von meiner Beschreibung des unsichtbaren Ereignisses überrascht, aber sie stoppte mich nicht.

Meine Augen weiteten sich, und ich sah voraus; das Vergangenheitssehen wurde zu einer lebendigen Gegenwart...

Ein besonders geschmückter Vier-Räder-Wagen kommt an. Ein hoher, heller Zweifüßler, vergoldete Brille, kahl hinterm Kopf, ein Büschel Haare über der Stirn, setzt zuerst seinen rechten, dann seinen linken Fuß auf den Boden und steigt aus dem Fahrzeug. Aufrecht wie ein Hahn stehend, schaut er sich um und bewundert die Pracht des Anlasses. Er scheint zufrieden zu sein und geht mit erhobenem Kopf zum Haus. Er verschwindet im gut dekorierten Maschinenhaus, gefolgt von einer Gruppe hastender Wesen. Das große Tor schließt sich hinter ihm. Ein lautes Summen kommt aus dem Inneren des Maschinenhauses, man kann nicht erahnen, was dort passiert.

Einige Augenblicke später ist ein kontinuierliches Geräusch eines sich nähernden Vier-Rad-Trägers mit Stimmausrufen zu hören. Der Anführer des Dorfes kommt hastig aus dem Maschinenhaus und bleibt besorgt am halb geöffneten Tor stehen. Einige seiner Mitläufer kommen heraus und stellen sich hinter ihn. Ein weiterer Vier-Rad-Wagen kommt an und hält direkt vor dem Anführer. Er geht vor und öffnet die Tür des Wagens. Ein Boss-ähnliches, stämmiges Wesen steigt aus, dessen bauchige Rundung zuerst tanzt. Der Anführer begrüßt ihn mit gesenktem Kopf und gefalteten Händen und führt ihn hinein. Einige ehrgeizige Wesen laufen hinterher, aber sie werden daran gehindert, einzutreten, da das Tor des Maschinenhauses einen Zoll hinter dem großen Boss geschlossen wird. Später sah ich diesen sehr großen Wesen eines Tages zu uns kommen, um uns zu beraten, unseren letzten Aufenthaltsort für die Erweiterung des Maschinenhauses auszulöschen.

Kaum vergehen ein paar Minuten, als ein schrilles Hupen gefolgt von Muschelhorns und süßem Gong von innen zu hören ist. Plötzlich erfüllt ein quietschendes Rollgeräusch irgendeiner Vorrichtung die Luft, und innerhalb von wenigen Minuten bläst eine weiche weiße Dampfwolke aus einem der aufrechten Nasen heraus, und nach weiteren Minuten beginnen riesige, gekräuselte schwarze Rauchwolken, gemischt mit weißem Rauch, aus dieser metallenen Nase zu atmen.

Die wartende Menge vor dem Tor, die mit auf den schwebenden Rauch geklebten Augen nach oben schaut, ruft vor Freude aus und begrüßt das Ereignis mit kontinuierlichem Klatschen ihrer Hände... Ich starrte auf die vorgestellte Metallnase, die gekräuselten Rauch abgibt, und unterbrach meine Vorstellung.

Unterbrechend übernahm Mutter an dieser Stelle --- Dann wurden Süßigkeiten unter den Versammelten drinnen und draußen verteilt. Es gab ein großes Festmahl, aber nicht für alle, sondern nur für besondere Gäste drinnen.

Nach Abschluss der Zeremonien trat der große Mann aus dem Maschinenhaus und blieb vor dem großen Gebäude stehen. Er drehte sich um und betrachtete den hohen Metallausstoß, der Rauch spie. Er starrte auf den Ausstoß und schützte sich mit einer Hand vor der Sonne. Er war zufrieden mit dem aufsteigenden Rauch, aber nicht vollständig zufrieden mit dessen Farbe. Er bemerkte, während er auf den Rauch schaute: „Wenn die Auslässe pechschwarze dichte Dämpfe spucken, können wir sicher sein, dass die Produktionskammern gut laufen."

Der Chef des Maschinenhauses stand und nickte zustimmend, und die ihm folgenden Ja-Sager sangen im Chor: „Ja, Sir, ja, Sir." Er beachtete den Chor nicht, sondern erreichte schnell seinen wartenden Wagen und zeigte mit dem Finger in alle Richtungen, während er etwas diktierte. Dann beugte er sich ein wenig, fast mit einem kurzen Sprung, stieg auf seinen Wagen und knallte die Tür zu, bevor der Häuptling etwas sagen konnte.

Sein Fahrzeug begann zu rollen. Eine Reihe anderer Wagen folgte ihm mit hoher Geschwindigkeit.

Ich wurde zu einer Statue, meine Augen rollten nicht, mein Zurückblicken wurde wieder wirksam. Als ich auf die sich entfernenden Fahrzeuge blickte, verlor ich alles aus den Augen und verlor den Verstand, als wäre ich in der Luft aufgehängt. Mein Trance wurde durch einen plötzlichen Stoß von Mutters Schnauze unterbrochen. Ich schreckte hoch und sah, dass Mutter nicht in den Himmel oder weit entfernt blickte, sondern in die entgegengesetzte Richtung des Maschinenhauses und auf dem Boden zusammengesunken war, indem sie sagte: „So entstand dieses Progress-Haus, dieses Rückschritt-Haus nach deiner Meinung."

Nach ein paar Tagen nach dem Weggang des besonderen großen Mannes wurde die breite und große Fläche um das Haus mit langen Betonwänden umzäunt, nur die Seite zum Fluss hin war mit Stacheldraht versehen, wir waren gefangene Insassen darin.

Das Rauchspucken und das laute Metall-Gebären des Hauses hatten mich von Anfang an gepackt. Nachdem ich die ganze Geschichte erfahren hatte, nagte seine dämonische Präsenz an mir. Es brachte unseren Clan in eine schwindende Endklasse.

Ich hatte angefangen, meinen Kopf so weit wie möglich vom nasigen Haus wegzudrehen. Es hatte unsere Existenz bedroht, aber wie sehr wir es auch verabscheuten, es war nahezu unmöglich, uns von ihm fernzuhalten, da wir auf seine Gaben für unseren Lebensunterhalt angewiesen waren und keine andere Alternative blieb. Wir waren abgeschnittene Schakale vom Rest der Welt. Wir mochten die Gaben nicht, aber es war unser Schicksal, diese abscheulichen Gunstbeweise zu akzeptieren.

Wie auch immer, wir kämpften weiter, da wir uns nicht aus den ungewöhnlichen, nicht gemochten und grausamen Umständen herausziehen konnten, in die wir gezwungen wurden. Wir akzeptierten es als unser

Schicksal, aufhörten zu denken, zu hoffen, die Zukunft zu imaginieren: Wir erinnerten uns nur an unsere Vergangenheit, ob gut oder schlecht, obwohl wir wussten, dass es uns nirgendwohin bringen würde.

Mama sagte diese Dinge, ich sagte jene Dinge, Mama würde dieses und jenes murren, jenes und dieses; und wir beendeten unsere Tage und Nächte hintereinander, hintereinander, hintereinander...!

Die Sonne zeigte sich langsam und träge, der dunkle Schleier wich auch der Sonne zurück. Wir saßen draußen an unserem Loch und verzögerten unseren Rückzug, als wir eine Linie aufrechter Wesen sahen, die auf ihren Vorderbeinen aufgeregt in die Festung des Maschinenhauses eingingen. Sie waren nicht die regulären Wesen, die wir die ganze Zeit sahen.

Sie begannen in der Gegend herumzulungern. Wir waren uns sicher, dass sie eine Absicht im Kopf hatten. Manchmal gingen sie ins große Haus und kamen mit einigen inneren Wesen heraus, wanderten langsam herum und kamen fast bis zu unserem Loch. Sie inspizierten die Länge, Breite und die umliegenden Mauern, kamen in die Mitte und besprachen etwas miteinander. Sie taten dies in den nächsten Tagen und verschwanden dann. In der Zwischenzeit erschien der Häuptling zweimal mit ihnen und führte bestimmte Gespräche.

Wir, ich und meine Mutter, tauschten unsere Blicke aus und schlüpften still in unser Loch.

Innerhalb weniger Tage endeten unsere Annahmen und Vermutungen, als die Wahrheit ans Licht kam...

Wir sprangen alarmiert auf und saßen auf dem Boden unserer Grube und schauten an die Decke, die sich leicht bewegte. Wenige Minuten später bebte und krampfte sich die Erde über uns schwer, als das Rollen von Rädern über unsere Grube hinwegzog.

Mama kroch hoch und griff mit ihren Vorderbeinen an die Bodenwand, stellte ihre Hinterbeine auf einen erhöhten Platz der Grube und ließ die Spitze ihrer Nase nur darüber schauen. Sie blieb eine Minute lang in dieser Position und zog sich dann wieder nach unten. Als sie herunterkam, versuchte sie mit einer erschütterten Stimme zu vermitteln, was sie sah und verstand.

Das Gerumpel und Getöse kehrte zurück und blieb über der Grube, wodurch sich das ganze Innere vibrierte.

Wir sprangen eilig aus unserer Grube und rannten zum Flussufer, aber ein kontinuierliches Geräusch von Handklopfen ließ uns umdrehen und schauen. Wir standen hinter einem dicken Stamm, der von Dickicht überwachsen war.

Wir schlüpften ins Gebüsch und beobachteten das Geschehen von dort aus...

Der Anführer der Stadt war angekommen und stand zwischen dem Maschinenhaus und unserer Grube. Der Häuptling und seine Anhänger, die Leiter des Entwicklungshauses und einige wichtige

Persönlichkeiten des Maschinenhauses waren wie üblich um ihn herum und schauten aufmerksam auf das Gesicht des eloquenten Führers. Die Hände des Anführers gingen rauf und runter, rechts und links, schnitten durch die Luft, seine Lippen öffneten und schlossen sich.

"Das Maschinenhaus hat eine enorme Menge an Arbeit geleistet. Das Haus hat viele Objekte geliefert, die Geld und Stolz in das Dorf gebracht und dazu beigetragen haben, dass es zu einem idealen Dorf und einer Entwicklungsstadt geworden ist."

Zum ersten Mal wurde das Wort "Stadt" dem Status des Dorfes zugeordnet und alle Dorfbewohner, die sich versammelt hatten, waren äußerst glücklich und begrüßten die Vorstellung mit einer langen Ovation. Sie waren begeistert und dachten, dass die Zeit endlich gekommen war, als ihr Dorf zu einer Stadt aufgewertet würde und sie zu Stadtbewohnern werden würden: Eine große Freude.

Der Anführer erklärte stolz: "Dieses Maschinenhaus wird erweitert. Ein neues Nebenhaus wird dem Hauptgebäude hinzugefügt werden..." Hier hielt er inne und schaute sich um, um die Reaktion zu überprüfen, und befahl dann: "Ich bitte die Leiter des Dorfentwicklungshauses, besondere Aufmerksamkeit darauf zu richten und ein schnelles Programm dafür vorzubereiten."

Der Dorfhäuptling stand auf und verkündete: "Ich werde mich besonders um die Erweiterungsarbeiten kümmern, und das ist mein Versprechen." Er stoppte mitten in großen Palmenschlägen und Rufen. Seine Mitläufer machten die Palmenschläge mit großen Schreien verlängert.

Der Anführer machte zusammen mit dem Häuptling und seinen Anhängern eine langsame, aber umfassende Runde durch das Gebiet. Als sie sich näherten, zogen wir uns schnell in das Dickicht zurück und rollten über den Unterboden, um uns unsichtbar zu machen. Als sie alle an uns vorbei gegangen waren, liefen wir zu unserer Grube und versteckten uns dort bis Mitternacht und wagten nicht herauszuschauen. Kaum ein Tag verging, als der Häuptling mit seinem Gefolge von Flöhen ankam und ein paar Runden um das Land machte.

Am nächsten Morgen kam er wieder, weil er keine Verzögerungen tolerieren konnte. Diesmal hatte er einige besondere Wesen vom Entwicklungshaus an seiner Seite. Er verbrachte lange Zeit unter der Sonne und hatte mehrere Runden um die Gegend und Diskussionen mit den besonderen Wesen bei Tee- und Snackpausen. Während der Runden, ob bei der Vermessung oder den Diskussionen oder den Snackpausen, trug er ein zerknittertes Gesicht.

Auch unsere Gesichter wurden zerknittert und bleich, unser Ohrenfell und Schwanz hingen schlaff herunter. Ihre hinterhältigen Bewegungen kündigten immer schlechte oder unsichere Vorzeichen für das Gebiet an.

Innerhalb weniger Tage wütete der Krach und die Unordnung von morgens bis abends. Das Vermessen,

Abgrenzen, Graben und Verstampfen der Reihen zerstörte das Land. Stapeln und Aufschichten von Pfosten zwang andere Lärm über uns.

Einige Zeit später, am schlaffen Mittag, als wir gerade eindösten, wurde eine lange Metallstange in unsere Grube gerammt. Einige Erde fiel auf uns herab und ließ uns erzittern. Die lange Stange, die das Dach unserer Grube durchdrang, hing in der Nähe unserer Köpfe. Wir senkten uns so weit wie möglich und behielten das schräg hängende Rohr im Auge.

Das Rohr kam etwas herunter und hing alarmierend nah an unseren Nasen. Noch mehr Erde fiel zu unseren Seiten und verteilte sich auf dem Boden. Wir schoben uns in eine Ecke. Die Stange hing immer noch, die Erde knirschte um uns herum und wir zitterten.

Wir wagten es nicht, uns zu bewegen und blieben unter Furcht versteckt. Wir verbrachten einen weiteren Tag unbeweglich und ohne Essen. Der Hunger hatte uns nie gestochen, vielleicht hatte die Furcht ihn aufgefressen.

Schließlich sagte Mama: "Wir müssen rausgehen. Wir können nicht auf diese Weise in einem Loch eingesperrt bleiben. Wir müssen etwas tun."

Als wir herauskamen, sahen wir ein Zelt in einer Ecke - etwas Licht durch den offenen Eingang fiel auf den Boden. Viele Schneide-, Grabungs-, Rammen-, Rechen- und Schaufelgeräte lagen herum. Einige leise, aber deutliche Gespräche trafen unsere Ohren.

Licht und Schatten, Stille und undeutliches Rascheln hatten das düstere Land verhüllt; lange und kurze, aber schmale Lichtstrahlen wedelten auf einem Teil des dunklen Gebiets. Wir kehrten zu unserem Versteck zurück und grübelten, konnten aber keine praktikablen Lösungen finden.

Wir konnten nicht lange drinnen bleiben und wurden ungeduldig angesichts der herumschleichenden Angst. Wir gingen wieder raus und durchsuchten das Gebiet nach einem alternativen Versteck. Wir rannten hierhin und dorthin, weit und breit, in jeder Ecke auf der Suche nach einem sicheren Unterschlupf, aber fanden keinen. Schließlich dämmerte es uns, dass es keine sichereren Orte gab als unser eigenes unsicheres Versteck.

Wir konnten nur warten. Und wir warteten, ohne zu wissen, wie und wann die Sonne aufging und unterging, wie und wann die Nacht kam und wich, wann der Morgen zum Tag und der Tag zur Nacht wurde. Die grauenhafte Zerstörung darüber tobte weiter. Wir blieben im Inneren gebeugt, oft ging uns eine kühle Schauer den Rücken hinunter, unsere Schwänze hingen zwischen unseren Beinen.

Mit Zittern und Ausspucken von Erde öffnete sich plötzlich das Dach über uns. Büsche, einige zerrissene Pflanzen, Sand und mehr Erde regneten auf uns und auf den Boden. Ein Luftzug und Licht drangen durch die Öffnung. Wir hatten keine Zeit und nichts zu denken oder zu tasten, sondern nur zu fliehen.

Ich habe angefangen, meinen Kopf so weit wie möglich von der Nasen-Hütte wegzudrehen. Sie hatte unsere Existenz gefährdet, aber wie sehr man sie auch verabscheute, es war fast unmöglich, sich von ihr fernzuhalten, da wir auf ihre Gaben angewiesen waren, um uns zu ernähren, es gab keine andere Alternative, da wir von der restlichen Welt abgeschnitten waren. Wir mochten die Gaben nicht, aber es war unser Schicksal, diese abscheulichen Wohltaten anzunehmen.

Wie auch immer, wir kamen voran, weil wir uns nicht aus den ungewöhnlichen, nicht gemochten und grausamen Umständen ziehen konnten, in die wir gestellt wurden. Wir akzeptierten es als unser Schicksal und hörten auf, über die Zukunft nachzudenken, zu hoffen oder uns vorzustellen: Wir erinnerten uns nur an unsere Vergangenheit, ob gut oder schlecht, obwohl wir wussten, dass es uns nirgendwohin bringen würde.

Mom pflegte zu sagen, dass Ding, ich sagte diese Dinge, Mom murmelte das und jenes, jenes und das; und wir beendeten unsere Tage und Nächte nacheinander, nacheinander, nacheinander...!

Die Sonne zeigte sich langsam und träge, auch der dunkle Schleier wich der Sonne. Wir saßen draußen an unserem Loch und verzögerten unseren Rückzug, als wir eine Reihe aufrechter Wesen sahen, die auf ihren Hinterbeinen in die Festung der Maschinenhalle eintraten und mit ihren Vorderbeinen aufgeregt in der

Luft wedelten. Es waren nicht die regulären Wesen, die wir die ganze Zeit sahen.

In den folgenden Nächten hatte ich das Interesse an Essen, Rausgehen und sogar Geschichten verloren. Ich saß jetzt ab und zu draußen und starrte in den Himmel, der nicht herabzukommen schien, und dachte tausendmal an die Vergangenheit und die zukünftigen Ereignisse. Die Geschichten, die mir meine Mutter erzählt hatte, schwammen vor meinen leeren Augen, Reihe um Reihe.

Unter dem wolkenbedeckten und unverbogenen Himmel war ich immer noch ein entmutigtes Wesen, unwissend über die Gegenwart, ignorant, wann meine Mutter zu mir kam und sich nah an mich setzte, um ihren Körper an mich zu lehnen.

Als ich die Wolken sah, die faul darüber hinwegzogen, sagte ich: "Ich habe den geringsten Gedanken, hier zu bleiben."

"Wieso?" Meine Mutter war nicht beunruhigt, weil ich dies in letzter Zeit oft gesagt hatte, also fragte sie mit einer einfachen Stimme "wieso".

Aufgeregt sagte ich: "Es ist nicht mehr unser Platz. Es ist überhaupt kein Platz für die Schakale."

"Aber es ist unser angestammter Platz, das Zuhause deines Vaters!"

"Mama, sag mir, wenn ein Ort nicht mehr dein eigener zu sein scheint, wenn du nicht mehr das

Gefühl von Geborgenheit und Besitz hast, warum sollte man dann dort leben, warum?"

Meine Mutter sagte nichts, sie versuchte nur, mich zu beruhigen. Und für Antworten blickte sie zum selben fernen Himmel, auf den ich schaute, war aber genauso stoisch wie immer.

Als sie sah, dass ich immer wieder niedergeschlagen und abwesend war, stand meine Mutter eines Nachts auf und kam direkt auf mich zu, um mich anzustoßen. Ich schaute sie fragend an.

Meine Mutter sagte: "Lass uns es versuchen."

Ich sagte: "Was denn?"

"Eine neue furchtlose Behausung zu finden."

Ein Glanz ging über mein dunkles Gesicht. Wir beide standen auf und schlenderten in eine Richtung weg von unserem aktuellen Versteck.

Wir reisten immer weiter, die Bäume wurden weniger, Gemüse war selten zu sehen, Teiche und Sümpfe fast gar nicht vorhanden, Büsche und Sträucher sehr selten und weit auseinanderliegend. Gräben oder eingestürzte Löcher, in denen man einen Unterschlupf finden konnte, waren nicht zu sehen. Wir gingen weiter, sahen überall kleine, große und breite Betonhäuser.

Wir waren so sehr mit unserer Suche beschäftigt, dass wir nicht bemerkten, wann der Morgen gekommen war. Als der Himmel aufbrach, suchten wir schnell Schutz in einer verlassenen und zerstörten Hütte. Den ganzen Tag über hielten wir uns mit pochenden Herzen darin gefangen.

Als der Abend hereinbrach, krochen wir vorsichtig heraus und suchten als erstes nach Nahrung, fanden jedoch nur rohe Lebensmittel, mit denen wir unsere knurrenden Mägen füllen konnten.

Wir machten uns in eine andere Richtung auf den Weg. Wir liefen viele Entfernungen, aber alle Bemühungen waren umsonst. Für einige weitere Nächte setzten wir unsere Suche fort, aber das Ergebnis war immer dasselbe: kein Ort, kein Boden, kein Busch oder Baum, nur Beton, Beton und Betonwelt.

All unsere Bemühungen und aufgeblasenen Hoffnungen endeten ergebnislos.

Ich sah meine Mutter schräg an. Meine Mutter sah mir direkt in die Augen und sagte: "Es ist immer wünschenswert, in seinem Heimatort zu sterben, wo seine Vorfahren gelebt haben." Damit begann meine Mutter zurück zu unserem alten, belagerten, eingeschränkten Ort zu gehen, wo wir einst wie Könige lebten.

Es wurde uns klar, dass wir keine andere Wahl hatten. Die Wahl war lange vorher schon weg. Es ist zu spät für uns, um es zu realisieren.

Angesichts der Situation, gegeben dem Schicksal - passten wir uns den herrschenden Bedingungen an. Wir lernten und gewöhnten uns an die neueren Wege und Vorschriften. Es war nicht einfach, aber es gab keine Wahl, entweder die Bedingungen akzeptieren oder verschwinden. Wir waren zwei, die letzten ungeraden Zwei, die jeden Moment, Tag und Nacht, Saison für Saison gegen alle Widrigkeiten und Feindseligkeiten kämpften - die Gegner waren die gesamte Bedingung, Situation und die stärksten Zweifüßer, die das Territorium und die Natur in ihre Taschen steckten. Der Himmel, der stille und ungerührte Himmel, blieb unverändert über uns gebogen ... und die Zeit zog weiter, ohne zurückzublicken.

Es war weder Regen noch Hitze, noch Kälte oder trübe Atmosphäre. Aussehenstechnisch konnte man nicht sagen, welche Jahreszeit es war.

Ein einsamer Kuckuck flog schnell über unser Gebiet und rief schrill oben, als ob er so schnell wie möglich durch das Gebiet kommen wollte, nicht nach unten schauend, nicht trödelnd. Der Anblick des schreienden Kuckucks erinnerte mich daran, dass vielleicht die Knospen- und Blütezeit eingeschlichen war. Mit dem Erscheinen der Blütezeit könnten auch andere Dinge eingeschlichen sein, wir hatten keine Ahnung.

Viele andere Dinge könnten sich eingeschlichen haben. Aber mit den drei mal schlecht werdenden Geräuschen des Hupers, den Tag-Nacht-kräuselnden Rauchschwaden, dem Rumpeln und Poltern des Maschinenhauses und dem unzeitgemäßen Schuffling von Laufschritten, die hier in unserer Grube keinen Schlaf und keine Ruhe zuließen.

Eines Morgens, als der Glanz der Sonne und der Geruch von Staub draußen uns unwohl machten, wurden unsere Augen und Nasen verwirrt und in dieser Verwirrung kamen wir kriechend heraus. Draußen machte eine riesige Menschenmenge, von der wir keine Ahnung hatten, mit ihrem unheimlichen Lärm eine schwere Sache daraus.

Wir stürzten inmitten des gewaltigen Aufruhrs der wütenden aufrechten Wesen. Sie trugen Knüppel, dicke Stäbe und andere scharfe Werkzeuge in ihren Händen. Sie verschwendeten keine Zeit und stürzten sich auf uns. Ich und meine Mutter rannten mit angehaltenem Atem in zwei verschiedene Richtungen. Eine große Anzahl von ihnen, die ihre Werkzeuge erhoben, rannte hinter Mama her. Sie versetzten ihr mehrere Hiebe mit ihren Werkzeugen. Einer streifte nur ihre Seite, ein anderer fiel auf ihren Schwanz, ein Beinahe-Schlag verfehlte nur knapp ihren Kopf. Sie rannte und rannte; sie verfolgten sie, jagten sie hinaus. Das Eisentor des Maschinenhauses war offen. Mama huschte aus dem Gebäude, weg durch das offene Tor, die wütende Menge jagte ihr hinterher. Ein Rudel Straßenhunde begann wie wild zu bellen und schloss sich ebenfalls der Verfolgung an.

Ich rannte keuchend und stampfend über das geeggte Feld in Richtung der östlichen Ecke. Alle waren damit beschäftigt, Mama zu jagen, und ich blieb allein zurück, um zu rennen. Ich prallte gegen die Mauer am Ostende. Ich wich nach rechts aus und rannte wieder los. Ich prallte gegen den Stacheldrahtzaun. Ich drehte mich nach Westen; dort fand ich ein großes Kaninchenloch. Ich krabbelte mit aller Kraft und kratzte es größer aus. Ich lehnte meinen Kopf hinein. Mein Kopf passte genau hinein; mit mehr Kraft schlängelte ich mich irgendwie hinein. Meine Seiten wurden gequetscht. Dann steckte ich meinen Schwanz hinein, zerknüllte meine Hinterbeine und ließ meinen ganzen Körper hineinziehen.

Ich blieb drei Tage am Stück dort, ohne mich zu bewegen oder auch nur mit einem Körperteil zu zucken. Am Ende des dritten Tages oder der dritten Nacht, ich weiß es nicht, schob ich langsam meine Nase und meine ängstlichen Augen aus dem Loch.

Der Mond lugte durch die Ritzen der am Himmel verstreuten Wolken. Das Feld und das entfernte Gelände des Maschinenhauses sahen umgestürzt aus, zerwühlt und in Trümmern liegend.

Ich schlängelte mich mühsam heraus und trabte ängstlich, meinen Körper fast auf dem Boden schleifend, in Richtung unserer Grube, konnte aber inmitten der Trümmer und des geeggten Bodens unsere Behausung nicht ausfindig machen. Ich schaute zum Eisentor, es war geschlossen; ich suchte hier und da nach Mama, ich konnte sie nicht finden.

Ich wagte nicht weit zu gehen. Ich hielt meine erwartungsvollen Augen auf das eiserne Tor gerichtet, durch das meine Mutter ging, und jedes Mal, wenn ich danach meine Augen auf das Tor richtete, fand ich es wie zuvor geschlossen.

Ich wartete mehrere Tage und Nächte wach. Die Tage und Nächte vergingen, der Mond und der Himmel blieben unbewegt, als gäbe es keine Mutter mehr. Die Trümmer begannen abzusinken und sich zu glätten. Die Mutter kehrte nicht zurück. Ich seufzte und weinte innerlich, und schweren Herzens akzeptierte ich, dass Mama niemals zurückkehren würde. Mehrere Nächte lang hielt ich inne, um den Himmel zu betrachten.

Der erweiterte Kaninchenbau wurde zu meinem Wohnsitz. Mitten in der Nacht kam ich, von Angst gelähmt, zur Futtersuche heraus und bewegte mich sehr heimlich, während ich mich in der übrigen Zeit darin verbarg.

Allmählich lernte ich, ohne Mutter zu leben, und gewöhnte mich daran. Mit gequältem Herzen trabte ich allein in diesem gequälten Land umher und hielt durch, ohne weiterzuleben.

Ich hatte das Pech, mitzuerleben, wie der Erweiterungsbau gebaut wurde und sich ausbreitete, das Grün und die Offenheit erdrosselte und plünderte, das freie oder bewohnte Land und unsere Häuser verschlang. Schließlich stand es in der Dunkelheit wie eine böse Erscheinung, die die Südseite des Gebiets blockierte.

In den Nächten, in denen der Mond über der unheimlichen Erscheinung stand, kam ich nach draußen und stand vor meinem Kaninchenbau, schaute in den mondlosen Himmel und betete, betete nur, hoffte nichts - betete, dass Mamas Wunsch nach dem Abstieg des Himmels in Erfüllung gehen würde.

Wann immer ich nachts herauskam, konnte ich die Erscheinung in der Dunkelheit lächeln sehen. Auch ich lächelte schicksalhaft, in Verzweiflung und gedämpftem Schmerz.

Von diesem Tag an verbarg ich mein Gesicht immer im Boden, wenn das Bild der Mutter in meiner Erinnerung auftauchte, und unterdrückte mein Schluchzen.

Jetzt ist die Zeit gekommen, in der ich sie nicht mehr Tiere nennen sollte, sie sind zweibeinige Nicht-Tiere. Tiere leben und gedeihen in der Natur, nicht in behelfsmäßigen Umgebungen. Tiere erschaffen niemals ihre eigenen Welten, die andere zerstören.

Es ist an der Zeit, sie als Diebe oder Räuber zu krönen. Sie rauben alles von anderen und ändern sie, um sie ihrer Sammlung hinzuzufügen. Sie sind Para-Tiere mit schrägen Gedanken, die auf ihren Hinterbeinen stehen und dabei schräge Druck auf ihre weichen Wirbelsäulen ausüben.

Die Tiere haben nicht viele andere Namen - die Zerstörer, die Vernichter, die Anhänger - aber nicht den Namen Tier, den sie auch nicht wollten. Tiere leben nur unter einem Namen, wie Vogel, Schlange, Ratte, Schakal, nicht unter verschiedenen Namen.

Ihr eigenes Leben ist das Einzige, was zählt, nicht das Leben anderer. Andere sind unnötige Anhängsel. So setzten sie, die Abtrager, ihre abrasive Handlungen ungehindert fort.

Überraschenderweise versuchten einige weise Wesen unter ihnen, die Abreibungen und die Abtrager zu protestieren und abzuwehren. Manchmal klammerten sie sich an Bäume oder bewachten die Sumpfländer, sprachen sogar mit den Baumfällern, aber sie scheiterten; um ehrlich zu sein, sie waren sehr klein, ihre Zahl war unbedeutend, und die Mächtigen unterdrückten sie entweder oder trieben die Demütigen fort. Was konnte man erwarten, wenn die nicht-demütigenen Mächtigen die Demütigen in der Zahl überwogen. Die Mehrheit herrscht immer über die Minderheit, ob es richtig oder falsch ist, und die Falschen oder Übeltäter werden zu Herrschern.

Nur Erinnerungen sind übrig geblieben. Ich lebe in diesen Erinnerungen, ich fühle mein Wesen darin. Es hilft mir, durchzuhalten. Sehr oft gehe ich auf der Brücke, die die Gegenwart mit der Vergangenheit verbindet und erreiche die Vergangenheit, die nicht immer angenehm ist, oft schmerzhaft und trübselig. Es gibt klare Grenzen zwischen dem "was damals war" und dem "was jetzt ist", und eine quälende Kluft hängt zwischen ihnen. Ich habe keine andere Wahl, als zurückzukehren zu den Grenzen und zur Brücke.

Und ebenso habe ich die Gewohnheit entwickelt, in den Himmel zu schauen. Nicht, dass ich es von meiner Mutter geerbt hätte. Ich habe sorgfältig darüber nachgedacht - meine Mutter hat mich vielleicht angeregt, aber ich tue es und tue es intrinsisch, und es ist auch eine Schakalgewohnheit. Wissentlich oder unwissentlich, gewohnheitsmäßig oder intuitiv richten wir oft unseren Blick zum Himmel. Wir zeigen unsere Schnauzen nach oben, wenn wir heulen, insbesondere zur Zeit unseres Chor-Rufs bei Einbruch der Dämmerung und erneut beim Verblassen der Nacht. Aber jetzt, wenn ich es tue, kommt definitiv das ganze Bild meiner Mutter vor meine Augen; ich kann es nicht tun, ohne dass ihr Bild vor mir auftaucht.

Jetzt habe ich hier keine Kollegen, keine Verwandten oder Freunde, keine Mutter, niemanden aus meiner Blutsverwandtschaft - ich wandere allein in dieser schwindenden Dickichtzone, wo ich einst mit vielen anderen Arten von Kreaturen vermischt und gesprochen habe.

Jetzt habe ich den Himmel über mir, den Himmel, der mich still unterstützt, mich beruhigt und mir die sanfte Berührung meiner Mutter zurückgibt... Die Hoffnung... Eine Hoffnung... Nur eine Hoffnung... wie meine Mutter es gelehrt und mich begeistert hat.

Nach vielen vielen Tagen und Nächten höre ich ein vertrautes Pfeifen. Aufgeregt suche ich nach dem Pfeifen. Der Pfiff kommt überraschenderweise von der Spitze eines dünnen Baumes. Ich gehe hin und setze mich unter den Baum. Und schaue nach oben. Eine braun gefärbte Bulbuli, eine indische Nachtigall, pfeift von einem dünn belaubten Ast. Jetzt kann ich ihre fragile Figur mit einer Quaste aus Federn an ihrem Kopf sehen. Ich gehe einfach unter den Ast und setze mich auf meine gefalteten Hinterbeine und balanciere mein Gewicht auf meinen aufrechten Vorderbeinen, stoße meine Schnauze nach oben und fange an, dem süßen Gesang zuzuhören.

Ein paar Momente später, nachdem sie ihr Lied gestoppt hat, hüpft sie von Ast zu Ast und kommt mit ihrem Schwanz unter mir hervor und setzt sich ein paar Fuß über mir.

Wir lächeln auf unsere eigene Weise.

Ich fragte aufgeregt: "Wo warst du so lange?"

Sie hat Schwierigkeiten, mich zu verstehen.

Ich wiederhole mit meinem Kopf, Schwanz und Augen in begeisterter Anstrengung: "Wo warst du so lange?" Sie lächelt und gestikuliert auf ihre eigene Art und Weise und antwortet: "In einem weit entfernten Obstgarten. Nicht wie hier, sondern offener und freier."

"Wo sind die anderen Mitglieder deines Clans, was ist mit ihnen?"

Die Quaste an ihrem Kopf hängt schlaff herab und mit einem traurigen Blick gestikuliert sie: "Ich weiß es nicht. Sie sind für immer verloren... nachdem sie einen Moment lang nachgedacht hat, fügte sie hinzu... vielleicht habe ich mich von ihnen verirrt!"

Ich schüttle meinen Kopf, neige meinen Schwanz und frage: "Wie bist du hierher gekommen?"

Hier scannt sie mich wieder mit gesenktem Kopf und verdrehtem Hals.

Ich wiederhole mit einer Geste: "Wie bist du hierher gekommen?"

Sie wendet ihre Augen nach oben und schaut weit in den dünnen Himmel und denkt eine Weile nach und antwortet: "Um mein altes und ancestrales Zuhause wiederzusehen." Aber... nach einer kurzen Pause sagt sie: "Es ist jetzt ein anderer Ort, der eine andere Geschichte erzählt."

"Ja, das stimmt!", antworte ich mit demselben traurigen Blick und in demselben Tonfall, wie sie es tat."

Der Vogel beobachtet mich scharfsinnig und bemerkt: "Ich habe ein neues Land und eine neue Gruppe von Vögeln dort gefunden. Ich fühle mich dort gut."

Ich versuche, ihr neues Land und ihr Glück herauszufinden. Vielleicht erkennt sie meinen Zustand und unterbricht mich: "Du scheinst hier allein zu sein. Warum findest du kein neues Land und eine neue Gruppe?"

Ich antwortete mit einem düsteren Gesicht: "Ich habe keine großen Beine oder Flügel. Wie soll ich das tun?"

Ich seufze, und sie auch. Ihre beiden Wangen und meine werden nass von Tränenlinien.

Ich sage erleichtert: "Ich möchte auch nicht von hier fliehen. Eine seltsame nostalgische Bequemlichkeit hält mich hier zurück. Ich kann nicht gehen."

Der Vogel wird besorgt und sagt: "Wie lange willst du so weitermachen? Die Außenwelt ist vollgestopft mit Beton und Maschinen. Der Waldraum um dich herum wird schnell eingeschränkt; Beton dringt schneller vor... früher oder später solltest du von hier weggehen, zumindest für deine Schakal-Linie oder...

Ich frage alarmiert: "Oder?"

Plötzlich erreicht uns ein hoher dumpfer Lärm, gemischt mit Metallgeräuschen. Der kleine Vogel fliegt sofort auf einen hohen Ast und schaut in die Richtung, aus der der Lärm zu kommen scheint; und nachdem er sich versichert hat, fliegt er weg.

Ich rannte sofort meinem Versteckgraben nach und setzte mich hinein, um darüber nachzudenken, was sie gesagt hatte und was sie mit ihrem letzten merkwürdigen "oder" anzeigen wollte!

Plötzlich drängte mich das Grübeln über das "oder" zu einem ähnlichen Ereignis...

Es war damals, als Mama noch bei mir war. Der Morgen brach an und wir bereiteten uns darauf vor, uns in unser Loch zurückzuziehen. Ein schwaches Licht, das aus der östlichen Ecke drang, hatte unsere Augen zum Falten gebracht. Mama gab mir einen leichten Stoß und ging zurück, als sie plötzlich etwas hörte... Ein leichtes, aber süßes Trillern kam aus irgendeiner oberen Ecke. Auch ich drehte meine Augen.

Über der Baumkrone huschte ein kleiner Vogel vorbei und schlug rhythmisch mit den Flügeln.

Die obere Spitze der Sonne tauchte gerade von unten aus dem Boden auf und beruhigte unsere Augen noch mehr, während wir mit diesen gefalteten Augen einen winzigen farbenfrohen Vogel mit einer Haube auf dem Kopf und einem langen blühenden Schwanz beobachteten, der von Zweig zu Zweig hüpfte. Die Sonne kam langsam auf und es war nicht mehr sicher für uns, draußen zu bleiben.

Zurück in unserem Loch, streckte ich mich aus und bereitete mich auf den Schlaf vor, als Mama sagte: "Du hast den Vogel gesehen?"

Gähnend sagte ich: "Ja."

Mama sagte: "Das ist der schönste Vogel, der vor langer Zeit hierher geflogen ist, als die zweibeinigen Zerstörer das Land noch nicht überfallen hatten. Die zweibeinigen Wesen sind eine sehr gierige Art und sehr fleischliebend, besonders wenn es um Vögel geht. Um ihre Gier zu befriedigen, schrecken sie nicht davor zurück, andere Tiere zu töten und ihr Fleisch zu essen. Es kam eine Zeit, als das Gebiet fast vogelfrei wurde, da sie gezwungen waren, das Gebiet aus Angst zu verlassen, wie Hasen, Igel, Pangoline oder andere weichfleischige Tiere."

Ich fragte mich: "Warum ist dieser Vogel dann wieder aufgetaucht?"

Mama sagte: "Um einen Blick auf sein altes Zuhause zu werfen. Es ist ein Instinkt, unter dem jedes Lebewesen leidet."

Am nächsten Tag saß der gleiche Vogel ahnungslos auf einem Baum, als ein Pfeil flog und seinen Kopf traf - er fiel auf den Boden.

Drei Zweibeiner kamen angerannt und nahmen den zitternden bewusstlosen Vogel mit. Sein Begleiter flog kreisend herum und schrie und stöhnte, dann setzte er sich für ein paar Tage still auf den hohen Ast, ohne zu essen und zu trinken - schließlich fiel auch er bewusstlos auf den Boden.

Ich fragte ängstlich: "Mama, fallen wir auch irgendwann?"

Mama konnte nicht antworten, sah mich nur schweigend an.

Jetzt streife ich hier allein herum, völlig allein, sogar meine Kindheitsfreunde, die Schmetterlinge, haben mich verlassen. Aber ich bin von Natur aus kein Einzelgänger, nicht aus Wahl, nicht aus Geburt oder aus Jackal-Traditionen. Und wie lange ich auch umherschaue oder so weit wie meine Augen reichen, ich finde keine einzige Art von mir. Ich kann nicht mit einem Jackal reden oder meine Gedanken teilen, seit Mama gegangen ist - nein, ich werde nicht sagen, dass sie gegangen ist, sie ist vielmehr verschwunden.

In letzter Zeit fühle ich, dass wenn eine Fähe meines Alters an meiner Seite wäre - die Last des Lebens geringer wäre und leicht und fröhlich sein würde.

Ich habe keine Vorstellung von einer Fähe - wie sie aussieht, wie sie spricht, wie sie sich anfühlt. Ich habe seit meiner Geburt keine Fähe gesehen oder mit ihr zusammen gewesen. Ich habe nur uns beide gesehen - Mama und mich und keinen anderen.

Zerstreut und über die abgeholzten Bäume hinwegblickend, weit in den Dunst des Himmels hinein, stelle ich mir manchmal vor, wie ich mit einer Fähe sitze, meine feuchte Nase an ihrer berührend. Wir reden, tanzen, toben - und spielen manchmal Kind. Sie spielt Mama, wenn ich verwirrt bin. Wir spielen Erwachsene und spüren die Wärme und Seele des anderen. Ich weiß nicht, warum ich mir solche Bilder immer wieder vorstelle und auch nicht, warum ich mich freue, wenn ich es tue. Ich schließe meine Augen...

Eine süße Fähe kommt zu mir. Ihre sehnsüchtigen Augen, ihr naives Schwänzchen, ihr geschmeidiger Gang und vor allem ihr Duft bringen mich um den Verstand. Ich nähere mich ihr. Sie bleibt mit all ihrer Aura still. Ich berühre ihre Seite, ihren Nacken, ihre Nase, ihre Rückenpartien, ihren Schwanz, ihre Tiefen und meine Sinne geraten außer Kontrolle...außer Kontrolle...außer Kontrolle...

Vier Viertel um mich herum sind blockiert - blockiert durch hohe, harte, immense Betonbauten. Meine Augen kommen nie über diese monströsen Strukturen hinweg. Nur der Himmel in Form eines kreisrunden Lochs hängt darüber. Die direkten Strahlen der Sonne erreichen mich, wenn die Sonne in dieses offene Loch kommt - den Rest der Zeit umwickeln mich lange dunkle Schattenhände.

Wenn einige streunende Vögel durch dieses Loch fliegen oder hoch oben kleben wie ein Blur - sie sind für mich die glücklichsten Dinge; sie haben keine Barriere oder Hindernis, um ihr Glück zu trüben. Sie sind frei. Hätte ich Flügel, könnte und würde ich auch wie sie frei sein und nach Belieben schweben.

An einem schattigen Tag - es kann Tag oder sogar Nacht sein, weil sie mir in diesen Tagen identisch erscheinen - liege ich in einem Kriechstrauch, der mit Ranken, Zweigen und Blättern durchwebt ist, in einer zeitlosen Stunde.

In einer solchen faulen zeitlosen Stunde erreicht mich ein schüchternes Quietschen und ich schaue durch den durchwebten Busch - ein Spatzenpaar sitzt auf der anderen Seite des Busches.

Die Spatzenfrau sieht sehr mürrisch aus, während der männliche Vogel sie am Kopf und Schnabel putzt. Aber die Frau bleibt unbeeindruckt von solchem Schmeicheln.

Sie haben eine sanfte, verdrossene Unterhaltung. Ich kann nicht ganz verstehen, worüber sie sprechen, aber ich habe von meiner Mutter gelernt, die Gespräche anderer etwas zu verstehen, indem man auf die Drehung ihrer Augen, das Öffnen und Schließen ihrer Schnäbel, das Anheben und Halbflattern ihrer Flügel, das Drehen und Bewegen ihrer Schwänze, das Putzen und Picken ihrer eigenen Federn und die ihrer Partner achtet.

Die Dame bläst mit ihren Krallen den Staub vom Boden und legt sich dann auf die staubfreie Stelle, bläst sich auf und sitzt schlaff da. Der männliche Spatz sitzt neben ihr mit etwas Unsicherheit.

Die klagende Stimme der Dame kommt auf - Wir haben schon lange keine kleinen Küken mehr gehabt.

"Ja, Liebling, schon lange nicht mehr."

Sie sagt etwas, indem sie ihren Bauch öffnet, ihr Ohr mit den Krallen kratzt, ihre kurzen Flügel leicht flattert. Ich übersetzte den möglichen Inhalt ihres Diskurses, während sie immer wieder ihren Schnabel unter ihrem Bauch vergräbt und ihn mit einer runden Bewegung zu gestikulieren versucht - ich lege Eier, nehme sie zwischen meine Beine tief in meinem Fell und brüte sorgfältig auf ihnen. Einige werden hart, einige weich, einige taub, einige gebrochen - am Ende schlüpft keins aus.

Mir kam der Gedanke, "Werden sie bald ebenso spatzenlos wie ich jetzt jackallos bin?"

Die von Kummer beladene Dame fragt vorsichtig: "Warum, Liebling?"

Der männliche Spatz hackt auf der Rückseite des Kopfes der Dame und sagt nachdenklich: "Ich denke auch immer wieder darüber nach, aber ich finde niemals eine reale Ursache, außer dem Unglück."

Die Dame dreht ihren Kopf und schaut nach oben. Ihre frustrierten Augen treffen die Hochhäuser, die aufgestandenen Betonbauten, Ableger von Scheiben und nicht von Hoffnung.

Während sie immer noch auf diese Ableger der Strukturen schaut, quietscht sie: "Wenn ich nah an den flachen Türmen fliege, dreht sich manchmal mein Kopf."

Ja, liebes, ergänzt der männliche Spatz, "wenn ich an den Schüsseln vorbeifliege, habe ich bemerkt, dass meine Richtung durch einen unbekannten Einfluss ein wenig geneigt wird und meine beabsichtigte Richtung abweicht." Die Dame putzt sich eine Weile das geflügelte Brustgefieder und versichert dann: "Ich habe bemerkt, glauben Sie es oder nicht, dass der ungewöhnliche Hexeneffekt mit dem Aufkommen der schüsselartigen Köpfe gekommen ist. Meine innere Seele sagt, wenn wir wollen, dass unsere Eier ausgebrütet werden, sollten wir uns von diesen ungesegneten Schüsseln fernhalten. Andernfalls werden wir ohne Brut zurückbleiben."

Ihre aufrichtigen Gespräche machen mich doppelt kognitiv und zwingen mich, das Problem ernsthaft zu überdenken, aber ich kann nur nachdenken und nachsinnen.

Ein paar andere Spatzen schweben herab und wirbeln um die beiden herum und verschwinden. Beim Betrachten ihres Verschwindens zwitschern die beiden miteinander und fliegen zusammen weg.

Kein Wind berührt mich und wirbelt mein Fell auf. Die ruhige Luft hält sich am atmosphärischen

Rahmen fest. Der begrenzte Rauch, den die metallene Nase des Maschinenhauses ausstößt, bleibt in der ruhigen Luft säulenförmig und nimmt sehr langsam verschiedene Formen an.

Aber sie werden niemals durch Stille oder Situationen zum Schweigen gebracht. Sie sind immer lautstark - lautstark, wenn sie Erfolg haben, und noch lauter, wenn sie scheitern - ich meine die Zweibeiner.

Sie zeichnen sich durch einige wahnsinnige Ausbrüche aus.

Mama kommentierte einmal: "Sie sind verrückt nach ihren Begierden, frenetisch unter ihren Verlangen, frenetisch unter ihren Greifinstinkten - verrückt bei jeder Feier. Sie lassen niemals eine Gelegenheit ihres geringsten Erfolgs ungesungen verstreichen. Sie würden bei Höhepunkt ihres Feierns wirklich verrückt werden. Jeder Moment ihrer Feier ist ihr 'Utsava' oder Festival; ihr jeder Utsava ist ihr Moment der Feierlichkeit."

Als sie ihre Siedlung hier zum ersten Mal erfolgreich errichteten, feierten sie. Sie verehrten den Erwerb von Land, verehrten ihre Häuser mit Blumen, Früchten, Süßigkeiten und einigen Blättern einiger Bäume, die über einem kleinen schwarzen Obelisksteinstück verteilt wurden. Sie verteilten fröhlich Süßigkeiten und Früchte von einer Gruppe von Frauen, die in weiß-roten Sarees gekleidet waren, bei jeder solchen Gelegenheit an alle, ließen sogar einige auf hohen Plätzen für die Vögel, streuten einige in die Pfütze für die Wassertiere und einige am Ende der Wiese für einige wie uns. Als sie den Kauf- und Verkaufsplatz einrichteten, feierten sie das Ereignis mit derselben Heiligkeit und Pracht.

Dann feierten sie, als das kurze und stämmige Wesen den Kauf-und-Verkaufs-Bereich übernahm. Als derselbe Anführer einen Platz im Entwicklungsgebäude erhielt, feierten sie ebenfalls.

Als der Anführer das erste Betonhaus baute, gab es keinen Mangel an Feierlichkeiten und Prunk.

Immer wenn der Boss-Typ-Führer aus der weit entfernten Stadt hierher kam und von der geschmückten Plattform aus sprach, gab es natürlich eine andere Art von Feierlichkeit.

Mama sagte einmal: "Wir feiern auch, aber nicht mit Überschwang. Wenn eine große Jagd gewonnen wird, freuen wir uns. Wenn ein Baby zu einem Paar kommt, springen und hüpfen wir und schnüffeln an den Körpern des anderen. Wenn die Bäume reichlich Früchte tragen, berühren wir uns gegenseitig die Nasen und heben unsere Schwänze. Aber wir werden nie auf irgendetwas auf irgendeinem Vorwand verrückt."

"Mama, ich mag ihre Festlichkeiten (Utsava)."

Mama sagte plötzlich wütend und ernst: "Ihr größtes Fest stand noch bevor."

Dann war ich verwirrt und konnte nicht wirklich verstehen, was Mama damals angedeutet hatte.

Jetzt, nach so vielen Jahren, sind mir Mamas Andeutungen klar geworden, die damals unklar waren.

"Sie feierten ausgelassen, als sie meinen Vater töteten."

"Sie freuten sich, als sie jedes unberührte Land abholzten und durch Betongebäude ersetzten."

"Sie freuten sich, als das Maschinenhaus zum ersten Mal schwarzen Rauch ausstieß."

"Sie feierten die Vertreibung von Mama."

Mehr Freude würde kommen, mehr Feiern würden stattfinden, mehr, bis wir ausgelöscht sind, und sie gewinnen.

Wenn schwierige Situationen mich niedergedrückt machen, wenn schwarze Gedanken mich in völlige Frustration stürzen und wenn der Mond tief und voll erscheint, erscheint Mamas Gesicht neben dem Mond, und ich bin mir sicher, dass Mama die Göttin des Glücks für das Territorium war.

Niemand würde es glauben, aber ich bin sicher, dass ich einige Vorfälle bemerkt habe, obwohl es Zufälle sein könnten.

Am Tag nach dem Verschwinden von Mama wurden ein schwarzer Rabe und zwei Ratten tot aufgefunden, der Rabe am Haupteingang des Maschinenhauses und zwei Ratten, eine an der Nordwand und die andere an der Südwand. Die Kadaver wurden sehr hastig von den Safaiwallas (den Reinigern) entfernt.

An der Ost-Ecke stand ein unbekannter Baum, der das ganze Jahr über Früchte trug, grün im Rohzustand, aber rosa, wenn sie reif waren und sehr, sehr lecker. Eines Morgens umkreisten viele Dorfbewohner den Baum und murmelten Bedenken. Aus ihren Gesprächen erfuhr ich, dass alle Früchte des Baumes über Nacht heruntergefallen waren, obwohl es keinen Sturm oder starken Regen gab.

Eines Abends brach aus keinem ersichtlichen Grund eine Veranda auf der Rückseite des Maschinenhauses zusammen und tötete einen dort patrouillierenden Wächter. Der Körper und die Trümmer wurden so schnell wie möglich entfernt.

Eines Morgens hörte ich ein unzeitgemäßes Geräusch, das mit Stampfen und Wummern und Wortwechseln zwischen zwei Parteien gemischt war. Dann ging ein langer Marsch von Füßen ein paar Entfernungen an meinem Loch vorbei. Es war erst der Anfang der Unruhen, die bei den Arbeitern des Maschinenhauses wuchsen.

Eines Mittags erschreckte ich hoch, als ich einen riesigen unangenehmen Lärm hörte. Ein schweres hängendes Maschinenteil fiel auf einige Arbeiter, die darunter arbeiteten. Mit dem Fall wurden einige andere Maschinen ausgeschaltet und funktionierten nicht mehr.

Keiner würde das glauben, aber ich bin sicher, dass ich einige Ereignisse bemerkt habe, auch wenn es zufällig gewesen sein mag.

Am Tag nach dem Verschwinden von Mom wurden ein schwarzer Rabe und zwei Ratten tot aufgefunden: der Rabe am Haupttor des Maschinenhauses und die Ratten, eine an der Nord- und die andere an der Südwand. Die Kadaver wurden sehr hastig von den Sauberkeitsarbeitern entfernt.

An der Ecke des östlichen Endes stand ein unbekannter Baum, der das ganze Jahr über Früchte trug: grün im Rohzustand, aber rosa, wenn sie reif waren und sehr lecker. Eines Morgens umkreisten viele Dorfbewohner den Baum und murmeln ihre Bedenken. Aus ihren Gesprächen erfuhr ich, dass alle Früchte des Baumes über Nacht gefallen waren, obwohl es keinen Sturm oder starken Regen gab.

Eines Abends knackte und fiel aus heiterem Himmel ohne Grund eine Veranda auf der Rückseite des Maschinenhauses zusammen. Ein Wachmann, der dort Wache hielt, wurde getötet. Der Körper und die Trümmer wurden so schnell wie möglich entfernt.

Eines Morgens hörte ich einen unzeitgemäßen Lärm, der mit Stampfen und Wortwechseln zwischen zwei Parteien vermengt war. Dann ging eine lange Parade von Füßen ein paar Entfernungen an meinem Loch vorbei. Es war nur der Anfang der Unruhen, die in den arbeitenden Wesen des Maschinenhauses wuchsen.

Eines Mittags schreckte ich hoch, als ich einen riesigen unangenehmen Klang hörte. Ein schweres hängendes Maschinenteil fiel auf einige Wesen, die darunter arbeiteten. Mit dem Sturz wurden auch einige andere Maschinen abgeschaltet und funktionierten nicht mehr.

Einige Arbeiter wurden verletzt und in den Medizinraum gebracht. Große Bosse aus der Stadt eilten an den Ort und besuchten den Ort sowie das Maschinenhaus mit ernsten Anmerkungen. Der Führer, der das Maschinenhaus eingeschaltet hatte, führte mehrere geschlossene Diskussionen mit dem Häuptling und den Leitern des Maschinenhauses.

Von Zeit zu Zeit begannen schlechte Ereignisse und Vorzeichen auf dem Gebiet zu schleichen, und die Dorfbewohner wanderten mit zusammengezogenen Augenbrauen herum.

Unter all diesen Dingen wurde ein Unzufriedenheit genährt, dass das Maschinenhaus nicht die erwarteten Dinge lieferte und nicht genug Geld für das Dorf brachte.

Eines Morgens, als ich lag und versuchte, Schlaf zu finden, hatten sich eine große Anzahl von Arbeitern des Maschinenhauses vor dem Haupteingang versammelt. Die Maschinenhausbehörde hatte bereits vermutet, dass es zu einem solchen Vorfall kommen würde und nichtuniformierte Wachen dafür eingesetzt. Die Menge begann einen großen Aufruhr, schlug mit den Fäusten und schrie heiser. Es dauerte noch einige Tage an. Sie blieben Tag und Nacht dort. Einige von ihnen versuchten aus Wut, das Eisentor zu brechen. Diese Aktion veranlasste die Behörden, eine große starke Truppe zu entsenden. Sie standen um das Maschinenhaus herum, besonders unter dem

Schild mit der Aufschrift "Fabrik geschlossen". Sie hatten Waffen in der Hand.

Das Gewühl, das Geschrei, das Chaos, die Störungen endeten mit dem Öffnen von Feuer. Viele aus der Menge fielen auf den Boden, andere rannten weg.

Die Polizei kam mit hupenden Geräuschen. Die verwundeten Personen wurden ins Krankenzimmer gebracht. Einige starben dort und wurden sofort weggetragen. Der Rest der demonstrierenden Menge wurde in einen schwarzen Wagen gezogen und weggefahren. Weitere Kräfte kamen und blieben rund um die Uhr mit ihren Waffen um das Maschinenhaus wachsam.

Ein paar Tage später wurde die Gegend still und ruhig: Kein dumpfer Klang, kein Rattern, kein Klappern, niemand kam herein oder raus, kein ohrenbetäubender dreifacher Schrei. Die hohen Metallnasen spuckten keinen Rauch mehr aus.

Einmal turbulent, schien die Zeit stehen zu bleiben und hing dort mit einer unheimlichen Stille umgeben. Einige Hunde nutzten die Gelegenheit und machten es sich drinnen gemütlich. Nur ihre gelegentlichen Bellen waren zu hören und brachen die Stille.

In letzter Zeit haben sie ein besonderes Interesse an mir gezeigt. Sie versuchen, mich aus Gründen zu verfolgen, die ihnen bekannt sind. Aber ich bin sicher, nicht aus gutem Grund.

Jetzt bin ich doppelt vorsichtig bei allem und habe meine Bewegungen eingeschränkt. Ich bin schlauer und listiger geworden und versuche die meiste Zeit lautlos zu bleiben, nicht einmal ein Rascheln zu verursachen.

Jetzt streuen sie Futter an einigen Stellen auf dem Feld und stellen Wasser in Tonkrügen bereit. Sie behalten ein heimliches Auge auf das Futter und die Wasserkannen, ob ich sie berühre oder nicht. Aber sie kehren jeden Tag enttäuscht zurück. Wenn sie am nächsten Tag zurückkehren, sind sie niedergeschlagen, wenn sie sehen, dass das Futter und Wasser in keiner Weise weniger geworden sind. Ich berühre niemals versehentlich die Dinge, die sie auf dem Feld auslegen.

Einige Tage später legen sie sich auf die Lauer, um einen Blick auf mich zu erhaschen, mit einer speziellen Box in ihren Händen bereit. Ich habe gesehen, dass sie, wenn sie ein verdächtiges Geräusch hören, darauf zielen; sie drücken einen Finger darauf und es sendet einen Blitz mit einem Klick-Geräusch aus. Das macht mir Angst, weil ich nicht weiß, was sie mit dieser kleinen schwarzen Geheimnisbox vorhaben.

Eines Tages stellten sie die Box in einer bestimmten Höhe auf das Feld und streuten eine große Menge Futter herum und ließen die Box allein.

Aus Neugier ging ich mit etwas Mut in einer Nacht in die Nähe der schwarzen Box. Ich betrachte die Box vorsichtig, bleibe einige Entfernung von ihr entfernt. Als nichts Unangemessenes passiert, gehe ich weiter und schnüffle mehrmals daran. Plötzlich blitzt es auf und klickt. Ich springe zurück und renne zurück zu meinem Loch.

In letzter Zeit haben sie angefangen, ein besonderes Interesse an mir zu nehmen. Sie versuchen, mich aus Gründen zu verfolgen, die ihnen selbst am besten bekannt sind. Aber ich bin sicher, nicht aus gutem Grund.

Jetzt bin ich doppelt vorsichtig bei allem und habe meine Bewegungen eingeschränkt. Ich bin schlauer und heimlicher geworden und versuche die meiste Zeit, völlig lautlos zu sein, nicht einmal ein Rascheln zu verursachen.

Jetzt streuen sie an einigen Stellen auf dem Feld Futter und halten Wasser in Tonkrügen bereit. Sie behalten das Futter und die Wasserkrüge im Auge, ob ich sie berühre oder nicht. Aber jeden Tag kehren sie enttäuscht zurück. Wenn sie am nächsten Tag wiederkommen, werden sie niedergeschlagen, wenn sie sehen, dass das Futter und das Wasser in keiner Weise weniger geworden sind. Ich berühre niemals aus Versehen die Dinge, die sie auf dem Feld auslegen.

Einige Tage später legen sie auf der Lauer, um einen Blick auf mich zu erhaschen, mit einer speziellen Box in der Hand. Ich habe gesehen, wenn sie verdächtige Geräusche hören, zielen sie mit der Box darauf; sie drücken einen Finger darauf und es sendet einen Lichtblitz mit einem Klickgeräusch aus. Das macht mir Angst, da ich nicht weiß, was sie mit dieser kleinen schwarzen Mystery-Box vorhaben.

Eines Tages stellen sie die Box in einer bestimmten Höhe ein, um auf das Feld zu zielen, und streuen eine riesige Menge Futter herum und lassen die Box allein zurück.

Aus Neugier und mit etwas Mut gehe ich eine Nacht in der Nähe der schwarzen Box. Ich sehe mir die Box vorsichtig an und bleibe ein paar Entfernungen entfernt stehen. Wenn nichts Unangemessenes passiert, gehe ich weiter und schnüffle mehrmals daran. Plötzlich blitzt es auf und klickt. Ich springe zurück und renne zurück zu meinem Versteck.

Danach versuche ich nie wieder, ihr aus irgendeiner Versuchung heraus näher zu kommen.

In letzter Zeit wütet die Hitze um mich herum abrasiv. Der Schweiß, der von meinem Körper tropft, erinnert mich daran, dass ich lebe, in einer Welt des Hungers und des Durstes. Die Hitze lässt den Boden an einigen Stellen schrumpfen und Risse bekommen. Dieser Ort leidet normalerweise unter Wassermangel, seit die Sümpfe und Moore verschwunden sind; die Hitze hat es noch qualvoller gemacht. Die einzige Wasserquelle ist der Bach, der dünn neben unserem Gebiet fließt. Das Wasser ist trüb geworden, seit die Maschinenhalle all ihre Abfälle hineingespült hat. Es ist jetzt fast undrinkbar. Da ich keine andere Möglichkeit habe, trinke ich es irgendwie und muss dafür im Freien zum Bach trotten.

Mama hat einmal gewarnt: "Der Bach ist ein gefährdeter Ort. Andere fleischfressende Tiere warten dort auf ihre potenzielle Beute. Man muss vorsichtig

sein. Die Fleischfresser sind schon lange weg. Aber die aufrechten grausamen Zweibeiner haben hier ihre Höhlen gemacht; man sollte sich das immer merken."
Ich habe lange nach einer alternativen Quelle gesucht und eines Tages bemerke ich, dass Hunde Wasser aus einem Brunnen im verlassenen Maschinenhaus trinken. Mir ist eingefallen, dass ich auch dort Wasser trinken kann, aber die Hunde werden es mir nicht erlauben. Ich scanne sie heimlich und werde etwas in der Lage, ihren Charakter und ihre Natur zu verstehen. Jetzt kann ich herausfinden, wann sie wütend, verärgert, gestört oder in guter Stimmung sind - dazwischen sollte ich die Gelegenheit nutzen. Ich tue es und gehe in den inneren Brunnen und werde satt.

In diesen Tagen oder Nächten lasse ich meine leeren Momente im Wachträumen verstreichen. Ich träume die Träume, die ich normalerweise nicht träumen kann ... In Träumen renne ich mit vielen, vielen Schakalen meiner Größe und meines Alters. Ich renne mit ihnen, in ihnen, manchmal vor ihnen - alle rennen und rennen. Unsere Schwänze sind oben, Köpfe wellenförmig, Felle flattern gegen den Wind, wir rennen und schneiden den Windstoß durch, durch Büsche, durch hohe Grasblätter, zum endlosen Extrem hin.

Auf einer Seite fließt ein Bach murmelnd, auf der anderen Seite steht ein großer Hügel stolz mit erhobenem Kopf, am anderen Ende des Landesstücks des Königreichs tanzen und wiegen sich viele bunte und vielfarbige Blumen. Eine riesige Gruppe von Schakalen wartet gespannt vor einem gelben Thron. Eine Garnison von Schakalen mit Schwertern und Trompeten marschiert auf. Dann kommt der gekrönte König, gefolgt von der geschmückten Königin. Die Menge steht auf und ruft und kreischt. Der König nimmt seinen königlichen Sitz ein, die majestätische Königin auch. Auch ich fing an, aus der Menge heraus zu rufen.

Der König und die Königin stehen auf ... und siehe da! Sie sind mein Vater und meine Mutter. Ich denke einen Moment lang nach - ich muss dann der Prinz sein, der königliche Prinz des Schakalreiches! Ein süßer und beruhigender Traum in der Tat!

Meine Augen sind offen, aber halb geschlossen - kein Schlaf ... oh, der Himmel ist so weit wie immer, der große helle Mond schwimmt in der Mitte. Einige leichte und wolkige Wolken versuchen ihn zu stören, aber sie können es nicht. Ich gleite durch den weiten Himmel, erreiche den Mond, stoße die Wolken weg, die ihn berühren.

Alle Schakale von unten blinzeln mich vor Neid an. Ich gehe langsam und bewege meine Beine wie Flügel. Ich lege meinen Kopf als Zeichen der Verehrung darauf und schlafe schließlich ein, meinen Kopf auf dem Mond ruhend.

Mama ist begeistert und Tränen rollen über ihre Wangen. Ich schlafe weiter, ohne etwas um mich herum und unten zu bemerken.

Ich stehe auf, als etwas auf mich von oben fällt. Ich schaue nach oben und finde den Mond dort, der gleichgültig scheint.

****

Nach der Schließung des Maschinenhauses hat eine unheimliche Stille das Gebiet umgeben. Kein Ton, kein Geräusch, kein Fußtritt - alles gestoppt und beruhigt. Ich blicke nach oben - der Himmel scheint so tief zu hängen, als würde er mich berühren. Wenn Mama hier wäre, würde es ihr sicherlich gefallen - das Herabsinken des Himmels.

Das Grün zeigt wieder Präsenz. Kletterpflanzen und Schlingpflanzen begannen, sich entlang des Bodens zu winden. Einige sind bereits auf einige Bäume geklettert, andere haben einsame Strukturen erklommen. Sträucher-Büsche ranken sich an vielen Ecken und manche gestielten Pflanzen sind aus dem Nichts gewachsen und breiten sich langsam aus, indem sie neue frische grüne Blätter tragen.

An einigen Ecken lächeln wieder gelbe, rosa und violette Blumen und (oho!) die Schmetterlinge sind nach so vielen Jahren wieder mit ihrer Version des Tanzes zurückgekehrt.

Einige weit entfernte Vögel spähen wieder in den Bäumen und ihre Nester sind hoch oben zu sehen. Die Feldratten haben auch nicht zurückgelassen - sie spähen aus einigen Löchern und schütteln ihre Schnurrhaare.

Ich sehe wieder eine Schlange träge im Gras liegen, die sich in der milden Sonne sonnt. Und eines, ich weiß nicht was, vielleicht ein Hase oder ein kleines Igelchen, sehe ich über das niedrige Land des Territoriums huschen.

Ich wandere wieder unhindert durch die neu geformte Umgebung, weit und lange.

Lange Gräser wuchsen am Fabriktor. Dünne und dicke Ranken hatten das vergitterte Tor überwuchert, das nicht mehr geöffnet wurde. Die süßen Noten der kleinen Vögel waren von innen im Betonhaus zu hören. Das Eisentor war vom Rost rot geworden.

Eines Tages kamen zwei Straßenhunde hineingeschnüffelt, sie liefen hierhin und dorthin, markierten einige Stellen und gingen dann durch eine Öffnung des Tores in das geschlossene Haus. Ein paar Tage später hörte ich das Quietschen von kleinen Dingen. Die Hunde hatten Welpen bekommen.

Ich bin nicht allein unter den anderen neu angekommenen Gästen, aber ich bin allein. Ich bin einer von ihnen geworden, aber keiner von ihnen - ein Schakal, ein vom Unglück gezeichneter Schakal, in einem schakallosen Gebiet.

Es ist draußen so hell. Ich gehe nach draußen und setze mich in die Offenheit. Eine leichte Brise, die mein Fell hebt, berührt meinen Körper. Der große Kreis des Mondes lächelt inmitten des Himmels. Es ist eine Vollmondnacht, sehr lieb für Mutter, wenn sie es sah, würde sie glücklich sein und ein unbekannter Glanz würde um ihr engelhaftes Gesicht strahlen.

Ich bin auch zu glücklich, mit einer bisher unfühlbaren Glückseligkeit gesegnet zu sein, während ich den Vollmond sehe. Es scheint, als ob die gute Zeit wieder gekommen ist. Aber ...

Plötzlich kommt eine Veränderung - ein schwarzer gebogener Streifen beginnt entlang des unteren Rands des Mondes zu kommen. Die schwarze Kurve bewegt sich langsam über den Mond und schließlich ist der ganze Mond von ihr bedeckt und eine totale Verdunkelung dauert ein paar Minuten. Eine seltsame Dunkelheit vermischt mit Stille herrscht überall und lässt jedes nachtaktive Wesen in Ehrfurcht und Rätselraten verharren.

Ich habe beobachtet, wie dieses Ereignis in der Vergangenheit passiert ist. Mutter sagte, dass während einer solchen Zeit der Mond vom bösen Zauber der bösen Geister ergriffen wird - die Geister versuchen, den Mond unter ihre Fesseln zu bringen. Nach dem Vorfall habe ich gesehen, dass das ganze Gebiet für ein paar Tage unter einigen unheimlichen Zaubersprüchen fällt und sich dreht.

Ich fürchte, dass auch diesmal einige unerwünschte Vorfälle über dem Gebiet entfesselt werden könnten, und ich warte...

Ich höre Fußstapfen.

Die Schritte werden deutlicher und kommen näher. Die Vögel, die zurückgekehrt sind, denkend, dass eine gute Zeit angebrochen sei, flattern mit den Flügeln. Die zurückgekehrten Schmetterlinge fliegen auf. Die Ratten mit den Schnurrhaaren ziehen sich in ihre Löcher zurück und eine Schlange erhebt ihre Haube, aber zieht sich auch langsam zurück.

Unvorbereitet erwischt, vergesse ich zurückzuziehen und stehe starr da.

Einige Zweibeiner kommen nach langer Zeit seit der Schließung des Maschinenhauses an und erreichen das stille Große Haus, dann wenden sie sich dem Flusslauf zu und teilen sich in zwei Gruppen auf, die sich langsam in zwei verschiedene Richtungen bewegen. Sie gehen im langsamen Tempo und diskutieren dabei etwas und bewegen ihre Hände auf und ab und seitwärts.

Schließlich kommen sie alle in die Mitte und bilden fast einen Kreis, mit ernsten Gesichtern, sprechen in Murmeln und versuchen zu einer Entscheidung zu kommen.

Letztendlich gehen sie einer nach dem anderen aus dem Ort heraus, durch das schwere Tor, das nach langer Zeit mit einem Knarren geöffnet wird und sich mit demselben Knarren wieder hinter ihnen schließt.

Nach ihrer Abreise kehren die Vögel zurück und zwitschern ungeduldig, da sie etwas vermuten.

Ich werde auch misstrauisch und mit demselben Verdacht schaue ich zum Himmel und denke - sie sind nicht ohne Zweck angekommen und werde traurig, weil ich denke, dass meine Tage des Elends vielleicht wieder zurückkehren werden.

In letzter Zeit sind seltsame und unvorhersehbare Dinge recht erkennbar. Eine Jahreszeit bleibt und weigert sich zu gehen. Wenn die Hitze kommt, bleibt sie. Der Regen kommt sehr spät und spritzt nicht reichlich und neigt dazu, schnell wieder wegzugehen und die durstige Erde ungelöscht zu lassen.

Seit ein paar Monaten ist die Sonne dreifach abrasiv geworden und hält sich länger am Himmel auf. Jedes Lebewesen hat einen schattigen Zufluchtsort gewählt. Die Hunde ruhen sich aus, mit ihren langen heraushängenden Zungen und Speichelfluss. Draußen sendet die geschmolzene Teerstraße eine Haze aus Dampf aus. Die Dorffrauen kommen mit den an den Straßenrand gelehnten Wasserspender-Geräten und drücken die Hebel; es quietscht, aber das Wasser weigert sich herauszuspritzen.

All die seltsamen Dinge haben begonnen, seit der Mond von den bösen Geistern überwältigt wurde. Die Vögel zeigen sich kaum, Insekten zirpen selten, Knospen hängen schlaff bevor sie blühen. Ich kann weder drinnen bleiben, noch draußen. Der Schlaf hat mich fast verlassen.

Immer mehr nicht zuvor geschehene Dinge verwirren und frustrieren mich zugleich. Jedes Mal, wenn ich auf die umzäunten Wände meines Ortes schaue, scheinen sie näher zu rücken und meinen Wahrnehmungsbereich jedes Mal zu verkürzen. Die hohen Gebäude ringsherum erheben ihre Köpfe immer höher und nehmen mehr von dem Himmel ein. Das Loch des Himmels wird jede Nacht kleiner und höher gedrückt.

Ich beobachte den Himmel, den armen Himmel, Moms Himmel, den schmeichelnden Himmel - ich finde, er spielt Verstecken. Ich kann kein Verstecken spielen. Ich versuche ehrlich zu sein. Ich schließe meine Augen, ich bete, ich bete weiter, aber ich höre nicht auf zu hoffen: Der Himmel wird sicherlich eines Tages herunterkommen... zu mir! Warte... Ich warte...

Immer wieder schaue ich besorgt zum Himmel, der durch den bösen Zauber der bösen Geister geschädigt wurde. Der verbleibende Himmel rührt sich nicht, kein Rühren in den verbliebenen Bäumen oder Geschöpfen. Ich finde kein Rühren in den Büschen, Dickichten oder in den Löchern, die noch aus der trockenen Erde lugen.

Ich lebe weiterhin in einem engen Kreis intensiver Lichtreizungen, schwankender Geräusche, ohrenbetäubender Geräusche, die das Gebiet kleiner machen und mich zwingen, zu leben und nicht aus dem Leben und dem Ort auszusteigen. Es ist sehr schwer, es im Herzen zu akzeptieren, aber ich habe es als selbstverständlich hingenommen, dass meine Welt so weiterdrehen wird.

Bald kommt eine seltsame Dunkelheit und nimmt das ganze Gebiet hinter ihrem Schleier. Die Sichtbarkeit ist so gering, dass der Tag wie die Nacht erscheint. Der Dunkelspruch bleibt zwei Tage lang bestehen, macht uns noch ängstlicher und besorgter.

Eine plötzliche Stille herrscht. Alle Blätter der verbleibenden Bäume, die Blätter der neugeborenen Gräser, die noch übrig gebliebenen Büsche und Dickichte und die ganze Atmosphäre werden unheimlich steif, eine bizarre Schwüle hängt überall. Ich kann mich selbst einatmen und ausatmen hören.

Ein plötzliches Grollen durchschneidet den Himmel von einem Ende zum anderen. Erschrocken schaue ich zum Himmel. Wieder ein Blitz und Grollen... und ich sehe einige Tropfen von oben kommen, einige erreichen den Boden und berühren meinen Körper. Wieder fallen ein paar größere Tropfen auf den Boden und verschwinden in der durstigen Erde in keinem Moment. Dann mehr Tropfen - und der Geruch der trockenen Erde trifft sofort meine Nase.

Dann setzt ein dichter und schwerer Regen ein und fällt den ganzen Tag lang in Strömen.

Das Gebiet wird bald mit Wasser und Schlamm verstopft. Die Vögel auf den Bäumen werden schlapp und dünn. Die Schmetterlinge und Libellen können ihre Flügel nicht öffnen, es klebt an ihren Körpern.

Ein Glanz bedeckt mein Gesicht. Ich bin froh. Aus meiner Erfahrung weiß ich, dass mit den sintflutartigen Regenfällen einige gute und seelenvolle Dinge in die Welt der Schakale kommen. Also bin ich froh, sehr froh...

Der Regen hat nicht vollständig aufgehört, er tröpfelt noch immer passend und ich bleibe immer noch in meinem Schutz. Mit anderen Ängsten warte ich.

Unter dem Nieselregen schleichen sich ein paar Zweibeiner in den Bereich mit schwarzen Kopfbedeckungen über jedem ihrer Köpfe. Mein Herz fängt an zu pochen und ich sage "Das hatte ich nicht erwartet". Mir kommt der Vorfall der Verdunklung des Mondes vor ein paar Tagen in den Sinn und ich werde blass und schockiert.

Zuerst halten sie am geschlossenen Maschinenhaus an, dann wenden sie sich dem Bereich zu, in dem noch ein paar Bäume mit einigen Sträuchern und dünnen Dickichten darunter stehen, der Ort, an dem mein verstecktes Versteck ist. Sie untersuchen die Gegend und gehen darum herum. Dann wenden sie sich nach rechts und wieder nach links und untersuchen jeden Fleck akribisch. Schließlich kehren sie zum Ort zurück, an dem sie gestartet sind. Sie verbringen einige Zeit dort, zusammengerottet und diskutieren etwas. Ich halte meine Augen und Ohren aus meinem Versteck herausgespannt und komme nicht heraus, bis ich die schlürfenden Geräusche ihrer Schritte höre, die durch das Eisentor verschwinden.

Der Regen ist weg und das Gebiet ist trocken, sie kommen wieder.

Dieses Mal in viel größerer Anzahl - einige vornehm gekleidet, einige tragen farbige Brillen, einige mit Hüten, einige halten eine rauchende weiße Stange zwischen den Lippen und öffnen manchmal den Mund und stoßen Rauch aus, andere kommen hinter ihnen mit Notizbüchern und Stiften und andere mit einigen kleinen Werkzeugen.

Sie verschwenden keine Zeit und gehen direkt zum buschigen Feld mit zwei Bäumen in der Mitte, das sich auf der rechten Seite des großen Hauses befindet, wo ich, einige Feldratten und einige Vögel leben.

Sie reden ununterbrochen miteinander, manchmal schauen sie weit und hoch oben, einige von ihnen zeigen mit ihren geöffneten Fingern auf den Himmel und andere versuchen mit ausgebreiteten Armen, einige Maße des Landes zu zeigen, wofür ich nicht weiß.

Ich habe bereits die geheime Kunst gelernt, andere durch ihre Gesten, Haltungen, Augenbewegungen, durch die Verdrehten und Zuckungen ihrer Gesichter zu verstehen, ohne ihre Sprache zu kennen.

Die hektische Art zu sprechen der neu erschienenen Zweibeiner mit ihren verschiedenen Ausdrücken macht mich argwöhnisch und schickt eine gewisse Kälte von meiner Wirbelsäule bis zu meinem Herzen. Ich kann nur vermuten, worüber sie sprechen und was ihre gruselige Absicht ist.

Letzte Nacht habe ich intensiv über die neue Entwicklung nachgedacht und war so aufgeregt, dass ich überhaupt nicht aus dem Loch gegangen bin und vor lauter düsteren Gedanken eingeschlafen bin, nicht im Jackal-Modus. Als ich am Morgen aufwache, wieder nicht im Modus, ist der Tag bereits über das Morgengrauen hinaus fortgeschritten und das gleichmäßige Licht beginnt gerade die Umgebung sanft zu erwärmen. Ich bin hungrig, weil der Überfluss an Gedanken mich gestern Nacht nicht essen ließ. Ich komme auf das Feld und finde etwas, um meinen Magen zu füllen. Als ich gerade dabei bin, eine Kleinigkeit zu essen, höre ich ein merkwürdiges Rascheln, das näherkommt. Die seltsamen und langsamen Schritte nähern sich immer mehr mir und dem Bereich, wo ich lebe.

Innerhalb weniger Minuten treten viele von ihnen in unser Gebiet. Sie schlendern herum und halten dabei ein gefaltetes großes blaues Papier, auf dem sie gelegentlich etwas zeichnen oder Linien oder Worte hinzufügen, die mit dem übereinstimmen, was sie vermessen haben. Sie setzen auch bestimmte Markierungen oder hölzerne Pfähle an einigen Stellen des Feldes und notieren dies auf dem blauen Papier. Während ihrer Arbeit kommen sie manchmal über mein Versteck und ich schlüpfe instinktiv weit hinein. Sie nehmen Positionen über meiner Grube ein und ich zittere vor Angst. Das Dach der Grube vibriert, als sie den Teil darüber mit festen und harten Stangen bearbeiten. Einige Erdbrocken fallen auf den Boden, während sie weiterarbeiten. Ich bewege mich nicht. Das Rütteln hört auf, aber ich ruhe mich nicht aus oder schlafe ein; ich verbringe den ganzen Tag damit, nach oben zu schauen. Sie sind weggegangen und haben meine Vermutungen und Befürchtungen am Leben gelassen.

Seit ihrem Erscheinen unter dem Regen sind nicht viele Tage vergangen, als eine zweite Vermessungsmannschaft mit der papierhaltenden Gruppe eintrifft, als ich schlafe, nicht tödlich, da es zur Routine geworden ist, auch im Schlaf wachsam zu bleiben.

Das unheimliche Geschrei der Vögel und ihr seltsames Flügelschlagen macht mich halb wach. Eine verängstigte Feldratte kommt plötzlich in mein Versteck und prallt gegen mich. Ich springe auf und setze mich auf den Boden, verblüfft. Die Ratte keucht immer noch in der Ecke, ihr kleiner Bauch bläht sich auf und ab, verängstigt und geschrumpft.

Draußen, oben, bewegt sich etwas Ungewöhnliches und Unheimliches. Für einen Moment sind die Ratte und ich regungslos. Ich warte nervös. Die Ratte springt auf und will fliehen, fällt jedoch zitternd zurück. Ich bleibe unentschlossen, ob ich nach draußen rennen soll oder nicht. Ich werfe meinen aufgewühlten Blick auf die verwirrten Augen der Ratte, deren kleine Schnurrhaare hängen.

Ein krachendes, dumpfes Geräusch - etwas Schweres fällt oder wird oben gefällt. Es lässt mich meine Augen voller Angst aus dem Loch herausstrecken.

Viele gefallene zweibeinige, drahtige Wesen sind damit beschäftigt, die noch verbleibenden Bäume über und um den Bereich herum zu fällen und zu hacken. Einige hell gekleidete, Aktentaschen tragende und mit Hüten bekleidete, aufrechte Wesen leiten und führen die Fälloperation und das Chaos, stehen nicht sehr weit entfernt, signalisieren mit den Händen und rufen laut. Sie fällen weiterhin einen Baum nach dem anderen. Ein Baum, der in der Nähe meiner Versteckhöhle gewachsen war, fällt auf den Mund meines Lochs. Sofort ziehe ich mich zurück. Einige geknackte Erde fällt auf mich und um mich herum. Ich schaue nach oben - das Dach darüber zittert wie ein Blatt. Das Chaos geht den ganzen Tag weiter.

Inmitten der Nacht, wenn das Chaos draußen zu schwinden scheint, schlängle ich mich heraus, nicht auf einmal, sondern Stück für Stück, und als ich oben herauskomme, bin ich verblüfft. Alle Bäume sind auf den Boden gefallen, die Zweige und Äste sind stark gebrochen, die starken Wurzeln, die sie einst am Boden gehalten haben, liegen unversorgt wie tote Kadaver, ihre Eingeweide entblößt. Sträucher und Dickichte sind massakriert und locker verstreut. Zerrissenes Gras liegt wie geschnittenes Heu, geschnittene Kriechpflanzen und Schlingpflanzen werden achtlos weggeworfen, gerade gewachsene Blumen und Früchte abgeschlachtet und zertreten. Ich sehe einen Hasen und einige Ratten, zerschlagen und aufgeschlitzt, die in einer Ecke liegen. Beim Anblick der Verwüstung bin ich extrem schockiert und völlig verloren und kann nicht klar denken. Ich renne instinktiv in mein Loch. Mir schwirrt der Kopf - ich weiß nicht, wie lange und in welchem Ausmaß ich hier sicher bin.

Zurück in meinem Loch verbarrikadiere ich mich praktisch dort. Ich komme kaum heraus, wenn ich es tue, gehe ich nicht weit weg und fühle mich glücklich, wenn ich in der Nähe einen Krümel finde.

Die Nacht kommt wieder und ich, obwohl ein nachtaktives Wesen, schlafe wie ein Murmeltier, vielleicht wegen der geringen Nahrungsaufnahme tagelang für das unbeholfene Durcheinander und die Angst.

Das kontinuierliche Aufsteigen von Stöhnen und Ächzen der rasselnden Geräte und das Rollen schwerer Räder wecken mich auf. Ich spitze die Ohren, Sinne und Verstand zusammen, aber ich höre nichts außer den geregelten Geräuschen von Tyrannei und Zerstörung und gelegentlich dem unbeholfenen Schlagen meines Herzens gegen meine niedrig hängende Brust. Ich halte mich zusammengekauert, aber ich kann.

Viele Maschinen und Geräte wie Planierer, Rüttler, Schaufeln oder Rechen knurren ununterbrochen zwischen den Längen der Begrenzungsmauern und meinem Unterschlupf. Sie haben die gefällten Bäume beseitigt, die Gräben fast gefüllt und sind damit beschäftigt, das Feld zu einem flachen, glatten, kahlen Boden zu nivellieren und zu rütteln. Ich bin ratlos, kann aber sicher sein, dass sie nicht umsonst rackern.

Ich bin so verwirrt und geistesabwesend, dass ich mich flach auf den Boden lege, um mich ein Teil davon werden zu lassen, damit niemand mich bemerkt. Sie machen weiter mit dem Abbruch; ich liege stumm und leblos da.

Sie brauchen nicht viele Tage, um Säulenstrukturen hintereinander und vor- und zurückzubauen und damit eine große Betonwabenstruktur zu schaffen. Innerhalb weniger Tage wird klar, dass sie an der Errichtung von Hochhausgruppen arbeiten, die zu einem großen Betonbienenstock geformt werden. Die Gebäude nehmen schnell Form an mit Türen, Fenstern, Veranden, hängenden Fundamenten, Schuppen und anderen Dingen, von denen ich nichts weiß und sie werden Tag für Tag höher und höher gebaut; und es scheint, dass sie den Himmel berühren wollen, den ich verehre und bewundere. Die Strukturen dehnen sich immer weiter aus in Breite, Länge, nach vorne, nach hinten und rücken schnell vorwärts - ich befürchte, dass sie bald auch meinen Unterschlupf erreichen werden.

Die Sonne geht an einem bereits laufenden Tag auf; sie kann keinen Tag wie zuvor eröffnen, weil die Tage hier die ganze Zeit über durch große, hängende Köpfe, die viel Licht aussenden, überflutet bleiben.

Dieser Tag ist ein Schlitz-und-Nut-Tag in den Geschichten des Territoriums - der einsame Schakal schläft tief und ahnt nichts von der plötzlichen Laune des Schicksals... Die Sonne rückt vor, der Tag rückt vor, der Schakal schläft. Das Schicksal des Schakals besteht darin, eine Nut in dem ehemaligen Dorf zu bekommen, das sich in eine Stadt verwandelt hat.

Ein schwerer Ruck und ein donnernder Stoß - seine Grube wird aufgebrochen.

Ein kieferartiges Objekt schaufelt den oberen Teil der Grube aus - jetzt ist es ein offener Mund. Er kann die Sonnenstrahlen auf sich spüren; er kann den betäubten azurblauen Himmel deutlich von innen sehen.

Ein weiterer Schlag des Kiefers und der Rest seiner geheimen Grube wird auseinandergerissen. Ohne etwas zu wissen und sehr ungünstiges ahnend, springt er mit der Kraft seiner Beine ab und rennt auf dem offenen Feld, so schnell er kann, heraus.

Er rennt und rennt, ohne zurückzuschauen, und während er rennt, kann er hinter und um sich herum spüren, dass einige Schaufel- und Grabgeräte mit Rasseln und Gebrüll in voller Arbeit sind.

Während seines Rennens hebt er seinen Kopf und sieht eine hochhalsige Apparatur mit offenen Kiefern, die in der Luft schwingt, hier und dort schlägt und zwischen ihren Kiefern riesige Mengen an Rohboden packt, dann hochgeht und ihren Hals in eine Ecke dreht, um den geschaufelten Boden auszuspucken. Die Rechen sind damit beschäftigt, den Boden aufzurechen und aufzufurchen. Die Gräber sind damit beschäftigt, zu graben. Er setzt seinen Lebenslauf fort. Nirgendwo und niemals kann er anhalten. Überall schweben die Kiefer und offenen Münder wie Hornissen mit aufgestellten Flügeln bereit zu stechen.

Er hört nicht auf, er kann nicht aufhören, er rennt, er verdreht seine Wirbelsäule, wirft seine Beine, sein Kopf wirft -- er rennt und rennt und betet ohne aufzuschauen zum Himmel, um herunterzukommen -- oh Himmel! Komm herunter, komm herunter, um mich zu retten! Der Himmel antwortet nicht. Er bleibt wie immer hoch oben hängen, mit der glühenden Sonne in der Mitte und ein paar Flusen von Wolken drum herum. Er weint -- der Himmel schaut ihn mit einem stumpfen Blick an.

Ein krachendes Geräusch, ein platzen Geräusch bricht hinter ihm aus -- er gibt seinem Lauf extra Geschwindigkeit. Er wirft mit Anstrengung seinen Kopf zum Himmel hoch, das letzte Mal, aufgerissen... Ein Paar metallischer Kiefer mit gezackten Zähnen beginnt zu kommen, herunter, herunter auf ihn... es kommt, sein Mund weit offen, bis zum Maximum gestreckt... es nähert sich langsam, sehr langsam auf ihn zu... er versucht zum letzten Mal, dieses Mal schaut er nicht zum Himmel für irgendeine kleine Zuflucht... Und der gezackte offene Kiefer schnappt ihn mit einem scharfen Schwung auf, zermalmt seinen gebissenen, blutenden, zerknirschten Körper und schwingt in Richtung Süden, in Richtung der mythischen Tür von Yama, dem Gott des Todes, die immer offen bleibt.

Das Gebiet ist jetzt eine gut etablierte, gut organisierte, industrielle Stadt, bekannt als "Shialdanga", das Jackal-Versteck oder das Land, in dem Jackals leben.

Das Wort "Shialdanga" ist heute einfach nur ein Name für die Stadtbewohner. Sie können sich in keiner Weise vorstellen, dass hier einmal Jackals lebten, Jackals und andere kleine Kreaturen, nicht sie.

Über den Autor

Utpal

Utpal

Utpal schreibt seit sehr frühem Alter Gedichte, Fiktionen und Artikel über Kino auf Englisch und Bengali. Seine Gedichte und Geschichten wurden in lokalen Magazinen veröffentlicht. Utpal ist mit der einheimischen literarischen Bewegung 'Prakalpana' verbunden, die als neue literarische Bewegung in Bengali und Englisch in Indien und weltweit anerkannt ist. Seine Gedichte wurden in einem amerikanischen Magazin namens The Short Fuse veröffentlicht, das zeitgenössische experimentelle Gedichte aus der ganzen Welt veröffentlicht. Seine Werke und das Prakalpana-Magazin Kobisena wurden in der New Hope International Review, UK, gut besprochen.

Er ist ein Schriftsteller, der immer gerne konventionelle Wege meidet und über die Normen hinausgeht. Er experimentiert mit Sprache, Thema und Zeit. Seine Themen sind die Visualisierung von Vergangenem, Gegenwart und der am weitesten entfernten Zukunft, die hinter der erkennbaren Zeit verborgen bleibt.

Seiner Meinung nach müssen die Fesseln der Grammatik und die Bedeutung von Wörtern manchmal überschritten und gebrochen werden, um der unerfahrenen Welt Form und Ausdruck zu geben; man muss mutig genug sein.

Er ist jetzt im Ruhestand und engagiert sich in mehreren Cine-Clubs, Literatur-Clubs, Drama-Festivals und ist mit einem Kunstmuseum, Prakriti Bhavan, verbunden, das Naturoskulpturen sammelt.

Er ist auch mit Cine- und Literaturclubs verbunden und hat ein großes Interesse an Malerei und Skulptur.

www.ingramcontent.com/pod-product-compliance
Lightning Source LLC
LaVergne TN
LVHW091618070526
838199LV00044B/843